表达你的发现

散文 2020
精选集

《散文》编辑部　编选

天津出版传媒集团
百花文艺出版社

图书在版编目（CIP）数据

散文2020精选集 /《散文》编辑部编选. -- 天津 : 百花文艺出版社, 2021.1
ISBN 978-7-5306-7992-0

Ⅰ. ①散… Ⅱ. ①散… Ⅲ. ①散文集-中国-当代 Ⅳ. ①I267

中国版本图书馆CIP数据核字(2020)第247179号

散文2020精选集
SANWEN 2020 JINGXUANJI
《散文》编辑部编选

统筹策划：汪惠仁　张　森　　**封面设计**：蔡露滋
责任编辑：沙　爽　田　静
出版发行：百花文艺出版社（天津）有限公司
地址：天津市和平区西康路35号　**邮编**：300051
电话传真：+86-22-23332651（发行部）
+86-22-23332656（总编室）
+86-22-23332478（邮购部）
主页：http://www.baihuawenyi.com
印刷：天津新华印务有限公司
开本：787×1092毫米　1/16
字数：330千字　　**插页**：6
印张：20.25
版次：2021年1月第1版
印次：2021年1月第1次印刷
定价：58.00元

如有印装质量问题，请与天津新华印务有限公司联系调换
地址：天津东丽开发区五经路23号
电话：(022)58160306
邮编：300300

写在前面

汪惠仁

一

2020年春天，我们遇到了一场灾难，其影响之广之深，在我们的预判之外。

和灾难不可分割的，是面向灾难的文学叙事。新冠肺炎疫情引发了多元的文学回应。

向着真相、向着公共管理的深度迈进，不少作家意识到了这一点并为此做出了努力。向奉献者致敬，向爱致敬，则构成了灾难写作的另一个方向。还有一些写作，不同于以上两种，仍然将目光投向了日常的非灾难的生活现场。

在我看来，三种写作都是良性的写作，在灾难现场的内外，在生活价值的近期、中期与远期的省察与生长中各有贡献。

把迎击灾难看成一场战争是不过分的。战争中我们需要现场鼓舞的力量，需要反思纠错的力量，同时需要确认，日常生活的合法性也是一股可贵的力量。战争，在很大程度上就是因为日常生活的合法性受到了威胁，而判明战争结束的标志也往往是生活恢复了往日的宁静。

但我还是看见，有些写作者，因为面对灾难的不同回应而相互指责。

二

疫情也许会催生一个新的随笔时代。

我不倾向于把随笔泛滥的时代称"随笔时代"。虽然这非常残酷，但不能不说，新冠肺炎疫情在督促我们重新看待写作，特别是随笔的写作——当然，疫情同样也会督促我们重新看待诗歌与小说的写作，但毕竟，随笔，仍是人们袒露自我见证历史最方便的文学门径。

生活方式、思想的路径依赖，被重新打量，被复观，是需要历史契机的。我们也许不愿意遇上这样的契机，但我们终究遇上了。

我所言的新的随笔时代，着眼于随笔质地的总体提升，而不是指向针对公共管理的简单发声，甚至也不指向再造一回“伤痕文学”。

我所言的新的随笔时代，需要写作者认真思考三个老问题，以及这三个老问题如何作用于写作者，而写作者又如何回应。一是传统与个人觉悟，即如何借用隐约的规定性开掘丰富性与开放性；二是市场与个人觉悟，即如何在志趣孤寂与利益狂欢中找到心安之所；三是国家与个人觉悟，即如何在群体安全与个体自主间摆脱单向对抗或依附，在致良知的路途上相互滋养。

三

让时间去演绎真理。这是典型的中国叙事智慧。造就这一智慧的，我想，大概就是我们连绵不断的悠久的并被记载的文化史、政治史与生活史。一时看不清的，让时间去慢慢见证。在中国虚构类长篇作品中，让真理与见识在有时间跨度的故事中浮现，这很普遍，也很好理解。这一叙事偏好，同样作用于随笔写作——这不是说一篇随笔必须要写几十年或者必须要写有时间跨度的故事，而是说，这一叙事结构已经广泛嵌入写作者与接受者的文化心理中，他们会自觉把当前生活与历史相联结，并由此生成对生活的提炼与隐喻。

干预现实与性情自养。杂文与闲情小赋是随笔写作中最常见的两个品类。横议中见道义，自养里着性情，这是中国读书人的人生故事，也是中国文章的方便门径。值得我们警惕的是，在这样的门径分野中，入世/出世，非我/自我，达/穷，成/败，这些对立概念在吞噬着我们：我们很容易在画地为牢的江湖师承文化中获取满足感，我们视简陋为简明，我们视粗暴为淋漓。不是不可以在方便门径上走下去，而是说，我们要放出另一个自己，回到汉语文学分工尚不精细的年代，去看看苏轼韩愈，去看看诸子及史传，看看他们如何将世界与自我捶打成整一的大块。

是的，我相信这样整理后的借用，并不妨碍写作者落脚此处，而其地下之根脉，则伸向我们无法命名的远方。

目录

【卷壹】

【卷贰】

【卷叁】

【卷肆】

〇卷壹

艺写四季

MY
ART
MY
HEART

散文

2020

精选集

李汉荣　哲学与牛

戴墨镜的人

他坚持待在幽暗的季候，打量过于明亮的白昼。

他用适度的黑，削弱那些夸张、尖锐、刺目的事物。

世界是剧场。他持一张靠后的入场券提前入座。

他的目光似乎深不可测，其实有时漠然，有时充满偏差。有时也洞察秋毫。

他以戏剧性目光评价戏剧。

国王乘坐的豪华专机和儿童放飞的风筝，在他眼里是同一种机型，出自同一个玩具工厂。

他比别人更能从一个浓妆美人的脸上，发现黑夜留下的致命雀斑。在化学之外，他经常看见美学和商业的破绽。

偶尔，颓丧的情绪会改变视神经功能，他有时竟分不清，水泥厂的烟囱和火葬场的烟囱，放出的烟雾究竟有什么不同。

他在郊外拾到一沓冥币，郑重地交给警察，却没有被尊为道德模范。首先是视线捉弄了他，而警察却指责他捉弄了警察。

他在废墟上来回走动，却看懂了帝国的简史；而那位伏案疾书的作家，不过是在修改他的一沓病历。

他看见的白总是白得不纯粹，他看见的黑总是黑得太彻底。他怀疑那位天使，只是冒充天国的导游，实则是来自地狱的某个豪华套间。

他觉得白昼也许是真正的黑夜，使人们全都变成了只能看见鸡毛蒜皮的势利的小人、智慧的盲人。他认为，只有在黑夜的观礼台上，人才能真正看见无限，看见灵魂的壮丽星空。

哲学与牛

在郊外马路上，我听见几位哲学爱好者在认真地讨论虚无。他们边走边谈。这时一头牛走过来，他们急忙退到路边，为它让路。此时，一头牛填充了他们的虚无，导致他们的话题突然中断，转而谈论市场、利润以及牛肉的营养和口感。

一头牛修订了他们的哲学。但是，牛不懂哲学，哲学里也没有牛的位置。

在国贸宾馆拥挤的电梯上

我们笔直地站立，小心地不碰触对方，立正，此时，我们都有了军人的风度。

手无处放，于是抱于腹前，仿佛抱着一个刚刚受孕的思想的胎儿。

目光无处放。陌生的脸们不宜深情凝视，或漠然注视，而且那么陡峭的脸，目光放上去也会滑落。

于是，眼睛朝向电梯顶部，似乎上面有一座天堂，可脖子后面紧挨着的另一颗头限制了我的仰望。

我的目光终于有了着落：轿厢墙壁上"飘柔"洗发露广告拯救了我，广告美人把一缕秀发甩来，芳香的泡沫接待了我无处停靠的眼睛。

一些人出去，一些人进来。

十楼、十五楼、十八楼、二十五楼、三十三楼……

红灯提示着我们正在抵达的高度，荒凉的高度。

美人的秀发一直飘着，泡沫持续不散。

永恒的女性引领我们上升。

永恒的商业女性引领我们上升，上升到缺氧的高度。

四十八楼。我终于到达我的标准间，到达了标准的夜晚。

麻醉师

你使我恐惧。但我必须花钱请你，只有你能帮助我阻止疼痛。

但我害怕你用药过轻，我半寐的神智会听见手术刀切割的声音，而且会放大被你掩饰了一半的疼痛，使之数倍于真实的疼痛。

我又害怕你用药过量，我将从此长睡不起，甚或永远不再醒来。从此疼痛与我无关。你彻底解除了我与疼痛的联系，你也彻底解除了我与世界的联系。

好在你训练有素，而且敬业，我没有发生意外。

我只是暂时不在人世，暂时中断了痛感……

在枯河的上游

只有乱石仍在奔腾，宛如古老的波浪。

那些映照过远古天空、接纳过先民眼神的深潭，已经被垃圾填满。星月的倒影、鸟的倒影、虹的倒影，彻底消失。

在没有深度、没有幻象、没有期待的日子里行走，只有脚下溅起的尘埃陪伴着你。

思念的泪水早已汇入海洋，再没有重新上岸、润泽芳草的机会。

一条河，长眠于新版的地理词典。

没有此岸，没有彼岸，根本就没有岸。大家都生活在相似的荒滩。

再不必眺望和等待什么。所有的鱼都已失踪，所有的浪都已熄灭，所有的船都已碎成残片。

黄昏，那人在荒滩徘徊。

深夜，那人仍在荒滩徘徊。

直到涨潮的天河在他头顶奔流，远古的雪浪拍打他荒寂的灵魂。

他独自坐在一块巨大的卵石上，默默地，久久地。

月亮目不转睛看着他。

思想的巨卵正在被他暖热。

也许，他会孵出一只奇异的鸟？

焊接

生存炫目得无法逼视。

你被迫躲在面罩后面，偷看自己的作业。

疯狂的电光里，一些细节苏醒，一些细节昏迷，一些细节尖叫，一些细节沉默，一些细节死去，一些细节诞生。

总之，满目都是飞溅的——细节。

对立的金属在高温里熔解，互相吞吐和渗透，直至肌肤相亲，仿佛关系很铁。

这惨烈的美，超越了审美极限，令人无法欣赏和领略。

金属死去活来的痛楚，谁能分担？

焊接的现场，我一次次路过，每一次只投去匆忙的一瞥。

直到一件器物成形、一个建筑竣工、一座高楼耸立。作为购买者，我们去购买它的舒适；作为享用者，我们去享用它的愉悦；作为消费者，我们去消费它的惬意。

舒适、愉悦、惬意。商业的关键词，遮蔽了世界的真相。

谁曾留意过泥土的倾覆和震荡？谁曾留意过金属的断裂和疼痛？谁曾留意过事物被重组时的磨难和创伤？谁曾留意过被闪电切割的夜晚那惊恐、苍白的脸色？

我们幸福地游荡在痛苦的大地上。

多少细节因过于炫目而被我们省略？

多少细节因过于灰暗而被我们省略？

我们很少看见，生存的真实细节……

未知

在层峦叠嶂的大巴山深处，在山路转弯的地方，我看到一些散落的碎纸片。我弯腰拾起几片，断续读到上面幼稚的字迹："可爱的王小菊，你几天不跟我说话，我好难受。""张老师，我妈妈出事了我请假一天，请老师批准。"还有的碎纸片写着生字练习和词语解释。从其难度猜测，纸片主人可能是一位小学三年级或四年级学生。

他是谁？王小菊是谁？他母亲出什么事了？急病还是车祸？为什么丢下这些纸片？是他写给王小菊的纸条被王小菊撕碎扔在这里，还是他写好纸条最后又不想交给王小菊就自己把它扔了？那个写给张老师的请假条涂改了数处，应该是草稿。那么，也有可能，是因为妈妈出事了，很大的事，王小菊不跟他说话就不值得计较了，在惶恐中就把写给王小菊的纸条和请假条草稿一同掉在了这里……

我又从几页纸片上看见红色的斑痕，并不是红墨水的痕迹，而是血的颜色。

那么，这孩子是不是在放学的路上，钻进路边林子里采摘野花，被荆棘划破了手血流不止，就顺手从书包里扯出几页纸擦拭伤口？

但是，他母亲出了事，王小菊不跟他说话，他没有心思采摘野花；也许，正是六月大热天，又连续发生这些事件，燥热、郁闷、焦虑，这孩子身心烦乱，毒火上升，他爱流鼻血的毛病又犯了，情急之下，他从书包里揪出几张纸，匆忙为自己止血……

王小菊后来怎么样了？他妈妈到底怎么样了？这孩子后来怎么样了？

未知。全是未知。

在大巴山深处看见这些纸片的那天，我的旅行包里带着两本书:《神的秘密》《宇宙的命运》。

《神的秘密》里有一段话:一切事件都在时间中发生又在时间中消失,最终,一切都归于未知。我们把未知的总和称为神。

《宇宙的命运》这样说:在宇宙邈远的深处,那正在形成中的某个星系,有可能产生能够观测和理解我们的某种外星智慧。假设我们以光速试图接近他们,他们也可能以超过光速的速度更远地离开我们。我们在未知的浩瀚海洋探索“知”的孤独岛屿,但我们有限的“知”也很快变成“未知”——我们在半途中消失,我们的文明在半途中终结。我们携带的信息被时间之键彻底删除,宇宙,复归于一片混沌和未知。

神、宇宙,这些宏伟的事物,我只能暂且搁下。

那个隐藏在纸片后面的小孩子,以及围绕他发生的一切,对于我,已经成为巨大的未知。

那些纸片在记忆里飘落,渐行渐远。

没入殷红的苍茫……

祈祷

在一页白纸上,我读到了——安静,纯洁,以及它与四周的空旷保持的那种值得尊敬的默契。

在一页(或一册一大摞)挤满了文字的纸上,我常常看见比墨更黑的灵魂,比无知更无知的“知识”,比愚昧更愚昧的“机智”,比浅更浅薄的浅陋,比脏更肮脏的垃圾,比刀子更锋利的对人心的伤害。

在字与字之间,我看见了:黑暗的内心、混浊的欲望、充满恶意的动机、因极度燥热膨胀而发红的眼睛。

虽然纸的身上堆满了语言,它却有苦难言,我体会到纸难以表达的痛苦和耻辱。

所以,我常常读空白的纸,读没有被践踏的雪,读头顶飘过的一片片白云(它的上面没有人的字迹和签名)。

为此,我坚持黎明即起的习惯,赶在大地还没有被贪欲、仇恨和痰迹玷污之前,我抓紧欣赏她,并为她祈祷……

逝者的远行

我们以为明白了死亡:死亡,不就是死亡吗? 不就是虚无和不存在,不就是永远的休息吗? 当死亡未被你目击或遭遇的时候,你对死亡的想象是抽象的,是写意的,你甚至一厢情愿地美化和修饰死亡。而当死亡活生生发生在我们身边,我们则震惊、伤痛和恐惧。原来,死亡是一种暴力和暴政,是一种最原始、最野蛮的暴力和暴政。它是对生命的一次性彻底剥夺和否定。

死神夺走死者的生命,却留下死的现场,留下被他反复摧残的死者的肉身,让浸泡在伤痛和泪水里的亲友们,去处理去焚烧去埋葬。死神的狠毒之处就在于此:它制造死亡,却留下一摊子沉重的阴霾,逼迫我们收拾死亡的残局。如此说来,我们也不得已参与了死神主导的一揽子事务,死神一直在我们的上空监管着我们的一举一动。

有没有这么一种死法:最后的时刻到了,被死神选中的人,立即悄然出走,飞升而去,化为紫气,化为云岚,化为水波,化为阵雨,化为虹影,化为檀香,化为九天梵音,化为云端妙响,而不再留下这惨淡现场、这破败肉身、这苍凉结局?

古老的道教一直天真地这样设想:羽化而登仙。生命若能这样结尾,该是多么的好啊。然而,所有的人,所有的生命,都不曾羽化而登仙,都得留下一具自己带不走的遗体,留下一片惨淡的阴霾。

由此我想,死神是一个需要进化的低劣的神灵,死神是一个原始野蛮的残暴神灵。这样一个根本就不理解生命的残暴神灵,却最终由他来处理所有的生命。我只能说,造物者,你过于残忍,你对生命太不负责。你造了精致的生命,让他们有了丰富复杂的心灵,最终却让一个从未进化过的野蛮死神来粗暴地处理这些内心异常丰富和精致的生命。

再深邃的哲学家,这时也不能说服我们,平息我们心中的悲伤,除非他的哲学能让死者复活;再仁慈的神学家,这时也不能打动我们,无力化解我们对死的恐惧,除非他的神学能让死者的灵魂出现在我们面前,向我们亲口告诉他在另一个世界的平安和喜乐。

在死亡面前，哲学无言，神学沉默。因为，死亡先于哲学而存在，也先于神学而存在。是死亡启示了哲学和神学，而不是哲学和神学启示了死亡。哲学和神学，只是徘徊在死的穹隆下的猜测者、聆听者和研修者。

即使再浅薄的人，他的死亡也是深不可测的。要理解和解释一个无知者的死亡，必须动用我们巨量的知识和智慧，但是我们仍然不能理解和解释，他的死亡的内涵和意味。

那些深刻的人，他的死亡的含义深于死亡本身，也深刻于他生前的哲学和全部思想，死亡强行终结了他的生命，而他匆忙出走的心灵，却令我们必须把对永恒之谜的想象，都交付给他，以此才能填补他的不存在造成的巨大空白。

一切都是过程，都是幻象。一切皆流逝，流逝的一切，都化作记忆，记忆也将随着记忆者的流逝而流逝。

正是流逝，汇成了时间的沧海，汇成了苍茫的人世。

我们也加入了这流逝的过程，平淡而庸常，但细想来，却又觉得惊险而悲壮。

我们只是偶然出现在我们注定要消失的地方。

我们偶然出现了，让我们珍重。

而注定的消失，正是为了出现。

由此，死亡的残暴属性，仍会在生的足音里被郑重改写：所谓的死亡，并不是绝对的终结。我想，那只是一次临时休止，那只是一个仪式、一座渡桥，从这里，逝者带着他一生的征尘和心思，转身，出走，远行，然后将出现在时间的那边，出现在我们不能抵达，也不能理解的时间的那边。

露天的灵魂

当我正襟危坐准备专心欣赏音乐的时候，那音乐却只不过是一些精致的音符组合的精致旋律，它们鸣响着却很难引起我内心的悸动和战栗，我责备我非音乐的耳朵，是它辜负了我那渴望音乐的心。

而当我漫游在山野里，或独自行走在月夜里，远处或近处传来的缥缈的音乐，或抒情，或低诉，或欢悦，或伤感，却能如此深切地打动我的内心，以至于我相信那音乐一定来自大自然深处或宇宙的远处，那里，一定藏着一个神秘的精神源泉。

不经意间，灵魂发现了灵魂，灵魂深入了灵魂，灵魂丰富了灵魂。不经意间，永恒的时间在穿越我的时候，将我带进一个似乎比全部时间加起来还要珍贵和深刻的瞬间，就如英国诗人托马斯所说，"存在于时间之外的某一个神圣的瞬间"。人，就是为了这一刻的降临才苦苦等待，苦苦熬过那迷茫、焦虑或不幸的时间。这是生命与价值相遇、心灵与意味相遇的瞬间，这是生命真正辨认和认领自己的瞬间。这一瞬超越了生死。这是具有无限价值的瞬间。这一刻，音乐，将沦陷于日常泥沼里的破碎的自我搭救出来，将其重新带进完整浩瀚的心灵。

也许我们太刻意了，被过分修饰、过分理性、过分程序化了的心灵，穿上了太多的衣裳，太多文化的、社会学的乃至经济学的衣裳。我们的心不再能感受那微妙、纯真、深切的沉浸和抚摸。

不经意的时候，我们的灵魂是裸露的，是婴儿的，是纯真的，是露天的。露天的灵魂，离天最近，离天意最近，离神性最近，离那迢迢而来的天上的声音最近。在不经意间，我们露天的灵魂，被天意打动，我们由此而一步登天……

朱以撒　在动作的空间里

笔会上，大家推李老开笔，他年长于在座诸位。就是那些按捺不住的，也得等他开笔后再龙蛇翻卷。李老平生最爱楷书，即便是笔会这样有时间限制的场合，他也是慢腾腾——把格子折好，四端用自制的铜镇纸压实，解开躺在笔帘里的笔，挑一支，濡墨，沉思片刻。他开始写了，一字一格，墨色渐渐占领了格子，由少而多。两个多小时后，苏东坡的《赤壁怀古》准确地装入了所有的格子。有人见完成了，给李老一杯香茶。李老没接，换一支小狼毫，收拾那些他认为没写好的字——人不是流水线，不可能每个字都毫厘不爽。现在我们阅读古人手笔，就是那些庙堂之作，也没有用笔、结体都全然周全的——人用手来写就是这样。李老多年来一直如此，这里修修，那里补补，反复拾掇，终了修饰得如八面观音色相俱足。这也是他写一幅字慢得出奇的原因——动作太多了。正常的书写一挥而就，落款揿章，然后坐下来喝茶、吃水果。在大家眼里，李老这些多余的举动，并没有增加什么美感，反而显得小家子气，是书写的弊端。没想到李老如此迷恋，犹如他已经蹒跚的步子。

我是强调写罢就放手，笔调简劲流畅，手下有些破绽也很自然，没有破绽才是不正常。补笔是把破绽修饰了，自然却没有了。其实自然会更有意思，信手而为，不假思索，翛然以游，行笔间简直没有一个多余的动作。

这个绿树掩映下的小剃头店是我不时要去的地方。别的店纷纷改名扩展业务了，它还是以剃头店自称，朴素直白，就像许多大学都把中文系改成文学院，不改的使人觉得还是老式气味。可以想见它的经营一直重复着既往那样的简单和直接。剃头师傅的过人之处在于功夫麻利，我看了时间，大约四分钟剃一个头，有时还更短——他只管剃头，各自回家去洗——这样除了快，也更符合卫生的要求。来他这里的人都对发型无甚要求，剃短即可，最多要求顶上体现出三七分的发式。剃头师傅以快赢得了大家的热爱——这些对自己头发没有装饰要求的人，和这样的师傅成了默契的搭档。尤其是剃头动作迅疾，见头发一片片飘落，头顶马上轻松起来，像是拨云睹日，一时疏朗清旷。由于节奏快，有时排队的人多，也很快会轮到自己。师傅是往迅疾这个方向发展的，像练短跑，越跑越快，越快越短，直到最后一个剃头者离开，他才挪个凳子坐下来，吸一支烟。我注意到这位剃头师傅最后的几个动作，分明是剃好了，顾客也露出了笑容，准备掏出手机付钱。这时他说，别动。又拿起剪子，或者剃刀，在头顶上巡回两下，又眯着一只眼瞄一下，好像是极其慎重地处理了几茎高出毫厘的发茬儿——其实刀剪什么也没有碰到。这几个巡回动作是做给顾客看的。顾客因为这几个动作生出好感，心生赞叹。轮到我了，剃头师傅如法炮制，眼前闪过的都是一些烂熟透顶的动作，快手过处，不再重复。我总是敛眉任他发挥，这些真实的动作，头皮还是可以感受得到的。直到最后，他的假动作才出现，那是作用于我的心理的，尽管我看不到头顶的动向，但从我此前对他的观察，这时又是故伎重演。故伎让人感到温暖，觉得头剃好了，还意外得到了一些超出剃头的福利。

在我们无数的动作里，真要细分就是真动作与假动作。假动作总要占动作的一些比例。假动作往往美观、有花样，有一点穿行在真动作中，犹如锦上添花。如果假动作过多，就像不多的酒掺了不少的水，让人觉得虚的太多，甚至怀疑酒瓮里全是水而没有酒了。

有个人问我，丁乙是不是我的研究生，我说没这个人。研究生和导师的关系是比较密切的。不像本科生人多，只能记住少数，有个性的，长得漂亮的，做了出格的事的，常和老师讨论的，余下大都忘记了。他接着说丁乙是以前的名字，现在叫某某了，我说是有这么个学生。比较两个名字，还是前一个名字适宜，从形声义三方面来考量都如此，弄不清为何要改，真是多此一举。后来又遇到一个邻居，生逢一个动荡的大时代，名字也就及时地靠了上去，取名“东彪”。他的姓可以视为一个极有捍护意义的动词，即汉大臣卫青之“卫”。当时让四邻觉得真把名取绝了，居然如此契合时代的走向。过了好多年我回老家遇上，叫他。他有些茫然，旁边的人说他不叫这个名字了，名字缩水，“彪”不要了，乡亲都叫他“阿东”，或者“东啊”。当然，这样更明快，也更正确。改名是一个需要时间办理的事，到改名机关排队、交证件、填表，这些动作和不改名的人相比，是多出来的。改名是深思之后的结果，肯定是原先这个名不适用了，或者对未来有所图。就像一个人一生不能只穿一种鞋，脚渐渐大起来，鞋码也要更新。改名是很个人的事，改不胜改，其实换汤不换药，还是那个外表和内里。如果一个人改名了就和过去的自己告别了，说起来就很虚假，没有人会相信。东啊出生，取名“东彪”时，正是我家父母也在筹划给我们兄弟改名的时候。兄妹里只有妹妹的名字不须改，这个名字用几辈子都是合时宜的。而我们几个的名字在当时都有更改的必要。有积极分子已经向我父亲提出，积极分子狗一样的嗅觉使他如此要求我们。那时听一个读书人说，名字就是一个人的符号——他用了“符号”这个词，我吓了一跳，觉得很有学问的人才能这样表达。不过符号是最不能随便的，它让人敏感之至，小心翼翼地运用。父亲没事就想新的名字，想到几个应景的，只等什么时候带我们去有关部门把这事办了。我自己也想了一个名字，父亲没通过——大人总是认为自己会想得远一些，保险一些，还是以大人的想法实行。但那段时间父母整日开会，也就顾不上办理改名的事。这几个名字邻里也很容易想到，到那时这一带出现好几个同名的人就搞笑了。往往你想到了，别人也想到了；你没想到的，别人也想到了，而且下手更快——在一个风行草偃其势必然的时间段里，人人都在想着如何表现得应景一些，不要落后。落后就被动了，那就不动最好。形势很快又有变化，不必那么热衷改名了，人生总算少做了一件麻烦事。而今我行不改姓，坐不更名，一以贯之。只是在书法作品落款时，常不写姓，仅以名行。

卢二搬了几次家，从早先的一间房到三室一厅，空间功能明显扩大了不少。在他的房间，总有一个适合的位置是用来供养神灵的，这和他体弱有关。尽管每隔一段就到单位医院开一些药，可以无虞，但医药只能养身，养心还待神灵。神灵看不到，缘于看不到而灵。这使他这辈子比我多了一些动作——上香，默念，合十拜拜。小区有个福德正神小庙，管理小区土地上的众生，但真要关照自己，还是自家神灵，须一以贯之诚心待之，不可一日忘过。搬新家时有人劝他，换个地方了就不必如此，信与不信唯其心也。他觉得这样的想法太可怕，弄不好害了自己——始敬终弃，那才是把神灵彻底得罪了，内心如何能安下来。他的小区边上是一个公园，草木丰茂，聚集了一群被主人遗弃的猫狗，它们看人的眼神都流露出仇恨，好像随时要扑过来。看得见的猫狗可以躲避，使人不安的是看不见的、玄虚的、神秘的、与自己若即若离的。可以想象他积成习惯的动作如此自然——这些多出来的礼拜的动作维持了内部的安稳,这份安稳使他寻常日子开心舒展。每个人都会有一些卫生、护生的方法、举动,其间的差异性很大,各自坚守。汉人曾有“生年不满百,常怀千岁忧”之说,让人很是琢磨。不满百岁的人忧虑到个人生命十倍之遥的时间和空间,那是个人无法抵达的,难道不知道不切实际吗?似乎这种遐思就是与生俱来的一种附着,空想、想空,远忧、忧远,不着边际。在北朝众多的造像记里,常见到普沾法雨、常与佛会的句子,在入世的沉重里期待出世的轻松。为了这一点,他们比任何一个朝代的人都辛苦,多了无数面对坚石开凿的劳累。不如此奉献体力,不敬造一躯佛,不供养一躯佛,每个北朝人都会生出不安。

后人不再大兴开凿洞窟、兴造佛陀之风了——这里一定是悟到了什么,省下无数敲凿镌刻的手上功夫,并不影响对于佛陀的敬畏。人的行为,可以这么解释,也可以那么解释,解释是随时随势的。

在严寒的冬日里,我和学生一起去欣赏石门十三品。这里边最著名的几方汉代刻石,喜爱书法的人都不会略过,有着悉心临写的经历,现在远道而来,算得上他乡遇故知了。为了更感性一些,学生特地请了一位讲解员。她的讲解熟稔流畅,让我们这个专业的人感到亲切。她讲十三品的历史、地理、艺术特色,说着说着就把《石门颂》里边的句子拈出几句来佐证,似乎是不经意脱口而出,让我们惊异。她讲解完把大家的耳麦收了,说你们自己慢慢看哦,就快步走了。我们还真得慢看一会儿——这些旧时风物都是需要慢看细品的。刻石上的气息、韵味和平日案头上的纸本美感不同。纸本是裁割若干的片断,这里是浑然大气的整体,尤其石色黝黑深沉,反而使凹下去的字有了立体感,古朴拙厚。如果有时间,应该成为这里的常客。至于讲解员,我觉得这是一种职业,印象中的不少讲解员都如此,讲啊讲啊,讲得很溜,但谈不上兴致。是长久的时日,使她们把教科书般的解说词记牢背熟,也通过考核并且合格。当然,让一个喜爱《石门颂》《石门铭》的人把碑文背诵一段,能做到的恐怕不多,但他们却是如此痴迷,爱到骨子里去。面对一个器物,情调绝不相同,有的为了生计,没有谁会嘲笑为稻粱谋者,谁不为稻粱谋呢?只有这一点保证了,才有可能言及信念、理想这些远大求索。不少人每日所进行的工作,并不是自己真心喜欢的,只是一份糊口的保障。长年如此重复,娴熟之至却从来没有贴近,更不消说心系于此。

此前有个同学分配在图书馆，给我的方便就是能借到一些级别比较高的书。近百万册的图书，他闭着眼睛也大致可知在哪个方向的哪个架子上，很快给我找来。但他自己不看，他看管他那一摊，不出事就好。我在馆里看到他都是坐着靠着，无事一般，或者到角落偷偷吸一支烟。他有他喜欢的事，但没有办法实现。做一个娴熟的图书管理员，对他来说是无奈，为了过日子，权且委屈自己。

如果一个人的兴致和自己从事的工作融为一体，达到两不厌，真可谓幸运之至。

子虚在少年时就喜欢书法，比我大一点，聪慧却大得多，学什么都容易上手。当时长辈对这些孩童日后的期待，他是第一人。聪慧是娘胎里带来的，谁也没办法，加上他后天也用功，就超出同龄人一大截，驰骋康庄，取途千里万里。这样的人有一个曼妙的少年和青年时代，一时声誉皆归之。我与他相比是守成，守住一摊，有如僧人守庙，不愿随处住锡。书法家常称自己博采百家，这样的话我是不能说的，因为做不到，至多就是稍稍拓宽略变古法，这已经是很耗精神的了。此时子虚已五体俱全并尝试融汇，一幅字里几分草法几分篆意，几分隶味几分楷形，有点像唐人杨炯说的“糅之金玉龙凤，乱之朱紫青黄”，甚是热闹。他是个爱闹腾的人，也花了许多心机在书写上面，再后来干脆抛开古人碑帖任情性而为，笔墨纵横自喜。很多年后我读到子虚的墨迹，已是满纸的毡裘气，离书法远了。本来——本来不应该如此。他比同龄人都善用心思，指腕勤快，尝试这么变那么变，心思多出来了，动作多出来了，却没能助他上到更高的境界。实际上每个人的兴致就是一个摊子，这一摊不必大，也不必全，只往精工上做。如赵孟頫这样摊子大货又全，像是成佛做主——千万不要和这样的人比，真去比，那就害死自己了。

搬到这个有花园的院子已经有三年多了。这三年多比住在单元房里多动了许多手脚——锄地、拔草、捉虫、驱鸟、捕鼠，还要不断地种树，柠檬树、龙眼树、柚子树、桂花树……有的没成活，接着还种，朋友精于培植，一直鼓励我多种树。香樟的叶子总是在仲春纷如雨下，落了厚厚一层，再过些日子，瓜豆苗就呼呼往上蹿了，这些都使人更触到节气和生机，譬如，去弄一大捆竹子，搭个瓜架吧。这些事定期找人来做当然可以，但由自己来手作，触碰一下湿润的泥土，也是很有意思的。

我通常会从楼上书斋走下来，趁上午十点钟的太阳照着，蹲下来拔去花丛中的草。大凡草滋生起来的地方，土壤就看不到了，看到的是土壤上的生机。买来的草皮还没长好，杂草就都伸展上来，多种多样，有的缀着星点小花，却叫不出名字。一个人绝对不要有把杂草拔尽的想法，就是天天拔，拔到老，院子里的草还是一茬茬地钻了出来。我想这就是有限和无限的差别—— 一个人没必要以有限对付无限，感到有乐趣就做一做，乐趣尽了站起身来洗洗手，不做了。这和王徽之访戴乘兴而行兴尽而返是一个理。黄庭坚曾说“以有限之才追无穷之意”的不可能，硬去追就累了。就像草是无限的，在空气清新里，拔出来的草叶上充满了青青的、生生的味道。至于做多少，也可多也可少，不必有一定之规。想想陶渊明当年清高不愿为五斗米折腰，辞官后未必心绪就好。他曾经在饥饿里向人乞贷，面子不要紧了，肚皮要紧。常常清晨出门理荒秽，月上东山才荷锄返回，还是饥肠辘辘，眼见桑麻慢慢长起来了，又惊恐霜霰下来打得稀烂。真为衣食谋，那是没什么情趣可言的，以前从陶诗里好像听到的都是田园的笑声，有点阅历了才知道，常常是苦笑。真有情趣还是像宋人罗大经：“随意读《国易》《国风》……”“弄笔窗间，随大小作数十字……”“兴到则吟小诗，或草《玉露》一两段。再烹苦茗一杯，出步溪边……”如果一个人有任务感，想着要拔多少草，要干到夜里，否则草盛豆苗稀，日子就过不好，这就是实用了。罗大经这种情调的人素来无多，让我常想：这个人是怎么做到的，与生俱来的？后天使如此？但我不会想起陶渊明。

屏幕的诞生让我们坐着就可以看到整个世界无数的动作——如果屏幕里没有动作，不是死机了，就是关闭了。科技的发展使动作远远超出一个人所能，成为超人的动作。《水浒传》在屏幕上出现时，动作就有些夸饰了，夸饰的动作可以满足屏幕前人们的期待，认为这些惹不起的豪杰们手脚功夫理应如此。到了《新水浒传》问世，除了情节添加，动作也升级，不是人的手脚，而是科技的手脚，这就是假。至于屏幕上把人当作神，演出神剧，又放在一些特定的历史时期，也就更让人难以相信了。动作出了问题，首先是心态出了问题。如果一直这么继续下去的话，写实就不存在了。玄虚充满，让观者内心满是怀疑，世事权当儿戏观，呵呵。动如兔静如树，大家都乐意当兔而不当树，只有如脱兔那般才能得到关注的目光——科技的发明，每个人都可以把自己的动态拍下来，让他人欣赏，而不是不动。“动静”是我们经常提到的，好像说的是动和静两个方面，实际上在意的只是动，像一只兔子满世界欢蹦乱跳，快活之至。做一棵树的艰难在于兀立不移。许多树是没人管的，荒郊野地，崖壁石隙，因为不移，还是长起来了。树是以不动为法的，如果一棵树不时挪动，挪这里，挪那里，一直没有下根的机会，终了就是一截木桩。如果一个人的心性如树，就有定力可言，独立不迁，当风有声。一树长成，鸟雀云集其间，又何曾招摇。人与树的渊源可以追溯到人之初始。这么多年过去，树犹如此，而人是越发惊动了。

在《谍海风云》的末了，美国海军情报局的特工保罗·索米斯说："这个世界变了，再也回不到从前……在不同的城市，用着不同的名字，直到黎明来临。"揣度他的意思，黎明到来时，动作将回复到正常，就不必勤快地以假名来伪装自己了。

我觉得，自己完全可以坦然地对人说：请叫我——保罗·索米斯。

李万华　跃迁与平行

一

读完《三体》后的一个梦。

我看见自己正生活在某篇小说中。小说没有标题,不知作者,具体的故事情节也不清楚。很显然,那些情节已脱离书本范畴,仿佛从一个二维平面跃入三维,细节陡然疯长,曲线如同兽脊起伏。故事已经发展到某个环节。在故事中,我依然患病,心境说不上灰暗,也不怎样明朗,带些听天由命的无能为力。时间是在白昼,天空没有太阳,四周却一片亮白,仿佛所有物体都在发散微光。我正在进行某种逃离,车马已经备好,一株没有叶子的无名植物被我拔起,根部裹好湿泥,我想将它随身携带。身边人们来去,并不匆忙。我将自己逃离的意思告诉他们,想让他们和我一起上路。但他们,一些身着暗色衣服、行进悄无声息的人,对我的好意置之不理。他们更像黑白电影里的人,身材瘦长,穿着得体,只是面容冰冷,步履机械。我自他们身边经过,着急地对他们说:走呀,时间还来得及。

须臾,在另一个白光迷蒙的房间,我告诉两个正在桌边忙碌的女人,我说,这是小说的最后一段情节,小说中,世界将在今天彻底结束,化为乌有,我们应从小说中跑出。但两位女士依旧神情冷漠,不予理会。她们仿佛来自英国乡下,穿着肥大的白色亚麻长裙,她们身后的光将她们的裙子映照得更加肥大。无奈,我独自走出房间,看见天上一轮并不耀眼的圆形星体正在接近月牙。月牙还很清瘦,色泽淡蓝,又微微透明。我已经知道,只要这两个星体一碰触,世界便会水珠一样蒸发不见。

在两个星体下面,我拼命奔跑。终于没能逃离小说的布局,又回到小说中。小说的结尾,世界一片拥挤,无数身影来去晃动,他们仍旧没有出逃的意思,他们更像身处市场，进行某种交易。我努力行进，觉得或许前面会有一个通道，将我带离。但空气异常黏稠，富有弹性，我向前走，身后一股力量往回拽。我一边倾身向前，一边想，时间怎么是种黏液，我得找到一件锐器，将时间划开，像划开绷带那样，这样就可以在时间的缝隙中轻松向前。

然后醒来。

梦自然经不起分析，无须将梦中的自己和卡夫卡笔下的信使相比。然而醒后的瞬间恍惚里，我还是想：这清醒后的生活，会不会就是我从小说中逃离以后的生活。

现实必须以什么为参照物，才能看清它是现实？

二

已经在读第二遍。《三体》三大本，读第一遍，只用七天时间，那是争分夺秒的一星期。有些囫囵吞枣，有些迫不及待，希望结局如月挂枝，一眼可见。读第二遍，终于慢下来。这种慢，仿佛不见波纹的水，载着人，向一个遥远的未来时空流动。

有一次，那是一个夜晚，放下书，起身倒水时，见到陶盆里含羞草闭合起叶子的模样。

尽管只有一枝叶子，它还是很用心地将其收拢归整，仿佛一件用来展出的珍品，现在展览结束，灯烛渐熄，参观的人散去，主人弯腰拂去上面灰尘，收拾箱箧，准备回去。

越过陶盆，往外看，可以见到窗外的小半片天。这座位于河谷的城市并不大，连绵的山在不远处。夜晚的山，只是些起伏的暗色剪影，山脊光秃秃的，一些信号塔架在上面，并不像冬天的树木。当然，树木在阴影更深的地方，那是山的皱褶。在那里，树木仿佛浓墨涂出的几笔，潦草，没有章法可依。天空云层密布，这使天空像蒙在城市上面的一层皮革——年月深远，皮革布满灰尘，暗旧，虫洞斑驳，风干的味道似乎都能闻到。夜空原是一种容易走向极端的存在：月黑风高，或者月明千里。然而此时，夜空逃出去，只将一副失去灵魂的皮革弃在那里，决绝，不肯回顾。这些皮革有着反射功能的硬面，城市的灯光打上去，又被它送回原处，如此，城市在双重灯光下更显得花里胡哨。

不过夜晚的清冷尚未丢失，它们穿透玻璃，仿佛一些来自高山的雪水。它们在屋内寻找沟壑，试图汇聚，试图找出方位并漫延开去。

我知道，真正的雪离题万里。

多年后，雪或将继续，文明也将延续，人们肯定已造出冷热能转换的玻璃。这样，冬日的凌晨，当某个人像影子那样站在窗前，玻璃窗透进的，便是春日温煦。那时，窗外的城市大约跟现在有许多不同。城市或者已经发展到空中，空中楼阁，海上仙山；或者，城市的楼层比现在更接近土地，深入地下，成为冥府；或者，像小说中那样，城市建在太空，在庞大的木星背面，旋转，终年不见阳光。不管高至星辰，还是低至尘埃，那时的夜空想必依旧如皮革暗旧。然而四季还在，大海的潮汐早晚递送，光也在。那时候，如果没有灭绝，如果代代生息，养在屋里的含羞草已经很老很老，耄耋之年，牙齿松动，骨骼都已蛀空，但它的样子依旧年轻，它伸展的叶片依旧像无数长有绿色绒毛的草履虫在蠕动，它依旧递送无以察觉的清芬，而当有温度的手指将它触动，它依旧蜷曲、闭合，仿佛它的身体就是它的秘密。当那个人拿着水杯，自窗前反身，重新坐下，当他（她）像我这样看到探出盆外的一枝含羞草时，肯定会诧异古人遣词造句的典雅与精准：含羞草，而非生气草或秘密草。

而这，也是很多年后，我们能够与这浩渺时空依旧有些联系的事情，微小，无用，仅仅是个尚未失传的名词运用。

三

电影《流浪地球》并没有将小说《流浪地球》里的《叛乱》一章拍进去，或者说，《叛乱》一章被“点燃木星”那一段替换。“点燃木星”自然更富激情，适合电影，而《叛乱》一章，更适合在小说中出现。小说中的地球，仿佛一颗被反复暴晒、冷冻和摔打的土豆，周身疮痍，面目全非。四个多世纪的地下生活，永昼和永夜，火流星，岩浆，暴雨与飓风，死亡如影随形，这一切，足以使人崩溃，而人心的多疑与不坚定，更是雪上加霜。待谣言四起，五千有着家国情怀的地球保卫者，最终被疯狂的叛乱分子冻死在冰面，人性中真实和复杂的一面在那时暴露无遗。小说是一面三棱镜，电影只表现出了其中一面。

《三体》中，比《叛乱》一章更让人绝望的，是“黑暗森林法则”：

宇宙就是一座黑暗森林，每个文明都是带枪的猎人，像幽灵般潜行于林间，轻轻拨开挡路的树枝，竭力不让脚步发出一点儿声音，连呼吸都小心翼翼；

他必须小心,因为林中到处都有与他一样潜行的猎人。如果他发现了别的生命,能做的只有一件事:开枪消灭之。在这片森林中,他人就是地狱,就是永恒的威胁,任何暴露自己存在的生命都很快被消灭。这就是宇宙文明的图景,这就是对费米悖论的解释。

设想某一日,宇宙中果真有各种文明,它们的存在法则最终会是什么?

是“大道之行也,天下为公”的大同?是“邻国相望,鸡犬之声相闻,民至老死不相往来”的小国寡民?还是“往而不来,非礼也;来而不往,亦非礼也”的礼尚往来?

大约地球上都没成为事实的理想,在宇宙中,也只是孩童吹出的肥皂泡,毕竟生存才是王道。

为了生存,手段完全不必在乎。当然,宇宙间如果真正发动战争,黑暗森林法则也显得文质彬彬,毫无杀伤力可言。小说中关一帆对程心说:“在真正的星际战争中,那些拥有神一般技术力量的参战文明,都毫不犹豫地把宇宙规律作为战争武器。能够作为武器的宇宙规律有很多,最常用的是空间维度和光速,一般把降低维度用来攻击,降低光速用来防御。”

而维度打击的前提是,先改造自己,降低自己这个文明的维度,然后肆无忌惮地攻击。就是说,我先下地狱,再一把将你们全部拽下地狱,而不是我站在地面,嬉笑着,将你们一一踢下地狱。

黑暗森林法则建立在猜疑链的基础上,但实际上,猜疑链与交流和爱的关系都不大。我看你一眼,引起你注意,于是你试图将我像虫子一般抹掉,可是,如果我不看你,你一旦看见我,还是会动手,这几乎是一种下意识的习惯。黑暗森林是宇宙尺度上的法则,但同样适用于人心。

小说中,一个善良的三体人向面壁者罗辑提出抗议:宇宙中并不是只有人类才懂得爱,三体世界也有爱,但三体世界严酷的环境不容许有爱存在,即,爱会抑制文明的生存与发展。

所以费米问:“他们都在哪儿呢?”

答案是,他们就在你眼皮底下,试图消灭你,但不会让你发现。

这与阴谋无关。

四

多年前，在偏僻山村的小小庭院，在晚饭之后，睡觉之前，我曾手捏一张北方天空星座图，一次次抬头，按图索骥，找寻那些星座。那时虽然群山逶迤，但山体并不高大，这样，呈现在头顶的星空，还算辽阔。纸张上的图案，一旦在天空放大，就不再明晰，也不紧凑，许多尚未归置的星星，仿佛尚未找到家园的孩童，它们随意钻到一个星座里面，试探、询问，意欲停留。然而整体已经组建，它们的进入，不过是添乱。那些有着名字的星座，大熊、猎户、仙后、天琴……它们精心放置，一颗与另一颗，距离与位置不容有半分差错，它们更像一些世人皆知的画在天空展开，可仰望，可欣赏，唯独不能描摹，不能拿走。那时群星璀璨，仔细辨认，会看出它们的色彩，橘红、浅粉、淡蓝、莹白、奶黄，那些色彩并非凝固不动，它们闪烁，意欲靠近又想逃脱。那时，我的想象也只局限在大地上，我因而觉得，头顶的一颗星便是山花一朵，它们在那里绽放，绚丽且散布芬芳。

银河也在那时喧响。我曾怀疑那是山间松涛，门前流水，或者什么鬼魅发出的声音，我曾仔细判断那些声音来自何方。毋庸置疑，除去松涛与流水，除去犬吠，依旧有种声音在天空环绕。那是细微的声响，仿佛已经响了很久，现在渐渐离去，但并不会停止。那是一种无休止的持续，琵琶弦上语，离歌唱渭城，都不是，只是简单的持续。

偶尔，我会做一些在星空下飞翔的梦。我从院子中央起飞，越过苔藓斑驳的矮墙，墙外是微微晃动的黑色林木，泛着银光的小路一直向村外延伸。我始终飞不高，只勉强越过墙头。即便是白天，头顶也有星星，白昼已将星光冲淡，有时是一两颗流星，缓慢地，烛泪那样滑落。在梦中，我有时轻盈，有时如注满水的天空那般沉重。

可是现在，再不会认为星星就是鲜花了。如果偶尔在夜晚见到几粒星辰，只是想，它距离地球有多少光年，它在宇宙健在还是早已陨落，那些星光走了多少万年才走到我们眼前，又在多少万年之后，终将弃我们远去。月亮同样如此，我想到它，只会想到那密布的陨石坑和阿波罗 11 号。有一次，我捏着观鸟用的迷你望远镜使劲看月亮，终于看清月亮像一个得过天花的麻子，那些阴影也不是吴刚和桂树，而像一只巨大的猫爪子。至于银河的喧响，我单方面认为那不过是一些电磁波在忙碌地来来去去。

物理学有时就是如此败坏人的兴致，让好玩的事情都不好玩。不过科幻又使物理学的呆板显得迷人：它在想象奥秘的基础上，又设置奥秘，然后再想象奥秘，仿佛一款电脑游戏。

地球是一个美丽的笼子，里面的人，都是一只只小虫，他们终其一生，不过都在困守牢笼。仰望星空，真正让人怅惘的，不是人从星空觉察到自己的渺小和孤立，而是，原来你自己也是星空，但你从未如此确定，从未让自己变得神圣。

五

经常想，如果将《三体》拍成电影，那肯定是非常过瘾的三四个钟头。三部曲一部接一部，亿年的岁月唰唰流过，我陷在电影院的椅子里，手中的一杯水已经忘记喝，环顾，身边没有一个熟悉的人，因为熟悉的人都在银幕上。小说里的人，一旦出现在银幕上，如同一片森林变成一棵具体的树，叶脉清晰，树皮上的瘢痕斑驳醒目。起初一定不愿接受，然而过一段时间，也便承认，于是银幕上的那个形象替代脑海里的人，并将根深蒂固。影片里的音乐会适时响起，像《2001：太空漫游》中的《查拉图斯特拉如是说》和《蓝色多瑙河》，我希望那同样是一些既存音乐，不诡谲，不神秘，它的效果如同酒精，直接作用于情感神经，悲喜与共。

可是《三体》中很少有让人如沐春风的时刻，这是一部走向黑暗的作品，尽管最终有人生还，得以在寒冷的外太空拓展人类疆域，但太阳系的一曲交响最终以一个悲凉的休止符结束。追思在电影中必须出现，我设想那应该是莫扎特的一曲《安魂曲》。阴郁的D小调，“永恒的光”“请赐永恒的安息”“仁慈之源勿忘救我”……恐惧、悲痛、祈求、虔诚，唯独没有同情和怜悯。熟悉的音符在画面之外，却又深植于内，它不拘于某一片段、某一镜头，它是整部电影的基调：在黑暗森林中蹒跚前行的地球人类，一个世事不知的孩子，举着微弱烛光，一边行进一边对着黑暗大声叫嚷，最终召来猎手，在宇宙尺度上，他是如此单纯无力、茫然无知却又如此自大、混乱无序。

太阳被二维化的过程，壮丽宏大：首先接触二维平面的那部分太阳如同火海漫溢，波涛汹涌，而三维的太阳则成为这个世界最后的落日，它朝着自己形成的火海缓缓下沉，仿佛自己的血溶开来，将自己吞没。在此之前，地球的二维化凄楚而美丽：它在二维平面上形成清晰的圆环，那是年轮模样的地核和地幔，由深红过渡到暗黄，它的最外层，是一圈白色雪花，那是已经冰冻的海洋。如果细看，那些巨大的六边形雪花晶莹剔透，各具形状，它们铺开来，一颗与另一颗绝不相叠，它们像布面上装饰用的精致图案，独一无二。这时候，舒伯特的歌曲《她的肖像》应该轻轻唱响。

那是来自时间深处的男中音，苍茫中透一丝哀婉："我站在幽暗之中，凝视她的像，她那可爱的容貌，生动地现在我眼前，她那玫瑰色的嘴唇，依旧在微笑，她眼中闪烁的泪光，饱含无限辛酸，我的泪水，自脸颊往下滴，叫我怎么相信我已永远失去你。"

《三体》中稍显温馨的场景，应该是程心与云天明的那次会面。在拉格朗日点，在太空艇中，当云天明自光年外出现，展现在程心面前的，是一幅公元世纪的田园牧歌图：麦田已经金黄，清风起处，麦浪如波，麦田旁的黑土上，插着铁锹，麦秆编成的旧草帽挂在上面，稍远处，蔬菜茁壮，云天明自麦田那头走来，他揪下一穗麦子，边搓边吃，他低头吹去掌心麦芒的动作，仿佛一个劳作终日的农民喜获丰收。隔着几个光年，他们微笑，问好。然而他们四个世纪的情感，只能克制，只能默默注视，因为他们有更重要的任务，机密藏在童话中，需要解读。那是人类的所有希望，讲述如果稍不注意，危险就会降临。

此时响起的音乐，多么希望是勃拉姆斯的《B 小调单簧管五重奏》第二乐章。单簧管和弦乐的相互交织，缠绵悱恻，却又孤单幽寂，仿佛一条盛夏的路，向远方延伸。人在小路上行进，渐走渐远，绿影叠坠的路旁风景渐渐萧瑟，小路最终隐去行迹，徒留落叶纷飞，寒霜铺地。

这是属于爱情的乐章，充满回忆。然而也只是回忆，没有丝毫未来可言。云天明的故事里，露珠公主和卫队长扬帆远航，这竟然是一个预言，终将实现。

六

《三体》中最迷人的想象，是宇宙的田园牧歌时代。那是宇宙的开始阶段，一切才睁开眼，欣欣然。钩心斗角尚未发生，新生的元素如白衣牛仔的少年纯净透明，它们相互包容，相互开放。黑暗没有诞生，现实的存在细节毕现，却又秩序井然。法术并不是法术，它们不过是些家常小事，人们腾云驾雾的神话，也不过是某个星球上俗世生活的投影，没有神秘可言。宇宙的构造在十维以上，其文明的精美我们无法想象。光是超距作用，一个普朗克时间内可以从宇宙一端传到另一端，也就是说，开始和结束连在一起，循环构成永恒，之间没有任何遮蔽。量子之间的事情，在宇宙尺度上完全可行，小说《乡村教师》里恒星之间的跃迁，便是一个实例。崂山道士未曾熟练的穿墙术，人们驾轻就熟，因为量子隧穿也发生在宏观尺度上，墙壁、门和铜锁之类不再保护个人私密。

时间也应该多维，起码在二维以上。时间如果不是线性，便会分岔，便有无数延伸方向，时间缔造的我们，便有无数存在状态。我在此刻也在那时，我在此地也在彼处。如若错了，不必内疚；如若痛失，不必遗恨。万千抉择同时进行，总有一个选择完全正确。平行世界不再让人迷惑，你有许多个你，我有许多个我，你有你的许多规则，我有我的许多理由。萍水相逢并不值得珍重，因为我们会在另一个地点再次碰面交谈。梦不需要解析，《三梦记》那样的事情，不再是偶然，因为它原本便是另一个现实……

关于宇宙田园牧歌的想象，穷尽脑力，我能想到的也只有这么一些，类似于神仙世界、奇门遁甲，之外还有些说不清道不明的纷乱。很遗憾我的想象依旧局限在三维，是如此名副其实的一个井底之蛙。

田园牧歌时代最终结束于战争。宇宙间那些神一样拥有能力的高级文明将宇宙规律作为武器，战争旷日持久，硝烟四起，于是宇宙的维度一级一级降低，光速也逐渐变慢。现在的这个宇宙，已是伤痕累累，残缺不全，如果继续，宇宙最终会成为一潭死水、一座废墟。为了挽救这个濒于灭亡的宇宙，一些名曰归零者的理想主义者开始行动。他们让宇宙起死回生的做法更加疯狂：将宇宙继续降维，到达零度以下，像拨动时针那样，十二点之后，又是最初。

午后，玻璃窗蒙一层清冷雨雾，楼高，雨水滴落的声音根本听不见。无须细看，窗外青山定是白雾蒙蒙。高原的这个夏天，如同南方的梅雨季，细雨不断，气温降低。不过植物们对此毫不在意，它们早已兴奋得忘乎所以，仿佛喝高了酒，所有枝丫都在踢腾伸展。如果淫雨继续，水泥墙都有可能生出苔藓和羊齿植物。

记忆像布谷鸟的叫声那样渺远又清晰。布谷鸟我始终喜欢，但是记忆，有一部分早已厌倦。我希望记忆越精干越好，如同我种下的那株秋葵，只开一朵嫩黄的花，结一枚尖塔状的果。

想来分岔的时间我也不喜欢，哪怕果真能实现。我不想此时的我，一个在阳台上静无声息，一个却醉笑他乡，一个在雨天醒来，另一个却沉睡江湖。我也不希望某天当我回首，于万千自己中，挑一个完美无缺的身影，厚颜无耻地确定：那就是我。

好在刘慈欣曾告诫：这无数个可能的未来哪一个会成为现实，科幻小说并不能告诉我们，这不是它的任务，也超出了它的能力。

那么，尽情想象便好了，地球还是这个地球。

于坚　希腊记：帕特农

《荷马史诗》最广为人知的段落的开头是这样的：那些住在雅典的人……

——梭伦

我去过雅典，但没有人认识我。

——德谟克利特

雅典除了那些三步一岗五步一哨的废墟，还有永远春风吹又生的街头音乐会，暮色般的紫罗兰花园，二十世纪的使用了钢筋水泥和玻璃的框架结构建筑物，挂着腊肠的小餐馆，被激情的手涂鸦的墙壁，卖无花果、石榴和玫瑰的少女，死去不久的、在案板上等着成为美味的鲱鱼，气味浓烈的胡椒，本地特产的海盐，用祖传秘方炮制的奶酪，刚刚从陶罐里捞出来的腌橄榄，来自穷乡僻壤的流浪汉，某人刚刚出版的诗集，手镯和耳环叮当歌唱的作坊，长得像赫西俄德的教授（他的写真雕像流传至今）——瞧，就是那位，正坐一处玻璃搭的棚子等着公交车呢，喝多了苦艾酒的萨福粉丝，衣着光鲜、拖着箱子走在人行道上的吉卜赛女郎，在充满神祇和英雄的俊美雕塑的城里从不减肥的胖子们（胖得那么舒服、惬意），高视阔步、风度翩翩的猫（随处可见），裹着黑袍的牧师，黑人，艺术家——雅典到处都是艺术家，语言艺术家、厨房艺术家、古铜色的艺人、貌似雅典娜的无比自恋的时装艺术家、冰激凌艺术家、鲜花艺术家、餐馆艺术家（大厨、侍者，人人自有绝技）、面包艺术家、奶酪艺术家、火腿艺术家、文身艺术家、手风琴艺术家、泥巴艺术家、舞者、木匠、裁缝、表匠、擦鞋匠、侏儒艺术家、马车夫艺术家、出租车艺术家——一路上用荷马的语言为我们介绍哈尼亚港口的一家餐馆：“我最喜欢的一家，每个月都要去两三次，那家的羊肉啊！你一定要去，这是链接……”艺术早已超越了它发生以来的那种宿命的鹤立鸡群、“自以为神圣”的做作，成为盐巴式的生活方式。生活就是艺术。“光亮亮的雅典城，头戴紫云冠，人人羡慕……”（阿里斯托芬《骑士》）至今如此。有点像宋代的开封城，我想起来那本《东京梦华录》：“举目则青楼画阁，绣户珠帘。雕车竞驻于天街，宝马争驰于御路，金翠耀目，罗绮飘香。新声巧笑于柳陌花衢，按管调弦于茶坊酒肆。八荒争凑，万国咸通。集四海之珍奇，皆归市易，会寰区之异味，悉在庖厨。花光满路，何限春游，箫鼓喧空，几家夜宴。伎巧则惊人耳目，侈奢则长人精神。”艺术家根本看不出来，就蹲在那墙角下，坐在那些玻璃窗子后面，就是那个将自己打扮得像一位流浪汉的小伙子（看不出来真的分文不名还是崇拜第欧根尼）……时间从未在雅典城逝去，各世纪的房间、家具都原样摆在这个城里，两千年以来的各种旧物杂陈，任由风吹雨打。死亡是时间的事情，你不能催它。就是后起的工程，似乎也乐于让雅典保持着一种废墟风格。落日像是一座蛋黄色的废墟，脱离了白昼的强光刺眼的阿波罗风格，向着酒神狄俄尼索斯的夜走去。月光下的街道像是一段段钢琴曲的废墟，醉醺醺的大学生在那黑暗小巷的残砖上徘徊。幽灵出没，讲着古老的雅典方言。文字并不能完全反映这些种类复杂的口语，通过书本学习到的语言根本不能理解幽灵们说的是什么。荷马是一个伟大的幽灵，他留下的声音被记录成各种版本，充满争议，揣摩他到底说了什么，是雅典学术的魅力之一。雅典令人迷惑，置身其间，时间发生错乱，不知道自己到底是位于时间的哪个点。公元前四百年？四世纪？或者2019年的9月5日？我们订的家庭旅馆属于一个年轻人，他和他的女友骑着摩托来，交给我们钥匙就扬长而去。老掉牙的电梯，只能容两个人。八百欧元一晚，里面有七个住过幽灵的旧房间，包浆在木地板上发亮，被谁们的脚印磨得棱角分明。五个阳台，还有厨房、起居室、餐厅、两个卫生间、洗衣机、咖啡壶、锅子、刀子、勺子、盐巴、油和上一拨租客留在冰箱里的牛奶、鸡蛋、三个番茄。衣柜里有股十九世纪的霉味。窗子外面古木参天，挂着藤子。对面阳台上走出来一位裸着上身的男子，站了一阵，抽根烟，阿喀琉斯或者奥德赛？结实的腹肌闪着微光，古铜色。厨房里有一只中国制造的咖啡壶。得强迫自己睡上一下，反常的黑晚“他们已经忘记了祈祷或魔法。”（博尔赫斯《起初》）数千年前神庙所昭示的东西如今已成为生活本身，神庙可以废弃了。“虚假的发明并不能让房屋修葺得更好，雨落下来，他的膝盖被打湿/书本和报纸也都湿透，在火车站/一个盲人小提琴手站在雨中/当他拉动潮湿

的琴弦/他得到的不是音符,而是雨滴……”(扬尼斯·里索斯)

天亮了,鸽子站在木头电线杆拉出的线条上,晃着小小的头颅。旅馆对面的一处阳台上有个肥女在抽烟,喝咖啡,拖着裙子喂鱼,逗落到晾着的垫单下面的灰鸽子,嘟着嘴模仿它的叫声。旁边的阳台,有些晾着衣物,有的在开花,有些空着,一个接一个,过了这条街,又在另一条街开始。街口杂货铺的楼上就是一个大阳台,后面的跟着排列过去,阳光此起彼伏,阴阳变化,这个阳台光辉灿烂,那个是忧郁的,另一个很温馨,那个是孤独的,这个生机勃勃,含苞欲放,那个灰尘密布,坚硬得像是一块监狱用来放风的小球场……千姿万态,无边无际,停泊在城市这片大海上的排列成直线的一个个小岛。另一家的栏杆上晾着一床朱红色的毯子,绣着金黄色的图案。地毯下面的阳台上坐着一对夫妇,男的在看报纸,女的在喝着什么。一个赤裸上身的男子站在阳台的一角抽烟。他们显然也发现了我,朝我招了招手。我刚刚来到雅典,正光脚站在垂地窗帘外面沙滩般凉爽的阳台上,有点受宠若惊。我的房间小到箱子只能立着放,阳台却几乎与房间一样大,推开双开门,光明涌入,窘迫立即坦荡起来。阳台上摆着玻璃面板、下面压着棉质桌布的小圆桌,两把篾编靠椅,打扫得干干净净,就像摆在浴室门口的脚帕。不知所措,我来自一个阳台大部分被封起来的小区。从小到大,阳台几乎没怎么用过,要么改成了厨房,要么用来做堆杂物的仓库,要么根本没有,那不是家庭的一个必需品。雅典是个有阳台的地方,身体的延伸部分,没有阳台的房子怎么可以住人?事关生命的质量,在阳台上消磨时间是一种日常的生活方式,就像餐桌上顿顿必备的奶酪、面包。雅典人崇拜古铜色,这种肤色来自太阳神阿波罗。到处是古铜色皮肤的家伙,大街上、市场、购物中心、海边,船长、流浪汉、贵妇、学生、工程师、教员、编辑、专栏作家、清洁工、小贩、守门人、政客、诗人、出租汽车司机、百货公司的售货员、浪女……一个个晒得闪闪发光,神一般健美,人们以此为荣,酷爱阳光,酷爱强壮有力的身体,腹肌如海岸般坚硬,崇拜阿波罗神。“到了晚年,还像是一个运动员,体格健硕,黝黑结实,身体时刻保持在最佳状态下。他有着匀称、健美的身材,厄瑞特里亚古运动场上的雕塑可以证实这一点,因为这座雕像就是以他为原型雕刻的,几乎是一尊裸体……他经常进行体育锻炼,强健的体魄,完全达到了运动员的状态,耳朵扁扁的,皮肤上涂了橄榄油。”(第欧根尼·拉尔修《古希腊哲学的故事》)希腊有一种假期叫作阳光假期。赤身裸体的人随时可见,让阳光晒黑是一种古典主义。西欧和世界许多地方的人跑到希腊来晒太阳，加入这地方天经地义历史悠久的晒太阳运动，晒得黑黝黝的又无比荣耀地回办公室去，仿佛被阿波罗上了一道漆。古代留下来的雕塑显示阿波罗是个古铜色、肌肉健壮的运动员。不过大胖子、永远晒不黑的人也不少，各美其美。胖子们活得快活自在，大大咧咧地占据着空间，岿然不动。

在一家土耳其餐馆支在人行道上的餐桌上用晚餐，烤肉、海鲜、香肠、面包、土豆、奶酪、番茄、生菜柠檬、冰水、酒……堆积如山，似乎每个人都是饕餮之徒，怎么吃得完呢！转眼工夫，一张张丘陵密布的餐桌已成杯盘狼藉的平原，冒着战后的硝烟。旁边是一家市场，一个个摊位上铺陈着从地中海捕来的鱼类的尸体：鳕、鲽、鳎、鲆、沙丁鱼、鳀鱼、蓝鳍金枪鱼、狐鲣、鲭鱼……一条条翻着苍白的肚皮，臭味弥漫。蔬菜和水果种类不多，屈指可数，苹果、香蕉、香瓜、葡萄和无花果。香料就太多了，一盒盒色泽深沉的粉末，叫不出名字。闻所未闻。一位裹着头巾的大娘推着一辆木头车，孙子坐在前面，卖大蒜，一欧元一串。市场的另一端有几家古董店。堆积如山，一个挤着一个，各种各样的家私，花瓶、烟灰缸、眼镜盒、陶罐、左轮枪、碗、勺子、刀叉、肥皂盒、酒瓶……应有尽有，都是家里用的东西，都是老东西，新的不多。地下室还有，旧物件挤得人很难下去，稍不注意，一个东西就滚下来。古老的手艺一直流传到今天，做工极好，大部分是二十世纪的旧物，价格便宜。旧物太多，不需要奇货可居。买了一个米诺斯风格的陶罐，老板说，至少有五百年的历史。看上去确实像个老家伙。这么多的旧物，人们不屑于造假。希腊没有新过，它一直旧着。西方最伟大的仓库，什么都在，没有遗弃。一切都在着，万物、人、手工、作品……这个地方没有天翻地覆，只是日复一日地炉火纯青。

“寺庙，站立在那里，将其自身展现给人类。只要艺术仍然是艺术，只要神没有从寺庙中离开，对寺庙的理解就始终开放着。”（海德格尔）

在雅典街头乱走，冷不丁就能遇到帕特农神庙，在一群建筑物的右侧，在一堆础石废墟上头，一个窗子所能看见的最远处，一条花枝乱颤的小巷的尽头，一位侍者满载啤酒、玻璃杯和冰水的托盘上面，一只猫的耸起在脊背上的山梁后面，一台照相机的取景框里。手机就不用说了，每只手机里都有一座。一处阳台，一家酒吧，广场上，花园里，一家后院的晾衣绳上，一群游客要去的那个方向……“历史给我们的最好的东西就是它激起的热情。”（歌德）真是不可思议，两千五百年了，这座暗示着圭臬、尺度、标准的框架还在那里，激动人心，召唤、勾引着世界的老年、中年、青年、幼年，婴儿、小偷、强盗、诗人、官员、商人、流浪汉……他们正一群群拄着手杖，背着旅行袋，边上的网兜里塞着一个装着冷水的水壶，一个跟一个走向帕特农。这是一种从每个人的千千万万的点抵达一个点的旅行。师法造化，雅典人用的是石头，帕特农神庙模仿了石头，创造出一个直线组成的框架，模仿了石头的看不见的不朽。对于我们今天在世的人来说确实是不朽，你还能与两千五百年前的人看见同一件东西，就像看见太阳、星子、岩石、森林、大海……而这并非造物主的作品，是人"认识你自己"的作品，人自己为自己建造的尺寸、标高、轻重、厚薄、冷暖……永恒的古典主义、保守派，以不变应万变者，从来没有怀疑过自己。将来的人，后来的人，只是一次次在标新立异中回到这里，回到那种尺寸中。就像歌德说的："莎士比亚的《亨利四世》，即使留给我们的这类作品全都失传，诗和修辞艺术也能凭借这一个剧本而完全恢复过来。""让我们记住古人是多么的伟大，尤其是苏格拉底学派如何给我们揭示出全部生活与行动的本源和准则，并且还告诫我们不要沉湎于空洞的思索，而要去生活和实践。""只要我们的学校教育一直把我们带回到古代里去，并且继续不断地推行希腊语和拉丁语的教育，我们就可以庆幸自己，这些作为掌握高度文化所十分必要的课程就永远不会湮灭。如果我们把目光放到古代身上，刻苦地学习它，并且怀着以它来改造我们自己的希望，我们就会感到似乎只有在那个时候，我们才真正成为了人。"就像孔子讲的：温故知新，信而好古。帕特农神庙正是一所不朽的学校。

真是非凡杰出的想象力，大地这团盘根错节的混沌乱麻，被想象成一根根直线，总结出一种所向无敌的、利剑般迅疾的功能，一切似乎都可以即刻在这线条下迎刃而解。一列火车响了，从波罗奔尼撒站驶出，切开了密密麻麻的雅典。此刻，这些石头垒叠起来的直线直指天空，崇高、坚决。某种古老的、永不衰竭的挑战。柏拉图、亚里士多德、苏格拉底、第欧根尼、埃斯库罗斯、索福克勒斯、欧里庇得斯……都出生在这神庙下。两千五百年后，海德格尔从黑森林专程而来，"那个曾经希腊人聚集在一起的地方"。

帕特农高于一切，高于雅典，高于大地上所有的丘陵、大海、橄榄树、无花果、蜂蜜、奶酪、图书馆、歌剧院、市场、摩天大楼、火车站、神庙、教堂……下面东正教教堂的钟声响起，不像在西方的城市是最高的声音，这些零碎的声音在下面，像是小鸟的叽喳声。宙斯的座位，屹立在阿克罗波利斯山的石灰岩高冈上，公元前447年建造的。用大理石凿出的圆柱横梁垒叠、铆接起来，曾经供奉着雅典城的守护神雅典娜女神。此刻只剩下一个矩形框架，有点像昆明郊区的没有砌墙的烂尾楼。这么说并无不敬，这种长方形的框架如今已遍及世界，从罗马到印度，从马其顿到远东，从昆明到京都……原型是轻微的米黄色石头材料，粗糙的表面有点像莫奈画的大教堂系列里的笔触，在落日的反射中，呈现为纯金色，仿佛真是金子打造。

站在阿克罗波利斯山的峭壁边缘俯身看去，下面的街道像是一条条小溪。雅典城展开在平原上，蛆虫般的蠕动着、闪烁着、呻吟着，做着自己的小事。地中海在南方的天空下，灰蒙蒙，好像等待着什么。全世界的智者(那些想问"为什么是希腊"的人们)都拥向这座神庙，在阿波罗的天空下，心怀敬畏，扶老携幼，列队而行，摩肩接踵，挤挤攘攘，战战兢兢，担心着那些柱子会不会突然倒下来。柱子不是整根的，是一节一节地拼接起来的，已经倒掉一些，这是一座废墟。希腊人正在修复它，安装了脚手架。八点开门，门票七欧元。开门半小时，里面已经水泄不通，到处是举着手机、照相机的手臂，导游大声吼着，许多人仰天长叹，或者六神无主地走来走去。有一群穿白色紧身衣的击剑运动员以神庙为背景拍合影，大家高举着剑，欢呼着。这个石头框子没有遮阳之处，阿波罗的阳光之箭密集地、热辣辣地泼下来，逃都逃不掉，只能忍受。此地的旅游业如一种现代祭祀，细节不同，敬畏、崇拜、迷信还是在的。就是从前，人们也是在毒日头下举行祭祀，祭祀并不在神殿里，在外面。"参加酒神祭祀游行的妇女通常头戴常春藤冠，身披小鹿皮，手里拿缠着常春藤、杖顶缀着松果球的酒神杖，敲着手鼓和铙钹，扮成酒神狂女。酒神祭祀游行带有狂欢性质。酒神的狂女们抛开家庭和手中的活计，成群结队地游荡于山间和林中，挥舞着酒神杖与火把，疯狂地舞蹈着，高呼着'巴克科斯，欧吼'。这种疯狂状态达到高潮时，她们毁坏碰到的一切。如遇到野兽，甚至儿童，她们会立即将其撕成碎块，生吞下去，她们认为这种生肉是一种圣餐，吃了这种生肉就能与神结为一体。"(希罗多德《历史》)"言之不足故嗟叹之，嗟叹之不足故咏歌之，咏歌之不足，不知手之舞之，足之蹈之也。"(《毛诗序》)不由自主，抹抹嘴就朝着那个方向走。

阿克罗波利斯是一座枯山，不高。一面是坡地，另一面是悬崖。没有树木、水源，山坡上分布着些羊群般的奶酪色石头，其间长着些枯黄的蔓草。坡地这边展开着雅典卫城的居民区，悬崖那边可以看见远方的地中海。居民区与神庙之间隔着荒野，并没有连接。孤独的神庙。坡地和悬崖之间还有其他神庙、剧场。通向神庙的门厅、柱廊建立在缓坡上。一群巨柱。两根柱子之间看见的是另一根圆柱，横竖两个方向都是各种直径、尺寸统一的A到B或C的直线，就像某种从圆规、角尺、米达尺、图纸里长出来的尺寸精确的男性生殖器官。高耸、笔直、抽象、苍白。阴影投下，都是几何形状。高大、重要、威严、自信、绝对，不容分说，只能服从，跟着它走，绝无曲径通幽。谈不上风水，这个建筑本质上是一个战略要塞，一副战斗姿态。它以向上、必胜、终极来庇护，这不是失败者、犬儒、庄子们的神庙。曾经遭遇雷击、日晒、雨淋、掠掳、偷盗、遗忘、毁损、炮击、爆炸、改宗（改为教堂、清真寺），但是那个暗示着数学、几何、设计的矩形框架坚定不移，清晰明确，这一点意味深长。

柱廊尽头是山冈顶部，平坦开阔的山头，地面没有清理过，还看得出初始的荒野，满地的石头碎块、蔓草。原始地面突然耸出一群非同凡响的石头，就像是一个尚未竣工的建筑工地。它一直是这样，保持着开始的混乱。整齐与混沌、形式与原委并存。没有任何庇护，鹤立鸡群，直指天空。出类拔萃的手工切割打磨出的磊磊巨石，坚挺、勃起。等距排列的多利亚式圆柱（其间刻着凹槽）仿佛一直在充血。柱子之间的石头墙不见了，风穿堂而过。大理石曾经被打磨得非常光滑，有一层冷冰冰的月亮色光泽，风吹雨打二十五个世纪之后，石头重返粗糙。一个白色的长方形框架，由四十六根顶端喷出手雕花束的十米高的大理石圆柱组成。框架确立，然后为框架文身，雕梁画栋，令这个框架看上去不那么呆板。这种画栋雕梁与李煜歌咏过的不同，李煜的画栋雕梁，框架与文身浑然一体。帕特农神庙的框架太强大了，以致大理石表面的细节、那些精心设计的装饰物容易被忽略。它旁边的伊瑞克提翁神庙，有一面柱廊上的圆柱被整根刻成了女神形象，六根柱子，表情凝固的女子，仿佛从山冈下的市场走上来，换了衣服，刚刚复位。这使得伊瑞克提翁神庙不像失去了神像的帕特农那么枯燥，但也显出平庸。“希腊人的悲剧合唱歌队却不得不在舞台形象中认出真实存在的人。扮演海神之女的合唱队员真的相信自己看到的是泰坦巨神普罗米修斯，并且认为自己与剧中神祇是一样实在的。”（尼采《悲剧的诞生》）

帕特农神庙离概念只有一步之遥，如果没有那些惟妙惟肖的雕塑为这个框架文身，它就是一个空间性的概念，可以放进任何一张图纸。尼采说：“深沉的希腊人，唯一的能够承受至柔至重之痛的希腊人。以这种合唱歌队来安慰自己。希腊人能果敢地直视所谓世界历史的恐怖浩劫，同样敢于直观自然的残暴，并且陷于一种渴望以佛教方式否定意志的危险之中。是艺术挽救了希腊人，而且通过艺术，生命为了自身而挽救了希腊人。”“对于真正的诗人来说，比喻并不是一个修辞手段，而是一个代表性的图像，它取代某个概念，真正地浮现在他面前。”（尼采《悲剧的诞生》）

砾石嶙嶙，很容易绊倒。太阳酷烈，晒得头晕。好在高处多风，偶尔掠过，即刻凉爽，仿佛是来自神庙本身，希腊的风神阿涅弥伊有四个身体，北风神玻瑞阿斯、南风神诺托斯、东风神欧洛斯、西风神仄费洛斯，都是星星之神阿斯特赖俄斯与黎明之神厄俄斯的儿子。风来了，就找块石头坐下，喝口自己背上来的瓶装水。这些石头是山上的原石，依然深嵌在山体中。或许从前雅典村庄里的牧羊人也来这里坐过，听着石匠们叮叮当当的凿击之声，一只老鹰飞越神庙，天空高蓝。苏格拉底或者柏拉图来请求神谕的时候也坐过，说不定。“你们当然认识凯勒丰……有一天，他竟然去了德尔斐，向那里的神提出这个问题。先生们，我在前面讲过，请别打断我的话。他问神：是否有人比我更聪明？女祭司回答说没有。”“最大的祝福便是通过疯狂来到我们身边的，他是众神赐予的礼物。因为德尔斐女祭司和多铎那女祭司处于疯狂的状态时便能给希腊人带来巨大的利益，但在她们清醒的时候却不能。”（《柏拉图对话录》）

“弗洛伊德终于站在了雅典卫城（Acropolis），与在他之前的许多其他人一样，他被一种虚幻感冲击了。他用自己的眼睛看到的，在某些方面似乎还没有他从想象中所获得的体验来得真实。弗洛伊德指出：‘一个了不起的想法突然进入我的脑海：那么，这一切确实存在，就像我们在学校学到的！’”（保罗《海德格尔的希腊之旅》）

荆歌　哭泣，在萨尔茨堡

2018年，诺贝尔文学奖因陷入丑闻而史无前例地暂停颁发，然后2018、2019两届诺贝尔文学奖于2019年在斯德哥尔摩同时公布，汉德克成了2019年度诺贝尔文学奖得主。《痛苦的中国人》无疑是汉德克非常重要的作品。然而，这本具有明显意识流特征的长篇小说，其实跟中国和中国人是没有丝毫关系的，它只跟萨尔茨堡有关。

1979年以后，汉德克就回到奥地利，在美丽的萨尔茨堡过起了离群索居的生活。他孤独吗？他是享受着孤独，还是硬要让寂寞来压榨自己？

> 我在运河大桥边租了两间房，那是小镇上唯一一栋出租公寓。楼房是在战后十年建的，只有两层，没有电梯，也没有阳台。底楼是超市，附近就这么一家商店。我刚搬过来时，有人告诉我，要是别人问我家住在哪里，或是问起我的新地址，我便可以这样回答：五号线终点站，SPAR连锁超市上面。

要是我早在到达萨尔茨堡之前读到汉德克的小说，也许我就能准确地找到这个处所。

> 房间的确在二楼。夜深人静时，偶尔还会从楼下传来冷藏柜震动的嗡嗡声。其中一间朝东，可以一眼望见运河和无轨电车的蜿蜒车道，“之”字形弯道渐渐伸向墨兹克城郊的森林。森林边缘的平坦地带密密匝匝地覆盖着墨绿的云杉和矮林。另一间的窗户分别朝西和朝北，可以瞭望萨尔茨堡市。从这片湿地望去，城区犹如天空下的一道光，依稀可见。它被几座名为“城市山丘”的要

塞山、僧侣山和莱恩山遮挡了面目。山顶上，飞机导航灯闪烁着红宝石般的光芒。虽然相距仅数公里，萨尔茨堡却显得十分遥远。几座城市山丘矗立在人口稀少的平原上，别看这几座毫不起眼的驼峰，它们表面像丘陵一般，但你却很难想象，这些驼峰或多或少都是由几处险要的悬崖峭壁组成，若有人不小心掉下去，则必死无疑。古城郊的旅游大巴——白天总是排着长龙——这会儿只是零零星星地停放着几辆。当熙熙攘攘的人流逐渐散去后，广场喷泉发出的潺潺流水声越发变得清脆。不久前，这座城市所有喷泉的水都来自阿尔姆运河，而如今，运河除了还在为两座磨坊提供动力外，已全然沦为点缀。因此，当局正准备废弃这条运河。教堂的穹顶在夕阳的余晖下闪烁着铜绿色的光芒。

他到底租住在哪一座房子？熙来攘往的游客当然不可能知道。人们只知道与萨尔茨堡有关的名人是莫扎特和卡拉扬，尽管这种了解完全流于肤浅并且很有些庸俗。没有人会把萨尔茨堡和汉德克的名字连在一起。没有人认识他，没有人知道他是谁。世界从来都不完整，常常只是碎片，思想者的脚步，才会串起珠链。他们以天才的逻辑，编织另类历史脉络。汉德克的思考是跳跃和纷乱的，各种念头，像萨尔察赫河里倒映的晚霞，绚丽而多变。作品中阴郁的比喻，比路边的野花还要挥霍放纵。

我只是为了要去新天鹅堡、国王湖和哈尔施塔特，才来到这里，只是把它作为一个驿站。从慕尼黑坐火车到萨尔茨堡，我们买的是拜仁票，这个票在拜仁大区无论火车和公交车都可通用。在欧洲坐火车旅行，通常都不需要检票进站，各种各样的票，有的要打卡，有的则限定在一定的区域和时间内使用，一旦查到无票乘车，那是要罚款的。有个肥胖的老太太，坦然坐在我们对面，一直轻松地打着电话，用德语不知与什么人谈笑风生。但她并不走运，她无票乘车，被查到了。她顿时像是换了一个人，可怜巴巴地对列车员说，她身上没有钱，无法缴纳罚款。列车员非常礼貌，却也无情。车到萨尔茨堡，他把老太太的行李箱扣下了。他在一张小纸片上写了地址，交给老太太，让她带上钱去那个地点赎回她的行李箱。老太太黯然下车，没有了行李箱，她企鹅一样的背影并没有变得轻松。她是真的没钱吗？如果她果真是缴不起罚款，而行李箱里的东西，对她来说又很有用，那么她的沮丧是可想而知的。我只看到她的背影，不知道她的眼中是不是已经淌下了泪水。

我说了，我只是把萨尔茨堡当作一个中转站，没想到却被它惊艳到了。当那个倒霉的老太太肥胖的背影在我的视线里消失时，我所看到的萨尔茨堡，是没有眼泪的。天空纯净明亮，街道空旷如午夜。古老的建筑像是被内心充满热爱的画家绘制在画布上的，构图并不四平八稳，那么错落有致，却是恰如其分。理想的布局，浪漫的光影，不时给人意外的惊喜。

夏天热辣辣的太阳，掉在古老的石头路面，发出金属的声响。这声响，就像教堂的钟声一样空灵，又如隐约的音乐那么神秘。阳光涂抹着这座城市，给它刷上金漆，也渲染出无数清凉的阴影。阴影里的清凉，是阳光的漫步，是它留给人们的私密空间，正如夜晚来临，那是阳光慷慨地把寂寞赐给了夏天的萨尔茨堡。

粮食胡同九号，黄色外墙的房子，在夜晚门窗紧闭。这是莫扎特的故居，它的白天是很有些热闹的，但是现在它实在太安静了。据说，冬天的萨尔茨堡，当整个城市都被厚厚的白雪覆盖时，它会更加安静。位于三楼的窗子即使打开，里面也许依然不会传出半点乐音。莫扎特是一位静默的音乐家，他的音乐似乎是以无声的方式传递到一些人的内心的。就像萨尔察赫河水流淌的声音，只是在水面之下。汉德克当然在这所房子前面走过，不止一次，也许每天他都会路过此地。他听到了一些什么？古典音乐和巴洛克建筑，也许只是汉德克获取静穆的底色，它们收敛起金子的光芒，退到黑夜深处，从而使他跳跃的思绪能够像繁星一样闪烁。

我的眼镜丢了。沿街找到几家眼镜店，门都关着。广告画上戴眼镜的金发女郎，挤眉弄眼地就像是在嘲讽一个没了眼镜的人。只有一家超市开着，除了一个店员，里面再没有别的人。后来知道他就是超市的老板。店内和外面的街道一样空旷。超市里有老花镜卖，这让我很高兴。选了一副眼镜，付了钱，刚走出店门，店老板就要锁门打烊了。时间还只是下午四点多啊，阳光还像镜子那么亮。“怎么就下班了呢？这么早！”我忍不住问他。他是华人，三十多岁的年纪。他懒懒地回答说：“反正也不会有人来买东西了。”我看他落寞的样子，问他是哪里人，来这里几年了，日子过得怎么样。他跳过前两个问题，只回答了最后一个：“太寂寞了！”“为什么会是这样？是因为没有朋友吗？”他说：“在这里，不管是老外还是华人，大家下班了就是回家，不像国内那样有饭局，一起喝酒，还打麻将、去歌厅玩。”我知道他的寂寞和孤独是真实的，这也是许多中国人在海外的心理处境，好山好水好寂寞，这句话，几乎成了许许多多海外华人的生活写照。然而我的海外生活经验是，好山好水好空气，安全的食物和水，让我始终处在一种平静安乐的心境里。我并不感到寂寞，丝毫也不。因为我不喜欢扎堆，不打麻将，也不爱去歌厅。与朋友的交往，其实在这个网络时代，并不需要身体的面对面，更多的互动，还是通过手机。再说了，人在更多的时候，是在孤独中感觉到自己的存在的，寂寞里才有清晰的自我，才有饱满的创作，才会听到时间的脚步和自己内心的声音，听到神的启示。可是我似乎不能对眼前这个人说这些。你可以看书呀，你要跟自己的灵魂做伴呀，这样的话说出来，他不仅听不进去，反倒会觉得我很讨厌，是不是脑子有问题。你不就是来买一副老花镜吗，话那么多是为什么？

欧洲的许多城市确实大同小异，然而它们就像人脸一样，异趣就在于细微表情的不同。一座优异的城市，是有它独特的气质的。萨尔茨堡有高贵的寂寞，它让我产生停下来的想法，它是会把思念植入我内心的，它把孤独的感觉给我，并让我迷恋上这种孤独。当然，这种魅力，也许只是我作为一个游客肤浅矫情的感受，它并不日常，远离真实。那个超市老板，他的感受才是现实而普遍的。

米拉贝尔宫方正、坚硬、庞大，它的花园却平坦而温柔。遍地鲜花，妖艳地在风中摇曳。在这里，我又看见了那位东方女性，优雅而憔悴的，她一个人在萨尔茨堡游荡已经数天。我这是第几次见到她了呢？她总是温文尔雅地在长条木椅上坐着，像是发呆，又似乎是在沉思。我猜她是缅甸人，或者就是柬埔寨的。她沉静得太过分了，有时是风景里的一块石头，陷落在一个角落；有时是飘在街角的一朵云，仿佛没有重量。现在她在米拉贝尔宫的花园里出现，一个人缩在光亮如镜的石凳的一角，低声抽泣。天狠狠地蓝着，空气透明。我看到她精巧的肩膀夸张地耸动，哭得像风一样放肆而自由。没有人去打扰她，一个哭泣的人需要绝对的自由和安静。她带着怎样的经历来到萨尔茨堡？她的痛苦，在花园里和玫瑰一起绽放。

我想在冬天再去那里，当所有的建筑披上积雪，白雪吸纳了所有的声音时。午睡过后，就在客舍的窗口读书。就还是读汉德克吧：

> 就在我清醒的那一刻，四处静悄悄的，一种温暖的虚无开始蔓延，这正是我急需的，像是豁然开朗，或者也可以说是茅塞顿开，终于不用再绞尽脑汁、费尽心思了。这其实不是“温暖”，而是“光辉”；不是“蔓延”，而是“沸腾”；不是“虚无”，而是“空洞”；不是我个人的“空洞”，而是一种“空洞的形式”。这种空洞的形式叫作：小说。它也可以是什么事都没有发生。为了让小说开始，我必须抹

去我的足迹，让自己不留痕迹，虚无本身并不是秘密，秘密是虚无产生的原因。它如此盛气凌人，又是如此抚慰人心。它的沉静意味着，我必须闭上嘴巴。万物在它面前都可以回归自我。“虚无啊！”缪斯曾在史诗的开头这样呼唤道。它没有让人感到毛骨悚然，而是让人感到轻松和无拘无束，并且符合一条规律：现在怎样，就是怎样。它在画面中是一片河中浅滩。

汉德克锐利冰冷的哲思和他黑暗中的感觉，离萨尔茨堡很近也很远。世界本来就是这样，生活是这样，音乐也是这样，远在天边，近在眼前。

赵冬妮　**注视雨**

一

五月下旬，我们买了水缸，放在门前木台上。清早，天光亮透了，杏树下却还暗着，树冠浓重的阴影漫过来，水缸的深褐色染上了些薄绿，略微青幽幽的。傍晚夕阳西沉，深褐色里隐藏的火影也逐渐转暗，天地开始沉静下来。水缸身旁有板凳，还有雨靴、草笠，还有小塑料桶，都是因水缸来了，慢慢聚集到一起的。一样事物身后往往跟着另一样事物，有时候是添加，有时是重新归类。变动和秩序，这时都一同进入了夜色。一只孤单的鸟立在缸沿上，它并没有再喝缸里的水，而是静立了一会儿，就摸黑飞走了。据说鸟的视力在夜间为零，我就有些担心，又忍不住想，为什么它不趁着黄昏归林呢？也许它跟我一样，更偏爱水缸里的水？那是雨水，从天而降的，许多鸟都到园子喝池水，池小水浊，鸟们侧身在石上蹦几蹦就到了池边，看着没什么速度，却被风吹似的那么快。池心盘踞着一只癞蛤蟆，不知道鸟们发现没有，它们每次饮完水都望上一阵天，然后拍打翅膀飞走。

癞蛤蟆的确是丑，很难叫人心生好感。池心有圆石，它通常卧于石上，闭目养神，或是晒太阳，偶尔一只眼展开条缝，瞄瞄我又重新合上，总之是不在乎我的。一切掩映在浓绿里，它有它的安全地带，我想那块直径不过两拃的石块大概就是，它紧守着它，虽离我不过咫尺，可在它眼里，我还是可藐视的。若离开安全岛就是另外一样了，我在往池水去的几步路上，常会听到扑通一声猛地响起，随后眼见着水珠四溅，一片水波晃动，是它发现我来了，急忙从地上跃起投入水里，菖蒲来回摇晃，它深潜池底，很久一阵，才浮到莲叶下，小白脚蹼露出来，旋即又消失，之后从菖蒲叶片间钻出，在那儿一动不动闭目浮着。原来，它的安全岛比我想象的还要大，它在水中，我在陆地，两者的不同是天然屏障，让我们各自生存，互不侵犯。谁也没有跟谁立约，这时候，我们都是善的。我长时间看着它，有时心里是片空白，没有念头，似乎照见一切。

它基本上生活在水里，就像在我们古老的头脑里它一直住在月亮上。舍近求远的日子越来越少了，我不仅求了个园子，还在园子四周砌上了墙，把自己关起来。它能从天上下凡，到了这个三尺见方的小池里，天地贯通，我也跟着神气起来，每天都跑去看看它，且很有收获似的，逢人就汇报它的一举一动。它也真是丑，四月尾水还清澈，菖蒲剑芽刚刚抽出水面，莲叶卷着细卷，它出现在水底，透过清水看着我。去年我们就认识了，那时它只有鸽子蛋大小，傍晚我给园子浇水时，它从草窠里跳出来，慌张拱进另一个草窠。眼下它体量已足足超过一个拳头大，它直视着我，还是用去年的眼神，一身青黄癞皮仿佛充满毒液，让我的心忍不住打战，这就是它生存下来不致濒临灭绝的秘密法宝吧。在我生活的几十年里，青蛙似乎早已绝迹了，夜晚听着蛙鸣读书或者入睡，想都不再想了。四月份有朋友从杭州发来一小袋蝌蚪，我把这些蒙头蒙脑的青蛙宝宝们投放到池水里，每天心中比它们还急，盼着它们生出后腿前腿褪掉尾巴，随后癞蛤蟆就在水底现身了。我担忧起蝌蚪没什么办法，生怕它们成为它的舌尖快餐。一场雨下过，蝌蚪还在，两三场雨下过，蝌蚪也还在，一只只游来游去。蹲在水边的过程中，我惊奇地发现水会生出那么多的微小生物，即便书本告诉过你，还是远远超出了想象：本来是空无一物的净水，小生物们凭空而来，这时候，我会假设也会相信，生命出自于无。生命是在出生之后才遇到了大小，遇到了等级。至于力量，只要你不动用，力量就是均等的。但是，谁能不动用呢？就像谁能不动用自己的体量和等级呢？谁能化有为无呢？癞蛤蟆是池水里最大的生物，这只两栖动物，水汪汪的眼睛充满了大漠之气，似乎是在说，一切皆有可能。如果总是处在蓄势待发的状态下，你怎么能知道身后正跟着的是什么呢？五月里连续下雨，水面开出白莲花，菖蒲几近一人高，池水涨过，很快变得幽绿混浊，一眼望不到底，蝌蚪一只也不见了，怎么找也找不到，唯独它照旧独卧石上，它是沉默的，没法问它。

二

我们这里春脖子短，春寒长，真正穿毛衣也只半个月，在室外还好，太阳晒在身上，屋里暖气却走了，反倒要穿起棉袄，一入六月，劈头就是夏天，人人换了单衣。今年有些乱，春脖子被雨淹了，整个五月湿透，反常地断续降过九场雨。晨起看窗外，迷蒙草木，处处烟雨江南，已不复是身处东北了。我就说雨再下，真要下成江南了。心里有些快乐，觉得万事万物都活了过来。意想不到地有了个雨季，作为东北人真觉得受宠若惊，一滴滴雨珠拍打在脸上的时候，身体里僵直已久的骨头也都会动了，都能够自由打弯，所有的念头钻进事物的针眼，到处要缝缝补补。

我们一直想买个水缸。但没有雨，缸也是闲置，突然间雨水充沛，是谁也没想到的事，新竹满园子蹿，三天就有半人高，幽幽立于草丛间，走路时猛然跟它打个照面，不免要被吓一跳，哪一年也没有这样疯，不及时拔掉就要变成茂密竹林了，我喜欢竹，但杏树山樱树根深叶茂，往往喝水不足，我想让它们有更多的雨，有更多的生长的力量。

我还有五六棵蕨草，我迷恋它们不肯打开的蜷曲的身体，那么抱着自己，柔弱和力量包含在同一个身体里，又有潮湿和孤寂的气息。这个样子，总是让我想起在日本滋贺深山里的行走，在去金刚轮寺的路上，空无一人，沿途是一棵棵巨大的蕨草，叶片从心里向外展开，一副对天袒露的样子，叶片都跟我的手臂一样长，一个个伸向石径，我从中走过，像只身进入了史前世界，它们拍拍我的裤脚，又拍拍我的手。有时我会转身倒退着走，把自己暴露在斜射过来的阳光下，让那些触摸我的远古植物看清我的笑脸上没有恐惧，只有宁静。

我想让蕨草有更多的雨水，有更多的生长。要有水缸储雨，浇灌它们。哗哗雨声中这样想着，却迟迟不肯动身，怕去大市场，哪怕戴口罩也不放心。媒体发布说，五月降雨一百八十三点七毫米，是往年同期的三倍。倒退七十年，雨量也是同期最多的，这么丰盈的雨月，草虫也会杂念丛生。几度拖延后水缸买回来时，只剩五月最后的两场雨了。它到家那天傍晚，雨就来了。虽有天气预报在先，但雨如约而至，去看水缸，就像它身体里住着个神灵，我先生冒雨跑出门外来回挪缸，往东挪挪，又往西挪挪，用心安顿着那神灵。他想要找准水漏出水的位置。苦的是，出水量难以确定，水缸就只能变动不居。雨大时水流如注，瀑布一样冲出去；雨小就潺潺细流，水线也改为上下垂直，坐在下边的水缸照单全收，样子十分地节俭，像个温情的小动物。

水缸坐在木台上，大小合宜，横竖尺二有余，雨水从屋檐汇聚进水漏，又通过水漏大口吐出来，有点像龙吐水，它在下边很荣幸地就满了。水满得四下流溢，分几路流向地里，通通给草木喝了去。两场雨使我认清了，水缸把更多的工作派给了我们：雨大时，水缸一会儿就满了，我先生开始舀里边的水，他拎着塑料桶，沉甸甸的，把水倒进杏树山樱树下的树坑里，再回来从缸里舀水再倒进树坑，他在雨中来回穿梭，浑身上下转眼就湿透了，雨笠也顾不上戴。我喊他回来，很艰难地喊了回来，那落汤鸡的样子完全不是书斋里的人。太乱了，哪有什么晴耕雨读啊，我被弄得心急火燎的。少安毋躁。少安毋躁。任何事情上，他总是说这四个字，于是我的焦虑熄灭成灰。我觉得这句话也是他在对自己说的，我们有时没什么区别，常常互为表里。就像水缸，我们一次次讨论，买还是不买，雨来了觉得该买，雨走了也觉得该买，讨论当中不断地加进些遗憾，甚至错失的痛悔。错失水缸也就是错失了雨水。那么多雨水真是白白地流走了。可是流到地里去了，也没什么不对吧。他上楼伏案工作去了，留下我一个人，心里惦记着那些树和蕨草。雨势浩大，人太容易成落汤鸡了，戴不戴雨笠毫无意义，我悄悄开门，跑出去用桶舀水，倒树坑，几场好雨，也常弄得我们不得安生。

五月雨收工后的一个傍晚，天色阴沉，我们走出家门，在小区散步。路上我先生说，水缸不够大，还是买小了。虽然我也这样想，嘴上却说可以咯，多大才算大，要么你去买江河，买大海。我们这样说话时，偶尔会有人从身边经过，大家彼此躲开几步，隔着一米远距离，他们戴口罩，也有人仅把口罩兜在下巴上，露出鼻孔和嘴巴，局部看去，就像一只出水的河马。

三

快递放开时，我偷摸下了一大堆单子，那么多从没想到过的东西，都被我买回家了，一件件看过去，自己也觉得这些动物过于凶猛。有些东西是可以分类的，如医用方面的，纱布、脱脂棉、弹力绷带、碘伏消毒液、指夹式血氧仪，统一放进抽屉里便是；难以归类的那些，看着就发蒙：升级版防毒面罩、护目镜、野外多功能组合工具钳、求生口哨、野外防雨睡袋、救生毯、户外便携水袋，它们又是隔三岔五地陆续到货的，时间无规律拖延，沥沥拉拉前后个把月，弄得我先自乱阵脚。打开头两个快递箱，我先生怔住了，反复看看，很快就反应了过来，他笑笑，左一件右一件地全部绑在一起，放进一个大纸箱里。我在旁边心虚地说，但愿这些东西永远也用不到。他说没事的，安心就好。眼圈顿时滚烫，我转身走开，还有比这更直接的、更低矮的向死而生吗？我们有父母有孩子，每一笔单子都指向他们的安全，为他们，我要有备无患，哪怕是为此显得懦弱，哪怕羞于启齿，哪怕像个低等生物。至于车用多功能救生锤和反光背心，直接放车上，那是日常必备品。剩下几样我格外看重，我宣称它们必须伸手可及，于是就被放在了门厅储物柜，它们是蜡烛、加粗加长火柴、全波段收音机。这里那里，一堆难以名状的家伙们聚集，拉杂分布，我像只拉好了一张安全网的大蜘蛛，坐在中心，睁大眼睛四下看着。我准备好了这一切，然后进入五月。有时我打开柜门，去看看蜡烛、火柴，用手去摸摸，大蜡烛，七点五厘米直径，二十厘米高，一座灯塔似的，坐在昏暗里。

雨多，几乎没大暴雨。下了一天一夜，雨仍旧心怀着安静。有时早起只要向窗外看一眼，我就干干净净的了，笔和纸也同样干净，一个个写下的字，全都是一尘不染，我感到了自由的快乐重新生长，我就一遍遍读着，害怕过一会儿就忘了，并不是说我写得有多好，而是那一刻实在是好：

夜雨打散了铅灰
好像从内部瓦解了一支
镇日麇集的军队
天空早起，轻微的蓝
带着封锁后的疲惫
于曦光中摸索着
慢慢展开自己
在降临尘世的路上，它的心
已趋近于湛蓝
庭园里的绿全部长高了一头
石径深远，来去无端
花朵隐匿，花骨朵失踪
还没开过的花就不打算再开了
昨日傍晚还没浇过的水不必再浇
鸟鸣璀璨明亮水泄不通
矮墙缩小没了边界
只露出一点点，巴掌大小
像块柔软的旧宣纸

雨幕划了间安全的房子，我先生在楼上埋头工作，早晨的碗筷洗好放在沥水篮里。我坐了一会儿，走到书架前，伸出手几乎不用看，就摸到了那本书，萨拉马戈的《失明症漫记》，手在那儿停顿住，我想了想，终于把它抽出来，坐回到沙发上。从冬到春，我都在控制着想要去翻开它重读它的欲望，是害怕抓不住自己，更深地溺水。书里的人都被传染上了失明症，世界成了一个盲人的世界，只有眼科医生的妻子除外。他们被隔离监禁，失去自由和面包。随手翻开一页，六年前阅读时画过的橙色笔道还闪着荧光，充满着萨拉马戈的愤怒和悲伤。不用挑选，从随意的一行读下去："……但是，当焦急折腾着我们的时候，当肉体由于疼痛和痛苦不肯听从我们指挥的时候，就能看到我们自己渺小的兽性了。"兽性显露出来，当然它也不能统治一切，遇到一个小收音机，女孩子忍着饥饿在大声恳求，听听那首歌吧，于是大家就听，也有更多的人要听监禁外的消息，要保持与外部世界的联系。那个小收音机就一直在我心里埋藏着，在淘宝下的第一单，就是小收音机，听听那首歌吧。

雨在窗外，渐渐注满水缸，雨急时水激动地翻腾，水缸不动。雨幕细密，以坚定不含糊的斜线勾勒出水缸的形状，浑圆敦厚坚实。雨改变了降落，不仅改变了速度，也改变了时间，围着水缸，雨缓慢下来。小说收尾前出现一个作家，他在失明后不间断地摸索着写作。"医生的妻子把手搭在作家的肩上，作家伸出两只手，摸到她的手，慢慢拉到自己的唇边，您不要迷失，千万不要迷失。"我记得最深的，就是这句话，多少年来我一直在想，不要迷失，千万不要迷失。那个作家该是萨拉马戈他自己，他在书中看着我们一直说不要迷失。我就一直在用和用好我的眼睛。用眼睛去看，去观察，去发现。雨在下，逐渐拉开了距离，结成大水珠子，一粒粒从天空掉下来。多么沉重的雨珠呀，这一滴与那一滴相距遥远，谁也碰不到谁，却比试着，看谁坠落得更快，更有速度和力度，砸在地面上。直到天放晴很久，还可以看出雨是沉的，它们在树身上构成了重量，树枝被压低，梢头探进草丛，像是一种喂养，晶莹剔透的雨珠落进草叶的嘴巴里。

雨水漫延，玫瑰花全开了，甲壳虫躲进厚厚的花瓣里，坚硬的铠甲寻求柔软的保护，以钢黑贴着锦红，隐藏着肉身，简单，真实，仅在生死一线间才行动，而花瓣拥挤不堪，雨线稀疏之间，年幼的青蝇横斜闪过，带着萤火一样的光亮。睡了一夜，第二天中午太阳闪现，甲壳虫鼻子香甜地跑出来，看也不看它的红房子，黑铠甲未染红，而是越发乌金锃亮，像个小神，它留下红色，自己跑掉。雨后的蜜蜂，摇摇晃晃站了起来往前走，这个伤兵，它栽了跟头，又站了起来，它打开翅膀，两片透明的薄翼重于身体，它不断尝试着去打开它们。苍蝇也背着一副湿翅膀，旁边一块小土坷垃坍塌了，它在一旁动弹不得，不知道这缠绵夜雨中它躲在了哪里，在哪里过夜，到处都是厚花瓣的花朵。在泥泞的地里，它们活着，告诉我雨的重量，甚至伤害。水缸也常常是空的，有时候，雷电台风和暴雨一样也没如约到来，好在我们已经习惯了，天气预报从来都不是像样的预言。

钱红莉　寻李白

一

去宣州，登上谢朓楼，近旁的朴树国槐，皆满冠明黄，风来，落叶簌簌霏霏。老人们坐于树下对弈，颇为陶陶然；远望群山剪影，刘禹锡《秋词二首》中几句来到目前：

山明水净夜来霜，数树深红出浅黄。
试上高楼清入骨，岂如春色嗾人狂。

这宣州，自谢朓以降，李白来过，韩愈来过，杜牧来过，不晓得刘禹锡可有涉足，谨以这几句描摹皖南深秋山色，确乎恰当——处处山明水净，树叶由绿转黄，数棵树已成红色，在浅黄中格外显眼。登上高楼，四望清秋入骨，才不会像春色那样使人发狂。

是的，春色向来喧而繁，如春水初涨春林初盛，不停地往外洋溢着扩张着的春情……唯有秋色，沁了一层霜意，于清浅浓郁间徘徊辗转，随便往山中一站，让你微微拢一拢袖子，满山的明黄绛红，尽收眼底了。登高远眺，总是想抒情，但澎湃的诗情恰好被满山寒气适时收敛，人又变得自持起来。橡实滚了一地，椭圆身体上端，戴一顶小尖帽，酷似陀螺，煞是可爱，捡拾几粒，藏于口袋，三四日中，不时伸手摸摸，余温尚存。

九年前暮春，第一次来宣州，伫立敬亭山巅，因多雾，未曾望见清亮的水阳江，大抵便是给予李白"抽刀断水水更流"灵感的这条江吧。这次，又因故错过。因时间关系，众人于半山腰盘桓片刻，便往水东古镇去。

敬亭山脚下有一亭，曰：古昭亭。建于明，汉白玉拱廊，早已斑驳，"古昭亭"三字已然风化，需仔细辨认。大约是敬亭山唯一古迹了。

残阳斜照，竹影婆娑，洒下一地碎金。秋阳总有丝丝寒气，袅袅的，每一脚踩下去，似叫人听见薄脆之音，这便是“秋声”了。

斜靠古昭亭廊柱留影一帧，沾沾岁月的寂气古气。石柱凉气袭人，自是一凛。

当年，石涛第一次面对黄山的磅礴大气，忽然有了自卑，自忖一支笔驾驭不了，于是下山，选择宣州居下，一居十五年。在这漫长的十五年里，潜心磨炼自己，慢慢地，内功有了，格局宽了，视野阔了，下笔自然深厚起来。无论写作绘画，抑或浸淫任何一种艺术形式，成就一个人的，除了心性，唯有刻苦。

宣州这一整座城池，皆成石涛刻苦之明证。

李白呢？我真是对他一言难尽。九年前，第一次来敬亭山，尚年轻着，只能浅显体味他游离于众生之外的孤独。九年后，陡增白发的我，算是活到了霜意里，再读《独坐敬亭山》，自是别样：

众鸟高飞尽，孤云独去闲。
相看两不厌，唯有敬亭山。

这个人，他一生不肯与自己和解——更多的时候，他是鸟，也是云，盖世的才华成就着他，也摧毁着他，注定独立于芸芸众生之外，个中痛苦，常人无法理解一二。他的灵魂一直为命运所驱赶，置身于山水自然之中，半生漂泊在路上。你看，到末了，人真正留恋的，还是山水自然。

李白以他的身体力行，实践着走向自然；而王维，则通过一支笔，走向山水，融入自然……较之王维的半官半隐，李白放弃得更为彻底纯粹。

秋初，曾带孩子去往马鞍山采石矶、当涂县李白墓等处拜谒，期望在他小小心灵深处埋下种子，或可起到示范之效：我们既要读万卷书，更要行万里路。甚至，行路比读书更为至要。李白墓前，孩子鞠三个躬，将唯一的橘子献上。自他牙牙学语，便给他念李白诗。一首《望天门山》，音韵感、节奏感皆好，统领着一气呵成的流动性，孩子稍读几遍，便会默诵。每一次，回芜湖探望父母，车过长江，便会指着不远处的天门山方向告诉他，李白那首诗就是来这里写下的，我们现在正行走在他的诗句里：

天门中断楚江开，碧水东流至此回。
两岸青山相对出，孤帆一片日边来。

二

李白当年慕谢朓来宣州，我们一群人，分明是慕李白而来，沿着他当年行过的路、走过的桥，历宁国，往泾川……

整个皖南，可以称之为安徽的代表——你看一个"徽"字，有山，有水，有人，又有文，整个安徽的山水人文都聚集于皖南，令一个天才流连数年，死在皖南，葬在皖南。甚至，他可以令一个粉丝不朽。

这个粉丝便是汪伦。

于泾川县城用过午餐，驱车沿青弋江一路西行，往泾川。正午的秋阳让一江碧水光芒闪烁，铺成无数碎钻，白亮亮的，直晃眼……约一小时，至桃花潭。秋水澄澈，潭面上生着一种俗称"薇秧子"的植物，使水更为幽深。

汪伦并非桃花潭当地人，他哥当年任歙县县令，得悉李白行踪，告知汪伦。于是，汪伦写信与李白：先生好饮乎？这里有万家酒店。先生好景乎？这里有十里桃花……李白能不来吗？一居，便是五个多月光景。乘船离开当日，本没有告知。可是，汪伦还是闻讯赶来，岸边踏歌相送……汪伦的歌声中，李白想必湿了眼睛的。那年在云南鹤庆小城，当我们乘车离开，导游小姐姐唱起离别的山歌，虽听不懂白族语言，但那忧伤的旋律，令我默默哭了一路。

这世间，最珍贵的，便是人与人之间那份真挚无言的感情：

桃花潭水深千尺，不及汪伦送我情。

人类的文明不朽，个人的诗才不朽，汪伦同样是不朽的。汪伦的不朽，并非不朽于诗文，而是因为他以真挚与赤诚，温暖着李白，慰藉着李白，让这个天才减少了小半年"对影成三人"的孤寂感。

桃花潭，深三十三米，一米三尺，共百来尺，但汪伦的情义，深有千尺。

黄昏，众人于潭前徘徊，一只鹰倏忽而来，低空盘旋不去，有惊鸿照影的惊艳。

我还看见了一小群秋雁，翩翩地，往西飞，是“晴空一鹤”的悠然……

下游不远处，便是石台县了。那里流淌着一条河——秋浦河。李白曾于秋浦河畔，写下名篇《秋浦歌十七首》。

这一组秋浦歌，个人非常偏爱，一扫往日七言的蓬勃。不晓得为什么，仿佛生命刹那间有了一个转折，自情绪上的滔滔春情逐渐过渡至漫漫秋意，读来，孤寒而沉郁。

沉郁之气一直是抓人的，庾信的《哀江南赋》《枯树赋》，为什么不朽？因为沉郁，烘托出人类所有的哀哀不能言。李白这组五言，适合夜深辗转，无以入眠，干脆一骨碌爬起，就着孤灯抄抄小楷，墨在一粒粒字间洇开，一朵朵黑花无辜地开在雪地上，白里见黑的夜气载浮载沉，抄至后来，渐渐地，凉意四起，正是古人信笺里最后一句落笔，“天凉如水，珍重加衣”的意思。

> 桃波一步地，了了语声闻。
> 黯与山僧别，低头礼白云。

到了这最后一首，怎么读，怎么觉得这是李白在隔空向王维致敬呢，向那个“夜静春山空”的王维双手合十，遥遥一祝：你还可好？

李王二人，似乎一生不曾有过交集，或可出于文人间的相互不来电？与浩然兄，他倒是留下许多唱和之作，却没有一首诗给过王维。李王的气息、性情，确乎不同，所选择的人生道路更是迥异，甚至，同在长安城时，可能还相互瞧不上。于人生逆旅上，李白以自己的彻底放弃，可能于精神上更占上风；王维一边学佛，一边不忘上班打卡——这种既想修仙又不舍俗世的首尾均占的处世作风，也是一失永失的李白所不齿的吧。但随着生命经验的不断更新，风风雨雨间，到了秋浦河边的李白，将半生行迹来来回回捋捋，或许于某一时刻，对于王维，他瞬间懂得了，继而有了那么一点体恤之心——到底是文弱之人，于时代的滚滚洪流之中，不都是身不由己吗？这么着，为了同样不可多得的才华，难道不值得隔空浮一白？

“黯与山僧别，低头礼白云。”从未见李白这么俯首沉静过。以往的诗句中，他自喻为云，到得秋浦河边，竟肯低头向白云行礼了。写这组五言，他想必没有饮酒，人处于自省状态下，便稍微将身子骨放低那么一些，然后整个诗风都沉郁起来。这个时候，他不是谪仙人了，只是一个普通的诗人李白，像杜甫那么平常平凡似的，终于成了一个沉稳的、复杂的又可爱的李白。

两鬓入秋浦，一朝飒已衰。
猿声催白发，长短尽成丝。

猿的哀鸣，可催生愁思，增添白发；秋风飒飒里，加剧人生无常的愁苦之情——精神的故乡早已不在，小我的无奈与卑微，全在这二十个汉字里。中年之诗，大抵如此。我们的一生中，何尝没有遭际过庾信式“日暮穷途”的绝望？

那又怎样呢？末了，还是要走出来。所以，李白这组《秋浦歌》，我特别偏爱，这是属于一个个平凡灵魂的《杜伊诺哀歌》。杜甫的短短一生，仿佛都在“哀苍生”中度过了，而被自己还原成普通人的李白，当伫立秋浦河畔，面对茫茫白水，终于肯把头低下，一改往日“仰天大笑出门去，我辈岂是蓬蒿人”的放荡不羁爱自由之风。小我的哀伤，恰便似幽暗之火，一点点地捧在手心，将一颗心温热，御寒过冬。

这一组五言，也是李白自己为自己送行了。这个人，一生都活在孤独之中。

这个高蹈浮世的人，也只有他的笔下，才能流泻出如许多元多姿之诗行。

三

桃花潭畔，有一木亭，众人纷纷然踏上，摇摇欲坠。伫立亭前，手把栏杆，桃花潭尽在目前，游鱼深潜，棒槌声声……这样一泓溪水，唐宋元明清，千余年一路流下来，依然澄澈如碧。因为李白，桃花潭终于不朽。

在桃花潭，自岸东至岸西，需乘一艘竹筏，秋水盈盈里，拂动衣袖的微风中，似也回到那个“知音世所稀”的唐代，足以将天才的半生一网打尽。

山水自然与人心的真挚，才是这世间至为宝贵的东西。

短短三日，瞬间而逝。桃花潭是最后一站。起点为李白，终点依然是李白。这一趟寻踪之行，格外令人惆怅。

当年，也是深秋，李白于谢朓楼饮酒送别朋友，写下名篇《宣州谢朓楼饯别校书叔云》：

弃我去者，昨日之日不可留；

乱我心者，今日之日多烦忧。

长风万里送秋雁，对此可以酣高楼。

蓬莱文章建安骨，中间小谢又清发。

俱怀逸兴壮思飞，欲上青天揽明月。

抽刀断水水更流，举杯销愁愁更愁。

人生在世不称意，明朝散发弄扁舟。

尤喜最后两句：人生在世不称意，明朝散发弄扁舟。这就是毁家纾难的孤注一掷了，以白话讲，大不了不过了嘛！像陶潜那样彻底放手，又能怎样呢？

或许，潜意识里，我最爱的，并非李白的冲天才华，恰恰是他这种毁家纾难的心性深深吸引着我。

马鞍山采石矶纪念馆内，存有一张李白行旅图。他的足迹遍布黄河、长江流域。这个人一生不缺的，正是水的灵气、山的磅礴。他以大半生的漂泊实践，写下一部部不朽的失败之书。作为他的知音之一，得亏有了魏万的整理收集，让这个天才的诗篇得以流传，荫泽千年。

同样作为一个纯粹而天真之人，后来者苏东坡，想必也恋慕过李白才名的——他贬谪黄州时，也是日日与知音痛饮。有一晚，与别人酒酣耳热至夜深，回家敲门，无人应，只好去江边石上坐至天明。就是那一夜，苏东坡同样有放逐自己的诗句，且看他发狠：

小舟从此逝，江海寄余生。

只是，但凡朝廷召唤，他又天真地赴任去了。在他，是“济苍生”的梦尚未破灭。而李白，因为失望，所以醒得透彻。

四

这几日，车子于山间盘旋。莽莽群山，重峦叠嶂，唯有一条窄路，天黑哪儿，歇哪儿。

至宁国市境，天色昏暝，夜宿板桥村，这里有人间最美的月色，冷冷清辉自天庭铺洒而下，是风吹薄宣的至柔至软。

山间的月色，充满灵性，格外近人，什么也不说，只静静笼着大地，偶尔逸出夜枭山鹰的几声呓语。群山剪影，若隐若现，犹如一排排坐佛，集体缄默着。天上，只几粒星子。

晚餐，饮几口佳酿，微醺，放弃主食，不料八点左右，有了饿意。山间风寒，伫立户外望月，愈站，愈瑟瑟，饿意尤盛。四五人同行，走二三里地，去吃一碗白水青菜面。

小小的人，行于山径，被冷月的光辉所笼罩，四周徽墨一般，漆黑无边。忽闻溪声，众人止语……深山之中，万籁俱寂，只溪声叮叮淙淙，似小提琴徐徐缓缓，无始无终，自是难忘……过后很久，方幡然有悟，这陪伴了我们一路的溪声，何尝不是帕尔曼拉出的《爱的协奏曲》？群山之中，众人冻冻瑟瑟间，被一泓清溪的深深爱意所包围，甚是慰藉。我的童年、少年期，正是在这样漆黑的山路间行走过来的。一晃，三十年往矣，不免起了乡愁——世间到底有几人被这般的山风月色滋养过呢？

回首来路，初心不忘。

板桥村那顿晚餐，我们喝到奇异的鸡汤，顿时骨骼清奇，神清气爽，精神为之一振。这只鸡，确乎喝了山泉水吃着虫草长大了的。因为我们的到来，牺牲两只，于炉火上慢慢炖，达四个时辰，轻轻一拨，肉骨分离。汤汁鲜而甜，颇挂喉；肉嫩而腴滑，香气弥漫，有回甘，至今回味。众人捧着汤碗，孜孜嚼着大灶锅巴，乡愁阵阵，沉渣泛起。秋南瓜丝，也可口；经霜的白菜萝卜，甜而绵软……

僻野的平凡饭菜，一日三餐里，最是养人性命。

沿途经过的古镇、乡村，家家晾晒高秆白。这种菜，以秆高（每片菜秆足一米）叶少而得名，正是制作宣城香菜的主角。宣城香菜，于江南一带闻名遐迩。可惜，来得早了些，新一茬的香菜尚未腌好。

水东古镇，家家门前庭院洁净如洗，老人坐在矮凳上，将菜秆逐一片下，一匹匹摆上砧板，以小刀划之，复而将十几片秆子拦叶扎起，悬于晾衣竿，暴晒……我站在秋阳里看老人做这琐屑事，四周遍布“金粉金沙深埋的宁静”。

江南特有的水土，令高秆白清脆多汁。这种菜同属白菜科，沿途尽现它们的身影，一群群，鹤一样立于田间地头，徐徐秋风里，诗人般瘦长而清秀，秆白如玉，叶呈苍绿，吹弹可破。这种蔬菜除了腌制香菜，亦可与香干同炒，脆而甜，也是佐粥的清口小菜。

五

以往，对于宣纸的价昂非常困惑，直至参观泾县宣纸文化馆。宣纸论刀，一刀一百张，面积、品质不等，售价各异。

宣纸的主要材料由青檀树皮和沙溪稻草构成。以八比二比例产出的宣纸，叫“特皮”，适合泼墨山水长卷，特别润墨，形色自然；以七比三比例产出的宣纸，称为“净皮”，适宜册页、窄轴等；以六比四比例产出的，则是“棉料”，价稍低，适宜书法。

一张宣纸制成，需一年多时间，历经采料、晒料、踏料、淘洗、发酵、捞纸、烘晒等一百多道烦琐工序，秋冬春夏地，像不像一个人艰难走完一生？

凡稀世不朽的东西，莫不需要历经长久磨炼。

宣纸，亦称“寿纸”，无论作出的画，写下的字，逾千年而不变色。据专家检测考证，现藏北京故宫博物院的唐朝韩滉那幅著名的《五牛图》正是宣纸而作。宣纸的制作工艺，可溯流追源至隋唐。李可染先生有一年在泾川参观，当来到车间，老先生情不自禁向制纸工人深深鞠躬，以示谢意。

也只有泾川这样特有的山水草木，方可滋润出宣纸这一稀世无匹之宝珍。

至今，宣纸的制作过程中，尚有三道工序，机器无法替代，必须人工操作，其一捞纸，其二烘干，其三检测。我们在检测间停留不及一分钟，一匹匹洁白如玉的宣纸被检测员小嫂嫂呼啦啦拨来拨去，且毫不留情撕掉，众人纷纷惋惜，皆不解：这么好的纸，为何撕了呢？她责无旁贷地解释：一点点瑕疵都不能通过的，品质在于严格……众人流连不走，有人开始撩她：你好漂亮哎！她哗啦啦翻纸，头也不抬：我们这里水好，每个人都漂亮。自持的语气里，深藏自谦，又不乏骄傲。

是啊，一路行来，处处尽显清澈溪流、苍翠群山。也只有泾川，才能生长这么好的青檀树；也只有沙溪的稻草，才能符合宣纸的纤维要求。大抵是水流的澄澈，成全了泾宣。

我们向来有敬惜字纸的文化传统，一张纸，承载着知识人的精神寄托，它正是一个族群文明的源头性载体。文房四宝里的笔墨纸砚，产于皖南的，总是最好——泾川的纸笔，歙县的墨砚。

最后一日，当我们参观桃花潭镇的翟氏宗祠时，一位八十三岁耄耋老人，正摆了一叠书法在一旁售卖。见我一个劲赞美老人，同行的苏北老师言：没什么好奇怪的噢，这里的庄稼汉，人人都会习字为文。是的，这一切不禁令人眼热心跳，“晴耕雨读”的传统依然流传于皖南群山之间，这深深耕植于古老中国的文明，终究没有毁灭，纵然同样古老的“乡绅文化”于某一特定时期溘然而逝，但只要墨砚纸笔在，这文明的香火就永远不会断。

我站在老人的一幅字前看了又看，他写的是：

命由心造，福自我求。

落款为：已亥初冬，桃花潭翟崇辉书。

尤其，“已亥初冬”四个小字，仿佛有墨迹未干的鲜润，点横撇捺里，自有云朵的飘逸飞扬。

六

凌晨早醒，白露未晞，拉开布帘，一窗群山莽莽。此情此景，犹如复刻了柳永的《八声甘州》：渐霜风凄紧，关河冷落，残照当楼。是处红衰翠减，苒苒物华休。唯有青弋江水，无语西流……

这世间的一切，都醒过来了……打鱼人撑着小划子，于雾气蒸腾的青弋江面收网，小野鸭忙着凫水……整个的图景，好比范宽《溪山行旅图》。然而，他的画轴，历经时间的淘洗，渐趋泛黄，遍布岁月的旧意，而桃花潭这幅图卷，永远是簇新的，有人世的一份鲜活在，凑近些，似乎闻得着流水的腥气。

短短三日三夜，置身这白白苍苍的暮霭晨岚，听闻这响如天籁的溪声江流，看尽这山野间绚烂的红蓼黄菊……这就是我爱的皖南啊。

回庐车上，静静地想，作为一个立志从文之人，当中年已至，倘若他仅仅拥有山的厚度，是远远不够的，他的心一定要不失流水的澄澈，一如这桃花潭水般清澈无垢，方算立起来了。

赵瑜　一碗乡愁

一、与故乡的关系

乡愁是一种什么样的心绪呢？很难准确地称量。乡愁是轻的，轻如流水的声音，或者是麦田里的几声欢笑。而乡愁又是重的，沉重到一粒麦子便可以压垮一家人的身体。那些忙碌不堪的夏天并无多少诗意，苦难累积出来的收获，仅仅够喂饱我们的半个童年。那另外半个呢？正饥饿地在田野里奔跑，寻找野果子。

然而，乡愁就诞生在这种有些酸涩的语境里。那些汗水湿透了的日子，那些收割、播种，以及在泥土里埋下的种种幻想，被时间晒干，成为一些扁平的名词，变成了父母亲口中的“收秋时”和“夏忙时”，成为一种食物煮熟时的味道。

这些乡愁的分类分别是：泥、锄头、打磨、收割、堆积、炊烟、盛开、捡拾、成群结队的吼叫、劳作、不堪、欢喜、尘埃、戏剧、冰棍儿、露天电影、河流洗去的争执……还可以再列举下去，几乎，每一项劳作都是一节又一节教育课。

食物是乡愁的来源。每一次看到手工做的馒头，便会想到母亲在厨房里忙碌的影子。不论我在城市生活多久，这些乡村记忆都不会减少。它们像是被压制好了的标本，就储存在我记忆的某个抽屉里。

这样的抽屉里一定还存着一碗手工面条、一碗玉米糊。

当然，还有冬天的月光和夏天的狗叫声，有慢的一切，包括时间，包括流水的速度、鱼的样子以及我们永远也走不出的乡音。

故乡分配给每一个人的东西都是相似的。食物塑造了我们，也拘囿了我们。食物温暖了我们，也占有了我们。

每一个从乡村走到城市的人，首先要战胜的是乡村塞给我们胃部的记忆，这些记忆便是乡愁，它们顽固，而且充满了我们记忆的角落。这些乡愁，通过我们和食物之间建立起来的关系，抵制着其他我们并不熟悉的食物，我们被这些乡愁捆绑着，我们依赖这样的乡愁，我们喜悦于这些熟悉的味道，就像依赖父母亲对我们的爱一样。

乡愁里有我的亲人，我的父亲、我的母亲，以及我的哥哥。也有我的乡邻，无论离我多远，他们都在塑造我。

一想到他们所关心的事情，我的世界便被平均。我是由我的现在和我的过去组成。同样的道理，他们也是由他们的现在和他们的过去组成，我的过去和他们的过去是在一起的，这无法回避。我的过去和他们的过去像一团泥泞一样。可以说，我最为无知的童年是叙述的一种侧面，也掌握在他们的叙述里。这种像数学逻辑一样清晰的关系，佐证了我和我的故乡的关系。

有时候也会庆幸我对故乡的摆脱。是的，离家乡的距离越远，越能看清楚那种束缚。我曾经在很多篇文章里赞美过我的家乡。中间有几年的时间，我真想给过去的自己写一封信，收回某些赞美。尽管我知道，在过去的某个时刻，我的赞美也是真诚的。

我为什么想要收回我的赞美呢？其实，家乡并没有大的变化，那些世俗的、庞大的乡情，以及并不让人愉悦的势利，都在我的记忆里盘踞着。只是，在很长一段时间，我并没有意识到它们的存在，又或者，即使我意识到了它们的存在，但是，我还是会说服自己，去适应甚至包容这样的不堪。

又过去了这些年。这些不堪尽管在我的眼里已经非常清晰、量化，甚至增长扩大了触角和范围，我却没有再过度地去渲染它们仇恨它们。不是我变得混浊了，而是，我理解了我个人的来源。我的正确里也包含着我对自己的来源的认识。我所要批判的事实，并不是一个又一个百分之百的独立的错误，它们和熟人社会的各种规则融化在一起，我要批判的，是人性中的部分混沌且暧昧的东西，而不是全部。

厘清这些如同细胞一样的认识和判断,耗去了我无数的时光。我开始本能地亲近一切和故乡接近的食物。这些食物是没有人情世故的自然风物，它们负责教育我,让我在遥远的城市居住时念起故土人情的温暖。我不再是那个不懂事的年轻人了。

只有在这样的语境下,我说出来的话才可信,我对故乡的想念才真挚。

二、我生命的组成部分

去年深秋,带一群友人回我的老家,去一个亲戚的红薯地里。已经下了霜,红薯的叶子被霜打过,像是一群失恋了的鸟儿,沉默低调。

我的老宅里住着邻居,可是邻居去地里干活了,我们进不去宅院,那院子里有我全部的童年,进不了我就没有办法打开来给友人们看。

在院门口站了一会儿,有邻居过来用我的家乡话说了几句,由此,我彻底回到了我的村庄,不仅仅是语言,还有身体和思想。

我需要和邻居们说话，这样我身体的磁场才能借由他们的问话彻底摆脱城市的逻辑。我进入他们的关心里,和他们聊起相熟悉的人最近几年的变化,以及住在我们院子里的邻居今年种了什么庄稼、为什么这个时候去地里干活。

带着几个城市的朋友回到我的村庄的时候,我感觉到,那些住在村子里一辈子也不离开的乡邻妇孺,其实都是一株一株的庄稼。他们是故乡的证物和药引。

只有在这些乡邻面前,我才能真正地取到记忆的密码,回到我的旧时年华。而我与故乡的关系,正是由旧年月具体的食物、月光和路上遇到的猪马牛羊所构成。

我没有办法向我的友人介绍这些乡邻，因为他们并不关心这些邻居在我成长过程中的细节。我也没有办法向我的友人介绍我们村子里的树和牛羊,因为,树大多已经不是我幼年生活时所看到的树了,牛羊更是。我能向他们介绍什么呢?

食物。

一碗面。一碗不同形状的面,不同食材的面。一碗面里装着我的过去,也装着这片土地上的审美。一碗面是法律,也是文明,是秩序,也是欢娱。

还有红薯，还有花生、大豆，还有呢，还有泥土里长出来的一切。这个世界用食物的形状告诉我们世界的真相。真相是什么呢？我们最终所看到所享用的东西，都是对世界的再次理解。

进入城市以后，我被各种各样的新闻、面孔、事故以及食物拓展，我成为我自己的陌生人，我变成了两倍的自己、三倍的自己、四倍的自己、五倍的自己、六倍的自己、七倍的自己、八倍的自己、九倍的自己……这些积累多和判断、见识有关。然而在食物的选择上，不论我多么标榜自己是一个喜欢吃各种食物的人，只要有馒头这个选项，我就会立即放弃米饭，只要有面条，我都想尝试一下。

我是在每一个馒头里找寻我自己，也是在每一根面条里找寻我自己。

三、无辜的故乡食物

如果我们离开故土，那么，许多恒定的东西都会被外在的世界要么印证，要么打破，要么扩充，要么就直接被否定。那些起源于故乡的价值判断，总会遇到陌生的事与人，让我们不知所措，该如何扩展自己呢？我们自然会想起在故乡时的做法。这就是一个人一生不断地回到故乡的原因。不是我们的身体，而是我们的思想、我们的认识。

故乡用食物绑架了我们的身体记忆。一直到多年以后，我们才会理解，为什么有些食物牢牢地占据着内心里对世间所有味道的判断。

相当长的时间里，我把这些食物归结为我们对母亲的依赖。

后来，我有了更多地域的行走，吃了更多类型的菜肴和汤水。我把这种对故土食物的依赖归结到生理的惯性，以及血液的根本。最开始，在我们的身体运行的生命本源时，吃到了什么，什么便是我们身体的密码。

再后来，我放弃了探究我与故乡的暧昧关系，我甚至觉得，每一个人的生命元素中，最初的那些记忆都是种子。我们注定与其他人不同，是因为我们对世界的理解在一开始便有了细微的区别。有了这样的妥协，我基本上不再纠结故乡食物对我们成长和认知的阻碍。是的，不论我们后来变成了什么样子，赋予我们生命最初形态的食物并没有错。

错的是什么呢？是故土的狭隘。食物不会强迫我们表态，食物不会主动要求我们必须要热爱故乡的食物，是故乡的人，是故乡的一种自卑的同理心在这样要求。

我见过无数个痛恨自己故乡的人，他逃离故乡，拒绝食用故乡的食物。事实上，他们痛恨的是一种单一的食物造成的侵害。故乡的食物有很多，他痛恨的是在他需要食用的时候，因为短缺而只能选择特定食物的情形。比如我的母亲，自从我记事以来，从未见她吃过红薯。在她成长的某段时间里只能吃红薯，这样的饮食记忆伤害了她。而在这样的语境下，食物其实是无辜的。

我也曾经痛恨过一些故乡的食物。比如，我曾经很反感红薯叶子，因为母亲在煮面条的时候经常用红薯的叶子代替青菜。那时候，我们家的猪羊和我们一样，也是吃红薯叶子。虽然当时并没有比较意识，但是在我的幼年记忆里，总觉得每天和猪羊吃一样的红薯叶子不是什么骄傲的事。

故乡还意味着疼痛与抚摸。那些浓稠的黑夜，那些重复的鸟叫，那些让人无法忘记的饥饿与寒冷，都是故乡刻在我们身体里的刀痕。

一度，故乡的主角是母亲，或者说，是母亲的食物。后来，随着父母亲离开家乡，故乡逐渐变得模糊，模糊成地图上的一个圆点，模糊成填写籍贯时的地名。

每一个成年人，在说起故乡时大多指向自己的记忆，只有在其他几个有共同记忆的人面前，对故乡的描述才足够可信。然而当向城市里的友人们描述故乡时，我常常觉得一片空茫。是的，参照丢失了。我的故乡那么庞大，它们储存在我的味觉里、听觉里以及我的内心里。该如何简化故乡？又该如何准确地将这些内容剥离、挑拣，最后成为几个光亮的词语？

我并不喜欢简化，我总觉得，准确，一定意味着驳杂。

我的故乡仿佛和我的现在没有关系。在我的意识里，十八岁出门远行，一个成年人的身体游走于各个地方。故乡只停在了早年的记忆里。

故乡只属于童年，成年以后，人只有精神的故乡，没有身体的故乡。因为成年以后，人的身体便有了多面性，可以接纳故乡以外的所有地域。

我的故乡其实就是幼年时的村庄，是村庄的万事万物，是村庄里的每一个人、每一条路。

我的故乡不止是节日和庄稼，还有一个又一个院落里冒出来的炊烟，以及炊烟里传出来的每家每户的饭菜的味道。

故乡总会从热闹的生活现场回到厨房，回到食物，回到一碗面条里。

有时候，我会用想象描绘我少年时的村庄。如果烧火做饭，那么全村的人都差不多同时进行。如果说在中午的时候吃面条，那么进入村里任何一家，都能看到母亲在案板上擀面条。

有一次在吃饭的时候，我跑到对门的赵四家里，赵四的妈妈水生嫂子正在下面条。我又去了西边的邻居桥子哥家，他的母亲菏泽大娘也在下面条。

而我的母亲自然也在厨房里下面条。

最重要的是，我们的父亲差不多同时从南地里锄草回来，甚至，他们回到家里所做的第一件事情也都差不多。

这样的人间烟火，既重复，又充满了确定性。这样的记忆一点一点地绘出了我的故乡的单调与丰富。故乡那么思路明晰，它们在每天的面条里，在每天的欢喜与悲伤里。

每一次在文字里写下“故乡”这两个字，接下来，我一定会写到面条。每一次在文字里写到面条，那么，接下来，我一定会写到母亲。

我无法改变这些，就像我无法改变我的出生地一样。

四、乡愁的简化过程

我想，我需要重新阐释一下乡愁如何从我的满腹心事简化成了一碗面食。

正如雷平阳在一首诗中这样写道：

> 我只爱我寄宿的云南，因为其他省我都不爱；

我只爱云南的昭通市，因为其他市我都不爱；
我只爱昭通市的土城乡，因为其他乡我都不爱

我的爱狭隘、偏执，像针尖上的蜂蜜
假如有一天我再不能继续下去
我会只爱我的亲人——
这逐渐缩小的过程
耗尽了我的青春和悲悯

爱如果越来越狭窄，那么只能说明，我们的爱越来越深。

青春期的爱，泛滥，并不执着。那时的我们，热爱眼睛看到的一切，一切颜色、一切声音、一切热烈、一切陶醉。青春的热爱总像是虚拟的，这些欢喜也好，热爱也好，并不落地，停在纸上。词语可以透支，感情随着租住的地址而变化不定。有时候，一场大雪便将之前的愁情烦绪覆盖，诗稿被烟灰烧破，就此散场。

我更信任借助于食物表达的乡愁。所以，乡愁必然会停泊在一些事物上。鸟叫声是靠不住的，因为，在深夜的时候，我们只听流行音乐。

如果一开始，故乡是一个村庄的名字，那么后来，便成为一个乡镇的名字，再后来，是县城的名字，再后来，是城市的名字，再后来，我的故乡成了一个省份。

这种变化和我距离家乡的远近相关。在海南岛生活的几年里，我的身份一直是"大陆人"。连"河南"这样一个省份也被省略了。

相反的是，当我的故乡范围变得越来越大的时候，我想念的事物却越来越少。

当我在小镇上念高中的时候，我的故乡是一个村庄，是一本丰富的地理书，是我的大多数人生内容。到了海南，我的故乡变成母亲的一个电话号码，变成春节时的一张机票，甚至变成了春节后返回海南岛时体重的变化。

故乡的丢失和一个人内心的变化有关。如果一个人的精神成长速度过慢，那

么，故乡便不会丢失。故乡会占据他的内心很久。一个长期依赖故土的信息对世界进行判断的人，说到底是一个精神的保守者。不好判断这样的保守对一个人来说究竟是好还是坏。

但是，世界是变化的。

每一个人都应该扩大自己的认知范围，如果非要用家乡的一切词语来表达千里之外的世事，那么，我们很容易就会发现语病。

不只是经纬度的变化，温度、海拔、自然风物以及民俗，还有历史的不同。故乡的历史是黄河流过那些土地后书写的历史；我所在的海南，又或者你所在的东北，再或者他所在的西部，这些地域的差异，差不多将故乡的词语全都否定。

那么，这个时候，我们该如何描述乡愁？

我们只能将自己的故乡和他者进行比较，进行梳理，进行交集分析。那些我们最为关切的内容最后剩下来，成为乡愁的重要内容。

首先被抛弃的乡愁是家乡的戏曲。

其次被抛弃的乡愁是对家乡方言的敏感。

再次被抛弃的乡愁部分是方向感。

随着时间的叠加，一个远离故乡的人，渐渐丢掉的乡愁内容分别是衣物的色泽、庄稼的生长细节、嫁出去的亲戚的音讯、晚生的孩子的名字、乡村新修的道路的样子以及有了机器以后的食物味道的变化。

乡愁里剩余的东西越来越少了，还剩下母亲用缝纫机匝的花纹好看的鞋垫，鞋垫破了以后呢，便只剩下母亲做的手工面条的味道。

母亲的那碗面条，从我们记忆深处出发，一岁一岁地长大，永远不会改变。那一碗面，不只是麦子的成长、面粉和水的混合，而是爱的全部，是我们身体最初的记忆，也是最后的记忆。

每一次在文字里写下“故乡”这两个字，接下来，我一定会写到面条。每一次在文字里写到面条，那么，接下来，我一定会写到母亲。

我无法改变这些，就像我无法改变我的出生地一样。

这不是我的重复叙述，而是说，作为一个北方人，关于面食的记忆，它一定来源于母亲，它只能来源于慈悲，来源于我们内心深处的寻找和停泊。

冯杰 **北中原记事**

乡村现实主义里的抒情诗人

我老师说过箴言:“要想让一个人贫穷,就让他去写诗,譬如你。”

我周围大部分诗人都是协作出版,出版社怕出诗集赔钱。我做文学梦是二十二岁那一年,背着母亲,搭车到兰考印刷厂,私自印了一千本没有书号的非法诗集,卖了三十年还没卖完。

我的一位冯姓同宗,也是诗人,出书两本,属以下类型:一、暧昧不清的香港书号,自找印刷厂;二、有不知转手几次的“远方出版社”。远方在哪里?反正很远。爱情价更高,远方路更远。两种相同的一点是,都需要钱。

有一年省里研讨作协会员,我作为评委,犯了一点私心,把他执着文学的奋斗史夸张说给大家:这样的基层作家不鼓励,我们还能叫联系人民扎根人民吗?有位评委马上驳斥:文学不是救济。我说只当救济我啦。大家齐笑,说,只当听你说相声吧。

这一年,他光荣地加入省作家协会。

本是善心,哪知害了他,那年去他家,他妻子见我埋怨,自从你给他操办个啥××作家证,他一喝罢汤就把那黑皮证放在桌上,看着傻笑,睡觉时放在枕头边,写诗劲头更大啦。你在省城门路广,就不能教你哥一点正经的致富门路?眼看大儿要结婚,院墙缺口还没垒,张着大嘴。

她手一指,院中有一段倒塌的墙。

我有点内疚,为自己开脱:“嫂子,我也是个书呆子,儿子也待业,我也不想求人,只会在字里横冲直撞。”我狡辩说:“看我哥就这点爱好,他又不外出洗脚按摩,吃喝嫖赌,笔下全是歌颂人民,哪儿找这良好习惯。”不说还好,一说她又上火:“你少打圆场。看看全县,哪个清亮的人在写诗?”

在县城以后的文艺日子里，他每出一本诗集都亲自送给我，题上"杰兄覆瓿"，说这还是跟你学的，古称，雅称。我说寄来就行了，搭车花费大。他说，我就想和你一同感受一下文学气氛。我便不敢再深入。我一细算，十年出了三本诗集，一本至少花一万元，加到一块儿也是个荒唐的数字。

他出第一本诗集时，妻子说，为了满足他，算是忍了。后来他又要借钱出诗集，妻子便恼火了，老婆孩子全家联合反对，议会不获通过。妻子说，知道你会写两行诗，出一本过过瘾就算了，哪知你不知好歹，把写诗当正事儿啦，钱都用到抒情上，念出来大家还听不懂，日子以后还过不？

劝架时我没敢说话，他妻子是一位农村妇女。

我刚调到郑州那年，他来找我。他说也姓冯，也写诗，和你一样也是北中原诗人。

自己有原名，改名冯筝，好风相送步步升高的意思，他说历史上姓冯的文人多，有冯延巳、冯梦龙，总书记在福建还到过冯梦龙当知县的寿宁；还有冯子材，打败法军；冯玉祥，将军诗人。越说越远。前面文学靠谱，后面历史牵强了。

刚说到艾青，如酒精点燃，他开始给我背自己的诗："当大地的曙色来到人间，我满怀玫瑰色的理想。"历史上，两个诗人第一次见面就背诗是相信对方，诗很长，我记得头两句，好不容易听他背完，他说还要背诵第二首，我不好拒绝，他紧着问我，好听吗？

我说好听。

有一个例子，让我这专业作家也感动。那一年他为了南京大屠杀要写一部长篇叙事诗，名字叫《长夜，长夜》，一人买票搭车到南京，晚上为了省钱，在车上站了一夜，其他日子则是带一方凉席在立交桥下凑合一夜。

第二次来，他拿出两本诗集，问我如何开作品研讨会。我实话说怕伤他心，还是想打消他的念头。我说开研讨会分大中小三种，想弄大在北京，请相关评论家、媒体，发红包、车马费，报纸买版面，花销大；中等是在市里，我来组织人马，友情出场，中午大喝一场，让你听些花言巧语；小的你在县里，把你亲戚拉上，我作陪。我说，要是有人赞助玩一把更好。

他说，我背着老婆攒了一万块钱，够吧？

我一阵沉默。这钱在郑州还买不到一平方米房子。我说先给你家院墙垒一下。

送他时，穿过大厅一面杜甫青铜浮雕，面带铜色的老人家正行走在唐朝的秋风里，题识是刚去世的书法家陈天然书迹："月是故乡明"。

一年后传来消息，诗人死了。

我想起来那一年春天，我第一次到他在县城的院子，院墙张着大口，远远看到院里一棵樱桃树。满树樱桃，两只伯劳在偷吃，诗人一来，便像两个句子一样惊飞了。

咳嗽的颜色

我们逃学后开始做一种历史上的对比。村里谁咳嗽声最响，说明谁的辈分就大。村东最大的老爷咳嗽声就大。

王卫东比王卫彪的咳嗽声大。

马天礼比马三强咳嗽声大。前者是爹。

我二大爷比我爸咳嗽声要响亮一些。

村里学问大的人咳嗽声还带着一种"飞白"，譬如胡半仙。

那几个光棍从来就不习惯大声咳嗽。

两个村的孩子在村头相遇，就在黑暗里开始比咳嗽，比到最后就不比声音了，因为咳嗽声音达到极致，需要动拳头开打。有时在黑暗里咳嗽不几声就达到乡村高潮，在有距离的冲突里，只有动用砖头、坷垃。"坷垃仗"一般多在白天开打，能看到砖头在天空纵横的弧线。但夜间开"坷垃仗"往往有神来之笔，让你预测不到明天谁会中弹包脸裹头。村里后来大孩子分派别，也是根据全村的咳嗽声而定。黑暗里能分清咳嗽的颜色。

孙好斗娶了本村孙好缨的表妹，结婚后，有一天心血来潮，孙好斗问媳妇，你相中我啥？

媳妇说：就是当年你咳嗽声最大。

说得孙好斗有点泄气。

媳妇补充说:你咳嗽声像李书记。

李书记除了好吃鹌鹑,就好咳嗽,开一场会要咳嗽几十声,没有咳嗽声的会议是不成功的会议。李书记从早晨开始咳嗽第一声,到睡觉收尾,子夜时分不咳嗽。他的咳嗽声响起,一村司晨的公鸡都不再叫。到中午,下蛋的母鸡也不敢叫了。

我爸一向把最高的东西都爱形容为"红头文件"。

我总结了,李书记的咳嗽声是红色的。因为他在开会前必须咳嗽三声,再接着宣读红头文件。

有一次正在打牌,我学了一下李书记的咳嗽声,牌显得慌乱。我没有学像,大家都笑,却得到我爸的赏识:看看,这货,这货。

我爸一直期待我有朝一日能出人头地,也当一个书记,也在人群里发出红色的咳嗽。

两岸要饭记

【1】上水

黄河有"铜头铁尾豆腐腰"一说。

从青藏高原一路撞下来,它软硬兼施,浩荡东流,经过中原桃花峪成为中下游,到兰考东坝头,它不歇气,拐头北上,直奔大海。长垣兰考两岸属这块"豆腐腰"里的一段软腰,这是九曲黄河的最后一道弯,一条五千多公里长的大河,数此地两岸河床最宽,易把控不住决堤泛滥。多少年里,在这块"豆腐腰"上蔓延过苍老的白云和鲜绿的草滩。

我生活在黄河西岸。西岸是封丘、长垣。东岸是兰考、东明。黄河每年要发水,两岸叫作"上水",含有一丝恭敬之意,上水不同于上酒上茶,上水预示着房倒屋塌,是度荒开始。

黄河滩里的同学田振河说,上水时,俺家夜里听到房塌声,扑通扑通,响得几十年后还胆战心惊。

【2】大爷

两岸乡村,经常碰到要饭者,多以老人妇女为主,有的女人拖带着小孩子,一路擦着鼻涕。其中不乏有艺术细胞者,会打一段"莲花落",乒乒啪啪,把气氛也打热了，竹板增加了喜剧效果。我母亲每当听到门外竹板声响，不劳那人开唱赶紧把热馍送上。

要饭者都挎着柳条编的长篮，篮子小舟的形状，大得似乎要张口吞下一个饥饿的村庄。

在东岸兰考，人们问要饭者，哪儿的？

长垣的大爷。

在西岸长垣，人们问要饭者，哪儿的？

兰考的大爷。

答话里有停顿和紧凑的妙处。中原人苦时也自找苦乐。尽管两位落魄者都是要饭的“大爷”，幽默里不乏苦涩。

阳光下，许许多多的大爷在黄河滩像蚂蚱一样蹦跶。

我有一个五大爷要过饭，最远跨河要到菏泽，积累有宝贵的行乞经验：要饭要选择范围，不要在自己村里要，更不在自家门口要，碰到亲戚熟人会拉到家里，面子上过不去；要行云流水远走他乡，既磨开脸面又自由自在，话也好说“圆番”。

两岸形成了“河西人到河东要，河东人到河西要”的规律。接近两岸人才交流。

【3】要饭

要着要着，便要成了一种“自由职业”。五大爷说：要饭让人生懒，能要三年饭，给个县长也不换。

多年后，我才看到苏东坡讲的那个穷汉言志的故事。

我在电影《焦裕禄》里看到一个片段：在中原寒冷的冬夜，焦裕禄来到兰考火车站，站在弥漫的大雪里，他面对着的是一个逃亡的兰考：那些站着的、蹲着的、依靠拐杖立着的，黑压压一地，来自全县各村，携家带口，一个个要扒火车外出要饭，他们在大雪里静默。

我看时眼睛湿润，如鲠在喉。人生落魄时没有上策下策选择，只有听天由命。

【4】口音

小代是一位八零后，在郑州创业，拥有好几家门店，去年回乡当支书，他母亲为此事至今不愿理他，骂道：好不容易跳出穷坑，咋能又折回？

年轻的代支书对我说，自己一家和要饭也有关联，他爷要过饭，是当年兰考要饭大军里的一员，还有一位大伯要饭，一路要到豫西，被一户人家看中，当了倒插门女婿，近几年才搭上线来往。

从 1964 年焦裕禄去世到如今，半世纪里，“兰考”几乎是贫困的代名词，像一片桐叶包裹着苦涩。

我对兰考人的口音熟悉，无论在郑州或其他地方，听口音就能判断出。有意思的是，兰考人在外地从来不说自己是兰考的，都说是开封的，再问顶多说开封东。甚至两个陌生兰考人相见，都不会说自己是兰考的，一说出来“兰考”二字马上低半截，会被人瞧不起。

小代对我说，连自己说是兰考人都没底气。

要饭的名声像粘身的皮袄，兰考人一直穿着，揭不掉。

【5】村事

他当村支书第一件事是改善街道，在村里修了十一条路，村里道路原先四米宽，办红白喜事根本过不去车，现在八米宽，最宽十四米。他把道理讲透后，家家通情达理，有的人家让出四分地，他给三家补修了小门楼，墙上雕着花。

街道名起得很“形势”：田园路、如意路、文明路、幸福路，放到郑州也能跟上形势。

全县都种蜜瓜，他有自己的主意，不“随大溜”。产业多样化，种植葡萄、苹果，培植草坪，因地制宜，只种能让老百姓立竿见影放心的。

今年增加水产养殖，在冬天要举办村里“第一届捕捞节”。

临走时他对我说：到时来捞一把吧，捞住捞不住都让你吃鱼。

【6】化石

有一天，我在郑州堵车，听到挖沟的一个民工问一个骑摩托车送外卖的：哪儿的这么气势？小伙子大声回答“兰考的”。语气带着底气。

我想到多年前那个关于两岸大爷的话题。

大河两岸，“要饭”一词以后会成为一个语言化石，需要语言学家加上历史学家注释，后人才能懂得。

那次我在兰考焦裕禄纪念馆，除了看到那把符号般的藤椅，看到了熟悉的农具、箩头、簸箕、笆斗，竟看到一只用柳条编的篮子。熟悉的面孔，上面肯定也沾过饭汤、鼻涕、眼泪和一段莲花落。

米兰　花间疏

近读《酉阳杂俎》，真真如尝炙鸮羞鳖，兴味盎然。作者段成式释道典故，必选“事尤异者”；所记民俗风情或植物草木，必为独特奇异者，“成式以君子耻一物不知”，书中事物令人终生耳目所不能及者，比比皆是。今取《酉阳杂俎·续集卷九·支植上》三条，试以旧尘往事省察生命离合之谜，或另作他意，知者自知。

“木莲花，叶似辛夷，花类莲花，色相傍。出忠州鸣玉溪，邛州亦有。”

鲁中地区正常年份多春旱秋雨，这年秋季反常，仨月无雨，气候异常干燥。我那老毛病咽炎又发作起来，吃了些枇杷膏，喝了几天止咳糖浆，不见好转。友人建议喝喝蜂蜜菊花茶，特别强调要用甘菊和天然蜂蜜。“任家峪有个放蜂人叫任如意，他家蜂蜜别有滋味，你可一试。”任家峪是城南长白山北麓数十沟壑中的一条，峪顶孤悬一村，村名就叫“任家峪”。鲁地这列山脉自泰岱南来，连绵四邑，至北空旷无际，《酉阳杂俎·卷二·玉格》《酉阳杂俎·卷十三·冥迹》《酉阳杂俎·卷十四·诺皋记上》等篇什所述，皆为此山中异事。

彼时的城南还是空旷山野，没有高楼林立，也没有一列又一列高铁来往穿梭，像长尾巴白狐那样，成为山林物种；彼时的山里人家，屋前堆着红薯，檐下挂满玉米，芝麻、谷子应收尽收，柿子树上果实累累，山楂树下满地落红，富裕人家已经点起煤炉取暖，村庄上空三两支烟雾优哉游哉，一派祥和景象。

进山的路还算好走。我把车停在山峪附近，打算抄近路穿过一片树林，步行去村里，顺便赏景散心。

秋末的树林里流淌着一股温热的腐熟气息。午后的阳光照进来，无数飞虫在眼前飘来荡去，不知名的鸟儿三两声啼鸣，四周越发寂静。米尔西亚·埃利亚德《宗教百科全书》中，有一段描述萨满学徒入门时期出神状态的文字：寻求着孤独，变得心不在焉，喜欢在森林里或人迹罕至的地方漫游，有幻觉，在睡眠中唱着歌儿……我非萨满学徒，但我亦爱这野山和人迹罕至之地。

树林外一条山沟自上而下逶迤而来，沟内石头皆为青色，大者如牛，小者如豆。沿沟边一条沙石路蜿蜒而上，不远处即是任家峪村。

村庄不大，屋舍散落在山沟两侧，中间由一座石桥架通。除了几声犬吠，街上空无一人。我站在桥上，犹豫着要不要去哪家敲门问询，忽然看到桥东一户人家门前，一棵开花的树斜斜生在沟沿上，“动枝生乱影，吹花送远香”，颇具虞世南诗句之妙。

不由自主走过去。

这处宅院清静宴然，蛮有韵味。院墙与山坡之间不大的空间里挤满翠竹，屋后三棵刺槐高过屋顶，可以想象春天里花开之时，该是何等的芳香四溢。院门木质粗粝，纹理清晰，微微泛着紫色光亮；门下两通抱鼓石体积不大，而凸显岁月痕迹。那棵开花的树就在院门左前方，一朵一朵红花卓立枝头，恰似北宋诗人韦骧绝句：绿叶枝头灼烁红，尚疑轻易比芙蓉。

有人从山路上走下来。白衣玄裤，体态轻盈。“姑娘，你找谁？”隔着山沟，他摘下草帽，朝我招手。真像一位隐士。寒山、拾得、丰干、石屋，一些古代隐士的名字映入脑海。“我找任如意，我要买蜂蜜。”话音未落，他笑着指了指我身后的宅院：“进去吧。”

迎门墙后一架紫藤秋意婆娑，东南角两棵银杏树上，叶子快要落光了。他家五间正房竟还是土坯房，封闭式前出厦内摆满君子兰、瓜叶菊、栀子、旱莲等家养花卉，最西头摆着两只简易沙发和一个小茶几，西墙上挂一横幅，上写“凝岚”二字。“我自己写的，不忙的时候喜欢划拉两笔。”见我侧身去看落款，任如意不无羞赧地说道。

他让妻子带我去东厢房看蜂蜜。

与市面上售卖的蜂蜜相比，任如意家蜂蜜的味道确有些特别。

后来去他家次数多了，熟络起来，有时会坐下来喝喝茶，聊上几句。任如意衣着朴素整洁，言行从容有常，不像一般的山里人。“家里成分不好，高中毕业后无学可上，种地、养蚕、承包苹果园，后来放蜂、养蜂。成分高找不上媳妇，就从四川买了一个，喏，就是她。”他笑着朝妻子努了努嘴，妻子讪讪走开。他家门口那棵开花的树，叫木莲，是妻子回娘家探亲时带回来的树苗，没想到竟然扎下根来。对一株异地树种来说，气候、土壤、光照、水分、养分等自然条件的改变，是会影响其生长发育的。任家峪居山阴，春季干旱多风，夏季炎热多雨，秋季天高气爽，冬季寒冷干燥，自然条件当与忠州、邛州相去甚远，一棵红花木莲能在这里茁壮成长，也是有缘。

二十多年了吧，这棵树越来越繁茂。

一有空闲，任如意就拿个马扎坐到树底下去，“我稀罕那花香”。任家峪头顶的山巅上，有两块巨石面对面耸立，呈凹形，状如石门，村人谓之“石门山”。山门那边有一座“长生苑”，任如意与那道长相熟，隔三岔五翻过山去，给道观送些蜂蜜，“道长也爱这口”。

除了蜂蜜、蜂胶、蜂花粉、蜂皇浆，任如意与妻子每年都会去山上的葡萄园买一些葡萄回来酿酒，冬天来临前还会腌制一些诸如豆豉、酸豆角、萝卜干之类的小咸菜，“孩子们喜欢，自己做的也干净，吃着放心”。他们的两个女儿大学毕业后，都在外地工作，节假日每每回来看望父母，吃的穿的，买这买那。“孩子们工资也高不到哪儿去，在城里开销又大，给她们准备点土特产带回去，能省一点是一点，再说，人家说这是妈妈的味道。”他们家的葡萄酒和酸豆角我也尝过，称之为“妈妈的味道”再恰切不过。

那次聊得高兴，从他家出来的时候，太阳已经落山了，峪中一片朦胧的灰白色。任如意嘱我开车小心，我答应着系好安全带，发动了车子。天很快黑了，月亮从东山那边缓缓升起来，先是沟崖以西，紧接着，整个山峪月光如水。白日里枯燥的枝杈变得轻盈柔美，无数精灵在光柱中跳舞，车灯照亮的石头像垂暮之人蹲守路边，似乎打算以沉默的方式实现自我救赎。

那天晚上回到家，在灯下翻看《邹平历代诗选》，看到崇祯年间“两京都宪”、邹平乡人张延登《环山隐·赠参寥子》诗四首，其中一首简洁通俗：

> 有鸟何必林，有云何必深。
> 往来自相识，共在山之阴。

质朴的格调让我隐约觉得，它写的就是任如意。

“紫薇，北人呼为猴郎达树，谓其无皮，猿不能捷也。北地其树绝大，有环数夫臂者。”

“猴郎达”一名从未听过，那时候我们只晓得它是“百日红”，在校园西北角，自夏而秋，枝头上灼灼夭夭，十分娇娆妩媚。我们每天早晨去操场跑步，或者上体育课，都须从它旁边经过，很多时候对它视若无睹。那可真是接近心事，又远离心事的年龄，对美的认知需要体验和引领。当然，美也有让人厌倦的时候，就如青春期的我们常常厌倦我们的青春，亦如普鲁斯特追忆逝水年华之时，发觉任何一样东西，渴望拥有它时，它就盛开，一旦拥有，它就凋谢。

在一个睡不着的夜里，翻看伊丽莎白·毕肖普的诗集。她说：该爱的都爱到了，谁也没有被辜负；该瞒的都瞒住了，谁也没有被伤害。整部诗集读下来，却是心碎和痛苦。因为情感脆弱，我害怕一切与己有关的风言风语，却没想过“风”之成因。他对我一而再、再而三的呵护难道不令人生疑？他酷似费翔的外表、裘德·洛式的微笑难道不值得包括“狮子”、包括我在内的女生暗恋？在我们班，“狮子”的强悍尽人皆知，对于她发起的挑衅行为不作理会，不失为上策，可我反唇相讥，以至于她庞大的身躯挪将过来，几乎要对我动手了。如果不是他用身体挡住了她，以我一向不怕鸡蛋碰石头的性格，一场校园暴力事件应该在所难免。

事后，我悄悄去了操场。紫薇花在路边没心没肺地开着，它哪懂得一颗少女之心。

我们这所省重点中学，坐落在白云山南面山坡上，三面环山，校门面东建在最低处，初中部教室、办公室，高中部学生宿舍、教室、办公室、老师宿舍、操场，分七大部分呈阶梯状由低而高依次修建。因为地势的原因，操场四周并无院墙，我们可直接通过操场爬上山顶，或绕山而下，逃学回家。我躲在操场西边一个旮旯里，终于哭出了声。那时节秋玉米已经割完，山坡上零零星星只有些地瓜、割倒在地的玉米秸什么的，大风无遮无拦吹来吹去，眼泪瞬间被吹干。我的心事似有若无，哭声也变得支离破碎。

我的心理有了怎样的变化我并不确定。表面上，男生女生仍然互不理睬。暗地里，人人都在较劲。高考的日子越来越近了。

期末考试，我在班里下降了五个名次，他超过我，跃升至第四位。

放了寒假，校园里空荡荡的。班主任让我们几个尖子生继续留校复习。一周后，也就是腊月二十九，大雪下个不停。我准备到镇上赶公共汽车回家。他在我宿舍门口等着，执意用自行车送我去车站。雪很厚，而且一出校门就是一个小山头，上坡路，自行车根本没法骑。我们在漫天遍野的飞雪中艰难跋涉。大雪在山坡与山坡之间高高低低降落，层层叠叠铺展，沸沸扬扬落在树枝上，落进麦田里，落到我和他的头发上，天和地浑然一体，重重心事被落雪的声音覆盖。谁也不开口。不动声色的沉默掩盖着飞沙走石的内心。

在镇上的公共汽车站点，他坚持陪我等车。我怕被人发现影响不好，让他走开，他站着不动。天就要黑了，迟迟见不到公共汽车的影子，也可能不会有下一班车了。我很着急。“你快回家吧，天就要黑了。”我小声催他。他犹豫了一下。“那你怎么办？”他眼睛里也写着“焦急”二字，我看得出来。这时候来了一辆大卡车，人们拥到公路中间，一个劲招手，希望它能停下来。卡车停住了，在距离人群大约十米的地方。“你们干什么、干什么呀，不要命了？”司机从车窗里探出头来，大声嚷嚷。“捎我们一程吧师傅？”人们不由分说扒住后车斗横杆爬了进去。横杆很高，他用力托住我，我一头栽了进去，一只脚差点踢到一个小男孩。

他扶着自行车，站在路边目送我的影子越来越小。

I´m always true to you, darlin´in my fashion. I´m always true to you, darlin´in my way. 这句英语歌词一度在我日记本里留存。

大约一个小时后，卡车停在周村百货大楼后面一个空旷的大院里。大家从后车斗跳下来，各自散去。

周村离我家还有十华里。哼着校园歌曲，我走在回家路上。雪是不是停了对我来说已经不重要，我想象中的满天星光是真实的。雪夜茫茫，寂静无声，空气冷得凛冽——“凛冽”一词是刚刚从语文课本上学到的，竟是这般滋味。

大学毕业后，他留校任教，后来弃教从商，听说挣了大钱。我与他在师生联谊会上见过一次，他脸上的棱角消失了，裘德·洛式的笑是优雅还是邪恶，不好判断。

不久前突然接到班主任打来的电话，我们的“费翔”因为经济诈骗被判入狱。“婚也离了，钱也没了，怪可怜的，我想去监狱看看他，你愿意陪我去吗？”

高中毕业前夕，就在那棵紫薇树下，他与我有过一次“偶遇”。“他的脸有着峭壁的棱角，眉眼宛转，那么幽深的冷酷和狡黠……”旺盛的荷尔蒙让他看起来就像一朵愚蠢的大丽花，而我身体的密码尚未打开，一声鸟鸣穿过头顶的浓荫和花香，飞往远处。

余世存在《时间之书》中教导我们：年轻人，你的职责是平整土地，而非焦虑时光。你做三四月的事，在八九月自有答案。作家林白有一首题为《过程》的诗，讲了一个平静而深邃的故事。当我一扭头，恰好看到窗外那棵紫薇花事正盛，光色煌煌，就想着从它开始吧，让我循着林白的思路，写完这个故事——

三月情窦初开，你还睡着
四月和五月，我们在灯下读书，直到天亮
六月，我开始写诗，一朵花的模样
在纸上怒放
七月里登上长城，炽烈阳光下
我们神清气朗我们相互爱慕
八月，啊，八月
你挥手告别，流下眼泪
九月，天凉了下来，有些事已不能提及
十月刮起大风，街道上尘土飞扬
一尊神像高高矗立，就像真理
十一月，暴雪在深夜降临，覆盖了十二月的早晨
一月以及二月，我一等再等，月经没能如期来潮
透过窗口，我看到一些稗草
终于占领了我们的土地

"俱那卫，叶如竹，三茎一层，茎端分条如贞桐，花小，类木槲。出桂州。"

画家大荒用墨淋漓，每一帧山水深处，皆隐一尊或多尊佛家，真切如是。画家说，那是他心中纯净的世界，安然无等。某日，我俩喝茶聊天，忆及幼年时光，我为他讲述了一段夹竹桃的故事，他在一页草纸上信笔拈来，勾勒出我小时候的家：院子中央一盘石磨、水井边一棵夹竹桃兀自开着花、围坐在一起吃饭的一家人……

我念想里的老家除了一处院落，其实还有一块墓地。有一年清明节，我随姐姐去给父亲扫墓。父亲的墓碑旁边有一棵枝繁叶茂的榆树，巨大的冠盖遮护着好几座坟茔，青绿色榆钱一嘟噜、一嘟噜散发着清香。姐姐指着那些大大小小的坟堆说，祖

父祖母、二祖父二祖母、三祖父三祖母、九位叔叔婶婶和我们的父亲，都在这里相聚了。墓地近旁的潴龙河早已干涸，河东大片的麦田也已消失不见，代之而起的是一片厂房。“我们是麦地的心上人/收麦这天我和仇人/握手言和/我们一起干完活/合上眼睛，命中注定的一切/此刻我们心满意足地接受。”海子走后，把一些诗句留在世上。我的祖先走了也就走了，他们积累的大笔财富，大批的田产、房产、商铺和他们的生意经，如烟消云散。“立身德冠首，孝悌治家园”，一句家训和一个人的消失与诞生，皆为卑微个案，不足为怪，我只沉默以待。正如鲍勃·迪伦的一句歌词：有些人能感受雨，而其他人则只是被淋湿。我们都不过是那些“其他人”。

父亲离世之谜，更令我沉默难言。即使阿尔茨海默症让妈妈越来越糊涂，她也记得有一种痛谁也不准再提。没错，沉默是保全一切的良方。

祭拜完毕，风变大了，纸灰在地上打着旋，又被吹上天。

姐姐挎着篮子走在前面，我像小时候那样跟在她后面。姐姐走路的姿势像极了父亲，匆忙张皇，迫不及待，一头短发被风吹着，开出一朵黑白之花。

父亲莫名离世，女儿又能怎样？我唯一能做的，是在文学里寻找爱，虽然文学也常常有着春光明媚的伤痛。

有一年，我去重庆开会，途经武汉，铁路两旁密密麻麻都是夹竹桃，红的、黄的、白的花朵，在车窗外影影绰绰，父亲的影子一闪而过，只是一刹那，模样却十分清晰。父母当年特别盼望我是男孩，女孩子都是为别人养的，有什么用。

我整日跟在姐姐身后，像是她的尾巴。那个晚上，村里来了马戏团，一看又是老一套，姐姐带我回了家。祖母在院子里乘凉，姐姐与祖母说着话，我在她身后转来转去。不一会儿，姐姐突然发现我从她身后消失了，怎么也找不见了。看戏的家人被姐姐的哭声、祖母的喊叫声召回。父亲、妈妈、叔叔、婶婶、堂兄、堂姊一干人等，喊着叫着，找遍了屋角旮旯，连我的影子也没有找到。事情怪得不能再怪。父亲犹豫了一下，拿上一盒烟去了“李半仙”家。

“这闺女是泰山奶奶身边的账房先生，趁现在还没走远，赶紧找吧。”李半仙踏罡步斗，指了一个方向。父亲循此，在屋角竖着的一把扫帚后面，把我抱了出来。

李半仙说，家里要有点驱邪的东西，比如，可以栽棵夹竹桃什么的。

我在夹竹桃肥肥瘦瘦的花叶下慢慢长大。不几年，夹竹桃高过了我的头顶。父亲先是把它从小土盆里挪到大陶罐里，又从大陶罐里移栽到一只大竹筐里。那些红硕的花朵在我少时的记忆里既清晰又模糊。

我并不记得发生在幼年的离奇故事，家人对此一直讳莫如深。

我对数字天生敏感，数学成绩始终名列前茅。我相信这是来自父系的遗传，父亲和祖父都是心算高手。我高考那年，阴差阳错被补录到经济管理专业，参加工作后从事财务管理工作，从会计师、经济师，考到高级会计师、高级经济师，一路顺利得让我觉得这个专业真是无聊，有了改行的念头。姐姐笑着说，你天生就是账房先生好吗。“天生就是？”在我的追问下，她讲了当年的“灵异”事件，我这才发觉，在我们离开老家去城里生活之前，那棵夹竹桃早已不知去向。

老家的房子破得不成样子。曾经的人来人往，层出不穷的故事，丰沛的情节，最终结局空茫而苦涩。妈妈倒是从不气馁，她经常唠叨“回家看看，回家看看”，唠叨得人心烦，就陪她回去住几天。看吧，院子里成群结队的野猫上蹿下跳，陈年的石榴还在树上挂着，一院子野草蓬勃旺盛，爆发着一股奇异的力量。当我看到威尔·史密斯的电影《我是传奇》，纽约荒废的街道、黑夜的诡异，一辆坦克上闪过一只蝴蝶的海报“God still loves us”，我知道上天依然爱着，只是上天总会放弃某些事物。

写下这些文字之前，在网上搜索“夹竹桃”，与之相关的词条多达五万个，其中一条是：夹竹桃原产于印度、伊朗、尼泊尔，具有抗烟雾、抗灰尘、抗毒物之功效，其茎叶本身有剧毒，花语为深刻的友谊、咒骂、复仇、注意危险等。我曾想过在我现在的家里栽一棵夹竹桃，那些繁密的花朵楚楚采采，美色可叹，“可是夹竹桃有毒啊”，家人的担忧阻止了我。一个人需要隐藏一些秘密，才能巧妙地度过一生？我发觉命运的面目终会次第打开，天意才是最后的怜悯者和安慰者。

还记得一个停电的夏夜，父亲在煤油灯下记账，蚊虫在灯罩上方盘飞，时不时吱吱声响，一些生命蹈火而亡，而更多的蚊虫继续追逐那一线光亮。

父亲那时多么年轻。

“俱那卫，叶如竹，三茎一层，茎端分条如贞桐，花小，类木槲。”段成式记载的俱那卫就是夹竹桃，他写的是它的“生”。我说的这棵夹竹桃或已作为木柴烧开过一壶水，那水在我体内哗哗响过，在夜深人静时分变成泪流淌进血缘里，也未可知。我知道的只是，我与父亲的牵连，从来没有过去。

如果飓风再次席卷大地，古老的血缘

也将被带走，就像它们
从不存在

我年轻时是诗歌爱好者，原以为诗歌能给残酷的青春和僵硬的心灵带来温暖和柔情蜜意，年龄大了才发现，诗歌有时是把刀，削铁如泥。

女真　菜花香

菜花香

不是我卧室窗外米兰、茉莉的香，也不是南墙下我熟悉的月季花香。

嗯，是瓜棚架子上的苦瓜花开了。

我家园子里，黄瓜、西红柿、苦瓜、丝瓜、冬瓜、南瓜开黄花，辣椒、豇豆、蛇瓜、葫芦开白花，扁豆、茄子、豆角开紫花，为招蜂引蝶，菜花争相斗妍、各施手段，以袅娜的身姿、鲜艳的色彩或者芬芳的气味吸引蜜蜂、蝴蝶的注意，有蜂、蝶帮忙授粉，菜花终能坐成果实。我把能看到的花挨个种类闻遍，最终确认，如此浓郁、特别的香气，只有苦瓜拥有。

苦瓜开黄花，花朵比一元钱硬币略大一圈，通常五个花瓣，也有个别四瓣的。苦瓜花有一种特殊的香气，我想不出更准确的词，暂且命名为药香。

开平平淡淡的花，不是一样可以授粉吗？苦瓜花为什么散发出如此浓郁的香气呢？园子里的各种果，西红柿、黄瓜、茄子、辣椒……只有苦瓜是苦的。香与苦，集于苦瓜一身，是偶然的吗？

这是大自然的秘密。哪位高人能帮我解惑？

菜的花可能是香的，古人早有发现。在《明史》中有小传的画家王绂，以画墨竹闻名。古时文人常写诗词表达情怀，他的《题老圃卷》，里面有“雨晴瓜蔓绿，风暖菜花香”的句子。前一句有画面感，与他的画家身份很吻合，能看出他作为画家对色彩的敏感；后面一句，如果用画面呈现，恐怕不那么直接——风暖、花香，要怎么呈现？画几只蝴蝶或者蜜蜂？在此之前，北宋时期，擅长画花鸟的皇帝宋徽宗赵佶，曾以“踏花归去马蹄香”为题考试。有人画了一个官人骑马归乡的画面，马儿疾驰，几只蝴蝶追逐着高举的马蹄，以此表达花香，成为美术史上的佳话。但前人已如此表现过，再画蝴蝶或者蜜蜂，岂不是拾人牙慧？

可惜不能穿越。如果能够回到明朝，还要弱弱地问王绂老先生一句：您老的“菜花香”，是什么菜的花香呢？会不会就是苦瓜的花——这种原产于东印度的葫芦科植物，至少在明代已经传入中国，明代人撰写的《救荒本草》等书中都有记载，证明当时中国的南方已经普遍栽培苦瓜。

被称为“君子菜”的苦瓜有一种“不传己苦与他物”的品质，与任何菜同炒同煮，不会把苦味传给对方，所谓有君子之德，有君子之功。苦瓜的根、藤、叶、果实，皆苦、寒，可清热解毒。总之，苦瓜有药用，不仅仅是盘中餐。

这个早晨，我记住了，苦瓜花是香的，香得特别。

我小的时候，妈妈曾用一种药皂给我们小孩子洗手，苦瓜花的香气，近似那种药香。

二伏菜

头伏萝卜二伏菜。东北人，稍有一点农事常识的，都懂这话是什么意思——头伏种萝卜，二伏种大白菜。我在书本中看到的类似农谚有：头伏萝卜二伏芥，三伏天里种白菜。还有：头伏萝卜二伏菜，三伏还能种荞麦。说法各有差异，代表不同地区的种植经验。中国南北跨度太大，节气对不同地区的意义不一样。二十四节气大致是以中原黄河流域为标准。在东北，各种农事较比南方都是要晚上一截。立春前后，东北大地还是千里冰封、万里雪飘，过年包的饺子、磨的豆腐，放户外可以直接冻上，享受天然大冰箱的待遇。

东北农谚里讲的二伏菜，专指大白菜。头伏栽的萝卜，二伏撒籽的大白菜，对东北人，有特殊意义。这两样都是过冬菜。萝卜、白菜，在没有大棚菜的年代，保证东北人冬天有副食，能够维持生存。旧时东北乡下，很多人家里有地窖，储存土豆、萝卜、大白菜。大白菜是最后一种收获的大地菜。我小时候，秋冬之交，要“搞秋菜”，大街小巷，到处是白菜车、萝卜车、土豆车，公家开的副食店门口，买菜人排长队。多数人家，买几百上千斤的土豆、萝卜、白菜，有地窖的存在地窖里，没地窖的也要在屋子里找个凉快的地方。白菜还可以腌渍酸菜。东北人家，冬天至少要渍上一缸酸菜，人口多的甚至可能渍两缸、三缸。酸菜馅饺子、酸菜炖肉，是东北人心中的美味佳肴，不管人走多远，心里都会惦记。东北朝鲜族酷爱的辣白菜，也以大白菜为主材。

我第一年种地，二伏天准时撒下了白菜籽。白菜出苗，一点点长大，按照我种地老师郭大哥的指点间了苗，留下的壮苗都有一定的间距，为的是小苗长成大白菜以后有生长空间。

白菜虽见长，却一直不抱心，长成了大散棵子。也能吃，味道还行，但跟街面上卖的大白菜品相不一样。有人说是种子问题，我琢磨着不像。我买种子的地方是农资中心，种子卖给种大田的农民，品种叫酸菜鲜，专门为渍酸菜育的种。也有人说是因为没上化肥，不上化肥的白菜就不抱心。据说大白菜至少要上三次化肥。对此我也有怀疑。在化肥没有普遍施用的年代，那时候的大白菜也是抱心的。我小时候，“搞秋菜”时，满街的大白菜一棵比一棵大，心都是实实成成的。那时候大白菜上化肥应该还不普遍吧？

今年没成功，明年继续摸索。

去街头大车上买几棵白菜存起来。十月中下旬，城管允许拉秋菜的大车在街头停放、售卖，仍有上了年纪的人买白菜、大葱回家储存，只是买的数量比从前少了。大白菜是平民菜，物美价廉，品相、寓意皆好。秋天集中上市时，有的超市竟然以一角钱一斤招徕顾客排队。我习惯买几棵白菜回家储存，也许是小时候的记忆在作怪——我还记得街头有标语写着“备战　备荒　为人民”。小时候，家里经常吃的是素炒白菜。有定量的肉票，要用在关键时候，过年、过节，或者家里来贵客了。每个月每人三两油，炒菜时放油要掂量着，多放不舍，少放无味。那时候做主妇下厨，太难了。

我妈妈怀我，是 1963 年。那年代物质匮乏，我爸爸妈妈刚从学校毕业，住的房子是租借的。他们冬天吃的主菜之一就是大白菜。两个年轻人，在屋子里竖了一面白菜墙。白菜吃干净，春天就快来了。白菜还没吃完，我出生了。

1981 年，我考上大学。我妈妈笑说：幸好我怀你的时候还有白菜可吃。白菜叶褶子多，可以帮助小孩子发育大脑皮层。

这是我听过的对大白菜最好的赞美。

知时节

某天早晨，儿子在遥远的南半球问我最近在读什么书。我把书的封面拍了给他看——《中国人的二十四节气》。腰封上印着作家余世存的推荐语：中国源远流长的精神气节，源头正是时间中的节气。

腰封是出版人的推销手段，类似现在写论文的人先整理出几个关键词。论文似海，为什么要看这一篇？书籍如山，为什么要读这一本？关键词和腰封，是出版人的吆喝，可以招徕读者，让读者走捷径。

对我来说，腰封上的推荐语是锦上添花，不看腰封我也想打开这样的书。

自从在园子里种菜，我比从前更关注节气。从书本上的节气歌，到种地实践。二十四节气是瑰宝。聪明智慧的老祖宗，通过对太阳、月亮、天气、物候的长期观察，总结出一套适合黄河流域的“自然历法”，用以指导日常生活、指导农业生产。2016 年，联合国教科文组织正式将中国申报的“二十四节气——中国人通过观察太阳周年运动而形成的时间知识体系及其实践”列入非物质文化遗产代表作名录。我们的国宝，其实是人类共同的财富。

虽然二十四节气大体是以黄河流域为标准，中国南北各有适合自己地域的农事时间表，与黄河流域可能略有参差，但大体的趋势不差。种过两年菜以后，我发现东北地区的一些农谚，与我小园子里的农事极为贴合，准得很，让我相信老祖宗几千年积累下来的农谚是真理。

农耕时代的古人，比我们离自然、离农事更近，所以古代的文人在他们的作品中有很多与自然、节气相关的描述。“清明时节雨纷纷，路上行人欲断魂”“好雨知时节，当春乃发生。随风潜入夜，润物细无声”“离离原上草，一岁一枯荣。野火烧不尽，春风吹又生”……这些与自然、天气、时节有关的诗句，描述了我们赖以生存的自然，让我们感知到祖先的情感。

在城市里长大的我，对二十四节气的了解，曾经仅限日历牌上的标注，以及跟日常生活关系密切的几个节气：吃春饼的立春，祭先人的清明，抢秋膘的立秋……相信跟我相似的人不在少数。现代人忽视节气自有原因。很多人生活在城市，无地可种，自然不必像农民那样念叨节气歌。城市生活节奏快，关于天气、温度，广播、电视里，每天多次播报，各种天气预报软件已经把天气变化近可细化到小时，远可前瞻到十天半个月乃至更久。热或者冷了，我们有空调、暖气，未必全靠加减衣裳。即使现在的农民，种地也不能全凭节气——在大棚里种菜，光靠节气怎能指导得了？扣大棚的农民，他们的指挥棒，是市场、利润，市场这个终点决定了他们什么时候种、种什么、种多少。再有，现代人生活范围扩大，二十四节气出了东亚圈，不灵。像我儿子求学的地方，就已经远远离开了二十四节气能够概括的地区，南半球的物候，跟我们这里完全相反。

我们不像古人那样时刻关注节气，再正常不过。

我们住水泥筑的高楼，坐铁板包围的交通工具，吃大棚里或者远方运来的反季蔬菜，有空调、暖气帮助我们调节居室温度。但我们仍旧会为春花绽放而喜悦，为秋风骤起而伤怀。当我们敏感于节气与自然，说明我们还知冷暖、有情感，虽已现代，但仍是“人”。

现代人的问题在于，知自然的时节已经不是生活首要；知社会的时节，比理解二十四节气更重要，也更不易。

从前慢

在园子里打理花草、捡拾青菜，仰望云朵翔游时，几次想起木心先生的那首《从前慢》：

记得早先少年时
大家诚诚恳恳
说一句　是一句

清早上火车站
长街黑暗无行人
卖豆浆的小店冒着热气

从前的日色变得慢
车，马，邮件都慢
一生只够爱一个人

从前的锁也好看
钥匙精美有样子
你锁了　人家就懂了

2014年，我去乌镇看戏剧节，造访木心先生东栅旧居，里面有他的生平展览。读过《文学回忆录》之后再来看他的旧居、作品展示，难免唏嘘这个艺术老人的坎坷多舛：生命个体，身处动荡的年代多么渺小而又无助，无论你有多少才华、多高气节。那时木心美术馆已在西栅开建，尚未开馆。木心的名字和作品，读过文学专业、一直没离开过文学行当的我很晚才知晓。我相信他的多数读者跟我一样。人生晚年，他被重新发现，越来越多的读者开始认识这样一个江南才子。读他的书时，他对艺术史的一些观点曾让我开眼界，他不拘一格的新颖表达曾让我欢喜，但这么多年过去，真正记住、能随口说出来的其实并不多。

记住了这首短小的《从前慢》。

坐在丝瓜架下乱想。这首小诗，没有标明写作年代，大体可以确定是晚年之作。第一段回忆少年时人与人之间的简单、纯朴、真诚；第二段自带画面感，更像是在书写作者亲历，少年人正离家远行，清晨的凛冽、离家的迷茫，被故乡豆浆店的热气温暖着，直到少年变成老年；第三段，作者在期待时间慢行，希望时光永驻，希望相爱永远；第四段是多义的，钥匙与锁的意象，至少表达出对人与人之间深刻理解、交流的期待、渴望、赞美。小诗结构散漫，用词朴素，表达真挚、平和，不装、不喊，低声细语、呢喃，以个体的人生经验唤起阅读者共鸣。曾经沧海难为水。《从前慢》以人生后半页特有的平静，表达了对真诚往昔、对美好爱情、对岁月时光的怀念与眷恋。木心晚年叶落归根，但他没有妻子，没有子女，虽住回东栅旧居老屋，住所几乎面目全非，早不是从前模样，亲人也早已去了另外一个世界。一个人形单影只面对老宅，空忆岁月。

小诗里有人生的美好，也有凄凉无奈。

读这首小诗，我几次想，人大抵都是这样吧——小时候，不知生命有限，总想快点长大；到了一定年龄，开始感叹日子太快，期望时光慢下来。

大概四五年前，我开始四处寻觅带院子的住所。放得下床，放得下书桌，具备基本的生活功能即可。静心读书、慢慢写作，种上农家肥的菜，赏亲手栽的花草。再不想把时间和精力消耗在交通高峰的堵途、非你不可的会议上，别为了收拾房子、抹拭灰尘花费太多力气，留下脚力四处走走。世界这么大，我也想去看看。人生不过百年，如果换算成月、日、时，真是很有限的数字啊。带我来到这人世的爹娘，我带到这个世界的儿子，陪伴过我的亲人们，今生能亲密相处，是上苍的旨意，要珍惜。对我来说，这世间，最奢侈的不是金银珠宝，是陪伴。

希望时光慢下来。人生这杯酒，咱慢慢品。

我看到卖房子的广告这样写：读书、跑步、慢生活。

真对了我心思。我不再开车，把跑步换成了走路。跑步太快，还不够慢。

不要后面有人撵着你生活。做自己的主人。

我记住了《从前慢》。甚至连《声声慢》这样带“慢”字的词牌也喜欢了。

此刻，阳光从丝瓜架上漏下来。

天色湛蓝。白云苍狗。

秋风飒飒。丝瓜摇摆。

学群　我的林间小屋

那时候，临湖那片山地上的松林还在。地上有了林子，地一下变得神奇起来。进林子一看，林地上铺满深红色的松毛，从山谷一直铺到山包上，又从那里往下铺。金黄色的阳光从上面、从绿色松针间筛落下来，在红色地毯上游移，这一切美得真叫人不知如何是好，你想用你的脚访遍每一块阳光、每一根松毛，可是你只是一个凡人，你走访不了这么多。最好的办法就是躺下，躺到这些松毛上。

我躺的地方正好在山坳中间，感觉那些松毛从几个方向铺下来，最后都到了我的身子下面。风到不了这里，它们在周围的山坡上，被那些高大的树举在梢头，一阵一阵在跑。到这里来的只有阳光和树影，悄无声息在动。一切都静下来之后，耳边就有了时间流走的声音，像拉扯着丝线在走。

突然就有了在这里盖一幢房子的想法。没错，在林子外面，在那个叫作城市的地方，我是有一套房子。有几枚公章为我做证，房子是我的。不只是房子，我的房子在楼上，底下那块地似乎也是我的。当然是使用权。关于这，有好些东西我一直没有弄得太明白。我悬在楼上，唯一感到安慰的是，至少有一枚公章替我说话。那幢房子，它是砌在一枚公章上。在这里，我像我的爷爷和我爷爷的爷爷一样，用火砖下脚，把房子砌在地上。有了这样一幢房子，人就像树，在这里扎下根来。

我不打算把房子砌大。我倒是想试试，住下一个人多大的房子就够了。住的房间肯定得有，鸟做窝，蜗牛背着壳，有巢氏筑巢，山顶洞人住在洞里，都带有住房的意思。厨房也不能少。人离不了火，火也得有一处地方遮风避雨。茅房就可以不要了。在城里，人排泄下来的东西需要一整套机构来处理。在这里，你丢下不要的，恰恰是草木和一些昆虫需要的。有了它们，一些虫子就可以生儿育女，过上一段丰衣足食的生活。从周一到周日，我可以安排七处地方来做那件切身的大事。小事简单，就不用说它了。七天时间，天上有七颗星相对应，人在下头把他天天要做的大事做过一遍，再从头开始时，地面已经清洁干净。一个星期，太阳在上面的行程，如此这般就到了地上。

当然会有雨雪天。树会遮去一些。树遮不了的，人手上还有伞。伞是随时可以撑开的茅房。

要砌的那两间房子，该砌多大呢？普拉泰戈拉说：人是万物的尺度。世界太大了，人其实没法用自己去丈量。一颗星到另一颗星，只能用光年。小的小到纳米。《圣经》里的一肘长、一虎口，古汉语里的五十步、一百步，说的都是人自身和人身边的事物。量体裁衣，比衣大一点，人住的房子应该是可以用身体去丈量的。

我想了一下，住房里得有三样东西。首先是床。床是最重要的。房子就是窝，窝的主要意义都在床这里。产床和眠床。我打算弄一些圆木，两头直接砌进墙里。圆木上头垫上稻草，铺上棉被，就是床了。这样一来，床的长度，也就是这间房子的宽度。床的长度就看我的身高了。我睡在床上，头顶和脚那头还有些余地就行。多了，头顶会觉得空，脚底下也虚虚的。太少了，人觉得压抑也不好。床的宽度呢？我躺在上面，两边的手臂和腿脚能够尽情打开就行。一个躺在床上的人，他的自由的宽度大概就是这样了。你可以在上面打滚，滚向左边滚向右边都不碍。倘若哪天这床上要加一个人，两个人要打滚也是滚在一起，这个宽度也已经够了。

除了床，还得有一把椅子。人在屋子里，除了躺着站着，还得坐着。有了椅子，就可以安坐。一个人独处，站着往往意味着动，动就得跟周围的事物打交道。静坐，静跟坐连在一起。坐，更多的是自己跟自己相处。坐这件事，最好在一把合适的椅子上完成。

除了床和椅子，南边窗户那儿还得安一块台板，用来搁蜡烛，搁一本两本书，有时也把手肘搁在上面。不光是阅读写作，也为了透过窗户往外看。有了一块台板，人坐在屋里往外看就有了凭依，就觉得是跟屋子一起往外看。由此想到城里的办公室，人往桌子后面一坐，就有了代表这间屋子甚至代表整座楼房的意思。

台板当然用不着办公桌那样的体量。台板长以两边的手肘搁在上面不悬空为度，宽大致就是手指到手肘的长度了。一把椅子所占的空间，得把人伸脚的地方算上。还有，从椅背到后面的床，中间得有一条通道。当然不是一个大人物经过所需要的那种宽度，仅限于我的身宽，顶多加上穿在身上的衣服。这样，床、椅子和台板三样东西加在一起，就是这间房子的长度了。

睡房的长度也就是厨房的长度，剩下来就是厨房该多宽了。厨房西边的墙上头有一个小窗子，我打算靠着西墙烧火，烟好从上面的窗子出去。这片山林一共有两个护林员，有时他们会打着手电穿过林子到我这里来烤火。厨房的大小，用一句话来概括就是：放得下三把烤火的椅子。椅子上当然是有人的，他们的手和脚不能伸到火里边去。

这样砌起来的房子就像一件贴身的衣服。房子很小，外面的天地却很大。举到树梢上的风，到了湖里总是荡得很开。我躺在床上，抬一下头就可以看到湖。我坐在台板边翻看那本古诗，刚好翻到“边秋一雁声”，就有雁子从上头飞过。我能清楚地听到它们扇动翅膀的声音：一下，又一下……从边塞到江南，从遥远的古代到现在，一下都到了我的屋子里。

从城里出发，车到不了山上，进山的路只能用脚来走。路弯来扭去的，像是在把外界的喧声甩在外面。一进林子，世界一下安静下来。我能清楚地听到脚踩在松毛上，脚步声上面是我的呼吸。往山坡上走，我甚至听到心跳声。一个人在这个世界上最基本的几样声音，全都有了。它们把你从头到脚连到地上。在外面那个喧闹的世界里，关于自己，我们能听到什么呢？我们听到的是车子，是喇叭，是麦克风。在那里，我们多半是跟别的东西在一起，很少是跟自己在一起。到这里来，就像是自己跟自己相会。仿佛我在这幢屋子里留下尺寸的时候，把自己也留在了这里。

就像一条混浊的水去追溯它的源流，越往源头走，水就越清。我那看事物的眼睛，就像小狗的眼睛被母亲舔开。鼻子也用舌头舔过，湿润在那里，有一点气息就能闻到。耳朵不用说，也已经用水洗过。一切都像是新的：每一张叶片，每一种颜色，每一缕空气，每一道光，每一个声音。

早上醒来，空气是露水洗过的。我一下从鸟叫声里听出阳光。阳光就在那些高音上头闪动，低音处则像是叶片上滚落的露珠。这时候，太阳还远在地平线以下。它像牵动潮水似的牵动了鸟身上的血液，也把我一齐牵动。我的身子不再安于躺在床上，它要到阳光即将照耀的地方，在那里走动，撒上一把尿，或是喊上几声。遇上阴雨天就不同了。鸟有时候也会叫，一听就知道，声音拢在鸟窝里。这时候，我想的就是在屋子里生起火来。每一棵树，它们的年轮都储藏着那时候的阳光。火一烧起来，整个屋子就变得晴朗了。一天中的好些事情，吃的喝的，从我自己到旁边的事情，都要从火那里开始。

傍晚我到湖滩上散步，有好些事物会在那里同我相会。有牛踩下的蹄印。好像它们早就知道我会到这里来，就留下蹄印在这里等我。一些蹄印里有水，有时候，里头会有一只虾、一条小鱼，有时候，你会看到，养在里头的是一块天、一颗星。天上的星子眨着眼，好像在说:你懂的。风一阵一阵的，不同的风携带着不同的路。那边的风带着凉凉的湿意，不用说，它是从山下的内湖那里凌波而来。一千道波纹就是它的一千只脚。我一下想起踏水而奔的情形。这边的风暖暖的，风里头带着烟火味，有时还可以闻出树木燃烧的气味。樟木的香味总是那样浓郁，杉木的清香在若有若无之间。收油菜籽的时候，风会从山那边的村子里带来菜籽油的香味。谁家的灶膛里烧着油菜秆，谁家的菜籽在榨油，谁家的铁锅里倒进了新菜油……那些像阳光一样开满山冈的油菜花，那些映入水中连水都跟着燃烧起来的油菜花，浓缩到油香里，被风牵了过来。一个人的呼吸原来还连着田地和村庄，连着季节。

那天晚上我躺在床上，听到内湖的水一个劲地往南跑，沿南边的堤岸响出一条弯弯曲曲的线。夜半醒来，风向变了，水好像要把跑到南边去的浪追回来。波浪声沿着山坡往上爬，差不多挂到我的屋檐上，躺在被窝里，都能闻到潮湿的气息。显然，雨水正在前往这里的路上。

最初的雨点敲在透干的屋瓦上，叮当声里带着金属的鸣音。雨点滴落在干渴的泥地上，可以听到嗞嗞的品咂声。雨脚越来越密，水在流。屋瓦的身体已经润开，它们的声音变得柔软起来。虽然是在屋顶上，它们还是记起了它们来自泥土的那份本性。风骑着雨从屋顶上跑过，一会儿紧，一会儿松。雨落到地面，到处都是同伴的回响。从屋顶上开始，世界就这样流动起来。这时候，躺在屋顶上听雨，是一件多么惬意的事情。铺了稻草的床，我一动，那些带着干香的稻草就在被子底下发出暖洋洋的呻吟。我有意移动自己，享受着被窝里的热流追逐身子的那份惬意。

想一想，一晃就是二十年，不曾像这样，跟一幢屋子一起经历一场雨。在城里，雨多半是在天气预报那里。也许会有一两扇窗户告诉你，天气预报说得没错。

一个人待在小屋里，尤其是在下雨下雪的时候，火是最好的伴侣。每一根来到这里的木头，身上都是带着年轮的。每一个年轮都带着那时的雨水和阳光。那么多年轮就这样在你的火塘里打开，那是怎样的一种叙事啊！一棵年深日久的大树简直就是一部史诗。那个盲眼的荷马，一定是听了火，才有了那么多吟唱。哪一年雨水丰沛阳光晴好，可以拿来叙说的东西似乎也多，年轮也就足够肥大。火烧起来也会笑。火一笑就像扯动的红绸布，真是旗帜飘飘啊。有一些年份却是那样瘦。旱耶？涝耶？那些压扁了的日子不知道都装了些什么，到了火中无焰而生烟，回肠百转袅袅不去，直要讨得我一把眼泪一把鼻涕方才散去。

有一个老树墩，锯开的断面上居然有一个虫窝。粗粗数了数，离树的表层大约六十几年。那时候还没有我。我的父亲应该是出生了，可他还不知道我的母亲在哪里。火从外面往中间烧，一直烧向我以前的岁月。虫洞里先是出来一缕烟，接着火舌伸出来，像要舔一舔今天的味道。

一回头，突然看到一只胡蜂，就趴在老树墩的根处。屋里倒是暖洋洋的，外面正下着雪，哪儿来的蜂？不，没有穿越，它肯定不是从那个虫洞里来的。

烧过火的都知道，一块大木头，总得有几根小一点的傍着一起烧。就像官老爷身边总会有随从跟着。胡蜂是从一截苦楝树里面钻出来的。它还没有枯干，刚烧着时，后头老往外冒气泡。

后来那场罕见的冰雪天，外面的公路铁路都停下不动了，城里老停电。湖边那些柳树冻在冰凌中，同一根树身上停着不同方向的风，活脱脱成了一组风的雕塑。我的屋子里火光融融，在雪地里生动极了。遂想起，当那些大的事物转不动的时候，有这样一幢小屋真好。

晚上，我一个人到雪地里去行走。打开柴门，冷空气一涌而入，一遇上火堆上来的热气，就退了回去。它们可以一直爬到天上的星星那里，可它们到不了火塘边。我在外面的时候，火一直在屋子里等着。回来时，远远看见林中的雪地上，一座小屋火光四溢，周围的雪都带上火红，像童话。进到屋里，一屋子热气围绕着我，舔去棉衣上的寒气，直到跟我的体温相遇。想想，从遥远的古代开始，火陪伴人类度过了多少寒冷的夜。火从太阳那里来，它贮藏在树的年轮里。火连着我们的血脉。

是的，我多半时间都在城里谋生，到林子里只是小住。回到城里，当看到搭乘在我裤管上的草籽时，我想，它们是搭错车了。水泥地上无处扎根。就像那些雨滴，一落到这里就落进它们一生的困顿和贫穷。

一个住在城里的人，身在车流和人群中，一想到林子里还有一幢小屋，心里便会涌起一股暖流。有了这样一幢房子，我心里的一些东西，一些在城里在办公房无法搁放的东西，就可以寄存在这里。

如今，那片林子和房子都已经没有了。我把它们记下，让它们在文字里定居下来。文字里的东西，或许比世间的事物来得长久。

马温　杜甫冷冷地说

剑侠和剑告别

到了绍兴，都会找到咸亨酒店，喝一碗黄酒，嚼一碟茴香豆，沈园却是一次没去过。沈园和咸亨酒店都是写进文学史的，为什么不去？大概是不喜欢沈园里发生的那个故事吧。陆游既是故事里的男一号，又是故事的讲述者，开头不错，“红酥手，黄縢酒，满城春色”，再往下就不对了，“东风恶，欢情薄，一怀愁绪”，把人的心情弄黯了。

和沈园相隔不远就是秋瑾就戮的轩亭口。沈园的戏是生离，轩亭口的戏是死别，是江湖剑侠和剑告别、革命志士和革命告别、追求自由的奇女子和自由告别的地方。

沈园附近还有一个百草园，那是少年鲁迅的乐园。这三处地方，少年的快乐、男人的怅恨、女子的沉痛，构成一个三角区。这个三角区的内涵和文学语境中的绍兴大致不差。绍兴是有快乐的，却不是烂漫开放的那种，而是浅浅的，受到了约束，笑声也不像银铃那样清脆；绍兴更多的是不快乐，是怨怼晦涩、无边的内心挣扎和花样翻新的复仇表演。

三角区的附近，还有一个点叫青藤书屋。书屋的主人徐渭，书画有名，性格也诡谲，说白了，是个社会不喜欢的有思想的人。不被社会所容，就会活得很难受。都是怀抱异端，秋瑾是他杀，徐渭却热衷于自杀，何以有此不同呢？秋瑾知道敌人在哪里，横刀跃马就冲向敌营，欲取敌人的首级，只是限于力量悬殊反被敌人斩下马来，这样的死法轰轰烈烈。徐渭的困惑是，知道社会很黑很烂，却不知道哪一个具体的人是他的敌人，忧患和恨意郁积在心始终得不到排解，只好杀自己谢天下。他一生都在谋杀自己，自杀，未遂，再自杀，又未遂，据说如此有九次之多。这么决绝地努力，就是达不到目的，弄得徐渭很没面子，说我换个方法试试吧，这个方法叫“贫病交加”，谁知一试就灵。他死后，在故居留下一棵“具体”的老藤，那老藤枝虬干曲，根本就是无解的纠缠，看得人意乱心烦。青藤书屋这个点，将绍兴的三角区拉得变了形，拉向更悲怆的方向。

比较而言，有趣的还是百草园。轩亭口是刑场，青藤书屋霉苔侵壁，沈园可能是幽洁的，但缺少活泼，唯独百草园有童声，有元气，有张力。这是一户人家荒芜的后院，其实就是一片废墟。但要论到废墟的意义，它真是远远地大于那些金碧辉煌的宫殿。

废墟中有奇妙的通道，空气在里面蛇一样游动，形成无数暗室。那是虫的家、蛇的家、鼠的家、猫狗的家，以及我们意想不到的动物，还有各种植物的自由世界。最初，废墟只有建筑材料，然后，动物和植物不请自来。它只是看上去杂乱无章。我们看到一只鼠在里面生活，它一定是克服了什么、打败了什么才取得居住权的。混乱也是一种秩序，站得住的生命都是乱中取胜。废墟中的每一条命都有一个励志的故事，只是我们不知道。

对社会，对人类，废墟都是必不可少的装置。在缺少娱乐设施的情况下，废墟是孩子们的乐园。他们对土地的认识、对动物植物的认识、对大小强弱的认识、对组织结构的认识，都来源于此。那个荒芜的废墟为什么能让鲁迅和他的小伙伴视为“百草园”？原因之一，就是孩子们在这儿能够感觉到自己的强大。和昆虫相比，孩子们是绝对的王者，他们由着自己的心愿，逮这个虫子，追那个虫子，让虫子放屁，虫子就只好放屁，在游戏中实现了对弱小生命的操控与管理，这是权力带给孩子们的乐趣。

更喜欢废墟的是大人，是成人社会。胜利者都喜欢在废墟上欢呼。脚踩废墟，证明了这场占领不是虚幻。胜利者首先要指点的江山就是废墟。废墟，是旧秩序的最末一章，也是新秩序的扉页。废墟，让胜利者有了上帝俯看人间的那种优越感。

髻上也无簪花

农夫扛着铁犁向村口走去，村外的某块田里，一头老牛正在耐心等待。套上轭头后，老牛的第二个等待就是主人的一声吆喝。一切都是习惯，农夫习惯在鸟啼声中拽耙扶犁，而周围的景色老牛早已熟谙，懒得多看一眼。

学生走出家门，他们和牛都是村里的早起者。石板路上遗着昨天的几片笋壳和星星点点的鸡屎，却不妨碍走路。关着的门陆续打开，男人漱嘴，女人捣衣，一些炊烟从老屋的瓦缝里挤出来——村子醒了。山岩上是一簇簇杜鹃和开着紫花的野核桃，黄花是油菜，白花是梨树，一条河亮晶晶地流过盆地，河上架着廊桥。毕竟是春天了，有了鸟叫，也有了蛙鸣，书卷一样翻开的是新垦的黑壤，卸了犁耙的老牛穿过菜花地，像低头不语的隐士。一个女生在画画，画了桥，画了柳，还有许多屋顶，其中一片屋顶是书院。什么旧物都没有，古老的书院里空空荡荡，空荡到我们走路也起了回声。过去是讲堂的地方，摆放的是几张当代桌椅，桌面落了灰，一面墙壁写满了朱子的家训。

顺着村巷随意走，各家菜园多是土墙，也有竹篱，你凑近，新鲜的泥土味一阵阵扑过来，泥土之上长着葱蒜白菜，葱蒜之上飞着白蝶黄蜂。园子的一角是水桶和长勺，旁边有一把矮矮竹椅。拎过来坐一坐，干点什么事吧，吃本地的油焖笋土烧酒，翻几页真伪莫辨的族谱田契，弯腰逮一只刀螂，或是折一枝桃花痴痴发呆……真没有想好要干什么，我就是控制不住地想在那把竹椅上坐下。菜园的主人随时都可这么做，这是寻常人家的寻常生活，我甚至比他更为寻常，所以我对竹椅的凝望，不是寻找诗意、感动，也不是怀旧、回归，究竟是什么情绪呢？隔着竹篱墙，我没想明白。

徽派民居最重要的特征就是那面山墙。阔大的外形显示了富足，却又低调地将富足嵌进砖缝泥灰之中。它是一个背影，一个无窗的背影，你看出这是一个发福男人，但他永远不让你看他的正面，你不知道他是否镶着金牙，佩着怀表。他背转身，用一双我们看不见的手把自己的财富、自己的妻妾与快乐，连同自己一切的隐秘都搂在怀里。这样的宅子拥有那么大的表面积，却舍不得在表面积上多开一扇窗户。徽商的财产是仰赖流通聚敛的，而他们利用这份财产建立的，却是一座封闭自敛的建筑物。烟榻，麻将桌，庭圃鱼池浮着几行绿藻，闺房绮窗露出一抹山影，上等人家的消费行为，依靠山墙的掩护，静悄悄地演绎着。在这个建筑里，空气是够用了，却谈不上流畅，阳光从四方天井泻下，却不会把脸晒黑，一年四季都嗅得到清淡的霉味。那个富庶而又富态的男人领着他的家族，就在这霉味中知足地生存与繁衍。

存下来的宅子，猛一看还有气象，要是心细点就能发现，那面山墙爬满了雨痕水渍和瞒不住的破纹裂缝。曾经敦厚而威严的背影已经成了佝偻老人。从雕花门楼走出来的男人都穿沾着泥巴的解放鞋，女人的蓝布衫皱皱巴巴，髻上也无簪花。这些鞋、这些衫、这些光溜溜的乌髻，和老宅灰蒙蒙的山墙有了相同的格调。

更多的老宅是存不下来的。家族的恩怨、村落的兴衰、牧歌和哀鸿、崛起的商埠与破败的盛世，一页页陈旧的历史化为尘垢将屋椽染黑。触目可见的沧桑是老宅子的骄傲，却不能保证它可以免死。暮光笼罩着的老宅子，它的雕花门楼很像一双眼，目光炯炯地看着这个世界，也许看了一百年，也许看了几百年。青砖是雕花门楼的基础材料。起初，这些青砖是哪孔土窑烧制，被哪双匠作的手刻出图案？又是哪个男人掷下银票？细节风流云散，仿佛从未有过故事。现在，雕花门楼的眼皮沉重了，撑不住了，咣当一声就阖起来——闭了眼，就是认输了。那窑火、那刻刀、那银票，也跟着一起输光。

山河碎了还是山河

杜甫的名句是“国破山河在，城春草木深”。这句话，杜甫说得真狠。国家都破了，还有比这更糟糕更可怕的灾难吗？人们慌了，乱了，痛哭流涕，不知下一秒该怎样度过。可是杜甫冷冷地说，慌什么呀，哭什么呀，山河还在嘛！

除了山河，还有什么？

确实有过许多东西，但总是站不长，慢慢就退场，就销铄，唯有山河长存。

山河中随便哪个纲目的野草、昆虫或孢子，存在史都比国家悠久。国家自以为了不起，但对于山河，多一个国家和多一簇雏菊摇曳、少一个国家和少一只蜻蜓点水，实在没有区别。国家是山河放牧的牛羊。牧场里的牛羊，有的佩戴犄角，有的垂着肥尾，有的飘着胡须，有的吊着巨乳，长相怪异，可是再怪也不能说是因为有了牛羊地里才长出苜蓿。山河是更大的牧场，养着许多国家，叫夏商奥匈，叫独联合众，甚至叫乌托邦伊甸园，国家和真正的牲口一样，也是千奇百怪，但再怪也不能说是有了国家才有了山河。国家寄生在山河之上，才有迹可寻。

山河在哪儿？近处的这条河、远方的那座条山就是山河？好像是，又觉得不对。“采菊东篱下”是陶渊明的山，“至今思项羽”是李清照的河；“齐鲁青未了”是杜甫的山，“大漠孤烟直”是王维的河；而“山随平野尽，江入大荒流”——既是李白的山，也是李白的河，它们统合在一起就是山河吗？

我是不是山？是不是河？我的身上有吹过山的风、流过河的水，好像被那样的风吹皱过，好像被那样的水淹没过，但也只是好像。我的精神现在是清醒的，一点狂妄也没有:我否定了我,我不是山,我不是河。

我虽不是山河,却无法生活在山河之外。我的脚步在山谷沟壑间踩出回音,我的身影在河川湖泊上起伏变形,我希望我能在山河中出现。山河养得活国家,必不会将我遗弃,牛羊觅得到新鲜牧草,我也能发现高粱大豆。不做人类也行,那就做兽类,活着允许我在山河上奔跑,死了允许我在山河上倒下。

麦子会倒下,倒在土壤中;鹰隼会倒下,倒在巡弋中;牛羊会倒下,倒在它们爱吃的三叶草和狗尾草中;我只有一个选项:面朝山河,倒地不起。

凡物都有生灭。每一片庄严国土都曾痛不欲生,每一座奢华宅第都要憔悴失色,沦为废墟也不是劫难的终结,废墟会遭戏弄,会被抹平、遗忘,正如花谢了并不是尾声,还要零落成泥。当一朵花注定要成为落花,有没有一双手伸出来,并不能改写它的命运。我们伸出手,不是要去拯救,只是表明一种立场:生生灭灭既是常态,看到了就要随喜。有了这样的通透,我们才会伸出手来,朝向它的坠跌。

不会有意外的,花将会掉下来,沉静如海。

忽然就想问:山河有没有生灭?山河如果死了,会倒向哪里?如此的无际无涯,哪里是它的坟场?——谁有答案请告诉我。我只相信一条:纵然山河破碎,破碎的山河也还是山河。

卷贰

散文
2020
精选集

王开岭

在蓬莱，想一想神仙

一

闻蓬莱，缘于儿时痴迷的电视剧《八仙过海》。待身临其境，已人至中年，早丢了腾云驾雾的念想。

日前，友人电话，蓬莱有笔会，可否成行？

去，一定要去的。

蓬莱是什么？神仙的故居啊，海市蜃楼之乡啊，云蒸霞蔚、亦真亦幻的乌托邦啊。

> 忽闻海上有仙山，山在虚无缥缈间。
>
> （白居易《长恨歌》）

> 东方云海空复空，群仙出没空明中。
>
> （苏轼《登州海市》）

中国的地名，若论气质和姿色，"蓬莱"居首。这俩字，一经嘴里吐出，即像一朵荡漾的烟圈，飘飘袅袅，如坠雾中。同样美貌的，还有"香格里拉"，藏语"心中的日月"，虽栖居大西南，却是借了欧洲人的小说才兴起的（詹姆斯·希尔顿《消失的地平线》），论及对中国人的影响，晚了两千年。如果说，后者乃神秘的浪漫主义，前者即浪漫的神秘主义。

后者年轻、时尚，像一支巴黎唇膏或香水，以芳泽诱人。尽管美，但属于"看山是山，看水是水"，美在肌肤和姿容。而蓬莱，似酒，其魅惑在于"看山不是山，看水不是水”，让你恍惚之间，两腋起风，人影幢幢，有虚幻玄迷之感。

蓬莱最适于一类人前来，即灵魂有酒意者、精神有浮想者，诸如“竹林七贤”、李白、杜牧、苏轼……无论如何，他们都会满载而归。

果然，一到蓬莱，即闻东坡居士在此任职五日。没错，是五日。前后调令相隔俩月，而他在前来的路上，就走了快俩月。

来去匆匆，仙踪也。

二

沈括在《梦溪笔谈》中道：“登州海中，时有云气，如宫室、台观、城堞、人物、车马、冠盖，历历可见……”

蓬莱的缥缈，蓬莱的仙气，蓬莱的传奇，全由这种叫“海市蜃楼”的幻景携来。

蜃，大蛤也。之所以称“蜃楼”，是因为古人认为这种海上的楼市，是大蛤吐气所致。《史记·天官书》里说：“海旁蜄气象楼台，广野气成宫阙然。”

晚餐吃海贝时，我有一丝敬畏，直觉那闪闪发光的扇门，似要吐出云雾来。

想想吧，蓬莱、方丈、瀛洲……那是古代人的“诗和远方”啊。

“自威、宣、燕昭使人入海求蓬莱、方丈、瀛洲。此三神山者，其传在勃海中，去人不远……盖尝有至者，诸仙人及不死之药皆在焉。其物禽兽尽白，而黄金银为宫阙。”（《史记·封禅书》）

想必每个抵达蓬莱的人，皆会共用一个动作：伸长了脖子，极目远眺。

这也是折磨徐福、累坏了秦皇汉武的那个动作。

今人和先人的区别在于，咱们是观望，是憧憬，人家却是寻觅，是动了真格和真情的。

今人更聪明，乃成年人的聪明，理性者的聪明，头脑严肃，不做傻事，但有遗憾。这遗憾就仿佛是一个滴酒不沾的人，或一辈子没遇见酒的人。

古希腊和华夏先秦，何以同为神话繁茂、人神共舞的时代？

我想，大概和人的精神体质有关。那是人类的童年期，正值大脑最空缺、心性最清澈的时候，也是灵魂最缥缈、想象力最发达的时候。对于儿童，“想入非非”是本能，“异想天开”是禀赋，童年的幸福和乐趣也在这儿。打个比方吧，若你去通知一个孩子，这世上压根儿没有外星人，什么后果呢？孩子会悲痛大哭。此举既无趣，又残忍。

记得儿子上幼儿园时，我问，恐龙和奥特曼有什么区别？答：一个是动物，一个是人。我不甘心，还有呢？再答：一个是生活在亿万年前，一个是生活在现在。我忍不住了，赶紧说：一个存在过，一个不存在。儿子反问：你见过它“不存在”吗？我哑然。儿童的脑海是绚丽的，是彩色的、美术的，而成人的脑海是黑白的、物理的。神仙之于先民，仿佛这“外星人”或“奥特曼”。

“神仙”，是飞掠古代天空的一道彩虹，给苍生带来的是惊艳，是爱抚，是莫大的鼓舞。

一个没有超人的童年是不及格的，一间没有神仙的尘世是不堪忍受的。

从《山海经》《九歌》到《述异记》，从异兽鬼巫到神灵仙说，中国人的精神浪漫和迷离，是从对“超人”的瑰丽想象开始的。这不仅是迷信，更是生活美学和生存哲学，以之对抗生命的泥实和悲苦，对抗世界的沉闷和枯瘦。

尼采在考察了古希腊之后说，真理不是最高的价值标准。希腊人的快乐，与日神和酒神有关。

人类太孤独，人生太短限，人世太潦草，所以神仙来襄助。

神仙，既是超人，又是邻居。它是人类童年的发小。

三

忽闻海滩上导游喊：请大家注意啊，这“八仙”不是神，是仙。

她没再往下说，似乎只是捍卫称谓的尊严，就像强调教授和博士不一样。

这无意之语却提醒了我，是啊，虽同为超人，神与仙还真是不同。

神来自封授，是先天的、命定的，也是冷漠的，让人望尘莫及，有隔绝感。仙与人的关系则亲密多了，他始于俗身，有着人间的位置和体温，是靠了修为，靠了世事参悟或苦难锤炼，由凡体羽化而来。也就是说，仙是一种更高级别的人，是超越性的人，较之神，他更朴实和生动，更具人气和接地气，更能满足世人对自身的想象与虚构热情，从而更令人鼓舞。总之，神凭的是出身，是血统和基因，有不劳而获之嫌，仙靠的是密码，是修炼，是后天的努力和人生积分。

蓬莱的盛大，是因为它的客厅，是因为某年某月某日来了一群客人，一群组团来的客人。如果说，“竹林七贤”是中国俗世最精致、最高贵的一个“朋友圈”，那“八仙过海”，则堪称中国仙界最豪迈、最江湖的一个“朋友圈”了。他们不仅来自五湖四海，还来自历朝历代；他们不仅是时间的代表，还是社会各阶层的代表。若来一次现场直播的话，主持人恐怕要如此介绍了——“现在入场的是：铁拐李，春秋人氏，药剂师；汉钟离，东汉人氏，现役军官；吕洞宾，唐朝，资深高考落榜生；何仙姑，唐朝，农家寒门之女；张果老，唐朝，宗教界人士；蓝采和，唐朝，江湖音乐人；韩湘子，唐朝，青年学生；曹国舅，北宋，皇室成员……”

“八仙”的性情气质和生涯故事，虽形色各异，但有一点略同，那就是：代表弱势对强势说不！代表理想向浊世说不！崇尚人身和精神的高度自由，不向权力和体制低头，不向习俗和规则让步。“成仙”的潜台词就是：鄙视你们，不和你们玩了。这性子，这活法，颇似魏晋风度的转世。

“八仙”为何风靡民间？除了个性魅力，除了社会关怀和匡扶正义，根本原因尚在于：它空前地照顾到了“集体”，照顾到了“所有人”，其成员组合覆盖了中国社会的阶级构成，无论贫富贵贱、男女老幼，每个人都从中找到了自己的代言人，找到了自己的命运替身，这个人人平等的局面太温暖人心了。作为人间的潜伏者，“仙”可以是你身边的任何一个人。

由社会各界共同组建一个乌托邦，这是何等大胆、何等肆意、何等欢乐的想象力啊。

这想象力不仅归功于艺人，更来自世世代代的中国百姓。与其说是才华，不如说是社会夙愿，是共同体理想，是一场关于人类大解放的自由梦、翻身梦。

此乃“八仙过海”的最大精神价值，它太亲民了，它提升了百姓的自信心，它激励着民间集体的进取欲望，超越自我、解放命运的欲望。

当然，这欲望是成仙，而非成神。

四

一般来说，西方文化倾向于尊神，东方文化倾向于崇仙；权力者更拥戴神，老百姓更爱慕仙，因为前者崇拜基因，后者仰仗后天。

华夏之初，往往“鬼神”领衔，但渐渐地在民间叙事中，“仙”的出场次数越来越多。

某种意义上，“仙”表达着人的自信，显示了民间叙事能力的增强。一方面，人找到了通往仙阶的晋升之路，界面被突破；另一方面，人仙之间渐趋平等，比如“牛郎织女”“白蛇传”，彼此保持了情感的互敬和精神的对等。而“聊斋”故事，则把这种自信夸张到极致，女仙们争先恐后爱上了俗人，且爱得备受折磨、死去活来。

进入唐宋强世以后，随着人力、人欲的涨升，世俗与“神”即越发疏远了，因为“神”不具操作性，没有参与感。而成于元明的“八仙过海”，更表达着人的集体自信，三教九流、贩夫走卒，皆有望晋阶仙班。

那么，何谓“仙”呢？“仙”的气质是什么？

我觉得，是自由，是逍遥和任性，是灵魂中的酒意，是精神飘逸感，是快乐能力，是乘风踏歌的欢愉，是扔掉行李后的生命轻盈。

“仙”，是慢慢活出来的，是从“人”蛹里升起来的另一个人，像蝶，像云，像花，像月光……

这得力于天赋和秉性，更取决于苏醒和选择。

“八仙”故事中，他们都要在某个人生关口，做出重大选择。

仙与人的区别在于选择，人与人的区别也在于选择。

“眼前沧海难为水，身到蓬莱即是仙。”

这是句安慰话。对焦虑的现代人来说，仙的启示不在于道术和修炼，而在于对“活法”的选择，对“自由”的领悟，对“灵魂”的照料。

五

蓬莱的碑刻辞章繁多，入我心者却寥寥。

登上蓬莱阁，注视云天苍茫时，脑海里驶来一行诗：

“小舟从此逝，江海寄余生。”

不知苏东坡立于此崖时，是否也想起了自己的这句。

蓬莱的波涛，让人有一去不复返的冲动。

六

到蓬莱，看什么呢？

看云，看空，看无，看沧水，看浩渺，看隐约……

告别蓬莱，飞机腾空而起的时候，耳畔突然响起了那首《斯卡布罗集市》。

我慢慢回忆它的歌词——

您要去斯卡布罗集市吗？
欧芹、鼠尾草、迷迭香和百里香，
代我向那里的一位姑娘问好，
她曾经是我的爱人……

唱这首歌，灵魂上须有些酒意才好，唱出它的忧伤和辽远，像海市蜃楼……

海市蜃楼里，定有爱情居住。

否则不值得看，更不值得往。

陈蔚文　不眠

那些好睡眠的人，他们像有一只吸盘似的触角，牢牢吸附在黑夜之上，任凭怎么摇晃都掉不下来。睡眠不好的人，则游离在黑夜外，数到五百只羊还不奏效，羊们不停地在空地聚拢又散去。

多年前，二十岁左右的若干夜晚，我听着广播里的夜话或音乐节目久久不愿入睡，这是属于我一个人的时光——青春有多惧怕孤独，就有多渴望着孤独。

枕边的那只收录机——它像外面的世界派来的秘密信使，低低地流出音乐或话语，如汩汩的山中溪流。那时觉得世上最理想的职业莫过于夜话主持，在夜色如丝绒覆盖时，他们讲述、倾听，用嗓音安抚许许多多睡不着的人。

间或，阳台外不远的铁轨传来火车经过的震颤声，一直传到身下。屋内像发生着轻微地动。对人与事都那般敏感的青春，总在经历着不同的震级。虽然回头看，都是轻浅不过的人与事，可那时，青春的夜晚，那些人与事，那些困惑与迷惘，又是多么强烈而固执地波动着，一次次地干扰睡眠。

每次入睡仿佛是一个赌注，看哪一次运气比较好——当醒来时，赌哪一次时钟更接近黎明。有一次，也不知该算运气好还是不好：四点四十四分。

广播通常在熄灯后响起，躺在黑暗里，承袭着青春的混沌与尖锐。有时会留盏台灯，在音乐声中注视着天花板，那些印渍，被光影幻化成各种东西，动物、人或植物。

那正是木心先生说的"时时刻刻不知如何是好，所以听凭风里飘来花香泛滥的街，习惯于眺望命题模糊的塔，在一顶小伞下大声讽评雨中的战场"。

一个易失眠的人，注定内心盛有过多的爱与哀愁。

而据说能成就一番伟业的人，往往是不失眠的。譬如奥东皇帝决定自杀的当夜，把家事安排妥当，磨快了剑，然后呼呼大睡起来，贴身男仆甚至听到他的鼾声——这股淡定劲儿，不像赴死，倒像准备迎接一觉醒来后冒着热气的早餐。

看过则资料，说食草哺乳动物的睡眠很浅，如大象、野牛和野兔等，它们对微小的动静都很警惕，并能做出迅速而强烈的反应。我当时想，这多么像人！易失眠的人通常是温和的、敏感的，缺乏攻击性。而性情强悍的人，大抵吃得香，睡得好。他们没有“自我”的负担。

是否可说，食草类动物，以及食草类动物性格的人，都属于自我折磨型。他们用温和、善良默默地消耗着自我。

但也许，吃桉树叶的考拉是个例外。几年前的秋天，澳大利亚的一株大桉树上，我目睹一只正睡着的棕色树袋熊。它睡得那么投入，不管多少镜头和手机正对着它，它岿然不动地沉睡着——它是世界上最会睡的动物，每天的睡眠时间可达到二十二个小时——它的一生，差不多是在梦中度过。

和它一样能睡的动物还有棕蝠、树懒、猪和印度豹等，它们每天的睡眠时间在十二小时左右或以上。

这样度过一生，是幸运还是不幸呢？

也有不睡的动物：海豚。它的两个大脑半球可以轮流休息，当左侧大脑半球处于抑制状态时，右侧大脑半球则处在兴奋状态。一段时间后，左侧进入兴奋状态，右侧则处于抑制状态。所以从某种意义上说，海豚一辈子都清醒着，它是真正字面意义上的“难得糊涂”。

“我们都热爱生命，我们都希望活得尽可能长，但尽管如此，我们还是牺牲了三分之一、有时甚至一半的生命在睡觉上。”十九世纪九十年代，俄国首批女医生之一的玛丽·德马纳塞纳困惑于睡眠之谜。为了探索睡眠究竟是什么，她在动物身上进行了首次睡眠剥夺实验。

她采用了一种现在会令动物保护主义者愤怒的方式：让幼犬一直醒着。实验的结果是它们在被剥夺睡眠几天后就死了。在随后的几十年里，她利用啮齿动物和蟑螂等其他动物进行的睡眠剥夺实验也出现了类似结果。可见死亡与睡眠有着潜在关系。

可海豚不睡为何能活下来呢？严格说来，它也不是不睡，而是睡与醒同时进行。

和它类似的还有果蝇。有研究称,有些果蝇几乎不睡觉。科学家的观察中,有一只雌蝇甚至平均每天只睡四分钟。在进一步的实验中,研究人员剥夺了这些果蝇百分之九十六的睡眠时间。但它们并没有像俄国幼犬那样过早死亡。于是,人们又得出一个结论:睡眠可能没有人们以为的那么必要。

会有根本不睡觉的动物吗?科学家说:“目前的研究发现,没有一种动物是完全不睡觉的。即使是在这些超级短睡者中,最低限度的睡眠也是必不可少的。”

但据说“原生动物”(由一个细胞组成)是一生不睡的,还有些动物如蜉蝣——“寄蜉蝣于天地,渺沧海之一粟”,苏轼先生用它来形容人生短暂。这种起源于古生代石炭纪的古老有翅昆虫,已存在于世间约有三亿年以上。如此短暂的生命为何又如此绵延不绝?再没有比蜉蝣更高效紧凑的一生了。稚虫成长后,爬到水边的石块或者植物茎上,日落后羽化为亚成虫,再经过一天时间羽化为成虫。成虫没有咀嚼能力,不能取食,最多只能活几个小时。在这短暂的时间里,蜉蝣必须找到配偶——英国《每日邮报》曾报道,在匈牙利布达佩斯附近的提萨河上,一大群长尾蜉蝣浮出水面,疯狂交配,持续了数小时。属于成虫的时间紧迫,它们争分夺秒地交配,将卵产在水中。然后死去。

在成虫的几小时生命中,忙着繁衍都来不及,哪还有空睡?——这是怎样的一生啊,朝生暮死只为繁衍,而繁衍出的蜉蝣仍旧度着这般匆促的一生。

生命的意义究竟为何?

这是一种充满悲剧性的生物。虽然它们强韧地穿过三亿年,生存到了现在。

“失眠是一种自我惩罚”,黑夜里的主动失联。作为飞行物的床,搭载人去向不明之地,像《地心引力》中女宇航员在孤独的太空飘浮,没有回应,只有一些声音被无限放大。钟表走动声,几个房间外水龙头滴水的声音,远处的一声猫叫,雨打在棚顶反射的童年回响,中年的血液在体内日益缓滞的行进声……

朋友说起有次凌晨四点多,失眠的她突然听到楼下邻居传来那什么的声响。那幢楼的隔音效果不好,从楼下窗户传出的声音清晰地传进朋友耳朵。是做爱的声音。这声音原本并不奇怪,让她惊讶的是声音制造者,楼下一对平日性子温暾的老夫妻。从表面看,性早已从他们身上撤离,但这个凌晨四点,朋友的失眠使她窥见了一些平日看不出的内容——在“表面”下隐匿的为外人所不察的生活。

另有个女人，抱怨丈夫因为睡眠不好，常夜半起来烹饪食物——不是煮个面什么的，而是在厨房里煎鱼。这个大块头男人热爱食物，尤其水产。做好了，他一人斟杯酒，慢慢边吃边喝。女人是绝不会陪他吃的，她对瘦身有着狂热的执念，连食物的香气都会使她觉得胖了几两。

听上去简直有些魔幻，一个深夜在厨房煎鱼的男人。

不过也没什么，土耳其女作家艾施勒·佩克说："厨房是母亲的乳房，恋人的双手，宇宙的中心。"对于半夜睡不着的人们，起来煎条鱼并不算什么。还有的学英语，有的擦马桶，有的出去吃烤串，有的跑步。还有的，像英国导演肖恩·埃利斯的电影《超市夜未眠》中的主人公，索性去做了份深夜兼职。

"其实失眠是孤独症的一种"，在《超市夜未眠》中，一个从小爱远离人群、梦想成为画家的年轻人 Ben 因失恋导致失眠——他住的那栋艺术学院宿舍楼基本就是一百二十位学生的过剩荷尔蒙混凝而成的建筑物，晚上发出的做爱声令他不堪忍受。

因为失眠，Ben 的生命比他人多出了三分之一，他在超市找了份夜班工作。

伴随古典交响乐的回响，Ben 认识了形形色色的人。面色苍白、一脸倦意的女同事，她以不看钟表来对抗时间的慢——"你看钟表的时间越多，时间过得越慢。"还有杯子上写着"the boss"的神经质的超市老板……人人都在用自己的方式打发夜晚。

Ben 偶然发觉只要自己挤压指关节，世界就会定格，时间遥控器像摁下暂停钮。他在超市任意走动，观察速写那些女体，给他童年带来深刻影响的、他觉得诡异又美的事物……

性、童年、梦、爱与美……在四次时间的定格中，Ben 实现着对人生的种种探询。

他邂逅了新的爱情——超市那位面庞苍白精致的女同事。或许，他不再失眠了，爱情治愈了他的孤独症，也顺便治好了失眠。

对失眠者，生命貌似获得了一个"加量不加价"的馈赠，人生得以延长。但现实生活中，失眠带给人的痛苦难以言喻——失眠者患抑郁症的概率是不失眠者的五倍。

事实上，失眠往往是抑郁症的征兆之一。

为何上帝在生物的身体系统中安置了睡眠这一环节？我想，那是出于对生物在身心方面阶段性修复的考虑。睡眠暂时屏蔽了因失败、创伤带来的绝望，如一次缓冲，使生命恢复平静，重新获得能量。

而对一个失眠的人而言，他的修复时间要少于不失眠者，他应对人世的困难与压力便会增大。这是一个非良性的循环——焦虑使人睡不着，睡不着使人更加焦虑。

在失眠的年月里，我还寄望过一只枕头的拯救。在试过了N个功能型枕头后，我发现这只可以拯救睡眠的枕头是不存在的——在失眠者的颈椎与任何枕头之间，都隔着至少一厘米的悬浮空间。

美国作家约翰·契弗的小说《巨型收音机》中，一对中产阶级夫妇沉迷于用巨型收音机窃听邻居家隐私——失眠也是台巨型收音机，搜索并放大夜晚的各种声响，包括身体内部的动静，“从镜中揭下自己的影子”，它们汇积成失眠者的出勤报告。

从祖先的狩猎时代开始，夜晚便象征着不安，似乎到处浮游着魑魅魍魉。《圣经》中记载，所罗门因为晚上害怕睡觉需要六十个强壮的男人守候在旁边。诗人维吉尔将睡眠称作“死亡的结拜兄弟”，莎士比亚则将其称为“死亡的画像”——这些表述都说明，睡眠充满了潜在的不安与危险，它可能随时将人们滞留在某处，再不能原路返回。

我曾对黑夜的印象也充满惊惧。童年寄居祖父家，那些听来的鬼怪故事震慑住一个孩子幼小身心，觉得在黑暗中潜伏着可怕的不明物体，随时会伸出手将我捉了去。

是要活到一定年岁，才会明白物理性质的黑暗并不可怕，最深的黑暗在人心中。

一个人，倘若心里不发虚，是没必要惧怕黑暗的。

那么对黑暗的困扰就只余下失眠与死亡——这是一对标准的反义词，前者睡不着，后者醒不了。是的，睡眠是一场“小型的死亡的模拟”。这些年，陆续听到在睡眠中死去的消息。某位老邻居、母亲的老同事，或某位远亲。最年轻的一位是同学的弟弟，二十几岁，未婚，没有正式职业，夏天的深夜发作心梗。

但某种程度上，这些在梦中离去者，未尝不是有福的。不被病痛纠缠。佛陀教导行者面对病痛，要身苦而心不苦——谈何容易？痛是一种最直接的体验。在我四十几年的生命中，若干次手术加上生育，我深知“痛”的可怖。也因此觉得能在睡眠中离去，简直要被命运祝福，才能以这样便捷的方式离开，“死后哪管洪水滔天”。

日本作家远藤周作的小说《深河》中，主人公的妻子癌晚期，化疗后“身体稍微移动，剧烈的疼痛便像闪电般全身流窜，使她不由发出呻吟”。这应当是无数重症患者的写照，此时，若能在睡眠中“闪退”，不啻为一种解脱与接引。

愿有一天，人们离去时都不必受痛的磨折，而能安详入眠。

“只要一个人真正有了睡意，埃斯米啊，那么他总有希望能重新成为一个——一个身心健康如初的人。”塞林格的小说《为埃斯米而作》中的主人公在文尾说。

对失眠者而言，死亡由此可以有另种解读。它等同一次终极睡眠。一个再严重的失眠者也有机会在最后时刻，成为一个身心完整如初的人。那时，所有数丢的羊都将聚拢来，白云般围绕在他的身边。

傅菲　关关四野

没有饶北河畔鹭鸟声声的呼唤，没有悠远的蓝色晨光，没有芒草返青，没有野湖上轻轻溅起的水泡，那么四野就将丧失灵魂，那么四野就仅仅是一块供人种植的土地。我们与四野产生内心共鸣的，不仅仅是粮食、果蔬，更是那些能唤起我们生命萌动、感知岁时节律的美好景物。我们会知道，在匆匆的生命行旅之中，因为某一个晚上的月色，因为高大枫树上一对戴胜鸟的求偶之舞，因为甜瓜种子昨夜冒出的两片嫩芽，因为一场突然而至的暴雨，我们感受了纯真的心灵愉悦，因而获得在大地之上永恒存在之感。

四月河水初涨，草洲渐渐被淹没，小鹏鹏、白骨顶、鸳鸯、红脚隼等冬候鸟北迁。苍鹭、三宝鸟、小灰山椒鸟、寿带、家燕、黑短脚鹎、黑眉柳莺、灰背椋鸟等夏候鸟，慢慢开始在河边树林、山间灌木林和荒芜的茅草地聚集。它们日夜鸣叫，发出带有荷尔蒙气息的欢快歌声。在天光稀薄的清晨，它们的歌声更清亮，更富有情调。我通常在窗外第一声野鸽啼叫响起时，就披衣起床下楼。山峦还朦胧，田野则渐渐清明。这个时候，走向河边或山边林地，我们因为耳鼓被鸟声气流充盈而感动。

所有的人都会听到鸟声，只是有的人继续沉睡，有的人去野外干活儿。我会是唯一一个因为谛听鸟声而走向野外的人吗？河边或山边，湿气形成了低回的晨雾，很薄的一层，随风回荡。寒塘边的樟树上，鹭鸟站在枝头，拍打着宽大的翅膀，兴奋地跳舞，嘎嘎嘎的叫声，震聋发聩。它们似乎在向我发出邀请：我们一起来跳个舞吧，山川俊美，风和日丽。雾气在我的头发上，蒙罩了细细的水珠。我摇一摇头，水珠并不落下来，手摸摸，湿湿的。山野渐白，草木露出了原色。野樱的白花点亮了我的眼睛。再走两华里，我就看见了野樱，在山垄斜深进去的山崖上，满树白。

在冬候鸟与夏候鸟换季交替时，我内心有抑制不住的蠢蠢欲动和狂热。这让我难以安睡。在城市里，我心绪不宁，进入不了生活中的角色，书也阅读不下去，迫不及待地想返回乡间。即使在乡间，夜色深沉，在房间里，听见赤腹鹰"叽叽叽哩，叽叽叽哩"的叫声，我也会马上激动起来。在白天，很难听到它清晰的啼叫。夜星低垂，旷野静默。我的内心里草芽在疯长，露水静静滴落。鸟一声一声地叫，我一声一声地听，听了一声，等着下一声。我甚至听出了灰树鹊啼叫的节奏："嘘——咭咭，嘘——咭咭"。它高声啼叫五声，间歇两分半钟，又叫五声，周而复始，到了深夜两点，啼叫止歇了。我生出了奢望：我的屋舍若能建在高大的树林里，该有多好。

"你要听鸟叫声，听夜风，就去枫林水库夜宿。鸟早早把你叫醒，风吼起来，你还以为山鬼来了。"臣忠对我说。他在水库有个小山庄。山庄呈 U 字形，石墙泥瓦。夏天，他一个人去水库睡觉，避暑气。"蛇敲门，你听过吗？"他说。他听过蛇敲门。他睡到半夜，听到门"嘟嘟嘟"轻响，以为是山鸡啄门，或者山鼠撞门。水库一带，茅草茂盛，山鼠非常多，常来屋舍找吃食，也到水库尾部找死鱼吃。门响了几分钟，他提着一个大手电，拿着一个火钳，开门。一条蛇竖起身子，差不多与他肩膀等高，望着他。他也不惊恐，手电照着蛇。蛇吐出芯子，扭了扭身子，溜了。他几次怂恿我去水库夜宿，我答应不下来。我怕蛇，又很心动。他好几次在夜里看见山麂在屋后山冈溜达，他这样说了，我更想去小山庄住几夜。山麂是性情胆怯、谨慎温良的动物，深藏山野。

我没有见过活山麂。我见过的山麂，大多是横在屠案上，剐了皮、剔了骨、剁了趾。山麂的骨头白如玉石，硬如生铁。山里人用大锅熬骨头汤，大木柴堆在锅底，沸水噗噗把骨头腾起，油珠漂溢，熬一个时辰，再把麂肉氽下去。即使是大雪之夜，端一碗氽肉汤，嘲下去，也全身滚热。"山麂的骨头汤氽山麂的肉，这样的吃法可能不太人道。山麂是一种懂得害羞的动物，它不侵犯人，人有什么权利伤害它呢？"有一次，两个山里的亲戚来我家做客，说起了吃山麂的事，我这样说。亲戚不可思议地看着我，面面相觑。其中一个亲戚质问我："那你以前来我家，也吃山麂呀。"我在他眼里似乎是一个假崇高的人。"以前是以前，我已经六年不吃野生动物了，十四年不吃狗肉了。"我说。我为自己吃过野生动物、吃过狗而自责过很长时间。这是我欠下的债，我无法偿还的债。这也许是一生中很大的过失。在我们的自然启蒙中，"万物为人所有、万物为人所用"的实利主义，深深地影响了每一代人，只要可以吃的动物，皆入锅上桌；只要可以锯板的树木，都砍伐下山。人把自己凌驾于其他物种之上，主宰它们的生命。人没有把自己当作其他物种的守护神，而是把自己当作它们的帝王。殊不知，我们只是自然界的物种之一，在生命面前，万物皆平等，人的智慧应用于守护生命而非杀夺生命。过了不惑之年，我才慢慢懂得这个道理，并在生活中去实践，我也深信，放下杀伐加害的妄念贪念，一切都还来得及。我也因此获得生命的慈悲——万物在自然之中，共有共享共生共荣，我尽可能不去浪费，绝不去践踏。在每一种动物、每一种植物的身上，我们都可以看到自己的过去、现在和将来，我们的生命与它们的相依存。无论我们的一生如何卑微，我们都需要敬重万物。在自然中，我们需要学会卑微地自处。

我们不要麻木地活着。麻木是一件可怕的事情，麻木让我们不再敬畏生命，让我们失去对自然的敏锐直觉。这是我们获得知识却缺乏自然文明孕育造成的巨大损失。而经常到原野中去，沐浴自然的光辉，敏锐的直觉也会慢慢恢复——当大雁飞临我们的头顶，当细雨窣窣飘在眼际，当瀑布的哗哗之声从山谷远远传来，当山毛榉一夜枯黄下去，当秋虫暴死于霜露，当金盏花诉说着凋谢，当雏斑鸠第一次飞出鸟巢——见到这些的时候，我们的心中会慢慢翻涌起原始情愫的白色浪花，会由衷发出“生命多么可贵”的感慨。我们会知道，我们所经历的挫折和倦怠，实际上是那么微不足道，我们由他者的生命历程感知到自己生命的宽阔。这就是自然给予我们的智慧的恩赐。

我四季不歇地来到盆地，去无人的山坞，去暴雨中的河滩，谛听荒野之声，观察虫飞鸟舞，在夜色朦胧或星野平阔之下，感知大地细微的律动。

即使是在冬天，四野略显荒凉，仍然会发现许多鲜活的、苏醒的事物，让我们欢愉，甚或沉醉。去年腊月，按照以往年份，已该是冬雨绵绵或初雪来临，人很少去野外了。但去年是个暖冬，冬雨未来，暖阳高悬。一天中午，我在午睡，我妈对我说：“你快去找找你爸，他不知道去哪儿了。”我爸高龄，记忆力衰退得厉害，一个月有那么一两次去了田畈，会找不到回家的路。我去了一里外的菜地找他。阳光蔼蔼，蒲公英发出嫩芽，田野如一把打开的折扇。扇面上有一幅水粉画：山峦由低往高收拢并延绵，色彩由枯黄向青黄、青绿渐变，越往高处色彩越浓郁，山顶被一团墨绿堆叠；由西至东的田野，斜缓地低下去，渐渐开阔，阡陌如网织；有着优美曲线的落叶树林，半藏着发亮的河流；不远处的葡萄园有人在拉车，灰白的天空下，葡萄园也是灰白的……我心里有些焦虑，急着找人。菜地里没有人。我从废弃砖厂侧边的田埂路，往大片芋头地走，弯过一片绕满了枯藤的西瓜地，去了沙石场。拉沙石的德明见我焦急，说："你找你爸？你爸从坡道下河去了，赶着两头牛。"我站在河堤上，望对岸的洋槐林，没看到人，也没看到牛。

洋槐高大，光秃秃的树枝密集交错。林下是茂盛的芦苇、芭茅和矮杂的灌木。河水泛着白花，狐尾藻青油油顺水沉浮。我脱了鞋袜挽起裤脚，下河。河水并没有预想中的冰寒，舔着肌肤，有些痒痒的。河底下是粗粝的沙石，踩在沙石上，脚板不由自主地弓起来，脚趾收缩，像一个吸盘。白条在砾石之间穿梭，在斗水。上了岸，我提着鞋子，往芭茅丛走。芭茅半倒伏，却还比我人高。挖沙人留下的沙坑，成了小池塘，有十来个。小池塘水质清洁，塘底长满了青蓝的水苔，白条、鳑鲏、小白虾忘忧地游来游去。洋槐上，我看到了两只蓝翡翠，在"嘘咕噜，嘘咕噜"地叫着。它们是河流的衍生物，在这里意外相逢，让我感到无比亲切。它们爽脆的歌喉带给河流明亮之感，与哗哗的流水声，合奏了冬之曲。它们娇美而沉静，悠扬婉转地吹着温柔的口哨，享受着煦暖的阳光。这一带，应该有很多伯劳、草鹀、鱼鹰，小池塘是它们丰盛的餐桌。果然，我在一棵矮柳树上，见到一群约十余只牛头伯劳。

北极鸥在河面上，呈D字形盘旋。北极鸥是旅鸟，但每一年，都会有一只或几只，可能是失群了，留在饶北河过冬。它清洁无瑕的白色羽毛，让人觉得它是天外来客。它略显哀伤低沉的叫声，会突然洪亮地加大，仿如河流的背景音乐。我不知道这只北极鸥为什么会失群，它洁白庄严的盛装，使得它在视野里格外醒目。我生出隐隐的担忧，失群的旅鸟，越冬存活下来的可能性太渺茫了。

走了百余米荒草地，看见两头大水牛在河边草地吃草。我叫了几声："爸，爸，爸。"无人应答——我爸有些耳背。一群雀鹛反倒被我的声音惊吓得四处乱飞。我到了草地，看见我爸坐在一棵冬青树下，搓自己的脚板。我有些责怪他，说："大冬天，打双赤脚，下到河里来干什么？万一摔倒在河里怎么办？"说着，我搀扶他过河。"你还扶我？不用我扶你就算好了。"我爸说。

"在河滩坐，比在家里坐舒服。河滩坐了，人通透。"我爸斜着眼看我，说。我扶着他肩膀，他拉着我的裤带，一起过河。他又说："人还是要多来河边坐坐，河水怎么流，也流不完。我小时候，河就是这样流的。"

送我爸上了岸，我又渡河，回到他坐过的冬青树下，坐了下来。我抱着身子，靠着树，眯着眼睛，听着流水声，一个下午就这样过去了。鸟叫声和哗哗的流水声，并没有破坏四野的宁静，与之相反，让人更真切地感受到大地的肃穆、宽厚。是的，大地永远不会老去，而每一个人，无论年岁少长，都是大地生出的婴孩。

站在四楼的天台上，也可以瞭望整个原野。在家里，我每天早上上一次天台。我把天台改成了半个阳光房，请来木匠老四打了一张写字桌。写字桌是我自己设计的，一米二长、一米二高、六十厘米宽，分两层。坐在这里写字，倦怠了，望一眼原野，或者站起来，远望青山。四野都在我眼里，满目葱茏，或者满目肃黄。燕子栖落在电线上，灰卷尾也栖落在电线上。燕子是另一个我，溪边的竹林是另一个我，青桐树是另一个我，随风飞舞的蒲公英是另一个我，四处找食的黄鼬是另一个我，夏夜的促织是另一个我，堆积不起来的冬雪是另一个我，稀稀落落的阵雨是另一个我……无数个另一个我，分布在原野里。我无处不在。我是所有的之一，也是之一的所有。我如雨水，渗透了四野，又被分解得无影无踪，被蒸发，回到天上，成为积雨云的一个水分子。

四野大多时候空茫又繁茂，在任何时候，都保持着原色。即使冬雪来临，簌簌簌地下了一天一夜，覆盖了山丘，覆盖了田野和屋顶，白鹡鸰还是上下翻飞，草芽还是把雪耸起，枇杷盛开米黄色的花，河水烘出腾腾白气，黄鼬闯过公路来到某一户人家的厨房偷食，松鼠在板栗树上荡它的秋千。

四季都有鸟在求偶、育雏。四季都有草枯草荣。原野有着旺盛的欲望，有着强烈的期盼。我抱着持久的耐心，和细微的情感，等待每一天的到来和过去。这是必需的，也是美好的。我不愿意原野里的生命景象，从我眼中轻易地溜走。因为溜走，就意味着丧失。

刘丽丽　**鸟声二章**

雁群过境的日子

母亲一边起床一边跟父亲说话，说她好像听见过雁的声音了。母亲没有察觉，从听到雁群的第一声鸣叫开始，我就再也没睡着。我大睁着眼睛，竖起耳朵听了一夜。雁群的叫声高亢辽远，穿过月光，穿过云层，仿佛漫天飞舞的雪花从天而降地覆盖了村庄。黎明时分，当我推开门，发现一帧帧季节的幕布已经庄严地拉起。

母亲忙着做饭，我去忙我的事。雁群过境之后，我习惯了满村子寻找，总感觉还有许多音符遗落在某个角落，那是大雁们特意给村人留下的话。那些话挂在豆秸垛子上，落进残荷托举着的手掌，钻进老榆树的臂弯里，时间一久，渐渐褪了颜色，像一片片白色的花瓣，游移摇摆，等待着人们去发现。只有勤快的、眼尖的、耳朵好使的人才能幸运地得到它们。凡是得到它们的生灵，都有了一些变化——比如牧羊人一边放牧一边割草，他盘算着把羊圈再加厚一些。去年的雪薄，今年可说不准。再比如仓鼠，它们忙着往洞里叼最后一批稻穗，大概它们也听懂了大雁留下的话。还有路旁的野草，加快了结籽的脚步，朝阳一面的墙根落满了争夺越冬地盘的虫子。

村子里刮起一茬又一茬的风，一个又一个的稻草垛站起来。雁群的鸣叫是个信号。那些之前背道而驰的人，在时光里跌跌撞撞的人，大约是捡拾到了雁群留下的音符的缘故，在某一个时刻突然转身，调整好方向，然后加快了脚步。很多人走出了村庄，走进了城市，走向了海港或者我们不知道的地方，其中一部分人再也没有回来。也有一些人，他们一辈子也走不出村庄。不是所有生命都有迁徙的资格和勇气。鸟的世界里，也有佝偻的背影、擦泪的苍老的手，也有稚嫩的不舍和啜泣吧。该需要多大的勇气，才有断然离开的决绝。一路上，孤独似林间的溪流，叮叮咚咚一路伴随，它们弹奏着故乡的曲调。雁群跋涉的翅膀下，始终裹挟着北国粗粝干冷的风霜。

猎人的枪口，天敌不怀好意的眼睛，时时在暗处窥视。既要扶老携幼，又要不断地提醒和鼓舞，这一路的奔波，硬生生地将一把湿漉漉的嗓子喊成了沙哑。古道西风又一年。“看看，瘦了，也老了”，有没有人在路的尽头一脸疼惜地迎接它们？精疲力竭的时候，有没有一个踏实安全的港湾供它们香甜地入睡？有没有人问候一声“你还好吗”？答案都是未知的。也许从诞生的那天开始，父母就把答案教给了它们；又或者是征途中的遭遇教会了它们，支撑飞翔的不仅有轻灵的羽毛，更要有结实的骨头。

雁群过境的日子，感觉生命突然有了厚度，有了牵挂。沉在水底的愿望被打捞起来，缝在夹袄里的誓言被焐热。关于生命的脆弱与坚强的密码，被那一声声粗粝的、嘹亮的鸣叫一一唤醒。在每一个无眠的夜里，我常设想它们的样子——它们中的一部分，肯定是时光舞台上资历深厚的歌手，见惯了大场面，跑多了码头，所以追光灯下的它们气定神闲。一张口、一个动作，就足以拨动听众的心弦。即使是嗓子出了点故障，唱破了音，也可以得到原谅。我那时还没有走出村庄，看起来是一个听话懂事的孩子，可是大概只有我自己知道我的内心有多么活跃。我常想：如果没有过境的大雁们，我会怎么过自己的这一生呢？或许我就朝着牧羊人所指的方向一路走去，去了一个自己都不知道的地方。也许守着一条黄河和一个看护大堤的黄泥屋子，把自己活成一棵老榆树。也许还有一种可能，在村南割稻子的时候，趁着父亲不注意，自己乘上白云，向着梦中的乐园飞走了。可是，从我听到雁群的叫声起，一切都变了样子。这些朋友留下的话，它们留下的那种干冷粗粝的气息，成为暗夜里一种特殊的陪伴。在老家那间狭窄的土坯房里，灯光朦胧，母亲在给我们兄妹三个缝制衣裳，北风把风门推得咯吱咯吱响。每当我懈怠，想出这样那样的借口偷懒时，雁群的叮咛就会提醒我：不行呀，不行呀！于是就有了在那条布满树影的小路上的奔跑，追赶我的是潮湿的南风；有了在荒凉的河滩上的游逛，身后是一块块踩塌了的酥了的泥片。我爬到村里最高的树杈上，眺望远处；我在露出麦茬的土墙上，画出一条条弯弯曲曲的线，那些凌乱无序的文字，乃是我对这个荒凉世界说出的最初的情话。

多年以后，我看到吴冠中画的一幅《高粱》。画面上，秋风吹来，熟透的高粱展示出孔雀开屏般的造型，构图有曲线的流动感，高粱穗子饱满、茎秆粗壮，那些缀满红宝石般的穗子，呈现出成熟的骄傲。在那样的一幅画作之前，人所体会到的是一种质朴雄浑的美。据说吴老师在烈日下的田间创作了这幅画作，他很珍惜这样的经验。由此，我忽然想到了秋夜听到的雁群的鸣叫。那些叫声里，确实有一种原始的力量邀请你进入跋涉的情境，邀你一起分享征途上的喜怒哀乐。那种气息，属于漫长的海岸线，属于湿润的沼泽，属于春天有灵性的万物，属于上天赐予人间的痛苦与明朗的喜悦。虽然我从来没有和雁群近距离接触的幸运，但每年秋天真切地聆听那种鸣叫，实在有一种不可言说的震撼，有许多天，我都被这种鸣叫声弄得又心慌，又兴奋。这种感觉和坐在电视机前观看雁群的迁徙差别很大。

黄河滩的上空每年有无数大雁过境，村庄里每年有许多孩子落草为人。他们在襁褓中健康地成长，不记得哪一天，粉嘟嘟的婴儿凝视着自己的父母（或者祖父母），嘴里发出"啊！啊！"的声音，那些咿呀的声响，让父母们兴奋地互相转告：听啊，孩子"过雁"了！"过雁"是古老的提法。对婴儿来说，那一天，是语言萌芽的日子，从此以后，这个日子被他们的父母无数次地作为惊喜提及。他们开始在父辈惊喜的目光里一天天长大成人。对黄河滩来说，那一天，是一只小雁开始扇动翅膀的日子，未来它会飞过家乡最高的山，飞过最宽的河，飞向不可预知的远方。但故乡这片滩涂依然会保留着以前的温热，储备好草芽和春水的味道，等着它们回来与过去的岁月重逢。

一年又一年，牧羊人站在高处，他目睹了整个雁群飞来飞去的过程。他不但听得懂叫声背后的意思，而且还能掰着手指头说出好几种它们飞翔时的队形——纵"一"、横"一"、人字形、波浪形、梯队形、封闭形等等。谈起大雁，这个一辈子没有走出过村庄的人却滔滔不绝，他是个经验老到的书法家，熟悉雁群的每一次藏锋、每一次落笔。

一年又一年，雁群过境黄河滩。当我一天天远离故乡，飞临黄河滩的大雁啊，它们还记得村庄里有过我这个人吗？它们知道那些穿过月光、穿过云层、裹挟着北国风霜的叫声带给人们怎样的力量吗？在它们简洁的一生里，生命的过程简洁到只剩下书写。从南方到北方，书写一个关于承诺的故事。这一点不像人类。有些人振翅飞入云霄，一转身就把承诺丢了。还有一些人在漫长的生命中忙着捡拾，忙着背负，直到把脊梁压弯，羽翼沉重到再也无法伸展。当然还有另外一批人，白天他们做着各种繁重的工作，而当城市的灯火陆续熄掉之时，无眠的人会看见一个又一个的灵魂从窗口飞出。他们卸掉负累，挥动透明的翅膀飞升到高处，带着孩子般的热情互相鼓励着飞向远方，飞向某个月光下的村落，飞向某个带着温热笑容的归处。

那是另外一群迁徙的雁。

当一只鸟在你的窗外歌唱

邂逅爱情，如同在山林间忽闻鸟声。树木夹道的山间小径铺满厚厚松针。山林空旷，弥漫着松脂特有的辛辣气味。鸟声如影随形，声音细细碎碎，细雨一般涤荡心灵。你看不见它，但声音是一种吸引，激发探寻的冲动。对方是一个神秘的存在，探查它的消息会让彼此警觉、紧张，而对未知的好奇又给予你勇气。用手抓住树干，抓住杂草，鞋子踩牢地面，在乱石丛中小心地挪动脚步，一点一点接近目标。那是一种神奇的力量，让人坚定自信，充满活力。探寻的过程充满不确定性，也催生出一种难以言说的美。阳光沥满肩头，鸟声啁啾，超越人生的一切失意和沮丧。

打开茨威格的《一个陌生女人的来信》，夏日午后的长阴里，正有一种不知名的鸟作雨滴一般的啼鸣。声音不疾不徐，散漫着，仿佛断了线的珠子，散乱的故事，隐藏着无法洞悉的内容，等待聆听的人去一一串起。

“我从十三岁到十六岁，每一小时都是在你身上度过的。啊，我干了多少傻事啊！我亲吻你的手摸过的门把，我偷了一个你进门之前扔掉的雪茄烟头，这个烟头我视若圣物，因为你的嘴唇接触过它。晚上我上百次地借故跑下楼去，到胡同里去看看你哪间屋里还亮着灯光，用这样的办法来感觉你的存在，在想象中亲近你。你出门旅行的那些礼拜里——我一看见那善良的约翰把你的黄色旅行袋提下楼，我的心便吓得停止了跳动——那些礼拜里我虽生犹死，活着没有一点意思。我心情恶劣，百无聊赖，茫茫然不知所以，我得十分小心，不让我母亲从我哭肿了的眼睛看出我绝望的心绪。”

可以这样说，一只鸟儿在春天到来时，怀着怎样细腻温柔的心思铺垫自己的鸟巢，茨威格便怎样运用他的智慧和柔情为读者讲述了这个故事。男作家在四十一岁生日时收到了一封陌生女人的来信。这是一个对爱情忠贞不渝的痴情女子的绝笔。从十三岁开始对邻居青年作家的暗恋，到五年后终于委身于他，并且怀上他的孩子。为了养活儿子甚而不惜流落风尘。他们几次离奇的邂逅，相逢而不相识，她还被他误认为卖笑女郎；尽管如此，她始终不改对男人的爱，直到临死之前才决定向他告白。故事的结局是晦暗的，因为晦暗，更平添了一份凄美。

故事的女主人公没有具名，男作家最终也没有记起她是谁。只是一团模糊的印象，一些蛛丝马迹，这个被隐约记起的女人飘忽不定，然而热烈奔放。十三岁的少女，一头扎进命运的河流，时而独自承担着爱情给予的甜蜜和幸福，更多时候栖息在无人知晓的地方，独自承担着孤独与贫寒，直到疾病缠身，平静地等待死亡降临。她和普通人的最大区别，就是她的灵魂深处燃烧着一簇火焰。

理想中的爱情，催生出勇气和常人难以理解的献身精神，在当时崇尚物质的爱情时代，她更像一株空谷幽兰，散发出独特的幽香。

文学是飘浮于云端的梦，生活是坚硬的水泥路。茨威格的智慧在于，他给予了女主人公一对柔软的翅膀，无怨无悔的爱，落地时尽管悲怆，却最终跳脱出生活的沉重，发出属于自己的歌声。与其说她因为爱情而目盲，不如说她在投身命运的囚笼之前就已经做好了祭献自己的准备。从他温柔地看了她一眼开始，她像一只鸟守候在他的窗外。有外人到来时飞走，无人时飞回。也可能她把他看作了一只神秘的鸟，总想探寻他的真面目。那个谜语一般的男人，头上散发出维也纳郊区居民所缺乏的光环，他时而出现，时而隐匿在丛林深处，他偶尔发出的几声啼叫（天知道是求偶还是抒情），恰好被她接收。从此，心灵的琴弦随之悸动，“你一出现，它就颤个不停”。活得那么倔强，保持着自己的本心，只为了配得上他，哪管别人怎么评说。

故事读完，窗外的歌唱还在继续，于是想起很多句子：“打起黄莺儿，莫教枝上啼”，这是一种思念；“江晚正愁余，山深闻鹧鸪”，这是另外一种思念。人这一生总会爱上那么一个人，可能他并没有多么好，但你灵魂缺损的部分恰恰只有他能补齐。即使有离散，你和他也各是对方心里的一盏灯，透过光影，看见背后的万水千山。

在中国的古诗文中，无端喜欢“鹧鸪”这两个字，也无端觉得窗外那神秘歌手的名字应该是它。于是上网搜索，怀着激动的心情点开视频，听罢就关了。鹧鸪的声音有点类似鸭子，沉闷，并不嘹亮，介于“咯”“嘎”之间，从古诗中走了那么久、向往了那么久的声音，其实并不好听。

当一只鸟在你的窗外亮开歌喉，你永远不知道它即将带来的是一个怎样的故事。童年时代的我时常攀上房顶，凝望墨黑色的树林、紫色的落日，对它们心怀向往。村庄里也常常有神秘歌手降临，你能听到它们的声音，却看不到它们的形象。看不到它们，而它们却知道你在哪里，甚至知晓你不曾对别人言说的秘密。每个季节的交替里，它们按时抵达，它们之外，天地、田野、大河，一切浩荡有序，收容人世间大大小小的变迁。

成向阳　梯子上的人

“那个从梯子上下来的人，总带着些别人不知晓的秘密。那些爬上梯子的人，蓝的、黑的、土黄的、半灰的人，总穿着缝有很多小兜的衣服，那些秘密，就躲藏在上下前后左右的某一只兜兜里吧？”

孩子，正如你所说，梯子上的人，兜兜里总藏着些秘密。很多年了，直至如今，我一直都把带梯子的人，当成从头顶上方来的使者，必须恭恭敬敬等他们慢慢上去，再耐心地等他们从高处稳稳下来。从小到大，一直如此，从村庄到城市，一直如此。在一条两轮或者四轮车可以开过去的巷子里，我从未当着一个梯子上面的人，摇头晃脑从他眼前走过去，或者穿过他的视线，从远处吃着东西走过来。

虽然，那些梯子上的人从来不会看你哪怕一眼，他们似乎总是在忙着比你的具体存在更重要的事。但是你，却不能以你自己并不重要的存在去分那些梯子上的人的心，一丝一毫都不行。他们在高处，一丝一毫的纷扰都容易使他们心凉。

高处的人心一凉，地上就会发生什么事呢？这你想都不要想，站好了，等梯子上的人慢慢下来再说吧。必须等他踩着梯子慢悠悠下来，必须等他的脚踩住地面，脚跟在鞋子里面踮一踮，必须等梯子收起来扛上肩膀晃上两晃，我才可以收起漫长的等待，慢慢离开。

而你也可以和我一起离开了。孩子，我们也有各自的路要走。

但真的，和你此刻一样，都已很多年了，我也不知道我这么做——等一个梯子上的人从高处慢慢下来——究竟是为了什么，但我总是模模糊糊地感觉到，梯子之上火花闪烁，可视或不可视的火花中，有非人间的神圣气息，或者说，有实体的带神性的秘密就要被揭示。比如说，一只红底蓝纹的鸟蛋在阳光下像是完全透明的，透过它看过去，正午的村庄像是火光缭绕。比如说，电线杆顶端的铁箱深处，一种嗡嗡嗡不休止的声音中还有另一种听起来像疯女人叫喊的声音。

但我从来都没有真的尝试在哪一天里自己也偷偷爬到梯子顶上，学着电工的儿子的样子，伸出一只手，再朝掌心吹口气，然后像他父亲老电工那样不慌不忙干起来。

小电工告诉过我很多电线杆里的秘密。但我相信，电线杆之上的秘密，他一定也是知道的，如果他不知道，他的父亲老电工一定是知道的，只是，他还暂时不想告诉我，或者他的父亲还暂时不想告诉他。

从梯子上下来的小电工，有一次告诉我的秘密之一是："在我看来，地上的人，每个头顶上都开着一条缝。你也一样，但是更宽。"

"而我头上没有。"说完他得意地笑了，露出缝隙很宽的门牙和一截儿仓皇撤退中的鼻涕。

小电工有一次趴在梯子上，伸手要过我家的铁锹，又提着铁锹爬上梯子顶，用铁锹的木柄在过剩的家用电线上摸黑卷出一个环环相依的线圈。那线圈，规范、齐整、可爱得就像小黄瓜上架之后以纤细的藤蔓盘卷出来的。而这个线圈，只不过是小电工当夜的额外赠送。那一个夜晚，他是顶替他出门办事的父亲来给我们这条街巷修理电线的。

黑暗中，他戴着一副洁白的绒线手套，站在梯子顶上朝我不停嬉笑。他那荡漾在暗夜深处电灯重新亮起之前的笑声，好像他已空着手在我头顶上套住了一头白狼。

小的时候，家里没有梯子。

那时候，遇到需要使用梯子的关口，母亲就会说，去借一架梯子回来吧。父亲就会出门去，找到有梯子的人家说一段或长或短的好话，再缩着脑袋侧起一面肩膀扛着一架长长的木梯或者竹梯进门来。

那些借来的梯子，一般都是木梯，形制笨重，木色陈旧，不但梯身已经弯曲，梯子的一级与另一级也毫不相似，更让我不满的是，梯脚的两头竟也不一般高低，浑同村中著名的踮脚儿，在砖地上也站不平稳。整张梯子靠墙一放，就有一种凑凑合合与岌岌可危的气息，以致需要有人站在下面紧紧扶住，有时甚至需要两个、三个人站在下面紧紧扶持，方得安稳。

扶梯子的活儿，一般都是我干，后来弟弟也加入进来，再后来，还有妹妹。不过妹妹长到可以扶梯子的时候，我大概已经出门在外啦。所以家里那些借来使用的梯子，一般都是由两个小人儿来扶稳的。

我喜欢的，还是那些长长的竹梯。它们显然更长，更纤巧，更平稳与牢固。这些带着南方气息的长长竹梯下宽上窄，无论梯身新旧，都一律泛着青黄色的油润之光，尤其是，它们的一级与另一级彼此是如此相似，浑同孪生，让我作为一个蹲在地上的无聊扶梯者，常常生出眼前的一节梯子正在不断向上通天生长的幻觉。但这样的竹梯只有村干部和木匠家里才有。他们的老婆都不好说话，所以父亲从外面扛回来的梯子，其实总是那些丑陋而难得平稳的木梯。

梯子实在是农家少不得的必备器具。虽然我家中并没有这样的东西，但也依旧要一次次从外面借回来使用。夏季房子防暴雨需要梯子，冬季房坡扫雪需要梯子，秋天在屋檐下挂玉米、挂柿子需要梯子，而一年四季之中，修理老旧的电线、电闸更需要梯子。在特别需要梯子的那些年里，村里的电线似乎每时每刻都需要特别提防与照顾。尤其是在夏秋时节的傍晚时分，它们突然就会火花噼啪闪烁，突然就将一条街送入整体的黑暗。

那时，一条街上就会此起彼伏地响起“叫电工，叫电工来”的声音。

村里姓李的电工有时候会姗姗来迟，但更多时候就躲着不会来。电工不来的那些傍晚，街巷里就有男人自告奋勇，把活儿替电工给干了。有时甚至会从村庄中间的电线杆上私拉一条供电正常的电线回来用。

但无论电工来或不来，这样停电的夜晚，我家的梯子都是需要出去借的。一起借的，还有攀上梯子对付电线的人。这是因为，我从事铸造业和吹奏业的父亲，平生只会铸造与吹奏，与电有关的一切，他都过分明智地从不参与。他甚至都不怎么爱爬上梯子去防漏扫雪，他甚至连自己借回来的梯子也总是忘记去还。很多时候，那些借回来的木梯就这样靠着山墙放在我家院子里，直到主家自己寻来，自己扛着回去。

那些年里，家中始终没有置办过任何一架梯子，也始终没有一个能在停电的夜晚爬上梯子让光明重返厅堂的男人。

我的不爱爬梯子的父亲，在他五十三岁的一个秋日黄昏，从一架梯子上摔下来之后，就再也不与梯子发生任何关联了。那一次，他扛着一蛇皮袋高粱从房顶的晒场上踩着梯子下来，一个恍惚就与整袋高粱一起结结实实摔到了地上。

那一次，我、弟弟、妹妹，都已出门在外，而母亲身在房顶上，空空的院子里，没有一个替他扶梯子的人。而直到我父亲和高粱一起从空中坠落的那一年，家里也仍然没有一架属于自己的梯子，那架晃晃悠悠、底脚不稳的旧木梯，也是父亲从外面说下一段好话借回来的。

后来，我终于明白，与敬畏梯子上的人相比，我更敬畏的其实是梯子本身。

后来，当我出门在外，从不同城市的不同河流的桥梁上走过，清晨、午后或黄昏时的阳光总爱把一侧不锈钢或水泥质的桥栏拍打在桥面上。我就踩着它们，一级一级一级走向前，而虚幻的内心深处在身体的前行中总会由衷地感叹："这是多么好的一架梯子啊！"

而如果以透视的眼光看起来，我这样的一个梦幻般的过河人，也正是一个爬上虚幻之梯的人，带着满身的恍惚、疑虑与忧郁感，与我当年夹着蛇皮袋爬上梯子的父亲一个样。

而此刻，那个在阳光下扛起长长不锈钢折叠梯走上街道的电力工人，在充满活力的快速移动中，就像一条静止之河上不断延伸向前的桥栏。而正午阳光下，那么多一瞬间浑如静止的人，都是那河中或混浊或清晰的水滴。

再后来，我偶然在一本杂志的封面插图中看到了一个扛梯子的人。不，更确切说是一个与梯子纠缠在一起的人。但这样说似乎也不确切，因为他似乎正以一种极其别扭又极其自豪的姿态借助梯子向着上方的光明攀登。

这攀登中的裸体男人似乎身在一间铁屋，光束从无限的上方也许存在的小小出口垂落，照亮了他的脊背与臀部。而一架纤细但牢固的铁梯穿过整个画面，斜背在他的脊背上。他高高举起仿佛准备迎接什么又拒绝什么的两条臂膀，从梯级之间穿过，有力地伸向两面压迫过来的黑暗。而他劲健的双腿，正一上一下蹬在梯子的两级上。

在看到这幅插图的一瞬间，我不知道这个男人是正扛着梯子在黑暗中飞奔，就像多年前的小电工扛着竹梯跑向停电之夜的我，还是已经在无止境的攀登中与梯子融为了一体。

但毫无疑问，作为一个攀登者，他的命根子在攀登中正指向面前无止境的黑暗，他的臀部正暴露在后方数不清的箭镞中，而这个身在梯上已经不知攀登了多高的人，似乎正兴奋不已，以至手舞足蹈起来，以致让他下面的人（铁屋之中岂止他一个？）以及在画面之外看着他的人（比如我）都感到不寒而栗了。

嗯，有些英雄式的灵魂，总是自带梯子的。他们的生命本身，就是一架在黑暗中闪闪发光支起来直指光明的阶梯。而对于我这样一个喜欢在记忆的悬梯上上下下的人，所有的梯子都既神圣无比，又似乎带有无限的游戏性质。正像传说中的印度蛇梯棋一样——你可以出于记忆的需要从通往顶端的梯子上一瞬间滑下来，也可以依靠黑暗中一条蛇的毒液，一瞬间登上想象的顶峰。

端木赐　海边的房子【外一篇】

陆地上的生物,若是有一天遇见了海,难免会生出断绝之意吧。

何况是南海之滨。海边的房子,随着风云翻涌,幻化成不同的样子。

皮肤黝黑的X先生,是我在海滩认识的一个奇怪邻居。第一次相遇,是他在海上冲浪时,显然他还不是一个好手,所有的摸索都需要漫长的等待。傍晚的太阳将天空分层,糖果一样溶进海里。X先生趴在象牙白的冲浪板上,像一片随波逐流的薄糖纸,他有足够的耐心等待一面完美的浪墙,然后将身体垂直于海面,迎来短暂而又恣意的飞翔。

人类所有的飞翔,都耐不住时间的考验,他需要用尽全身力气,才能维持一瞬的平衡。一根脚绳,将他和冲浪板紧紧连接。这大概是某种时间回溯的游戏,他在潮汐之间找到了回家的路,甚至将他的面孔,也变作了少年模样。所有的回归,大概都是因为海的拒绝。

缓缓上岸的X先生忽然走向我,笑着问道,要不要尝试一下。

我摇了摇头。

他继续问我,明天清晨要不要再来看他冲浪,我如实回答,表示不知道。

我将刚刚拍摄的冲浪照片传送给他,他用英文向我道谢。

当我将这段对话转述给他人听时,被一个朋友取笑,并嘲讽我是"中国小孩",受宠,胆小,畏惧冒险。断绝了的念头,的确让我安心。并不是我对X先生不信任,他一定是个热心肠。他曾想把脚上的绳索拴到我身上,而那块冲浪板曾是他唯一的陆地。

岸上一座座被遗弃的沙土城堡,被充满魔力的海水灌入,最终无情地摧毁。暮色中的X先生,浑身披着神秘的毛茸茸的色彩。沙滩上没有一块嶙峋的礁石,细密的白沙被海水追逐，将那些嬉戏的脚踝拉长。一层一层的海浪，又将岸边的房子不断推向远方。

X先生不善言辞，甚至很难分辨他到底擅长哪种语言。很多时候，我们需要用英文辅助沟通。我毫无依据地认为，他来自牙买加。他的手掌覆盖了背景中所有的五星级酒店，说道，我在这片工作。沙滩，棕榈树，凤凰树，停机坪，都是精致的剪裁。炎热的六月是旅游淡季，他似乎有足够的时间享受阳光与沙滩。那时候我以为他是个泳池救生员。

再次遇见X先生，他换了一身装束，包裹在漆黑的潜水服里，手里攥着一根钉耙，在浅海处踽踽独行。当然，这根钉耙是我在他上岸后才看得分明的，此前我以为他手中拖拽的或是一张捕鱼网。每次有大浪到来，他都会停顿一下。他在身体可行走的范围内，不断逡巡游走，并蛇行上岸。钉耙顺着细沙剐蹭，有一瞬间他加大了力气，向远处甩出什么东西。

我看到X先生得意地笑，像是送给我一份有趣的见面礼。

那只螃蟹刚好砸在我脚边——它浑身带刺，很容易划破游人的脚掌。我踢了它一脚，脚趾瞬间被扎出两个血洞。我暗想，这细密的沙滩、绵长的海岸线，需要多少次循环往复，才能保有镜面般的光泽。彷徨的螃蟹晕头转向，却不敢轻举妄动，在我长久的注视下，忽然横着走了几步，试图重新挖开沙子将自己掩埋，却被我数次阻拦。

我不希望X先生的辛苦成为徒劳。螃蟹长得异常精致，两侧各有尖刺一枚，身形如梭，上面附着豹子般的花纹，所有的脚都是可透光的柠檬黄。我决定报复它，用罐子盛装了海水，将它带回了酒店房间。若是第二日清晨它还能够活着，就将它放回海岸。

如我所愿，这只已经受孕的螃蟹，没能撑起清晨的太阳。

一整夜，我的梦境都被带刺的房子笼罩。大概是空调的缘故，空气在卧室里被肢解，地板的半边密布了浓密的水珠。有一种宽阔自由的断绝之意，被浓厚的水汽包裹。海边一排遮挡了视线的棕榈树，削减了海风的怒意。虽然它们有些不识大体，遮挡了视线，却抗了最陡峭的风。棕榈树是骄傲而茂盛的树，没有比它们的意志更坚决的。

隔壁的凤凰木，将火把高高举起，一簇簇地点亮。火光下，陆地已经无法再向南延伸，夜半的海边树林，将浑圆的月亮彻底屏蔽——低处传来了熙攘的声音，像是惊吓中抖落了一地的雨声。沙滩上X先生的笑容，忽然变得有些暧昧，和他的多重身份一起成了谜题。我试图戳穿他，却始终没有勇气。他的生活呈现出了某种格格不入的姿势。

据我所知，X先生还是个画家，擅长画裸体和佛像。然而他最得意的巨型画作，是布满青苔的红砖墙前，三只扭曲的垃圾桶。欲望将垃圾桶填塞得满满的，此处的垃圾，比人类更孤独，也比人类更喧嚣。除此之外，X先生还是个摇滚歌手，因为烟酒侵蚀而嗓音沙哑。X先生能够完成所有法外之地的模仿，有时候还会客串舞台剧，饰演一个台词很少的小角色。似乎只有这样，他才能拒绝这个世界的纷纷扰扰，并建造属于自己的王国。

关于X先生的身份，我有许多遐想。在他的影响下，我似乎也逐渐丧失了表达的能力，每一次对话都变得无比晦涩。这些对话也成了一次次试探与告别。X先生有时候会独身坐在沙滩上，沉默地看着自己的三个孩子，他们赤条条地嬉戏，其中还有两个是五六岁的女孩子。他们在一层薄薄的海水里打滚，换来的是X先生远眺的双眼。

海风习习，X先生背后，即将升起一轮破海的明月，照亮所有的路人。海边的骑马人杳杳而过，海边的房子里，那些相互缱绻入眠的身体，却勾起了关于他者的回忆。

大海将所有欲望的嚣叫，以及身体的记忆，一层层剥落又掩埋。我想起那只蛮横的螃蟹，实际上并没有多大杀伤力。那些满身武器的存在，反而跌落到了柔软的故乡，从此不再受到伤害。我离开的时候，会将X先生的联系方式一并删掉。总有一天，他可以将自己训练成顶尖冲浪高手。沙滩将海水轻轻环绕，很多年了，它都在等待一个故人拜访。

不远处，蜈支洲岛四周绽放着彩虹一样的花朵——摩托艇将绳子拖拽得笔直，滑翔伞上兜坐着疯狂的人类。眼前的停机坪上，落下了直升机，一个瘦削的飞行员正在等待下一拨观光客。然而，没有一个人真正属于天空，更别提这断绝的海了。

X先生说，所有的生存经验，都需要引以为戒。他的每一次游走，似乎都将沙滩打磨得更加细腻。海水抚过的沙滩变作了镜子，镜像中的他有变换不完的角色。也许，他就是海边的拾梦人，将所有破碎的梦境都当作垃圾处理掉，又将现实世界一点点拼凑。若是沙滩上没有了 X 先生的身影，不仅我会怅然若失，眼前的这片海似乎也就不成立了。

据说每一架即将停落三亚的飞机，都会环绕巨大的海上观音像飞行一圈。佛光普照在莲花一样的石瓣上。我常常会想，万般身形的鸟兽鱼虫，到底依靠谁的想象而依存。经箧、念珠、莲花，都是神灵的法器。磅礴的水汽将岸边每一个灵魂都高高拔起，然后轰然拍在沙滩上，筛剩一片泡沫。每一个即将离开海岛的人，都将带走大海日夜不息的轰鸣。

一个人就是一座房子。我比来时变得更潮湿了。或许只有在梦境世界，我才能漂泊到远方，而床铺才是最稳妥的船。也许，南海是人类最好的断绝之地，它让每一个房间都变得空荡荡，将深渊投射在恋人暧昧的躯体上。而最美的弧线，总是在身体某一部位的交界处浮现。清晨，X 先生刚好敲响了房门。我再次从海边醒来，枕边的那个人俨然还在酣眠。

彩色的肉身

正午是晾晒“拜拜香”的好时间，暴烈的阳光下，它们第一次燃烧。

院子里的女人们，像抖一张竹席似的，将刚染了色的香枝均匀地铺在架子上。她们顶着制式相同的草帽，衣衫被染料腌渍，手指涂抹到哪里，就将哪里染了色。顷刻间，柠檬黄或是粉紫，如万缕丝绦将大地捆缚，所有的气流向上升起，一场极致盛宴即将开场。手持简易小推车运输香枝的男人，穿梭于厂房和院子之间，他们腰间仅缠灰色内裤，汗水和染料密密混合，身体被镀上了一层彩金。劣质染料有了肉身做依托，变得霸道又庄严。

厂房里则是另外一番景象。白炽灯没有穿透空间，反而将悬浮在空中的粉末照得阴森。瘦骨的风扇在吹，却并没有带去片刻清凉。很难说得清一具肉体是什么颜色。那个为香枝染色的男人，将一捆捆枝条插进染缸，无法避免地，每一次浸染都让身体更加鲜艳。没过一会儿，他的面孔就变得惊悚起来。昏暗的光影中，粉色变成了紫色，紫色变成了黑色。

活脱脱就是一颗骷髅头——男人的鼻头恰好被黑色吃掉了，他的眼眶变得越发深邃，嘴唇撕开了一个口子，呈现出不自知的微笑。他的两个臂膀，反而在颜料的渲染下，将每一块肌肉凸显，变得更加虬结有力。虽然他是个瘦小的闽南人，但没有人会质疑他拥有无限蛮力。逼仄的背景下，最原始的材料和工艺，揭露了燃烧背后，一场野蛮的斗争。

眼睛一旦被光明驱使，颜色就在存活的空间里，开始掠夺与占有。在五颜六色的把戏面前，没有一寸肌肤不被染色，男人和女人一并交融到了色彩里，成了色彩的一部分。有一刻，似乎越发浓烈，就越发消弭了肉身，它们将欲念放大，连性别也变得毫无意义。没有激情，没有救赎，当身体成为色彩的影子时，又何尝不是将自己也活成了一束香枝？

他们沉默无语，衣衫尽皆褴褛。山林从不羞怯，羞怯的只有初开的桃花。我在厂房的窗外游走，将目光投射在那些浓墨重彩的身体上，忽然感受到了他们某种出于本能的抗拒。那个一尘不染的旁观者，成了他们的眼中钉。他们用冷漠的神情驱赶他，却将一片空气渲染得更加沸腾，仿佛再一使劲，身体就会化作一团香粉，在空气里骤然炸开。

色彩与身体融合，又形成了某种与世隔绝的对立，仿佛有毒的动物，释放出危险的信号。整个下午，他们都在各自的链条上，重复着麻木的制造。作为营生，他们之中，已经有家族三代作为制香人而活。从一个小作坊，到如今的加工厂，并没有多少技术上的改良。一根用来礼佛的香枝，似乎也并不需要多么精致，粗糙和原始，最适合用以抵达幻境。

颜色、气味，以及燃烧，统治着半壁东方神韵。我回想起那个青春期的男孩，用手指涂抹颜料，覆盖整个身体，宛如绘制一幅精美的坛城。等待颜料彻底干涸，便立即冲洗掉，就是那一刻，我确定了肉身的存在，以如此笃定的方式呈现。所有鲜亮的颜色，终是变成了一片污秽，就像燃烧后的灰烬。我嫌弃那种混沌的黑，也厌弃自己的存在。

如今，只有黑色的衣衫，能够带给我安全感。记忆里鲜艳的颜色并没有消失，或许只是融合了，变成了俗世的荒凉。色彩慢慢变成了一种痛觉，它们修改了大脑，打造出另外一番光景。如果有一天，我若与色彩肌肤相亲，或许是一幅水墨文身，成为另一种粗暴的语言。

我们完全可以借由一具肉身，穿破所有的幻象，抵达真实的神圣之境。

傍晚时分，我遇见了沐浴后的李师傅，阳光落在他的身上，将他的身体压弯。我们两个人蹲在檐下，就像两个男孩，一人吸一支香烟。他看起来是那么的疲倦，又是那么的松弛。他就是那个浸染香枝的男人。皮肤上的颜料虽然变淡了，但显然并没有那么容易褪去。他的眉目变得清晰了一些，但他的眼窝依旧深陷，我不敢和他对视，因为会感到羞愧。

每一个日夜，他都在染色与褪色中重复，却永远无法蜕下一层皮囊。李师傅说，我不想再让自己的孩子回到香都这片土地了。是的，这里被叫作香都，他们生产的“拜拜香”，被贩卖到整个东南亚。在色彩的熏染下，这片大地也不得不燃烧，既是烫脚的，也是不安的。我看着眼前数不尽的香枝问道，若是下雨怎么办？他说，趁雨下大之前，赶紧搬走呀。

真是愚蠢的问题。我知道雨季即将到来，他的语气虽然很轻，入耳却像雨点重重砸在地面上。那一日霞光万顷，香都宛如神域，然而黑夜终于来临，月光翩跹而至。

月光下，我见到了表演香道的白衣女子，她眉目低垂，将青烟化作绳索，试图捕获人心。比起那些浓墨重彩的肉身，她轻得像一个幽魂。演示中，一根小小的沉香木条，就可以价值千金，燃烧后入水熄灭，取出后还能立即燃烧。

但这些都与我无关。

当我再次遇见这些香枝的时候，必定是在香都之外了。

人们用它祈福，虔诚地朝拜。而我看到的，却是香都经久不息的燃烧。那片大地烧制了五彩的肉身，也烧出了一片虚无的喘息。他们每一次染色，都让身体变得更加沉重。

这些绚丽的香枝，侵占了万千欲念，抵达了万千庙宇，化作无形。

一具被渲染的身体，竟然抵得过万千。色彩与色彩融合，又诞下了色彩的孩子。在这缤纷的人世间，我不知道，人究竟是什么颜色的。

白小仙　**租居记**

出租屋内住着其他四个人家。门打开，门关上，来往的并不是我的家人。客厅是安静的，外面的交谈声，短促的招呼，或是有人对着电话吵嚷，都像黑暗中的一闪亮。没有小报上写的“隔壁住着连环杀人犯”或是“出租屋内的灵异事件”之类的，都没有的，没有什么值得消费的故事。

对面住着外卖小哥，他是东北人，长着一张娃娃脸，看上去总是要哭，一张嘴却是雄武的。常在路口碰到他，我们都遇到了红灯，都停了下来，一扭头，就看见对方了。这里是个小地方，能在一起等红灯的，久了也会成为熟面孔。他嘿嘿哈哈地跟我打招呼，没几句就蹿出去了。他是没有故事的，三十多岁的脸黑乎乎的，可能跟长期露天跑路有关系，有一次他从洗浴间出来，光着雪白的屁股，更像个孩子了，一看就知道他是没什么故事的。他随身带着动静很大的音箱，隔着他和我的两道门，都可听见，他一直在听有声故事，不是郭德纲，不是单田芳，他应该早就听过了，没人在意究竟讲的是什么故事。听到圆润的播音腔，就知道他回来了，他在。深夜里依然播放着，他要靠着这个睡去。都经历过的，都明白的，有个声音做伴就行了。还有浑身的汗酸味，洗也洗不掉的。

从窗外望去，令人困顿的午后，经过一阵喧闹之后，渐渐沉静了下去，天色跟着黑下来。亮了灯，光线填满了屋子，显得拥挤了一些。到夜深时，远处一连串黄色的路灯忽闪忽灭，在有雾的日子里，可以看到光的纤毛。从那里传来轰隆隆的声音，再远一点是海。好像一波波的轰隆声是海浪来的，其实并不是的，海是平静的。架在海边的高速路上，夜车驶过，声音是从那里来的。我们都见过的，一道道路灯透过车窗打在行者的脸上，在明暗的交替中他的眼睛发着光。因为不知道他们要去哪里，总会错以为自己就是那个旅人，在夜中醒着不睡，盯着前方黑漆漆的一片。要是知道他的目的地，反倒不会那么想了。轰隆隆的声音提供的信息是有限的，暗夜里听久了，会让人觉得自己将一辈子待在这里，这个房间之内，不再出去了。

隔壁的小哥走时，没跟任何人打招呼。那晚回来时，他的房间已经空了，门是打开的，除了几件原有的家具，里面没有他和他的物品了。显而易见，他走得很匆忙。隔了一个月，不得已给他打了个电话，原来他去大城市谋生去了。挺好的，我说，那你还记得电费是怎么缴的吗？我记得他山西味的普通话。他大概是做助理的，帮漫画师给原稿上色。长期以来，出租屋里的宅男应该只有我和他两个人，不同的是，他只吃外卖，因此也少不了外卖小哥把饭送到自己家来。他是没有故事的，高大的身躯里没什么可讲的故事。听到鼠标狂点的声音，“快，闪到后面，打他，打他！”之类的，就知道他在。我用来做饭的煮锅经常潽水短路，造成跳闸，电闸在他的房间，如果他在就好，如果不在，我就只能挨饿了。

比起白日里的忙碌，夜更长。夜若太长，不如款款睡去。睡眠的好处是，可以将白日里绝大多数的事情忘却，再度醒来时，世界就变得新鲜一些，要是起了厌世的心，相反感觉自己又失去了什么似的。偶有失眠的时候，外面传来的疑似海浪声，其他房间里窸窸窣窣的动静，听着听着，向窗外望去，隔着夜，白日及白日里的一切都藏去了。黑暗中脑袋早已不能灵活思考，当然，寻常的日子里，脑袋也不需要思考，一切都被安排了，按部就班即好。多数的时候，我是不注意去看月亮的，月亮上没有什么故事的。除却月亮，以及点点星光之外，就只是黑。黑是如何一点点变白的呢？这可需要盯上一夜才成，可惜没有彻夜失眠的时候。盯着黑暗不足一分钟，便觉得寂寥起来。楼下小区出入口的保安室灯光还亮着，照亮了保安，也照亮了门卡子。那是黑暗中最亮的地方，会有UFO盘旋而落吗？电影里有过的，保安吓瘫在地上，外星人走出来，告诉我们惊天的秘密。想到这里，就想到人的一生是否绝不该如此度过，或许另有意义呢？我常想到这个问题，想到这个问题的时候，我意识到，我生活在一个不停旋转的星球上，而不是某个国家某个城市的某个街道。不管是谁创造了我们，我们的智能和欲念都只是个偶然，还是说，我们的身体不过是个暂居之地呢？想到这里，生存之苦退却了许多，似乎在此之上，此生变得尤为珍贵。在宇宙中，一个星球拥有了生命，这些生命每天活在自己制造的约定俗成、烦恼和争吵之中，这是不可思议的。他们会快乐，会痛苦，会折磨自己，也会折磨别人。你看宇宙，那么安静。活着有各种各样的意义，于是有了人们之间各种各样的合作和冲突。如果不满足于现有的解释，一路“为什么”“又为什么”地问下去，好像整个世界都不对了。表象掀去后，那团黑漆漆的不知道是什么，这令我们感到了害怕和孤独。即便为生计所累，生活也会至少有那么几分钟停歇下来，这时最怕问“为什么”，感觉到不妙时，我们不敢再多问自己。那黑暗中的虚空，看上去令人感到窒息。在长久的孤独日子里，身上的硬壳一点点剥落，我们变得软弱无比。终于有一天，一切看上去是陌生的了，一切被重新标记，虚空之中时间静止了，但这会很快消失，日程表会把人很快地拉回去，整个世界的故事又继续照着往常的样子编织，我们是其中的一条丝线，忙碌地扭曲、滚动着自己，与前后左右建立联系，硬壳一点点长出来，感到了安全。因此，忙碌，是可用于疗愈许多病症的。

房东不总露面，他的面相符合他出生的那个年代的人的审美，浓眉大眼，宽鼻阔口，梳着背头，他让人叫他赵老师。我也这么叫他。他是我遇到的最为吝啬的房东，所幸我大概也是他遇到的最为吝啬的租客。他不常按时催缴房租，也许是对房间过于简陋的配设感到于心有愧吧，而我则利用他堆放在客厅的各类杂物，做成了应用的收纳盒和各类用品。这只是临时的住所，并不值得花真钱去购置东西，我迟早会离开的。这个世界，也是如此。我常常在恒心与无常之间徘徊，想穷尽一生做完一件事情，又觉得人生本难免支离破碎，活到如今，倒也无所谓了，只是在失眠的时候总想念起这件事情：生活像个漏勺，我总以为它能盛满，使我欣喜，然而不遂人愿常有，苦痛是难免的，为此我们要学会变得驯顺，就像我们驯养野兽那样。有时候我把房东想象成造物主，造物主大概就是五十多岁成熟稳重的样子。这个吝啬的造物主，每月我要向他朝贡，偶尔还将房子里的洗衣机、淋浴喷头什么的帮他修修补补。有一天，他在房门和淋浴间贴了告示，内容如下：“各位朋友：由于近期天气炎热、马桶故障等客观原因，导致用水和用电量猛增，是平时的两倍之多。为此，温馨提示各位朋友，注意养成节约用水用电的良好习惯。建议：1.离开时关闭电灯，手指一动，每天节约十度电；2.如厕时注意马桶水位是否正常，耽误您一分钟时间，每天节约两吨水。房东，××。”

没有人对此做出反应，住在这里的都是原始人类，白天出门猎食，晚上回来睡眠，洞穴里有稻草和吃剩的骸骨，没有水和电，大家对着闪电瑟瑟发抖。但我担心他以此为借口涨房租，还是乖乖地关掉客厅的灯，那张告示瞬间消失在黑暗里。我的几位邻居都不在，只剩下我一个人，还有一群藏起来的蟑螂。黑暗之中，马桶里的水冲过堤坝，整个大地摇晃起来，我这层房子掐头断根、连摔带滚地漂到了海上，喝了海水的蟑螂膨胀成人那么大，其中一个还可以直立行走。他用绳子牵着房子在海浪中乘风前进，我望着他的背影，他的须子一左一右摆动。他回头时，那是张房东的脸。

我曾做过许多的梦，这地方相比原来的居处要清静得多，晚上的梦也比原来清晰。经过一天的忙碌，倒也忘得精光，忙碌是可将梦境褪净的。梦中的情绪被洗刷得一干二净，好像不存在似的。我终于明白为何有些人可以滔滔不绝地讲别人听不懂的话，原来他已经忙碌到成为他所忙碌的那个事情。人性大概就是如此泯灭的，用那些忙碌的学者的话来说，这就是"现代性"产生的副作用。

入海河口的水流一直是平静的，黄昏时分渔船靠港，可闻到鱼腥味。泥床上布满孔洞，里面住着螃蟹，我捉到了一只，只有指头大小，攥在拳头里，它不停挣扎。夕阳在背后，天是要黑下去的，天际处高低起伏的地平线，被发亮的河流撕破。走不了多远，我把小螃蟹放归了，那时水面已经变成了让人感觉僵硬又恐怖的东西。当天晚上那只螃蟹也许会和家人兴奋地讲自己的经历："我今天遇到了外星人！第五类接触！"它的家人大概率是不会相信它的，我已经感受到了它的孤独。沿着河堤从西到东大约要走一个小时，回来时，夜幕四垂，幕布的边边角角都被压得实实的，仍有虚弱的光透进来，但再没有黄昏那般轻薄。我们悄没声地绕到了白天的背后。假如时间是个机器，修理它得在夜里，这时潮水落去，它露出了自己的面容，那是一片黑暗。人的眼睛是往外看的，在独自一人无事可做的夜里，就容易往里看，里面是旋转的五颜六色的东西，再往里，是一片黑暗，时间机器就在里面，用眼睛摸去，感觉是起伏跳跃的山峦，从久远以来一直延展到此时。记忆、情绪、念头，交杂在一起，似乎就此看明白了一点：那些不能用语言描述的构织成了命运的网，时间的机器依然在运转，发出低沉的声音，使人感到不适。然而这就是生活的背景音，钟表上"咔咔"行走的，只是相对稍微悦耳一些罢了。继而是脉搏和心跳的声音，听久了，人会觉得饿，饥饿感引诱出空虚感，却也分外令人清醒，这是难以描述的，也是不愿提及的。生活在文字之外，或者说，文字坐在观众席上围观着生活，密匝匝、黑压压的文字，盯着又是虚空又是拥堵的生活，努力向生活的角斗场逼近，却永远是徒劳的。它们效仿生活的模样对自己进行排列组合，虽然美丽，但也是徒劳的，那会诱导年轻人把它们误认作生活本身。没有什么特别的，不值得特意去记述。我们是卑微的，任何人都是卑微的,没有什么可讲的。笼子像故事一样被编出来时,都觉得有趣,后来就被困进去了,出不来了,越是努力去创造意义,越是觉得空虚,像个冷场的笑话。是这样的,这是个怪圈。

像困兽一样在房间里打转,我知道从房间出去后,每条路通往的地方,和那些地方的样子。这样就不必出去了,脑子里有了一切,但又不清晰,要都倒出来才觉得舒爽吗?这些都不是我的,是这个世界硬塞给我的。我也被硬塞给了这个世界,我属于这个世界。这世界给我的一切我曾坚信不疑,但这不意味不可以去怀疑,世上没有什么不能被怀疑,包括自己在内。怀疑之后,又希望有个可以相信的所在,便不停地寻找,一边寻找,一边失望,反倒怀念迷信的年纪里特有的安宁,这大概就是自由的代价、异教徒的诅咒吧。

近来隔壁的隔壁住进了一户三口之家,男主人也是送外卖的小哥,带着老婆和两三岁的小娃子。小娃子经常好奇地探出头来,看着我们这些人,奶声奶气地唱"ABCDEFG",沉寂的空气鲜活起来。看着他的小眼神,可爱的神情,作为叔叔的我,不禁担忧起来。洪水来了很久,房东那只蟑螂牵着房子在海里漂流,寻找一只叫诺亚的船,不停地说这是惩罚,这是惩罚,这是惩罚。海面上落起雨来,各家取出脸盆接住屋顶漏下的水,没有人问这栋楼其他楼层的人都哪里去了,我们只顾焦心于眼前的困境,我们必须如此,我们要活下去。在不停摇晃的房子里一边忍住呕吐,一边四下乱跑,寻找生活的平衡点。这些都被这个孩子看到了。想起我也曾是个孩子,也曾见过这番场景,原来一切并没什么变化,唯一的变化是夏天已经过去,该翻出越冬的衣物了。我是会离开的,迟早的。在此之前,猜想隔壁会住进何人,是一件意义重大的事情。我骗自己这是一件意义重大的事情,毕竟,除了编造故事,我们还没找到谋生的其他办法。

玄武　细月和头颅上的花

高于六层楼的花树

远望巨大一棵花树，伸展到六层楼之上。

一会儿好好地过去，用力抱着它，细细地看一看它。

头颅上的花

这棵花，不知开在地下哪一颗头颅上，如此壮硕！

在树下坐了。我好想摸一摸那颗看不到的头颅。是壮汉，还是艳媚之骨？

跳舞的花枝

故乡屋后，正在跳舞的花枝。

我用力感触着杏花们的快乐。

夜花

夜跑遇桃花，灼灼若美人。

用力爱她会死掉的。

我爱

我爱的是破败庙宇上照着的月光，安静而清朗。或铁枪在空中前伸时枪杆的弯曲。马不安的响鼻，花朵饱满的情欲，大鸟忽然起飞时用力的刹那，或者落地时的敛翅。或猫跃起的黑暗剪影、壮士之怒、文士平静而决绝的脸，以及泼墨僧人发狂一般的书写。也爱深夜泉水汩汩，鱼忽然跳起的泼刺一声。

《楚辞》在荒野，《诗经》在农田

香草美人，是原始丰饶之荒野的象征物。整部《九歌》缭绕在荒野之中，延伸的，具有原始生殖力的，也无限灵动的荒野。

在我个人，《楚辞》的重要性远大于《诗经》，几不能并称。前者灵异，祖先的灵魂忽焉西东。后者秩序化，祖先的训斥回荡其中，孔先生的删节和编选把它弄得刻板化了，反文学精神了。真正是成也萧何，败也萧何。

一言以蔽之："楚辞"在荒野，"诗经"在农田。

在荒野，在北方的春夜，一片片开满花朵的果木林宛若发光的女神，一群群林中女妖。暗夜里它们矜持而妖冶。我觉得在午夜，它们会一个个走动起来，舞动起来，嬉闹起来，整座树林会跳起无人可知的舞蹈，无人眼中可以映现。能梦见这场景已经很不错了。春风会奏响未曾命名的器乐，人类久前就借这天籁之声模仿并呼之为音乐，视为重大发明。而夜鸟会在梦中惊醒，发出不安的鸣叫，人类不能知晓其意义。

在清晨，我每每疑心，昨天仔细看过的某花树不在原来的位置。那位置上站立的可能是另一棵。似乎一样，又似乎不一样。人参会移动。或许昨夜整座树林的树也一起位移了。但人类之眼不能辨别。

山花

满山白色的花，在荒凉里开放。这些花……

似乎具有毁灭之力。它猝不及防地打击了我。此时我心中，仿佛竟是悲怆的。

桐花

烟雨迷蒙，浸透雨水的桐花扑簌簌掉落。京城有几棵正在开花的桃树美极了。在闹市，一树明艳艳地忽然站着，周围洁净，空荡无人。仿佛诸物震骇于其美，纷纷避开去。太美的事物，总让人觉得不真实，不信任，几乎不敢盯着它看，又几乎担心眨一下眼睛它会消失。

在庸脂俗粉成堆的场合，忽见一美人，且仿佛一眼望见其心灵的高洁，大抵便是如此吧。其不可思议的美，更在于是在不可能出现的场合。

真正的美，往往是突兀的、超拔的。手机没电未拍到，缺失似乎更加剧了它的美。赶紧记下它，在文字里留住它。

花下的刺猬

夜十一时，我去找一找刺猬。该在花下出来了。不知它们藏身何处，白天就不见了。

刺猬咻咻的样子，很像小猪崽，是猪崽中可爱的那种，那只。

一棵树

一棵树安静地站在那里，不在路上，而是稍稍偏离路面。是杨树。光和风同时翻动它嫩绿的叶片，水浪一般波动。

我不禁止步，盯着，看得呆了。忘却要去干什么，在哪里，忘却周围起歇的鸟鸣和舞动的鸟影。这安宁的情景，这么熟悉，像我曾经做过的梦。像我前世曾经做过的梦。这一世，我又找到它。

返回的时候来拍照，光已经离开了它。它一下子变得没精打采，沮丧，一副任人宰割的倒霉样子，这样的表情，在随时遇到的许多人脸上都可以望到。

我觉得，是万物之灵同时离开了树身和我的肉身。

好在我有文字，我记下灵倏忽来去的过程。

被杀死的树

遇到被杀死的树，只剩树桩，有在野外踢到人头骨的哀感。他是与我无关的人，也仍有哀。

树桩像在目光中一点一点裂开：我看到裂开的全部过程，每一条裂纹，从出现到扩大，每一个细微的崩裂声。有时受热或受冷、干燥或受潮，会突然收缩一下，来不及爬出的蚂蚁被挤碎其中。

有的死于非命的树顽强，从树桩再生出嫩小的枝。比如槐、杨、柳、椿。我辨不出这棵的种类。细细看了看树桩周围，已枯，它不可能衍生出新的生命了。我知道它土里的根在日复一日萎缩，失去原本的水分，烂掉。

樱桃，樱桃

花在夜间自带光芒。前年此时，我守着它开花。然而一年比一年繁忙，不及顾念，它愈来愈凶猛，是十一岁的樱桃树了。

我不知道自己今天做了什么，已是夜晚九时。其实近年，日日如此，恍若被某个看不见的怪物拖着飞奔。还有很多事要做而未做啊。

樱桃的花束，瓣乍打开，绿叶已展。尤爱它叶瘦花肥的豪奢。这一树花未到盛时，昨夜只有靠墙一枝开放，今下午已开少半树，靠树顶的部分仍在犹豫。但是太快，看不到它开放的过程，在院里一抬头，便见又开一片。或许明晨，就全开了啊。我像等待，又像希望它停住，因为渐渐追不上它了。歌德在《浮士德》中说："美啊，请停留一下！"

这句子我暗念过许多个暗夜。现在我想说的是：美啊，请再停留一下！

这一次望去，月亮已升在树间。暗红色，缭绕在云层中。在一首诗中我曾说它是朽暗之镜。我多次拍过穿云之月，像极了傅抱石《九歌》画作的氛围。变幻，诡异，皎洁，仿佛伴随了深邃而悲凉的楚乐。我一度认为，傅抱石绘《九歌》图，必定多次观察了夜月之变。

此时，月灭入厚的云层中。云朵被映亮的边缘也晦暗了。但是它奋力前行。现在云边再亮，月又出来了！

为何我期望它出现？是对光的渴望与呼唤，还是别的什么？

月照着一枝樱桃，已是雪白。不知何时，这满是骨朵的一枝樱桃花也暗暗地开了。夜风中涌动微苦的迷人香气。

如此观察一树樱桃，应被笑作痴傻。观察意义何在？停留意义何在？

但是，美又意义何在？人的生命，意义又何在？

我呆坐在树下，为月光和樱桃花的微光映照。我是中止奔跑、停留在此刻的一人。我是竭力留住此刻的书写者。我多么愿意就此站住，站下去，根须长出，扎入，臂膀伸展，成一棵树。我站着不动，忽然间，周身奋力披满花朵，芳香着，微微荡动。忽然，我忍不住想发一声怪叫！

随时要变化的杏花

一座败敝的房子，一树杏花伸展腰肢，分开四面围拢的荒凉。一片片一束束一枝枝满枝满树亮晶晶的杏花，柔媚之极。它像是随时要变化的样子。

我就等着。等着天黑下来。夜晚一有动静，我就上去抓住她。

其实树化为女子，不算稀奇。我觉得道行深的，是女子变化为树。想想夜间，人皆睡了。那女子一样，不能脱做人的拘囿，但她的魂魄，袅袅而游。在深夜的旷野，忽然在某个气息相合的地方，往那里一站，就成了树。它扭动着，伸展着，浑身开满了花朵。

一个人一生最动人的时刻，怕是梦中魂游，化为站在春夜的恣意开放的一树花吧。

苍翠的叶片

忽然记起冬天。院里那些寒风中苍翠的叶子，不肯枯萎，拒绝掉落。枝头仍有风干的花束，以及未能打开、永远不可能再打开的蕾。

点燃香烟，默然看了很久。手冷木，知道该返回室内了。

这样的场景，好像发生过许多次，熟悉如我在桌前读书，下意识伸手去捉茶盏。然而，时间已是庚子年的夏日了。

豆春明　前进的尾巴

一

房子已空了几年，木窗有些前倾，仅存的几块玻璃欲掉未掉，像在忍着，推迟落地的时间。拆窗时玻璃掉下，土块一样裂开，声音一点也不清脆。像个歌者，本要高歌一曲，但因为拖得太久，结果没情绪了，变成一声叹息。

我怀疑玻璃是在等什么。可以认为是在等我吗？如果是，就太险了，差点没赶上。如果不是，我咋又能听见它最后的声音？

不用怀疑的，是我一个人的时间，加上玻璃的，也许还有麦子的、稻子的、土豆的……都被我用掉了，一分钟也没剩下。为了赶到这套房子，我已经一无所有了。

在时间上面，我一直节俭。我用它来排队，在各式各样的队列里行进或等待。在我周围，花朵排队开放，人们排队老去。除了排队，我也干不来别的。

在我们那里，一米七以上是理想身高。那样的男人好找媳妇。即便找不到，也能谈几场恋爱。有好多年，我不长个儿，心急火燎地排在后面。前面不断有人插队，队列不见缩短。前院的羊胡子，上嘴唇长毛的那个，原来天天跟我到四队挑井水。洗菜煮饭，一天一挑。头几年，地上两个影子差不多长短。中间隔着两只桶，两个影子抬着走。慢慢地，羊胡子的影子高大起来，把我的挡住了。我走前面，影子压在他的肚子底下。在后面，趴到他的背上。桶倒还是四只，由他一个人挑着。我明明累得满头大汗，头顶的阳光却没看见，把功劳都算到他的头上。我跟不上他，影子一点点后退，他像在脱掉一件旧衣服。脱完了，把我扔还给阳光。我可怜的影子还是那样的长短，像多年前某个伤心的细节。然后，他身轻如燕，跑到前面插队去了。

不止一次，我想离开队列，消失或者爆炸。麦子五月成熟，稻子八月收割，它们咋不插队呢？我是不是想做一株不安分的稻子？我还在犹豫，屋后的瘸子又恋爱了。

他也要插队。他和我差不多高，腿还不方便，按理不该排在前面。可他父亲修了六间瓦房，而我父亲还在草房里排队，我又能有啥办法，只能眼睁睁看见他挽着那个山里女孩在前面晃荡。我感觉，他就是个强盗，抢走了本该属于我的东西。我要不要恨一恨走在前面的他们？稻子会恨麦子吗？我真的很想知道。

多年后回村，碰上山里姑娘。她变得又老又胖，把头发染成暗红色，像一个小丑。在她躲闪的眼神里，我夸张地张大了嘴巴，不知算不算对瘸子的报复。

另一个队列，时间拖得更久。小学到大学。大学到单位。单位到这套房子。我累了，想休息一下，再接着排队。

我拿钥匙开了门，随后闻到满屋的霉臭味，听见玻璃的叹息。

二

没想到会碰上房子的前主人——那株排在前面的麦子。她显然走得很随意，留下满屋垃圾，没顾及后来者的感受。对于这样的馈赠或伤害，除了面对，我找不到其他办法。

接连几天，我都在战斗。陈年垃圾的臭味，穿透时空，把嗅觉压得很扁。以致好长一段时间，它都无法承载其他气味。人在后面待久了，的确容易偏激，不只是嗅觉。那么，在前面呢？

最后一天，在阳台上翻出厚厚一沓照片。黑色的，彩色的。她在照片里排着队，一直走到照片之外。

扔进纸袋的那一刻，手缩了回来。一个人的照片，或者说，一个人过去的样子，算不算是垃圾，我很犹豫。如果可以选择，更愿看过去的。现在的，太假。至多，半真半假。当然我也可以当作没看见，把它扔进垃圾桶，让它在风雨里慢慢腐烂。我亲手杀死一段往事，它会尖叫求饶吗？

没有强迫，没有说教，在那个阳光流淌的下午，我突然变得透明，尝试着抵达某种治愈。

在我未来的寝室里，正在闹新房。红花的棉袄，中式的马褂和礼帽，悬在半空咬了一口的苹果，两个相拥的人。我对照了一下，吊苹果的铁钩还在，后来我用它挂帐子。一切如此鲜活，触手可及。

早知道，她在这套房子里成的亲。有了小孩，搬到城里。幸福的花正在开放，先生却查出白血病。花了几十万做骨髓移植,人还是走了。她又带着小孩,移民到加拿大。

她排队到达的地方,对我太过遥远。我休息好了,也排不到那里。但我还是要为她祝福。因为她的新房在我的寝室里,那是我们共同的幸福之地。那里只能装下忠贞、浪漫、热闹、喜庆。记得到单位领钥匙,有人提醒,房子不吉利,劝我放弃。我差点动摇。我的祝福来得正是时候,我想用它来抵抗恐惧。

她的先生瘦削,像古画里的人物。我猜,他的负重能力不行,比羊胡子差多了。他到城里时,带着病。如果像有人说的一样,病是从这套房子里带走的,我得感谢他,替我挡住了一场来自前方的灾难。以前,比他强壮的羊胡子,是不是也像这样,替我挡过什么?

在那个拆掉了木窗、袒露一切的阳台,我平生第一次关心两个排在前面的人。看着那两株麦子,说不出的亲近。

我找来新买的铁盆,点燃照片,放到里面。盆是用来洗脸的,那些过去的样子,与脸有关的美好,在火光中,排着队走远。

三

出了门,又回到队列里。时间的油箱也重新注满。在这栋楼中,我再次成了尾巴。四楼中心校的老师已退休。她在这里养大了两个女儿,女儿们又有了孩子,其中一个还忙里偷闲离过一次婚。三楼在子弟校教数学,有一个爱泡网吧的儿子。我在二楼,对面是个胖医生。还有一楼,还有另外一个单元……每一个人,都在我前面。

这个队列有二十四户人家,几十个人。比起我以前排的,它展示的是更长的时间跨度。也就是说,我将在这里,用掉无数个下午。数量巨大,说实话,我心里没啥底。

离我最近的,是一个女孩。整栋楼,就数她小,排的时间短。才读初二,已有一个男生天天迎送。在二三楼的拐角,两人拥抱,抚摸,接吻。我看了一眼,她骂:臭流氓,看啥看。她站在台阶上,像只愤怒的小鸟,向我表达高度不到两米的高傲。那时我就想,当初山里女孩的高傲又是几米?她咋不表达?好话坏话,我都听不到一句。

不打扰她了,转身下楼,看她外婆在小巷里写的粉笔字:“随地大小便,全家死完”“出门撞车”“畜生不如”。不像是老师写的。来此大小便的人,多在夜间,不好拉在大街上，羞耻之心尚存。黑灯瞎火的，也看不见墙上的字。她上下四楼，一次一次地写，又有啥用。除非她写："臭流氓，滚出去。"但自始至终，她都没写。

回头继续再看。女孩的肚子大了起来。肚子小了下去。三十多岁了，还是单身。开着一辆红色的车，在镇上载客。有一段时间，电视报道女司机被杀。我在巷口搜索那辆红车。有一天，看见她停在那里，抽着烟，在想事情。她手上的烟，像是另一根手指。在她外婆那里，则是一支粉笔。香烟排在粉笔后面，模仿或假装成白色。

走过车旁，突然闻到强烈的香水味。我盯着她看了几秒钟，一阵晕眩。关注，偷窥，诱惑，羞耻……我，一个中年男人多么忙碌。如果她把我点燃，我这支人形香烟的底色是雪白、灰白，还是黑色？

但她没反应。她的表达系统已不能识别我。那一刻，属于尾巴的孤独，闪电般穿透了我。那么多年，我努力向前，它还是追了上来。还有人在看我吗？或者我去看过他？

三楼的男孩，什么时候走出网吧，在一个单位开车。又在哪天，找到能干的妻子——一个大堂经理，五星级酒店的。这些事，已经在他对我的忽视下发生了。我不能要求他再为我发生一次。对面的胖医生瘦得不成人形，我也是离开前才知她得了重病。她和三楼的老师一次一次来找我，收取疏通化粪池的费用。你来了就堵了，她俩总是说。好像那么多年，我专门在干这样一件坏事。我像只偷食的狗，还没开始偷东西，就被人堵在逼仄的角落里，出不来。我堵管道，他们堵我，整栋楼的人还干不干其他事情？我想说，谁来看看我，不然我变成好人，都没人知道。

阳台上，当年安的钢窗已朽了。接下来该换成塑钢。总有窗子包围着那里，而玻璃正是帮凶。像我一样，阳台一直想逃离。

突然明白，那几块玻璃为啥在等待。

四

离开的那一年，一个卖水果的年轻人搬进一楼。跟着进来的，还有他的母亲、妻子、两个女儿。高高矮矮，拖拖沓沓，组成一截细长的尾巴，接替了我的位置。

那时，我已准备到城里排队，注意力自然不在他的身上。这一点，还不如那个女孩。恋爱中的她那么忙，都抽空骂了我一句。而我只是给他留下一个总在堵的管道、一群朝夕相处的陌生人。那些我来不及干的坏事，也只好让他接着干了。

偶尔,我回望两眼,用自己曾经讨厌的目光,去剪接他的日常。那个趾高气扬的虚伪势利的视点,并没因我改变。我明显高估了自己治愈的能力。

他的店开在小巷口,我第一个上门。两条尾巴之间,有些在低处延展的根须,毕竟不能一刀两断。半推半就之后,我接受了水果的便宜和新鲜。说不上受之有愧,也没感觉心安理得。

我,很快成了我们。附近的人,也来店里了。水果多了起来,红的几堆,黄的几堆。绿的去了,紫的又来。好像水果在排着队讨好我们。我却带头在那里挑挑拣拣,一次一次拿起它们,刀削牙咬,剥皮挖心。在水果面前,我发现自己是个凶狠的人。

光便宜还不够,他还特别优惠楼里的人。这已不单纯是一种营销手段。在那套零乱拥挤的房子里,一定也有一个下午,他看见了什么。他眼睛贼亮,比我看得更远。他的妻子,总是不厌其烦地教我辨别水果。闻一闻,她说,香的就买。不说话时,她把嘴闭得很紧,挤出两个酒窝。酒窝里装的热情还剩多少,没人知道。

进出小巷,我已不看墙壁上的粉笔字。有三双眼睛盯着我的眼睛,我躲不开。他的母亲和大女儿,静静坐在楼梯口,连成三角形的底边。小女儿在顶点爬着,用身体游戏或作画。画有名字:童真。不止一次,她爬到我面前,仰起肮脏的小脸对我笑,一对黑眼珠清澈如水。我居高临下,不知所措。想把手伸进画里抱一抱呢,她那么脏。不抱,她又那样可爱。我赶紧绕开,逃跑了。

她继续爬着,继续对人笑。在小巷之外,有一个幸运的倒霉蛋正在往这里赶。她立起身,一天天长高,站在楼梯口,最后一次回头。她说啥呢?两个不同时空的女孩,她们的声音会重叠吗?

春节前,年轻人果然干了一件坏事。住在另外一个单元的店主,收回了铺面,自己开店。你把租金整涨了,他说。的确,水果店生意一好,旁边理发的,卖小面的,也跟着涨了房租。年轻人交不出钱,只好投降。害了自己,还连累了别人。

他有三天时间处理店里的水果。我去买了一堆香蕉,临走说了一句,他们该感谢你的,你盘活了铺子。他要再听多的话,我也没有了。

那堆香蕉,没吃完就烂掉了。在水果中,香蕉瘦高瘦高的,动作敏捷,不至于落在后面。我承认,是我把它耽误了。

夺命洋芋——店主的新店如期开张。芋香四溢里,小伙子去了城里的水果批发市场,每天和妻子早出晚归。他的命还在,没被夺走。我好像看到了一条与自己有点不同的尾巴。

他真的不同吗?

五

我现在住的地方,楼房林立。一栋楼,一个队列。尾巴比以往任何时候都多。相信,也多了阳台和阳光明媚的下午。

也就是这时候,我开始怀疑自己尾巴的身份。我所在的电梯楼有两百多户,近千人的队列。不出意外,一个人只能认识其中一部分人,知道这部分人到达的时间。那么,问题来了:这栋楼的尾巴是谁,可能永远没人知道。如果这样,我还要不要在乎自己是不是尾巴?这个问题,问的其实是每一个排到这里的人。追问下去,也许就能找到尾巴的秘密。

看着曾经熟悉的孤独、怨恨、愤怒……好像突然之间,我就不能确定,它们是不是我的。认领或者拒绝,我都拿不出证据。其他人,自然也拿不出来。尾巴渐多的世界,尾巴的身份又越来越暧昧不清。至少在这栋楼里,再也没人能理直气壮地把我当成尾巴。同样,我也不能理直气壮地像尾巴一样耍小脾气,动不动就去恨一个人了。

在我后面排到城里的,会不会也是这样?

那些女孩……那些死去的、活着的、年轻的、衰老的……在阳光流淌的下午,我倒是可以继续送去祝福。这样说可能有点矫情,但是我没多的选择。好像只剩下祝福,不需要证据了。

许超　寥廓与立冬

午后，一位老人和他的螃蟹，站在龙山小区的路口，吆喝起来。我看到他每吆喝一声，肩上的扁担都会在风中向下倾斜一点，篾筐里的螃蟹就会挤挨着，骚动不止。我不知道这个下午，会有多少只螃蟹离开，才能让这个老人，完全安静下来。

立冬后的早晨，我常在仪凤路和秀园路的十字路口遇见他们，那些早起的建筑工，那些灰色的泥点，白漆和黄漆，也有一些红漆，让五点半的天空从阴冷中走出来。

从晚秋到立冬，荻，举着白色的纱巾，在岸边，在风中，它好像在听一曲多年前的《琵琶行》。月下的荻花把浔阳的江水染白，转轴、拨弦、低眉，一个女人，在浔阳找到了久违的观众。那个青衫透湿的男人，用泪水写下六百一十六个字，每一个字里，都有命运的悲欢。

紫色的楝花留在了四月，唯有形如小枣的淡黄色楝果长存于树。香樟果已经透黑，它只有楝果的一半大，不声不响地落。栾树，在风中卸下了薄如蝉翼的耳形环佩。所有成熟的事物，都疏离了喧嚣。

苍耳和鬼针草，都是童年的独门暗器。苍耳的总苞片呈长圆状披针形，是那种钩状的硬刺。鬼针草的顶端有几枚芒刺。历经岁月的磨砺，立冬之后，它们逐一亮出自己的锋芒。走过岁月的磨刀石，我们也交出了自己的童年和少年。

在二十世纪九十年代的乡村，记忆中更多的是苍耳。去文圩小学有两条路，一条是大路，一条是小路，大路近，小路远，我们常常是舍近求远，走那条长约四里的小路。小路就在广阔的田野中，过了甲空生产队，我们浩荡的队伍，自会沿着宽一米多的沟渠分列开来，田埂上和沟渠旁，苍耳们正在等待一群少年的手。

采苍耳要快，投掷时要准、狠。如果一时之间找不到苍耳，一年蓬也可以是武器，稻茬也可以是武器，地上不知名的杂草也可以是武器。大多数时候是按照村庄分组，这样就能分出马北队、祠堂郢队、黄梨树队和小庙队，我属于黄梨树队。虽然多年后回想那个出生的村庄，似乎很少有梨树，更别说梨花浩荡了，但我还是属于黄梨树队。

经过马北生产队和小庙生产队时，就剩下黄梨树队和祠堂郢队了，这两支队伍也将在不远处的老徐烟酒店分道扬镳。

二十多年过去了，其间父母移居进城，我读书工作，也都是离乡在外，那群少年，那些活泼的面孔，我竟再也没有见过。当再次在郊野遇见苍耳时，我只觉得时光回放，眼前呼啸着一枚一枚苍耳，犹如时间的暗器，嗖嗖而过。内心开始湿漉漉的，那黑色枝条上的无数花瓣，属于意象派诗人庞德，也属于我。

在《诗经·周南》里读到《卷耳》：

采采卷耳，不盈顷筐。
嗟我怀人，寘彼周行。

卷耳就是苍耳，我觉得我就是那位被思念缠绕的妇人。

傍晚的时候，抱着十八个月大的阿豆去喂鸡，在鸡笼外的丝网旁把阿豆放在地上，几十只鸡迅速聚过来，阿豆兴奋地朝它们“啊——啊——啊啊”，我拿一根萝卜缨递给他，阿豆透过网格把萝卜缨送进去，鸡仔们争先恐后地啄来啄去，震颤声通过萝卜缨不停地传导到他的手上，阿豆手舞足蹈，口水不断地流，一直流到我揽着他的那只手的虎口处。

麻雀，也有自己的选择和目标。它们已经等了大半天，有的候在远处的屋瓦上，有的群集于鸡笼旁的一株石榴树和三株香樟上。石榴树上还挂着一枚黑褐色的小石榴，香樟树的叶子宽大而青绿，自从逃过春天的那一场言语的追杀，它不仅没有谨小慎微，反而是更加旗帜鲜明地宣扬自己的观点。我和阿豆进入鸡笼，把稻谷撒在地上，麻雀们轰的一声从树枝和屋瓦上飞离，趾爪和翅膀，带动了枝叶的摆动，搅动了空气的流动，竟有好大一股风吹来，一旁的阿豆连连用手拍拍胸口，表示他有点怕。

我拿着纸盒走进鸡窝，让阿豆站在外面，他也猫下身子看我收鸡蛋，边看边用小手指着鸡蛋，鸡蛋还是温热的，我冒险拿了一枚给阿豆，阿豆捧着鸡蛋，咯咯咯地笑，一串口水又流在鸡蛋上。

用葫芦瓢掠了几瓢稻子撒给鸡，一直抬头仰望的鸡，迅速俯首啄食。我和阿豆站在外面，阿豆手捧那枚时刻处在险境中的鸡蛋，双脚交替踮着，嘴里"啊——啊——啊啊"地为进食的鸡仔们加油。原先飞离的三群麻雀，从远处的白杨树上飞临，三群变为四群，一群落在那株石榴树上，另三群落在三棵香樟树上。黑色的屋瓦上迎接了黄昏时温暖的光。

《圣经》里说：

> 在你们的地收割庄稼，不可割尽田角，也不可拾取所遗落的。不可摘尽葡萄园的果子，也不可拾取葡萄园所掉的果子，要留给穷人和寄居的。

麻雀也和人类一样，寄居在这个世界上，它们所遇到的风霜雨雪并不会比我们少。古有"仓廪实而知礼节，衣食足而知荣辱"之说，但是田野里的稻谷都被收割干净，连那些遗落的谷物，也进入拾穗者的口袋，为了生存，为了填饱肚子，麻雀们只有铤而走险，哪里顾得上什么礼节和荣辱呢。

麻雀们看着一群鸡独享稻谷，明显是急了，在树上叽喳地叫，有几只甚至从树上飞下来，飞到半空，看到我和阿豆，就又折回，在树上急切不安地瞪着我。我明显地感觉到，在那种急切和不安中，藏着怨愤。

生存多艰，然而，存活者必要独自面对这些艰难。就像十几年前的冬天，因为家境窘迫和学业的不堪，我去了附近的一家屠宰场。夜晚，那些猪开始叫，嚎叫。刚去的那个下午，我就曾亲眼见过它们，在重型货车上，一边用嘴拱着钢板，一边看着手无寸铁的我。最后的吼声注定是无助的，夜晚更是如此，它像一个参与者，饱含血色。

我从来没有想过，屠宰场，会成为我生活的一部分。那些猪，被从猪圈里赶到一个狭窄的通道，之后，锈迹斑斑的铁门被打开，猪，一头一头地被放进屠宰的车间，一头一头地按照顺序被铁环套住其中的一条腿，然后被悬空。那个手持尖刀的男人刀刀毙命，很快，他胶鞋的鞋面被猪血淹没，猪的嚎叫，在刀拔出后的瞬间达到顶峰，猪不断地昂起头，每一次昂头，都会流出大量的血，血溅在血上，有血泡不停地出现，出现又破灭，破灭的声音和着最后的悲鸣。

已经无法悲鸣的猪，被轮滑传送到刨毛机里，刨毛机迅速转动，猪毛飞舞又落下。接着，一头头猪，依然是以倒悬的姿势，来到我的面前，我站在铁制工作台上，飞舞手中的尖刀，剔除那些未净的毛，未净的毛大多数是猪的鬃毛，因为刨毛机无法完全深入。一个晚上，我一直弯着腰，面对一张张猪脸。那一张张猪脸，也面对着我。

刮毛的一共有三个人，偶尔，我们会停下来，他们两个抽各自的劣质烟，看着我，充满了好奇。我看着十几米处能够刀刀毙猪命的那个男人，他动作娴熟，一件短袖衬衫快要被肌肉爆破，我们彼此不说话，但都在暗暗准备——舞起手中的刀。

三毛说：

> 风突然没有了声音，我渐渐地什么也看不见，只听见屠宰房里骆驼嘶叫的悲鸣越来越响，越来越高，整个的天空，渐渐充满了骆驼们哭泣着的巨大的回声，像雷鸣似的向我罩下来。

骆驼的悲鸣也是三毛的悲鸣。我明白她。猪的悲鸣同样有巨大的回声。

后来我在《史记·陈丞相世家》里读到西汉开国功臣陈平。说是有一次“里”中要祭祀土地神，陈平负责分肉，他分得非常仔细，几乎没有一丝一毫的不均，因此得到了乡亲父老的称赞，陈平说：“嗟乎，使平得宰天下，亦如是肉矣！”意思就是——唉，假使让我陈平来主宰天下，也像这次分肉一样！最后，太史公曰：“方其割肉俎上之时，其意固已远矣。”

其意之远，远在叹息，也就是“嗟乎”。汉高祖刘邦在年轻时，第一次看到秦始皇出巡时，也曾经“嗟乎”过：“嗟乎，大丈夫当如此也！”“嗟乎”就是对自身处境的叹息和不甘，更有对未来的期许和雄心。

刮了一夜的猪毛，我嗟乎。刮了一个星期的猪毛，我嗟乎。刮了一个月的猪毛，我嗟乎。一个月后，我觉得还是应该回到课堂，屠宰场老板结了八百五十元的工资，我扔掉了尖刀，再一次手无寸铁但是有了信心，数学再难，在刮猪毛面前，都不是一道坎。

阿豆手里的鸡蛋凉了，又被他焐热了，险境中的鸡蛋居然一直安全着。我抱起他，想要躲避麻雀们怨恨的眼神。有一些稻谷需要被遗落给世间的寄居者。但是，阿豆不肯，他正看得起劲。我说，我带你去菜园，拔萝卜去！他大概想起了每天“火火兔”里播放很多遍的“拔萝卜，拔萝卜，嘿哟嘿哟，拔萝卜”，居然重重地点了点头。

萝卜们很安静，它们正晤谈于一室之内。番薯们也是。它们要将埋藏许久的心事说给我们听。高秆白菜挺出秀美的身姿。菊花脑铺陈出金黄的笑脸，几只蜜蜂和蝴蝶不请自来。我和阿豆合力拔出了三个萝卜。阿豆的小脸红扑扑的，我的心里，好像有无边的寥廓。

赖赛飞　**那年落脚荷花地**

附近海面上散落着数不清的岛礁，其中很多仍属于无名之辈。心血来潮时，你可以随便替它们命名。这种命名带有创造的乐趣，以致岛上至今仍有为新围垦的海塘征集名字的习俗。

乌塘人往安身立命的“海塘”这个名词里灌注了三种以上的含义：海堤之内的围垦土地、海堤之内的海水养殖塘、海堤本身……这里暂取第一种。

曾经用“鸡蛋壳”之类形容海塘的质地，意思是说它是溏心。不相信，现场往下挖，不多久就是万丈稀泥。这感觉怪就怪在它既是意料之中又是意料之外——海涂在薄壳下面保持了原味，仅仅是不再生产跳跳鱼、泥螺、蛏子、红钳蟹之类了。

也知道自己的认知严重缺乏想象力，还缺乏起码的安全感，甚至必要的自强，当与祖辈的浪漫、镇静及高级感相比时——作为百多年前的移民，逃荒到这个曾被封禁五百年的荒岛，一路艰险窘迫，却一致认定落脚之处为荷花地。仿佛人人驾着七色祥云而来，比神还要神，且美。

类似传说，在岛上比比皆是。

当时，他们的建筑物也跟柔软温润的荷花地很相配：四脚落地的茅屋，如蜻蜓轻轻地停上荷花或荷叶。接下来，无论风把它吹飞，地震将它震倒，压死人的概率都很低。现在不同了，一幢幢高大的混凝土建筑，荷花荷叶显然顶不住，只能在塘里楔进一根根巨桩直抵坚硬夹层托住。穿透这一层硬夹，下面还是淤泥层——听上去，像块夹沙糕。

底部钉进海塘深处的房屋，连同内部的人，若再置身上述灾害，会轻轻摇晃，恍如荷的摇曳。荷花地虽然破了功，却因此跟这种水生植物真正地相通：不再完全漂泊于水面，而能通过牢固的根茎，从地腹中汲取稳定的养分。

我思索过他们为何大费周章地塑造支点，猜想就是不确定性所致：摆脱不了流动性的，不仅有周边可以目测的潮流，还要加上底部富含盐分的半泥半水混合物。这意味着，渡海时，人与海水隔着一层船板，起起伏伏；上岸以后，直到躺在床上，隔着坚硬的水泥地板，不算深的深处继续秘密涌动，不舍昼夜——你以为建造了房屋，事实上房屋依旧是船，住进去的人们连睡梦里都在航行。这导致了如下结局：无论在海上还是在海塘，乌塘人再次踏入的不是同一片海，睡下时的土地也不是醒来时的土地。一切都在带你离开原点，所有的等待都是刻舟求剑，唯有动起来才有可能对抗消极。这种主动的动与环境的不确定性形成微妙的平衡，生活一直如同走在钢丝上。

一只风暴眼形成在千里之外的太平洋深处，它惦记着乌塘岛，朝它旋转而来，熟门熟路。显示台风即将刮得疯起来的时候，每一次，岛上都会预先刮起另一股台风，所有的日常便因之变了形。

这种变形不分内外，巨细靡遗，原先看起来无比重要的不再重要——此刻保住生命无疑高于保住身外之物，之前而不是之后的汲汲以求只能暂时显出滑稽，让位于存在感相对微弱的事物，比如老幼病残的安置问题此刻便被列为了头等大事。乡村干部组织人挨家挨户动员到高处安全的地方躲避，生怕海塘连人家一块儿沉沦于洪水合并潮水（简称“洪潮”）。祖母这些老人们不肯走，都说此为荷花地，既不溶于水，水也淹它不得。来人身强力壮，不由分说把她们撮走了。听得年轻洪亮的声音在风雨中破空而来：阿婆，不要再说住在荷花上还是荷叶上，住莲芯里都没用，这回台风只怕莲藕都能拔光。

祖母她们说对了一半：岛上的海塘会被淡水淹，也会被海水淹，多半是合伙来淹，又称“没洪潮”——但淹了之后，各种水又会迅速因落潮退却。唯有这一点上像荷，看结在它上面的露珠，风一吹，花叶一倾，就可以为下一轮冲洗做准备了。

更小的时候，很多年睡在祖母的脚头。夏季享受祖母的芭蕉扇，一上一下，凉风习习，从此知道打扇子要扇向别人——自己扇自己不会凉。人长大以后，总想方设法找个人来爱之或让其爱自己，想必养成了这种不良习惯。一到冬天，祖母却说那头塞了个小火炉进来，她就热乎了，冷得缩成一团的腿脚也能伸得直。我一边听，一边想象一棵古老藤蔓卷曲的触须终因我的到来而打开。

忽然听得碗橱摇响。记忆中以冬季为多，很可能是冬季的寒湿空气加剧了记忆——感觉到它是有形的，会像针毡披上刚出炉的躯体。

我才从厚实的棉花被构筑的工事里探出上半个身子，祖母在那头伸手捉住脚丫又拖了回去："别冻着！地动了，我们住的是荷花地，浮在水面……不会……"语声模糊下去，最后成为均匀的呼吸。虽然人在被窝，我的耳朵却不由自主地伸出去，采集各种异响，放置心头。此后，我的心思蜿蜒出洞府般的温暖严密，游走在广大而冰凉的外界，一一感受其中的漏洞百出。

我喜欢用"我的乌塘"来表达对它的某种情感——有很多爱。但不全是如此。

有些词的后面所跟有限，有的则无限，比如"我的……"。平常说"我的什么"，常常语气犹疑，只有在说"我的乌塘"的时候，多少抓住了一点把柄，也没觉得自己口气托大——说"我的太阳"试试。小岛上的人衡量事物衡量世界的尺度不符合常规，常常小嘴一张水阔鱼沉、一网打尽。

我是乌塘村人，岛上自认正宗的群体成员之一。台风来时边沿低塘上的人如蚂蚁受惊，急匆匆翻箱倒柜，叠床架屋，生怕水灌了他们的蚁巢——这种情景一再成为对荷花地说法的碾压，摆明了是种严重警告：人类说的根本不算。

我家住在岛中央的好处是地势高，大部分时间淹不着，除非听到风暴潮来临的紧急警报，才会跟在别家后面成群结队向山地运动。所以在我家，荷花地的说法延续到母亲辈依然有市场，甚至加以完善，表现为母亲在当中嵌入了"宝"字，一跃而成"荷花宝地"，范围也缩小至自家地基。

直到我出生，乌塘才沦落为"鸡蛋壳"——从坚信荷花地到确认鸡蛋壳，这一硬化脆化的过程导致语词含义上的生机丧失的同时，我从祖辈的祥云里摔落地面，结结实实拍成肝肠寸断。这不能说是质疑的副作用，但的确是诗意的丧失。

直到上大学，第一次离开岛出远门，随身带着户口，像一棵长了近二十年的植物，从此被拔离了这个岛上湿润的壤土和四周翻滚的大海。

在当时是很高兴被拔离的，以为从此广阔天地大有作为。

不出意料，无所作为，只好回来了。有个岛就是好，心里有个底。

棉麻料做的中式衣物重新流行也有多年了，式样极简，料作稀落，宽袍大袖，搭配平底鞋，一身自在，遂定性为价廉物美。不料得罪了岛上的一些长者，刚来的时候，她们在我后面迫不及待地嘀咕：粗头乱服，哪里会是有钱人！

我什么时候说过有钱了？没钱不能回吗？后一句已经走得她们听不见。那一刻，确认自身被撕去了伪装，只能生动具体地看着自己身披“穷酸”二字行走于亮丽的新农村。

连父亲也听到了同辈人关于我的风评，深受打击：何至于更难看了！在父母眼里，孩子一定会长大，却永远不会长得过头。末了要求我换件卖相好点的。他不放心地拉过我的衣袖一捻，检测出是当年祖母所穿的料作，连整体式样亦无甚改观。

任凭说法有几种，真相从来只有一个。我也明白：粗头乱服其罪一，一脸沧桑其罪二。穷在原地可以谅解，偏偏外头倒腾多年，收获的是同样一把年纪。这好比动手撕去了画皮，出来的却不是妖精，而是隔壁二大娘，败兴，败兴。

听懂了潜台词，也就理解了这份失望。还乡，旁的全无，一身衣锦断断不可少。

人身上背负的东西越来越重，而大地，尤其是海塘，依旧那么柔软多汁。

我在紧挨海边处租了幢离海最近的坡顶小屋。房子的门牌号都不见了，一个月后才发现掉在地上，被落叶遮掩。这是幢破败不堪的平房，需要打扫很多天。扫地时一再遇见蟢子，将它打翻后，以为这颗灰尘好大，还是活的，原来它在努力翻身。蟢子也常在我城里的家出没，不是我养的。蟢，同喜，如同有了个好艺名，就红起来。我喜欢它们，能织网，类渔网，在我家的空气中打捞蚊子。

接着，我用坚硬重构部分房子。用石块砌墙，用瓦片盖顶，用铝合金和玻璃做门窗。柔软的只有门外两棵老树，别处移植而来，这是目前为止唯一后悔的事。

整个春天，等待被砍的老树醒来，它的身体暂停流动。一念之贪——有时候想，为了残忍的对等，我最好是将自己也砍了吧，与它一起等待苏醒。

破败了多年，它慢慢变回人类宜居场所了。

我买来了贵妃榻，左贵妃和右贵妃，将它俩面对面而不是背靠背，合在一起是张不错的大床。

躺在上面，起过一些奇怪的念头。

比如，贵妃榻很矮，感觉自己重新生活得离地面那么近，双手摊开，十枚指尖即可接通大地。

房子离海太近，潮涨上来的时候冲击波直抵身心。就这样消灭了距离，整颗星球是我的爱人，他盛大的呼吸包围了一生——人在冬天呼出的气息才会结成一团团白色水汽，形成蓬勃的呼吸，使人确信自己活得正起劲。

忽然又从入海口一路溯源。当年反复摆渡过岛上的长河，一船人分坐两侧如雁行，唯有水声汩汩。只听船旁一声哗啦，一尾鲤鱼跳了上来，一船秩序瞬间大乱。担心翻船，下半身保持不动，上半身俯仰摇摆。混乱过后，鱼最终投入我的怀抱，所有人包括我都呆住。

即使入夜也可随时到达海边。海上生明月，却看出实非风景。唯觉一股天地洪荒，合成的都是苍字——苍凉、苍茫……想一想，白发生，我的头颅就在月夜的银色潮烟里完全漂白。幸好还有明天的日出，它一出，就活过来，再次年轻。

听见潮声间隙中的风声，就一遍遍想起了台风，不管曾经汇聚了多少人力、物力，它伸过来一勺子舀走。有时候，人们仅仅在积攒承受力，比积攒财帛更昂贵。

住在海边，还担心放逐进夜幕的灵魂被潮声反复冲击，它的外壳脱落下来，碎片化成沙砾堆满了海滩。

又想起，海岸线是实的，地平线反倒是虚的。前者确切地到达，后者永远遥望。而海完全寂静，洪大的潮声滤掉了人间的嘈切，只留下泡在海水里的命运跌宕起伏。

住在里面的某个深夜，无意中将《海上钢琴师》又看了一遍。主角住在船上更住在琴声里，任凭旅客大潮似的涌过面前。远大理想装了一船又一船，连带红男绿女，都是去见世面闯世界的。

除了琴声、琴键、手指，群演，某些台词也在眼前跳荡：跳舞时你才不会死去。

以此类推：弹奏时你才不会死去，行走时你才不会死去，种菜时你才不会死去，码字时你才不会死去……

海上钢琴师不愿下船——我不去见世界的面了——一直都是世界来见我。

人一旦在某处生根，结局只能是这样。苦难与幸运不远千里找上门，四季又不离不弃绕着你跑马灯。

春天又来到岛上。海中的鱼虾都大腹便便，怀了不可计数的籽儿，乡野同样孕育出了无边新芽，蒙茸滴翠，一派鲜美。我挺感动的，认真收拾了一下自己。头发新铰，上面换上了紧身的丝质 T 恤衫，松花地绿条纹，下配翠绿贴边香云纱侉裤，脚上是苍绿色绣金祥云浅口高跟皮鞋。变得讲究理由充分：除了平时的着装风格饱受否定，常常看到村里的妇女在家里洗菜洗衣服，手上戴着鲜艳的橡胶手套，下地拔草又换上了厚厚的棉纱手套。近几年的流行色或时尚风，我也是通过她们才及时明确地领略。

放眼望去，没有一个村庄不精彩。在此，每次领教硬环境变化带来的冲击，就深感人自身有失发展，活得不相配套。这大概就是精神之于技术的一场越来越拉开距离的竞跑。快的，更快了。

拐过村大楼转角，老姐妹们都坐那儿看我山青水绿地过来，熟练地露出还算慈祥的笑容。这一刻，我听见自己的语气冒着氤氲的讨好意味：

我今天穿得……像棵油菜花吧？

油菜花一开，游人多如灰！你像根菜花蛇吧，连毒都没有。

绿窗　**蜀葵女巫**

那年雨水壮，送母亲回老院住，推开柴门，妈呀，蒿草忽悠忽悠挤满所有空间，下脚就踩着伏地野花，刺菜甘菊蒲公英燕子翼，敢是来到奶奶们老故事里的荒郊野外？

“一个人走着走着天就擦黑了，荒草没窠正害怕，一片金灿灿的黄花地里冒出了厅堂瓦舍，灯火亮堂堂的，住着狐仙还是女鬼，月亮一圆就烫上一壶小酒，跷腿坐门前，葱心绿的裙子雀白的脸梳着大如意头，别着一朵谁也没见过的大红花，香喷十里，什么长虫精蜘蛛精蝎子精耗子精都直勾勾哈喇子流一盆，她大眼皮不抬一下，专等着勾引过路的俊书生……”

二十世纪九十年代初期父亲还在，深秋，家人炕桌上吃晚饭，见梨树下突现一女，好像地里蹦出来的，白衣长辫，青裤子带袢鞋，特地转过头看一眼屋里，白净的圆盘脸，没说话，径直往西边走，走路无声。摘梨吃还是怎的？二姐追出去，那人呼啦没影了。不是村里人，邻村也没有相像的，大家心下狐疑，第二天傍晚吃饭都紧盯着梨树下，那姑娘又突兀出来了，父兄立刻追出门，还是跑了。树妖？鬼魂？

母亲找了香头，也就是野萨满，说，这地方不是很干净，房后紧挨着后梁，野树参差啥精灵都有。父亲立刻想起，盖房子挖地基时刨出过陶罐，还有一个小扇子似的肩胛骨，都酥了，当时怀着诚意远远地埋到山上，仍在此处盖房。香头打量下我家出院门的小路，说位置不太妥当。这小路是从房后幽幽折出来，贴着东山花墙和东院墙根，一线天般窄窄地伸到前院，再贴着东墙根穿过梨树出大门，而这条路线正好压着那女人的墓门前小路，我们老走动就扰着她走动了。有这么吓人的吗？还好她并无害人之心，只现身几次警醒。

父亲从不迷信，但亲眼所见灵异，于是改道，从院里并排两棵梨树中间开路出门，两边靠墙开辟成菜园，以后白姑娘再没出现过。

想必父亲去世母亲离家，院子荒芜，那姑娘以为夺回领土，与众草寇们日夕饮酒为乐，又独裁了大红裙袄妩媚唱歌，不料女正主突然推门回家，她来不及收缩身子骨，像织女被牛郎偷了仙衣，只能一身粉红人间度日了。

读《阅微草堂笔记》，有类似奇事："大学士温公家，阶前虞美人一丛忽变异色，瓣深红如丹砂，心则浓绿如鹦鹉，映日灼灼有光，似金星隐耀，虽画工设色不能及。余以彩线系花梗，秋收其子，次岁种之，仍常花耳。方知此花为瑞兆。"我家惊现此花，别家别地又种不得，恰如良禽择地而生。父亲是赤脚医生，脚步遍及乡野，虽人离世而殷殷灵犀长驻，我家院落应有慈土惠根，故花仙显灵兆示吉祥。且那花生在西窗下，正对着炕头父亲卧榻之地，如同守护，亦如说着悄悄话。忽然了悟，这花是父亲遣来陪伴母亲的，这份心意怎么能移栽别处？

大熟季花，当时不知哪几个字，我依音叫它"柔荑"花，后查柔荑是植物叶芽不是花名，而熟季花学名蜀葵，是蜀地最早种植，信了。近来有研究者发现蜀葵曾叫"戎葵"，应是戎地所产。塞外丰宁凤山古镇就是三千年前山戎民族的故乡，过去村庄修房盖屋常挖到石器、陶罐等，山上亦有多次被盗的石板棺材墓，大坑内外，山间林里，至今还能捡到陶器残品。山戎民族善骑射，突兀来飘忽去，顽强对抗自然，一旦会种菜种豆就安生农耕，后来他们被齐桓公打跑了，融入大草原成为匈奴，强劲的山戎民族说没了就没了，绝不拖泥带水。但痕迹不灭，《管子·戒》记录：北伐山戎，出冬葱与戎菽，布之天下。戎菽是大豆，冬葱是大葱，花就是戎葵了。

戎葵概因花茎挺直，到尖顶还开花，像极红高粱，高粱秆叫秫秸，此花又有"秫秸花"之称，秫秸叫常了，熟季花就叫出来了，熟与蜀也谐音，焉知不是词语的偷换。《酉阳杂俎》提到"蜀葵，本胡中葵也，一名胡葵"。胡当然指塞外。因其花可观赏，花托可吃，茎秆纺麻织布，烧火做饭，"藏火，火久不灭"，因而流浪蜀地大量种植，"胡"字叫顺口变成"蜀"，并记载流传。这也说得通。由于北方少数民族不善书面文字，荒凉塞北直到清代开拓热河，《热河志》方提到"是此花之种本出塞外也"。

那么光临我院的大熟季花，我就当成山戎民族遗落的种子复活，常出没的白姑娘就是山戎民族的后裔魂魄。瞬间，戎葵之名霸占头脑，山戎民族彪悍之美跃然眼前，化作奇花摇曳。

有大熟季花，就有小熟季花，学名锦葵，这么美还是缘于花色，雨后上百朵五瓣小花开出来，白瓷质地深紫条纹，或紫质黑色条纹，的确精致华美。我当即拽下花籽，种到老院去了。在古罗马时期，讽刺诗人马鲁提亚力斯尝试过，锦葵花茶叶能快速提神恢复活力，甚好，我也积聚些力量，能发出好的声音。锦葵更好种，当年开花，犹如繁星闪烁，与大熟季花形成对立之美。

门外大坡上还有野生冬葵，成片生长，开豆大点紫花，不中看，但嫩叶子可吃，《山家清供》里有《鸭脚羹》篇记载："采之不伤其根，则复生。"忽想起一句"青青园中葵，朝露待日晞"，过去以为必须是向日葵，除此我也不知别的葵。原来是冬葵，过去像种菜一样大面积种植，帮人度过饥荒年。

我妈与这些能吃能看的花葵亲戚们朝夕相处，彼此呵护。但有一天她觉得房檐下那一大丛蜀葵碍事了，越长越壮大，立在窗户前遮光，底盘大叶堆里要卷一两条长虫吓一跳，且隔一屁股距离就是夏天的灶台，蹲那儿烧火也嫌窄小，于是学俺村某妇实施驱花仪式。

一家子有块山地年年长满苣荬菜，串了根一茬茬生生不息，挖菜者多，容易踩踏，这家妇人遂薅了一筐菜回家，大铁锅上热油爆炒，同时念动咒语，驱使它们赶紧回去报信，统统挪地儿，要不把它们祖宗八代炒成干。第二年春天，她家地里的野菜真真都搬家了，皮毛不剩。妇人的母亲就是野萨满，独居在离村二里地外的大山湾，也不害怕，天一亮袅袅婷婷过河出村去镇上逛，天飘黑了妖妖趫趫折回村里，蓝黑大襟褂子，绾髻插簪戴金耳环，到谁家去就上炕盘腿坐，叼着二尺长大烟袋，细长眼睛两颗金牙闪烁不止，说得云山雾罩，那法子如此管用，难道她真能沟通了植物灵息？

我妈偷偷默念咒语，令花赶紧挪地方，不然也架锅热炒。第二年房檐下那丛蜀葵该发芽时愣没出现。我不知详情以为天旱，刻意浇透了水，也不出来。我不甘心又挖开看，哪还有根，溜光化为土了。我妈得意说出根由，我不禁倒吸一口凉气，以为此花在我家绝迹了。

可是不久，从屋门口西侧出了几片小叶，不是蜀葵是啥？花真懂人语，让人欢喜，一年生二年开，更比从前茁壮。但我妈烦恼未了，既然挪地为啥不挪远点，大门口或牛圈那儿多好，偏偏还是房檐下，还堵住门口，出门往西走挡路，下雨则水淋淋扑到身上不舒服。她下决心与花斗争到底，割过茎叶，刨过根脉，念动咒语，甚至真灌了一壶开水浇上去，但愣不管用。蜀葵绝地逢生，蹿房越脊活得蹦兴，竟有竹子的品性，千磨万击还坚劲，任尔东西南北刀。老妈才算罢了。

这倒给我提了醒，这花淘气任性，又决绝冷酷，万一全体撤离，我哪儿找去？必须发扬光大了。我第一次收了花籽满院里院外靠墙边种植，隔一年，粉色爆炸了，在牛圈鸡窝墙头马上吞云吐雾，炽烈翻飞，天黑了仍旧一团团粉红透出来，奔腾而澎湃，那样的盛景极稀，仿佛花神花仙花妖花鬼都到了。因花冠硕大，顶端花朵呈“赵粉”态姿，胸腹处别有“酒醉杨妃”品格，犹是一个冷傲女人见着死命里爱着的男人，心下慌乱，开得跌宕起伏，语无伦次。

“没见过这么拼命开花的，有巫性。”我妈终于接受蜀葵的疯狂示好，一株花的热闹也能减少大院的寂寥，我更相信这是父亲的化身，不是窗前就是门口，往死了整也不走，谁能这样不离不弃？

那年中元节，大漂月亮地，父亲又回家给母亲挑水了，他忘记村里早吃上自来水了，他前脚挑上水桶出门，后脚久未出现的白姑娘就现身了。大姑娘幻化红棉袄小媳妇，挑帘进屋，熟门熟路，直奔柜盖，一屁股坐上去，跷着二郎腿瞅我，亦是绾髻插簪，一绺头发顺左脖颈绕下来，别样妩媚。我在被窝里大着胆子盯住她的脸，生怕她瞬间化成鬼怪，遂指着炕沿的火盆和火筷子道：别过来，不然扎过去。而她依旧微笑。挑衅？不，她和善温润。这个美丽少妇到底是哪个年代，是何花神有何故事又有何启示？难以揣摩。

也许就是蜀葵女巫？她携来远古山戎民族的精神与魂魄，一直在沟通父母的灵息，搭建我与先民的认知道路。喂养我们的好山水曾经沉浸过先民的精血，得着这份滋养，我们未必不沾染他们的脾气秉性，血液里融入山戎民族的性格，所以民族性既是独立的，又是交相辉映的。

蜀葵有别名“一丈红”，很形象，也定然指她的忠心。今年端午母亲病重，蜀葵枝叶已葱郁，我勤恳浇水施肥希望它早点开花，但直到花期，直到给母亲办大事时也没开。出来进去人多，蜀葵碍事被迫砍断了，踩没了，是跟着母亲去了。三个月后再回家，蜀葵重又长出一丛大绿叶子，像忠厚的狗蹲在门口等候主人，等着她折腾或疼爱。花梃始终没能蹿出来，二十年来第一次，房檐下的蜀葵没开花，似乎刻意为纪念母亲而素身素年。

陶灵　川江水志

水摸

川江云阳老县城江对岸有个张飞庙，庙脚有个铜锣渡。小学二年级时，听大一点的同学摆，古时候这里没有渡，河也没这么大，从渡口石梯子一直可以下到河底，有一座铜桥过河。

听后，我心里一直可惜这座铜桥，很值钱的，怎么不打捞起来？后来知道了张献忠沉银的故事，又可惜了一阵子。

张献忠沉银在川江支流岷江河段，距今已有三百多年。古人装银子用专门的银鞘，剖开一段树木挖心做成，把银子装在里面后封好、编号。沉银年长日久，江流冲刷，一些银鞘破损，银子被冲散，偶有渔民收网时获其一二锭。光绪乙未年，即1895年，四川总督刘秉璋上奏朝廷，准备在国外购买机械打捞。但此事遭到朝廷监察官员参奏，说：堂堂大清国，岂有在水里捞银的道理？而且还找外国人购买机械来打捞，肯定被嘲笑，有辱国家体面。此事只好作罢。

江里沉物之事经常发生。1905年4月中旬，一只木船在川江著名险滩庙基子翻沉，惊慌了当地衙门云阳县署。因船上装有八箱铜坯，是四川省铜圆局用来制造铜币的，属国家财产，涉事之地官员定当组织力量救捞。于是，县知事雇请当地有名的"梁水摸"，最终将铜坯全部打捞起岸。

梁是姓，水摸是职业，指专门潜水捞物之人。水摸兴于清代中后期。清廷规定，云南贡铜水运进京，川江沿岸各地方官员须配合押运，安全通过辖区。如船只遇险沉没，损失则由其与朝廷押运官按比例分摊赔偿。因此，各地方官员会积极组织人力打捞，掌握了一批固定的水摸。

水摸业一直传承下来。抗战初期，南京、武汉等地工厂内迁入川，运输船只常遭日机轰炸，机器沉没，事后则由水摸打捞。水摸此时已被唤作“水鬼”。他们口衔一根胶管入水，岸边有人用手动打气筒供气。同时，水鬼身上还拴了一根绳子，与岸上的人用扯、拉的方式互传消息。有一天正打捞作业之时，突遇日机轰炸，岸边的人一边打气，一边拉绳子给水鬼发信号报警。但不知什么原因，水鬼没浮出水面，只好继续打气。结果岸边的人被炸死了，水鬼没人供气也被淹死了。这是过去一个老桡胡子给我摆的，说是他亲眼所见。

一百多年后，我见识了一种“水摸”。长江即将禁渔十年，我采访川江最后的渔民。那天，忠县渔民老彭开船到洋渡镇赶场买菜，要靠岸时把桡片掉进了江里。但他并不急着打捞，不慌不忙地买完菜回船，清理好渔网后，才提起绑着磁铁的绳子，在桡片落水区域一起一落地探找。

我问：“桡片是木的，怎能沉入江底？木又能磁吗？”老彭回答：“手把那一截是铁管做的。”果真不一会儿，他磁起了桡片。现在下川江已属库区河段，水流相当缓慢，要在过去，桡片早已不知冲到哪儿去了。

我又随口一问：“掉桡片的地方水浅，深了，恐怕不好磁哟？”老彭指着磁铁说：“你看，绳子这么长，几十米深我也磁得起来。”我这才注意到，他佑客（妻子）收拢后的绳子有很大一圈。

接着老彭给我摆，2008年的一天，一个亲戚打来电话问：“你现在打鱼的收入啷个样？”老彭回答：“这是禁渔期，没得收入嘛。”

“那你不来磁铁？”

“‘吃铁’？铁啷个能‘吃’？”老彭没摸着头脑，一问一答后才弄清缘由。县城上游几公里的地方在修建长江大桥，因安全和条件限制，很多钢材弃料落入江中，渔民用磁铁磁起来后卖钱。

老彭摆得津津有味：“我们都是凌晨两点等他们下班后，开着渔船去河头磁铁。早晨八点，他们上班了就结束。有时铁大了，几条渔船合起来磁。六十米深的水里，我们也磁起来过。每天有二三十条渔船磁铁，磁起来后，有人专门开船来收购。那场面好热闹。”

这么费力，不知收入怎么样，我问他挣了多少钱。老彭不无遗憾地说：“我晓得晚了，才磁八个月，找了七八万块钱。他们头一年去的，挣了一二十万。”

老彭尝到了甜头，后来他停靠渔船的叉河大山溪建桥，也去磁铁了。他告诉我，那桥小，附近农民也来磁，只找了几千块钱。

我好奇是谁想到的这个主意，问老彭，他也不晓得。

民国有一本《蜀游闻见录》，记有一事。广元河上的船，建造时全船不得使用铁钉，用南竹签钉代替。船上也不得放置任何铁器。说这河中多有吸铁石，一经吸住，船就走不动了。

不会是磁铁人中有人读了这书吧？

江河上故事多，没想到水里的东西也多。

洗脸水

小时候，家里来了客人，不管是冬天还是夏天，姑妈都叫我打一盆洗脸水，拿出一张新毛巾，或大半新的干净毛巾，送到客人面前。这是那时最热情的迎客方式。晚上睡觉时，又是打洗脸水，又是倒洗脚水。第二天早晨，客人刚起床，一盆洗脸水便端到了跟前。

当年带过我的老记者摆龙门阵：一个山里的农民到城里找老领导办事，被安排住在机关招待所，每天有服务员打洗脸水。第二次端来洗脸水时，服务员发现，头天刚拿出的一块香皂不见了。她并不觉得奇怪，可能是农民藏起来了，农村没这种东西，连肥皂都难买到。于是再拿出一块。可一连几天，香皂都不知去向。有一天，老领导关心地问农民：住在招待所还习惯吧？意思是问服务员怠慢他没有。农民老老实实地回答：非常好！非常好！就是每天早晨的粑粑难得吃。他居然把香皂吃了。

据说，宋朝京城开封的早市很热闹，卖早点的铺子多，百姓家不开伙，都上街去买了吃。甚至连洗脸水都不烧，外面铺子也有，而且是专门的铺子，或可挑担上门服务。不过洗脸水不白给，要花钱买，叫洗面汤。

这里的汤，指开水、热水，不是喝的那种。我家乡有一条川江支流叫汤溪，源头在巫溪县海拔两千多米的团城山半崖一洞穴。年少时的一个盛夏夜晚，我在上游河里洗澡，刚入水，竟然侵骨，连手里的肥皂都没拿稳，掉入河中。我立马上岸。夏天的河水竟如此冰凉？三十年后在地名录里读到，汤溪河上游一段叫湾滩河，流入县境江口镇，接纳几条小溪后河水开始变暖，故名汤溪河。疑问这才解开。

宋朝京都是不是真的卖洗脸水，我不清楚，但重庆朝天门码头过去确有人叫卖洗脸水。早年川江轮船叫小火轮，蒸汽机动力，燃料为煤炭，随时浓烟滚滚。有铺位的毕竟是少数有钱人，大多数旅客坐底舱散席，难免沾染黑烟粉尘，加上旅程疲惫，下船后又脏又累。码头上，小泥炉烧着一锅热水，摊主吆喝："卖洗脸水咯——卖洗脸水咯——洗把脸，干净又舒服。"花着脸是不能去见客、办事的，洗把脸是自然的事，还可提神。因此催生了卖洗脸水的行当。这行当很小，也许是码头小贩兼营的项目，行业公会里没这帮。

最近看一公众号，有一个年轻人记录了他爷爷在朝天门买洗脸水的故事：爷爷八岁那年，到重庆下半城学裁缝。因为他从三岁时开始咳血，直到八十八岁去世也没说清楚到底是什么病。师父担心徒弟死在自己家里，没多久，就给了爷爷几块银圆，打发他回老家。那个时候几块钱算是个大数目，去朝天门坐船回家的那个早上，爷爷潇洒而奢侈地在码头上买了一盆洗脸水。几十年后摆起这个龙门阵时，颇有自豪感。洗脸水还用买？我们感觉是在听天方夜谭。

重庆牛角沱"四哥面"的老板，第一次摆洗脸水的龙门阵时，我听了，也很新奇。二十世纪六十年代，牛角沱有个汽车站，专发郊区县班车，旅客多是菜园坝刚下火车的人。四哥母亲就在路边卖洗脸水，一只搪瓷脸盆里装着冷水和毛巾，有客人来了，兑一些开水瓶里的热水进去。一人洗一次脸，两分钱。四哥放学后，经常提着开水瓶给母亲送热水。

二十世纪三十年代，川江末端宜昌中水门码头有个王婆婆茶馆，茶客主要是码头力夫。他们一喝就是整一天，有活路做了，几只茶碗盖上盖子，并拢放在桌子中间，表示"留座"。做完活，回来继续喝。茶钱也不付现，在一块黑板上画"正"字记账，十天半月或一个月结一次。除此之外，茶馆每天早晨还给这些力夫准备洗脸水，不收钱。这些力夫放工后，经常捡一些上下货时撒下的粮食、煤炭、柴火，带给王婆婆茶馆。

如今洗脸方便，洗脸水不再买卖，给客人打洗脸水的习俗也消失了。

扎水

川江行船，不论木船轮船，过去民间都有"四不"行规：水大不走，水小不走，天气不好不走，夜晚不走。因此才会出现各种避险方法。

永川松溉镇下游有个大矶脑滩，滩水暴涨时，上下水轮船都得停航。1940 年 7 月，因水大，八只轮船在这里停泊了十多天。此为避险之"扎水"。大矶脑滩因此成为上川江洪水滩王。

瞿塘峡夔门前曾有一巨大礁石名滟滪堆，汛期被淹后，远看像一只鳖那么大时，夔州府都会派河差监管，不准船家冒险航行，必须扎水。唐朝乾宁年间，一个叫李峣的朝廷命官去荆州赴任，沿江而下途经此地，正遇江水暴涨。夔州太守刘昌美留他待江水退了再走。李峣因赴任有时间规定，不敢停留，执意要走。夔府大小官员到码头给他送行。

李峣的船刚离岸不远，突然遇到一个巨大漩涡，被卷入其中，瞬间沉没。站在岸边送行的官员都还没离去，眼睁睁地看着李峣一家及全船一百二十人遇难，震惊而惋惜。第二天，有人在岸边发现一位生还者，是一老年妇女，为李家的奶妈。她奇迹般被江水冲上了岸。

1926年6月初，刚成立不久的民生公司之经理卢作孚，从重庆出发，高高兴兴去宜昌接第一艘轮船“民生”号。等到下旬，民生轮才从上海抵达宜昌。这个时候江水大涨，宜昌海关理船厅“因船太小”，不放行。民生轮在宜昌扎水一个多月。

卢作孚非常着急，造船的钱是借的合川县教育经费，公司股东说要见到船才肯缴纳股金。水稍退了一点后，卢作孚征求引水(引船员)的意见。引水明白他想法，顺着他意思说：船可以开头。如途中再遇到水涨，随时可扎水。民生轮通过秭归著名洪水滩泄滩时，滩水比船高，引水指挥轮船借回水之力冲上去。眼看只有一二米的距离了，突然船舵失灵，引水惊慌得没有了办法。卢作孚于慌急中直奔机舱，令轮机员赶快开倒车。这时船又幸遇一泡花水，进入激流，冲至北岸岸边得救。全船人才松了口气。

川江各渡口都划有洪水线，水拢线了也扎水，不过大家习惯叫“封渡”。自古很多渡口在岩石上或专门立碑，刻上封渡文字警示与监督。江津笋河高云渡口曾挖出一块清乾隆时的石碑，上刻规章，其中一条为“不得大水强渡”。

但过去撑渡人和过渡人多抱侥幸心理，常冒险打渡过渡，出事非常多。民国九年，开县东河秋汛涨水，老关嘴渡口渡船载客九十人，被冲翻沉，仅一婴儿幸运获生。婴儿坐在“木轿椅儿”上随流漂浮被救。

云阳云安镇居民上万，集中居住在汤溪河两岸。1950年8月的一天，义渡封渡，待渡的人多。有个桡胡子趁机打卖渡赚钱，结果船翻沉，死了五十人，桡胡子被判三年徒刑。1970年7月24日，江津旸岩长江渡口洪水封渡。这是个副业船渡口，由当地农村生产大队管理，治保主任想挣工分，本身却没有船员证，违章打渡，装载九人，包括自己在内八人死亡，其中有两名警察。

川江支流溪河的“齐头水”来去凶猛，有时扎水都难避险。1954年4月6日，开县东河上游涨水，十一只运煤木船得到航管站通知，当晚停靠扎水。深夜，上游一只木船被齐头水打来，撞上最前面一只扎水船，再一只撞一只，全被洪水冲走，仅三只得救。1963年5月24日晚，因下暴雨，东河上游又发齐头水，土龙洞至马家八公里河道上扎水的一百五十多只运煤船，被冲走一百一十多只，片板无存。同时落水的二百多名桡胡子幸好习水性，绝大多数凫水上岸，只五人失踪。

乌江洪水期一般扎水时间相当久，有时长达一两个月。船老板没有收入，扯船子也没有身钱（工钱），货老板要发扎水费，扯船子的生活有了着落。

扎水没扎心。

崔士学　一株草木站成苦

乡下的山杏花开得欢实的时候，细嗅有苦杏仁的味道。原来，苦杏仁的苦，在杏花开的时候就有意思了。

村子周遭的很多草木都是苦的，我大都尝过。我不喜欢苦，草木们好像喜欢，要不咋会把那么多的苦都给收藏了呢？那么多的苦是从土的深处来一些，被一棵树的根收藏。那么多的苦是从天的远处来一些，被一株草的叶收留。那么多的苦不再流浪，都被一株草木酝酿。

村里人都知道，嫩嫩的杨树叶儿、柳树狗儿要泡一个白天一个晚上才可以吃。村里的杨树叶、柳树叶可能都认为自己是最苦的那片叶子了，但是村里人知道不是，它们都没有丁香的叶子苦。村子西山坡上的丁香最苦，村里人叫它"苦溜子"。我尝过"苦溜子"的叶子，是真苦，是不想再尝到的那种苦，是受不了的那种苦。

可村里人说，就没有吃不了的苦。

苦丁香的叶子苦，苦参从根苦，山杏的杏仁苦。山杏核砸开，出来仁。吃一个，苦。吃两个，还是苦。第三个不吃了，揣兜儿里，回家用大瓢盛凉水泡，一天一夜。一天一夜，不苦了。瓢苦了，尝尝瓢里的水，水苦了。把水倒掉，苦到土里了。

土也苦。土的颗粒足够细的时候，尝尝，也是涩和苦的味道。

水可以把苦领走，苦杏仁不苦了。可水不苦吗？苦是没了，还是去了别的地方？尝过苦吃过苦的一个人没了的时候，那些苦还会在吗？被人吃过嚼过的那些苦，是不是会继续流浪不停歇，直到遇到另外一个人？

村里的好多草木都是苦的宿主，人好像也是。

村子南梁地里的香瓜小时候吃，就苦。村里院子里树上的李子也是。熟了，就不苦了。甜的东西都苦过。在村子里生长的很多东西都是，吃早了就苦。

乡下，草苦有几样：苦菜、苦参，以苦为名，就苦得厉害。苣荬菜、蒲公英、生菜都是微苦，所以没担上苦名声。还有生甜瓜蛋也苦，长成甜之前的苦。黄瓜也苦，特别是靠近蒂把的那块。不苦的黄瓜经过了人类优选驯化。还有本不苦的瓜果，却是也有苦，这苦是返祖现象，是野性未驯的表现。

胚芽是草木种子最柔软的部分，怕被虫咬鸟啄，就保留了更多的毒和苦。草木示世界以苦，是拒绝，是自保。

一株那么苦的草，却是要来疗那么多人的伤和痛的。

药不是都苦的，可我记住的是苦的那些。

没有人能说得清一种草可以医好哪种痛，没有人能说得准一种病是在等哪一味药。是不是天底下所有的苦，都会有一株草木在等着？

在村子里，同样见着了一株草的时候，表情却不是一样的。把一棵草咬在嘴里，我尝到的更多是涩和苦。可是在一头牛、一只羊的嘴里却是那么津津有味。

苦是在村子里转一遭又回去。苦从哪里来的，又回到哪里去。

想起村子里的长辈的苦。我感觉五姑最苦。一辈子没过一天好日子的人最苦。可这只是我一个人的想法。我看着不苦的人，或许也有自己的苦。谁不是在做别人看不到的自己呢？

在乡下，人们知道，草木里的苦可以用凉水拔出来。凉水可以把苦拔出来，当然，还得有时间的配合。在乡下，如果不下功夫，啥事都不成。

在乡下，去苦的法子还有好多。喂孩子吃药，可以掺一勺糖精灌下去。苦到了胃里就不苦了，感受苦的味蕾多分布于人的舌根处，所以人能尝到苦也就是舌头到嗓子一段。这没涉及心里的苦。心里的苦说不出来，能说出来的苦，就不是苦了。心里的苦可以用眼泪来稀释。眼泪冲不走苦，只是稀释了苦。

所以，村里的女人时常用哇哇大哭来冲淡苦。

城里长大的媳妇不知道在哪里找到的偏方，苦胆加苦参，说是治血糖。我小时候爱吃糖，可是没有糖，八辈子看不见一块糖。现在也不知道是啥时候开始的，糖多了，需要找苦来调理。

书上说，草木里的苦涩是因为它们含有生物碱、黄连碱，有些瓜果苦是含有酸糖体。村里人不知道这些，村里人只知道，苦也就是那一阵，梗着脖子，可以咽下去。

书上说：风从北来者，大率不能甘而善苦，故植物中之，其味皆苦，而物性之苦者亦乐生焉。

村里人不知道这些。村子周遭,每一株草木都在生长着自己,我曾用了半生的气力去辨识它们。现在知道,不可能呢,也不用去费心认识它们,要是能认清一点自己,就够了。我想会和它们一起摇曳。有那么多的草木让我欣喜,也让我闭嘴。

尝过草木,才知道自己。

我不知道村子周遭的草木是咋找到属于自己的地方的。黄土的地方可以长榆树,沙土的地方可以长刺槐,柳树总是在河边,杨树总是在沟底。

跑了那么久,我还是感觉回到村子里好。有草在野,也有药在野。能吃的是菜,能治病的是药。一起走节气的晓辉说,但凡能吃的,先人早就吃过了。咱可不用再去乱尝了。别人看着苦的日子,自己不觉得。我过的所有日子,会有人重新过一遍;别人经历的日子,注定我也在重复着过。

山坡上的药草,终究没有那么多,很多病也就无药可医,乡下的很多病也就没有了说法。苦是药的味道,药是病的说法。总有没遇见药的病,也有没遇见病的药。

药多病就多。要是让我说——

药不是一碗,是一点。

药不是一剂,是一粒。

药不是一坡,是一棵。

药不是一棵,是一说。

苦味属火。苦寒药可以清心火。但长吃性燥伤阴。苦入心,但未必养心。苦不滋养人。说苦味养心的人,只是不得已。

一株草木站成苦。

〇卷叁

散文
2020
精选集

艺写四季

MY ART MY HEART

陈九　汤姆叔叔的告别

早上天蒙蒙亮，对面的玛丽婶婶就来敲我门，她不喜欢按门铃。我家门铃挨着大门，不会看不到，可她还是把门敲得咣咣响：九啊，快起来，汤姆走了，汤姆走了呀！我一阵悲哀，非常浓缩的悲哀，缺氧似的压得我不能动弹，我对着天花板大喊，知道了玛丽婶婶，我马上下来！

汤姆叔叔到底没撑过去。

昨晚我去看过他，他家跟我家隔着两栋房子。自他染上新冠病毒后我们几个邻居轮流送水送饭，由玛丽婶婶牵头，她跟汤姆叔叔邻居一辈子，感情很深。几年前汤姆婶婶因肺癌去世后，她就隔三岔五给汤姆叔叔送吃的。这次又是这样，她来敲我的门，九啊，知道汤姆染上新冠了吗？他一个孤老头怎么办哪？我们准备轮流给他做吃的，你加入吗？加入加入，我加入，他喜欢我做的炸春卷呢！

汤姆叔叔是犹太裔，八十来岁，一辈子没儿没女。我叫他“叔叔”是跟着孩子们叫，日子一久成了习惯。他曾是《时代》周刊的摄影记者，二十世纪七十年代初有一张著名的黑白反战照片，俄亥俄某大学的草坪上，一个长发女生搂着被子弹击中的男同学哭泣，就是汤姆叔叔的杰作。这张照片来美之前我就见过，没想到竟和拍摄者成为邻居。那年月的中国留学生很多都有类似经历，有个朋友在长岛石溪镇买的房，几天后碰到邻居觉得很眼熟，定睛一看不是杨振宁吗？汤姆叔叔后来因腿伤转到纽约市政府工作，还是搞摄影，为政府的宣传品拍照。几乎与此同时，我也从美国运通调到纽约市政府做数据主管，所以三十年前一搬到这条街就和汤姆叔叔成了朋友，我们乘同趟火车上下班，一路聊。

或许因为我是新移民，汤姆叔叔总爱强调他也是移民，只不过比我早来几年而已。其实他出生在纽约，他父母小时候随家人自欧洲来美，当时正逢美国的“镀金时代”，用他的话说，那时美国非常像今天的中国，电力铁路的普及，石油的发现，整个北美魔幻般高速发展，曼哈顿今天的格局就是那时定下的。于是大量欧洲移民蜂拥而至，汤姆叔叔说，他祖父母一家最早就住现在的唐人街一带，当时那里聚集着大量新移民，意大利人、爱尔兰人、犹太人和部分中国人，他们既没钱又不懂英文，全靠出卖体力，他爷爷奶奶给人家缝衣服，每天早上承包商送来成堆的布料，他们没日没夜地缝，连说话时间都没有。听汤姆叔叔这么一说，我突然想起在他家钢琴上看到的一张老照片，一对夫妇坐在椅子上，女人手中拿着一件未缝完的衣裳。对呀汤姆叔叔，我看过那张照片，你奶奶干吗照相时都不肯放下手上的活计？九啊，她是故意那么照的，就为记录下自己的生活，怕后人遗忘。

我下楼开门时，玛丽婶婶戴着口罩已退至十步之外，远超纽约州州长科莫规定的六英尺社交距离。纽约是新冠疫情重灾区，也是美国乃至世界感染和死亡人数最多的大都市。该如何形容这种严重呢？纽约市卫生局搞过一个调查，在不同地点随机抽样做新冠病毒检测，结果查了三千多人竟有三分之一呈阳性！这下当局紧张了，马上颁布居家令隔离令，不许扎堆儿，不许聚会，关闭公园海滩博物馆等公共场所，要保持六英尺以上社交距离，等等。即便如此还是十分被动，很难立竿见影刹住成势的病毒。比如汤姆叔叔，他说他是在超市被传染上的，开始发烧时叫过救护车，附近的北岸大学医院口碑不错，几天后病情缓解又回到家里。玛丽婶婶带领大家给他送饭送水，我们穿戴齐全，口罩手套防护服应有尽有，都是我国内朋友寄来的。我们把做好的饭菜放在门口，由汤姆叔叔自己取用。就这样好好坏坏，瑞德西韦、羟氯喹都用过，没想到还是不行。玛丽婶婶要把他再送回医院，他拒绝了。

玛丽婶婶的眼里淌着泪水，声音也在颤抖。她比汤姆叔叔小几岁，也是犹太裔，举手投足流淌着昔日的风采。她是这条街的主心骨，什么事都可以找她商量。美式英语有个词叫“犹太妈妈(Jewish Mother)”，指主意正、能力强，又有担当的已生育女性，玛丽婶婶就是典型的犹太妈妈。她对我哭诉着刚才的事情，天没亮她去看汤姆叔叔时，发现人已经走了。她打电话叫来救护车，眼睁睁看着救护车拉走了汤姆叔叔。汤姆真不该这时候走，连说再见的机会都没有！她不断重复着，仿佛要把汤姆叔叔唤回来。玛丽婶婶这样做是有道理的，按常情，不少美国人都选择在家去世，一般是先找一家殡仪馆，由殡仪馆保存遗体，安排追思仪式，直到下葬，殡仪馆是送你上天堂的那个人。而疫情却把人生最后一场有尊严的告别抹去了。纽约市规定，所有因新冠病毒感染在家去世者都必须叫救护车，由救护人员做防护处理后，出具证明带走遗体，并交由指定地点焚烧，再通知家属领取骨灰。汤姆叔叔已经没有家属了，他说他有个弟弟，我们从没见过，汤姆叔叔的墓地早就安排好了，在松树陵园，汤姆婶婶旁边。按说弟弟是间接继承人，如果没有直接继承人，汤姆叔叔的房子应该就是他的，他会为哥哥举行一场体面的安葬仪式吗？

这座房子让我温情满满。这是一座斜顶独栋建筑，不很大，应该说是比较小的一栋。他叫汤姆，房子又比较小，老让我想到斯托夫人那本《汤姆叔叔的小屋》，一部终结美国蓄奴制的伟大作品。我不好意思说出口，怕无意间伤害了汤姆叔叔，可不说又憋得慌，便试探着，破闷儿似的逗他：

汤姆叔叔呀。

嗯哼。

汤姆叔叔您有个小屋。

汤姆叔叔的小屋，斯托夫人？

哇，您也知道啊？

我猜到你要说什么。

我告诉他这本书是我最早读过的美国小说之一，所以忘不了。他却低眉昂首长长一叹：那个时代的美国一去不返了，自由已被金钱绑架，谁还顾得上同情弱者关注未来呢？而善良和同情是一切美好社会的源泉，没有这些就没有伟大。我知道汤姆叔叔是民主党，早年参加过民权运动，那张反战照片就是他的青春写照。我能想象那时的他是多么激情狂热，蓄着浓浓的胡须，挎着徕卡相机奔走在风口浪尖之上。如果你看过电影《阿甘正传》，就可领略二十世纪六十年代民权运动中的美国是什么情景，那是一场深刻的社会变革，民权运动、反战运动、嬉皮士运动、性解放，都混在一起分不开，涌现出一代杰出的政治家艺术家，比如比尔·克林顿，比如鲍伯·迪伦。我突然想起二十世纪六十年代末，发生在纽约上州的乌斯达克音乐会。您参加了吗汤姆叔叔？当然了，那是全世界规模最大的露天音乐会，五十万人，标志着摇滚乐从此走上历史舞台，我们为和平而来，摇滚乐的灵魂就是个性和爱，可惜当时主流媒体基本不予报道，我还是照了不少照片登在《时代》周刊上。

如果你去圣弗朗西斯科

请在头上戴着花
如果你去圣弗朗西斯科
你会遇到好朋友

我情不自禁哼起这首《圣弗朗西斯科》，当年流行歌曲的经典之作，这首歌也出现在电影《阿甘正传》中。汤姆叔叔一听，激动得两眼放光，他叫起来，欧买嘎，九啊，我才知道你有一副好嗓子，你怎么不早告诉我呢，我认识这首歌的原唱斯格特，他来过我家，来过你说的这个"汤姆叔叔的小屋"啊！

清早的风徐徐地吹，五月的长岛依然有些料峭。玛丽婶婶问我，亨利回去了吗？回去了，他太忙，看看汤姆叔叔就赶紧回医院了。是啊，真是个好孩子，还专为汤姆回来这么多天。玛丽婶婶说的亨利是我儿子，在纽约上州瓦萨大学医院做急诊医生。他一听汤姆叔叔染上新冠病毒马上赶回来，还陪他去看了急诊。亨利毕业于索菲戴维斯医学院，他的同学尼克就是北岸大学医院的急诊室医生，他们共同商量治疗方案，竭尽全力救治，汤姆叔叔很快退了烧，肺部阴影也临床消失了。纽约是新冠疫情重灾区，很像中国的武汉，但纽约没有足够的医疗资源，没有雷神山、火神山医院以及方舱医院，所有医院的急诊室都人满为患，很多病人只能躺在走廊的救护床上。亨利要尼克为汤姆叔叔找一张病床，直到出院也未能如愿，这也是汤姆叔叔一俟好转就坚持出院的原因，他一点余地都没有：儿子（他叫亨利儿子），我一分钟都不要待在这里，死我也死在家里。他真不该提"死"这个字！

亨利临走前特意给汤姆叔叔开了很多药，退烧的、止泻的，还有汤姆叔叔常用的糖尿病药、高血压药、前列腺药，一项项解释给他听，您出现这个情况就吃那个，出现那个情况呢就吃这个。汤姆叔叔说你赶紧走吧儿子，我没事，到家就踏实了，走吧走吧你。汤姆叔叔管亨利叫"儿子"并不奇怪，按美国惯例，年长者叫年轻人儿子是一种爱称。比如看到个小伙子把手机落在桌上，我会说，嘿儿子，手机是你的吗？他一定备感亲切。但汤姆叔叔叫亨利儿子的含义，比这要多。

我们搬到这条街时正处在人生最打拼的阶段，我新有晋升，我太太的设计公司又创业不久，每天早出晚归压力山大。为此特意请孩子二姨妈来美帮助照看两个孩子：女儿艾琳卡和儿子亨利。每天放学做作业时，只要有问题，孩子们都会去找汤姆叔叔，那时汤姆叔叔已经退休，他不厌其烦地回答各种问题，没想到他的知识面竟如此之广。有一回女儿艾琳卡复习社会学考试,美国初高中的社会学课就是历史加政治,对谁刺杀了宋教仁,阻碍亚洲建立第一个共和制的考题犯起迷糊,她问汤姆叔叔到底谁杀谁,是袁世凯杀宋教仁还是相反。这种问题你问一百个老美一百个不会,他们连谁杀了肯尼迪都搞不清楚还管你亚洲的事?可汤姆叔叔斩钉截铁地告诉艾琳卡,当然是袁世凯杀宋教仁,记住了,暗杀都是坏人杀好人,袁世凯和宋教仁中袁是坏人,肯定是袁杀宋。下班后孩子们跟我聊起这件事,亨利好奇地问,干吗好人老被坏人暗杀呢?汤姆叔叔怎么解释的?他什么也没说。那我也不知道啊。本来这次艾琳卡也要回来看汤姆叔叔,但她离得太远,又在一个专利事务所做项目主任,非常忙,只好让弟弟代表她,两个孩子对汤姆叔叔的感情比我还深。

为感谢汤姆叔叔的关照,我和太太经常做些中餐送给他和汤姆婶婶。他们非常喜欢吃炸春卷,每次见面必开红酒,还要我陪他共饮。汤姆叔叔喜欢一款加州的黑钻石红酒,产自电影《教父》导演科波拉的酒庄,它回口偏涩,但汤姆叔叔专好这个感觉,说像刺啦剥去一层皮似的。我们边喝边聊,我向他介绍最近荣获的市政府年度科技大奖,市长朱利安尼亲自签发并将奖状交到我手里,还邀我陪他一同参加今年的国殇日大游行。天哪,这可是大事,是什么项目?汤姆叔叔问道。一个监管缓刑犯人的大型数据系统,我们第一次将 DNA 作为数据类型加以存储,这大概是获奖的主因。

一提到与科技金融相关的术语,汤姆叔叔就不无感慨,借着三分酒意宣泄他的情绪:我这辈子啊,经历了美国从浪漫的人权时代走向金融霸权的整个过程,从里根总统"放松管制"开始,华尔街凭借美元的垄断地位,用利率、货币供应量和股市这三驾马车向全世界收割利益。金融的暴利迫使制造业必须提高获利预期,否则无法生存,这必然导致制造业流向远东,以降低劳动力和各类资源的成本。暴利与挥霍成为生活的本质,文明不再是形而上,倒成为形而下的帮凶。我们正用赤裸的欲望焚烧着未来,这种无度甚至突破了中世纪的底线,托尔斯泰的《复活》、霍桑的《红字》,这些故事在今天算什么,什么都不算嘛,关键是没人在意这些了,暴利与分化让人们失去思考的冲动,反而争先恐后地投入角逐。

自汤姆婶婶去世后汤姆叔叔就自己生活。汤姆婶婶生前不工作,里里外外忙着家务。她高高的身材,一条大辫子盘在头顶,老是笑眯眯的。但自从被确诊肺癌晚期,人一下就不行了,像积木抽掉最下面一块,顷刻坍塌,一个多月便随主而去。后来松树陵园墓地的选购、仪式的安排，都由玛丽婶婶和我们几个邻居操办。玛丽婶婶问汤姆叔叔要不要去养老院，起码还有人照顾。但他坚决否定了这个选项，当时他就说过，死我也要死在家里。从此次疫情看，汤姆叔叔的决定不无道理。有数据显示，疫情丧生者中三分之一来自养老院，有些养老院竟发生"弃护"现象，因为怕感染新冠肺炎，工作人员居然跑光了，很多老人由于无人护理，不能按时吃饭服药而身亡，结局十分悲惨。幸亏汤姆叔叔没去养老院，虽然同样是走向终点，汤姆叔叔是自己的抉择，这本身就意味着生命尊严。

起初我有点不解，汤姆叔叔病情加重为何不返回医院。我问玛丽婶婶，她的回答很直白：这个倔老头，肯定是舍不得咱们呗。他们邻里一辈子，从结婚成家到生命终结，这种陪伴别说是互动频繁，即便点头微笑也见证了彼此一生。跟玛丽婶婶相比我是后来者，但非常庆幸遇到汤姆叔叔这样的邻居，我们之间心心相印的人文观念、浪漫的理想主义情怀，他用毕生经历和呼之欲出的镜头人物，那些可以闻到味道、听到声音的人生际遇，把我活生生拽进美国的文化之河，让我将书本上的冷静文字变成火热生动的立体图像，随风飘舞。"飘"这个词老被解释为随风而去，并不尽然，同样可以随风而来，历史就在我们头上飞舞，一天都没离开过我们，与历史对话不能仅靠几本书，绝对不够，更要有情感沟通，历史是有温度的。

昨晚去看汤姆叔叔时就感觉不好。他又在发烧，入院前的症状全面反弹，吞噬着他的肌体。我们要打911，送他回北岸大学医院，他却再次拒绝了，甚至还飙了句德文"du fandest ruhe dort"。美国犹太裔很多来自德国，说几句德语并不奇怪。我问玛丽婶婶什么意思，她说大概是海涅的诗吧？后来我查出这是德国诗人穆勒的作品，还被作曲家舒伯特谱成套曲。汤姆叔叔说的这句诗正是歌曲《菩提树》的最后一句，意思是"到那里寻求平安"。小时候我跟母亲学过这首歌的中文版，大学期间还在联欢会上演唱过，它浓厚的悲伤与宿命色彩一直在我心底挥之不去，成为我情感表达的依据，没想到在汤姆叔叔弥留之际再次听到它，这是何等的巧合！当你伸开双臂拥抱世界时，世界早在等你。

我坚信昨晚的一面是汤姆叔叔在向我告别。我们隔着超过州长规定的社交距离，像往常一样措施齐全，但无论相距多远，包括口罩手套防护服，都影响不了我们的交流。他微微抬起手指向墙上的挂钟，又在自己脖子上轻轻划过。我知道他在说"我的时间到了"，英语里这句话非常简单，My time is up。我拼命摇头，握拳的手上下挥动，鼓励他一定要坚持住，顶过一天是一天。他缓缓地向我摆手，示意我快点离开。当我转身时，他做了个美式军礼的动作，手搭在右眼眉梢迅速切下，他做得很勉强，手在空中颤抖着。而恰巧这时墙上的挂钟开始报时，发出咚咚的响声。我猛回头，只见汤姆叔叔正在微笑，甚至笑出了声，旋律般与钟声交响合鸣。我被这笑声感动得也笑起来，情不自禁，恍惚间看到那款黑钻石红酒正在空中挥洒、女学生乌黑的长发、乌斯达克摇滚音乐会、“如果你去圣弗朗西斯科的话”，所有这些霎时在我们之间飘舞起来。死亡可以埋葬一具躯体，却无法带走充实的生命，绝不可能。

汤姆叔叔的弟弟后来继承了汤姆叔叔的小屋，但他并未承诺举行一场下葬仪式。玛丽婶婶说等疫情过后她会筹办追思会，给大家一个向汤姆叔叔表达敬意的机会。九，你加入吗？加入加入，我加入，他喜欢我做的炸春卷呢！

我脱口而出，热泪盈眶。

宇秀 **诗人之格:痖弦**

我曾与痖弦有一段关于诗人的对话,他特别强调诗人不同于小说家之处,便是诗人不能把自己隐藏在文字后面,他的诗往那儿一搁,人格就出来了。事实上,痖弦先生自己就是通过他的诗歌作品,以及他停止写诗之后,却没有停止的诗的生活,在诗歌美学的层面和生命的人格意义上做了身体力行的实际演绎。

1948年11月4日,痖弦——当时是十七岁的中学生王庆麟——随学校流亡转徙,在村口与追上来往他身上塞油饼的母亲见过最后一面,年少的他当着同学的面不耐烦母亲,撵她快走。耄耋之年的痖弦,每每忆起这一幕,伤痛之情溢于言表。十年之后,他在台湾写下后来成为汉诗经典的《红玉米》,字里行间尽是故乡浓情与故园忧患。无论是二十五岁那年,把自己想象成风烛残年的老者,写下《红玉米》;还是1992年去台后首度返乡,带着刚从巴黎大学毕业的长女小米还乡祭祖,2002年又带了在加拿大毕业的次女小豆再度返乡;直到如今米寿之年,痖弦没有一天不想念南阳老家。尽管沧海桑田,世事更迭,他对故园的情怀一如既往。正如痖弦自己所言,文化的中国,文学的中国,只有一个!即使因年迈体弱,已不能重返故乡,但他从老家运来的一块祖母和母亲都用过的槌衣石,让他时时感觉亲人和故乡就在身边。他曾交代女儿,自己百年后,一定要把骨灰放在这块青石板上,陪他入土。

去年4月,陪痖弦午餐后回到他题名为“桥园”的家,天空不像往日晴朗,云罩在头顶,把吹过面前的风都涂抹成一片铅色。虽说4月了,桥园门口的月季、杜鹃等尚未开花。那天是我准备启程赴台北参加“诗魔”洛夫先生告别仪式,特来面见痖公,听候先生嘱托我代他在葬礼签到簿上签名等事宜,彼此心情都不似往常轻松。痖公(我平时都这样称他)在门口拾级而上的甬道旁停下脚步,指着静卧在道旁的一块洗得发白的淡青色石板说:“你看,这是我从老家运来的,我祖母和母亲都用它来洗衣裳,就是用棒槌在它上面槌衣。我十七岁离家,四十多年后再回去,家里就剩了半截破山墙,还有这块石头。”痖公说着说着哽咽了,指着石板上的一道裂缝,像是问我,又像是喃喃自语:“你看,它身上的裂缝。在老家见它的时候,还好好的,怎么搬过来就裂了呢?”说到这儿,他哭了,两行热泪被乍暖还寒的风吹着。稍后,他仿若从梦里醒来似的转向我说:“你给洛夫写了诗,你也替我写一首吧!”刹那间,我的心猛一震颤,视线立刻模糊起来。当我将痖公送进家门,他回过头来又说了一句:“我功夫废了,你替我写吧!”我赶紧转身抹去即将夺眶的泪。

痖公把写诗的能力称之为“功夫”,这两个字委实让我一惊。眼前立刻浮现出隐身在灵山仙境里,十年磨一剑的武林大侠。凡身怀绝技、武功超强者,除了天性天赋这些上天奖赏之外,必是常年修炼不得松懈,所谓曲不离口,拳不离手。可见痖公对文字的虔诚,对写诗的审慎。我跟他聊起如今网络上遍布“诗人”的“繁荣”景象,痖公戏言道:读了十几年书,识了那么多字儿,谁还不会诌两句儿?

痖公嘱托的诗,我并未在此后就一气呵成,那块槌衣石沉沉地压在心上。写了两稿依然不能定稿,尚不敢拿去示痖公。(直到今年 8 月 29 日先生米寿庆生会,我终于带着痖公家乡人的托付,当痖公面“首发”了《槌衣石》。痖公边听边不住地拭泪,我知道母亲与老家永远牵动他的心弦。)想到人们喜欢记住并引用他说的“人人可以成为诗人”,但几人懂得痖弦对缪斯的敬畏?懂得把“功夫”与写诗联系在一起的奥秘?更有几人懂得“功夫在诗外”的人格与情操?在当下处处事事都以利益来衡量的商品化物质年代,谁会把一块毫无经济价值的石头漂洋过海地搬过万水千山呢?只有诗人,真正的诗人才会这样做。诗人的行为,往往与功利无关,只关乎性情与道义。

不过,我还是很固执地希望找机会,跟痖公当面或电话求证“人人可以成为诗人”的命题。在求证之前,我静静地回到《痖弦诗集》《记哈克诗想》《聚散花序》等先生自己的文字里,重新感受诗与诗人的美好。就在这时,我意外地读到了痖弦先生于 2005 年 11 月 5 日在广西师大的一场诗歌演讲。他的确是把演讲主题定为“人人都可以成为诗人”,可惜所有引用这句话的人,都不提他后面的话:“如果人人都成为诗人,那么什么样的人才是诗人?”大诗人在演讲中细述了成为诗人的四个条件。

随后，我跟痖公在电话里聊起了这个话题。

痖公说自己岁数大了，记性差了，记不清当时具体说了哪几条，但他说过成为一个诗人是有条件的，而且特别记得自己说过诗人是有人格的人。于是，我就把他当年演讲所归纳的四条一一复述给他。他不住地说“是是是”，并在每一条后，立刻具体展开加以解释。

“第一条，诗人是对生命认真的人。诗人就是真人，最热爱生活的人，最认真生活的人，一步一个脚印地去过着自己日子的人。第二条，诗人是感情、感性思维非常强旺的人。第三条，诗人是非常喜欢文字、语言的人。第四条，诗人是有一贯人格的人。”说到最后一条，痖公特别兴奋和激动。在他当年的演讲稿里，这一条也是他阐述得最为详细，并列举了多个真实事例加以论证的。

最近一次和痖公午餐，我们又谈起“人人可以成为诗人”，痖公就笑说：“那还有一句话叫作‘人皆可以为尧舜’！”然而，什么人可以成为尧舜？读过《孟子》，自然知道孟子的意思并非人生来可为圣人，孟子的回答重点在于如何成为尧舜。

接着痖公又提到诗人的人格，他举例余光中，说人家赞美他的散文好，而不提他诗歌好，他心里就不高兴。但你可以说他诗好而不提散文。为什么呢？因为散文家没有帽子，诗人有一个帽子，那叫桂冠。痖公强调自古以来，诗学被看作文学的贵族，因为诗里面有一些高贵的情操，诗里面体现一个人的人格。比如屈原。痖公说中国诗人要论伟大，如果只取一个，那就非屈原莫属。因为他的作品和他的精神人格是高度统一的。

痖弦年轻时在军队里，曾遇到蒋介石来兵营视察。那天在操场上，他被指令念一篇训诫什么的公文，读到一半，蒋命人端一杯茶水给痖弦润喉。此后不久，又命传令到痖弦所在部队，调痖弦任新闻官员。痖公说，所谓的新闻官员也就是专门给老蒋念报纸、读新闻什么的。一般人看来这可是个仕途高升的机会，但是痖弦却以自己将出外求学为由拒绝了。还好，没有被追究。当时还真有点紧张呢！

痖公说，诗人和艺术家大多站在土地和人民的立场，诗人和党政往往是不和的，蒋介石不喜欢他的干部舞文弄墨、写诗绘画。如果他发现他的干部写个新诗什么的，他就不是很重视这个人了。有一个人叫作刘鼎汉，他的笔名叫金军，他写了一本诗集，“左派”的味道，这个“左派”是很广义的，后来就不敢写了。张道藩是学美术的，做了官就不画了。他后来去领导文运，但并不再去创作。老蒋不喜欢他的干部搞文艺，成天地“了吗呢之乎者也”的。痖弦知道自己是丢不下诗的，即使后来担任联合报副刊主编，自己不再写诗，却从来没有离开过诗的事业和诗的生活。他在编辑岗位上推出了一大批后来被人们熟知的著名诗人、作家、艺术家，如三毛、席慕蓉、木心、蒋勋等，成为一代编辑大家。他曾说“一日诗人，一世诗人”，他这句话的意思，并非是说只要写过诗，就一辈子是诗人，那不过是“写过诗的人”。所谓“一世诗人”，并不在于你是否在纸上写诗，而是在于是否保有诗人的气质和人格。

印象最深刻的是痖公讲到诗人的人格时，引述了作家王鼎钧先生的散文《最美与最丑的》中一个宦官的故事。我曾在他的演讲稿里读到，很震撼，最近又得机会与痖公坐在一起，听他亲自讲故事。痖弦早年曾专修影视剧，主演《孙中山》轰动岛内，后来又从事广播，会讲一口好听的北京话。随着痖公温雅磁性的叙述，好像人艺的话剧拉开帷幕。

鼎公写的那故事，应该是真的。痖公说。那会儿当兵的休假没事儿干，有人说郊外有个宦官脱裤子表演，都是年轻小伙子，就一伙人跑去看热闹。他们到了一个泥巴屋子里，泥土墙，草房顶，屋里有条铁丝，铁丝上挂着一条被单，像幕一样，宦官在后边把衣服脱掉，然后把被单拉开给他们看几分钟，就收两块钱。收完钱，这个宦官又到另外一个屋子，那里有一个瞎眼睛的女人，可能是格格，或者比格格更高一点，因为皇宫倒了，就躲到了乡下，但没有人告诉她清朝已经亡了。这个宦官进了屋子还是做马蹄袖的声音，“啪啪”，假装还在宫里似的。这个人就把自己脱裤子赚来的钱买东西给那个瞎眼的格格吃。这中间没有爱情，只是个“义”字。

你说，朝廷都亡了，还有什么主子？通常奴才是有奶便是娘，而主子已自身不保，功利世俗之徒早就另找生路，投靠新主子去。但这个宦官以最卑微的方式赚钱养活瞎眼的格格，这时候他已经完全没有做奴才的索求了。有人会说他是愚忠愚昧，可是没看到他行为中，有一种人性的美德，那样不堪的时候，依然不背叛、不出卖自己的忠诚。人格就是一种个体生命的恒定的品格，不是墙头草，一种忠贞不渝的仁义和情感，它超越政治和意识形态。痖公说这个宦官就是有诗人人格的人。

痖弦和鼎公是好朋友，可见两位文学大家对于人格是有共识的。我想起二十多年前去看望艾青，当我问到艾老如何成为一个诗人时，艾老回答：“不要去想如何做一个诗人，要先做好的人。有的人写了一辈子诗，他也不是一个诗人。有的人，一首诗也没写，他却是个诗人。”

再看痖弦所归纳的成为诗人的四个条件，特别是有关人格那一条，与现实社会成功人士的道路却是大相径庭，做到如此这般的人，大抵现实里都不会如鱼得水，诗人本质上是悲剧的。比如，曹雪芹笔下的宝、黛二人，显然是曹公呕心沥血刻画的美学人物，他们具有诗人的气质和人格，然而，现实中谁也不想成为这两个人，而更愿意成为在世俗社会游刃有余的薛宝钗。

痖弦不止一次感叹他自己这一生，在文学与人生上都是失败的。

他的女儿回应他说：再也没有什么比一个失败的人生更像一首诗了。

周洁茹　**奥格教我的事**

离开加州以后，我再没有给奥格写过信。

奥格是我新到美国时学校派给我的英语拍档，我在很多文章里写过她，那个时候我们每周见一次面，她会带我去当地人才知道的小花园、集市，有时候也会待在她的很漂亮的家，聊一下午的天。有一次她要去仓库取她换季的衣服，我也跟着去了，那是2000年，我第一次看到有人会把暂时不用的衣物租一个仓库放起来，取送的时候还得再开半小时的车。我在写给妈妈的信里告诉她这件事，我说奥格的家其实很大，但她宁愿用那些空间放一个简直无用的艺术装置甚至一盆巨大植物。我妈妈回信讲，美国的老人太懂得生活了，希望有一天中国的老人也能过上这么高贵又自在的生活。二十年以后，我妈妈终于也租了两个车库放所有她不想看见又不舍得扔掉的东西，她的房间每一天都是明亮的，没有一件多余的杂物。我很高兴这一天终于到来了。

奥格那个时候已经七十岁了，但她对于生活的热情却甚于我的，一周一次中国画，一周一次瑜伽，一周一次饮茶，还有这一周一次的，帮助一个新来美国的年轻人了解美国，融入美国的生活。

我那个时候已经中止写作，我想要追求一个与我之前的生活完全不同的崭新人生，但是未来到底会怎样，我不知道，也许更坏，越来越坏。我活得很消沉，每天都在担忧。我更像是一个老年人。

直到有一天奥格带我去一个艺术集市，她停留在每一个摊位，跟那些完全不认识的摆摊的艺术家们聊天。我们还站着听了一场露天音乐会，四个老爷爷的爵士乐队，我没听出好来，我克制着不耐烦。

表演结束，奥格买了他们的一张CD，封套上面，四个穿红西装的老爷爷，手里的乐器在太阳光下面好像金子做的,闪闪发光。奥格把CD送给我,我突然跟奥格讲:我再也不会拥有您这样的生活。

奥格说:你将来一定会有一个更好的生活的。

我看着她。

我之前从来没有讲过。奥格说,我来自洪都拉斯,你一定没听过这个名字。刚到美国的时候我们一无所有。奥格说,但是我们年轻啊,唯有努力。我的丈夫直到现在还在工作,没有休息过一天。

我不知道说什么好。我很羞愧。

你还很年轻啊。奥格说,你的未来一定会好的,你会有一个很好的人生。

这一件事是"那些奥格教我的事"中最重要的一件,我想我永远不会忘掉的。

我的儿子肖恩出生在斯坦福医院,我们收到了好多美丽的礼物,奥格的礼物是一个蒂芙尼银勺子,特别美国。后来我的女儿乔安在纽约出生,我们也给她买了一个刻了她名字和生日的蒂芙尼银勺子,我把这些件都归入"那些奥格教我的事"。

肖恩五个月大的时候,我们离开加州搬去新泽西州,奥格送给我一个镶了蓝石头的印第安镯子作为告别礼物,送给我的丈夫一个印第安扣子,都是银做的,我重新开始写作以后,把它们都写进了我的书里,我知道我们拥有奥格最美好的祝福。

可是我再也没有写信给奥格,我丈夫也一直没有机会去看望他的东道主家庭,给予他很多帮助和爱的艾德和卡萝。

我们俩没有交流过这个问题。也许只是我的问题,我不联络,如果没有得到回信,如果得到一个坏消息——我不知道,我不联络,那么一切都还在原位,一切都好好的。我的奥格一直生活在她的放了好多艺术品的美美的家,我丈夫的东道主家庭还在招待全世界的外国学生,给大家烤超级好吃的意大利双层面,还有胡萝卜蛋糕。我已经四十岁了,可是更多的时候还是很幼稚,就像我刚刚到美国的时候。

直到两年前我的孩子们都入了中学,也是我重新开始写作的第三年,我给大家群发了一封地址更新邮件。奥格给我回了信,说她很高兴终于收到我的信,并且希望我再给她写信,告诉她我一直都在做什么。我的电话一直没有变,她说,给我打电话。

可是我没有给她打电话,我也没有写信给她。

十六年以后了,我又回到加州,带着我的小女儿乔安。

我们从洛杉矶开车去柏拉阿图，我们当然得回斯坦福校园，我们住了三年的家，乔安的哥哥肖恩的出生地，我要拍当年的房子给肖恩看，那时候他还是一个宝宝。

车开在大教堂前面的大路，两旁是高大的棕榈树，一切好像回到二十年前。我说不出更多的感受，已经四十多岁的我，不只是消沉，又加上了疲惫。我有没有过上更好的生活？我不确定。

我拿出手机，从信箱里搜出那封奥格两年前的回信，给奥格打了一个电话。

奥格的声音完全没有变，我相信她也是马上认出了我的声音。可是真的是过去了十六年了啊，却好像一切都没有改变。

奥格欢迎我们随时探访，她一天都在家。

再见到奥格，我觉得像在做梦一样。奥格一点没变，她的房子也没有变，那些艺术品们，雕塑和画，仍然放在原来的地方。

只是，奥格的丈夫病了，在医院。她经常去医院看他，但是她已经不能开车，她在停车场出了车祸，有人撞到了她和她已经停下的车，她被送到医院，躺了好几天。所以她不再开车了。

奥格给我看一个中国结，她说有一天回家发现这个中国结挂在她的门上，一定是一个好心的过路人送给她的礼物。

是的。我的丈夫说，中国结代表了好运气。

我说不出话，我一直在微笑，我还在做梦。

你的孩子都这么大了。奥格说，离开柏拉阿图的时候还是个宝宝。

这是我的第二个孩子，乔安。我告诉奥格，肖恩这次没有来，他已经是一个高中生了，他得去马来西亚参加一个比赛，他是乐团的单簧管手。

是啊，十六年，也只是一个瞬间吧。

回到洛杉矶，我托朋友给奥格寄去了一本小说集《陌生人》，里面收录了我的一个短篇小说《艾弗内尔》，写的是我们离开柏拉阿图搬到艾弗内尔的第一年。

希望您喜欢这篇小说。我写信给奥格，期待下次再见。

奥格一直没有回信，我在想也许书寄丢了，也许书没有寄丢但是奥格要看完了书才回信给我。我很快就忘了这件事，我越来越忙了。我也不再写小说，不仅仅是时间和体力都不太够。我不知道是为什么，也许写作就是一场长跑，有人永久离场，有人好不容易返场仍然很难跑到终点。

9月的最后一天，凌晨三点，我突然醒了，打开手机，奥格发来了一封信，她说很抱歉回信迟了，她一直在忙着照顾丈夫，他在9月中的一个午夜过世了。

现在对我来说是一个非常悲伤的时刻，我需要做很多事情才能使我的生活重新恢复。奥格说，我用读你的书来帮助我度过这个时期。

我从床上坐起来，读这封信。

> 你不知道你和你家人的来访给我带来了多少快乐。奥格说，真为你感到骄傲，你有这么可爱的女儿，还有肖恩，很希望下次会见到他。而且你不知道我有多喜欢你寄来的书，这是一个最特别的礼物，让我知道，你成为了你想要成为的样子，一位母亲，同时也是一位作家。你有一个很好的人生。
>
> 爱你的，奥格

我的眼泪终于没能忍住。

田鑫　呼喊【外一篇】

我见过一万棵向日葵呼喊的样子。

它们站在秋天的田野里，四周是赶着去枯萎的草木，作物已经颗粒归仓，就剩下向日葵，神情木讷，不知所措。太阳的吸星大法，正在将它们最后的水分和能量吸走。

向日葵着急地呼喊，黑黢黢的冠，像高手准备好的暗器，随时都会发射，朝太阳的中心奔去。一场腥风血雨的缠斗，没有人看得见，这丝毫不影响它们之间的较量进入胶着状态。

这是9月，田里只有向日葵站立，孤独而又桀骜不驯的样子，像极了村里叛逆的少年。无聊的时候，就想着有风吹来，风果然就来了，向日葵看见风从远处赶来，就集体呼喊，这一点跟在路口等着赶集的大人回来的孩子一样，它们喊：风来了，风来了。风就吹过来了，向日葵们却集体噤声，被风抚摸之后，顺着风的方向目送它离去。

风能感知到向日葵的呼喊，憋着一口气的向日葵，内心复杂，欣喜、欢乐、焦虑，杂糅在一起。可以肯定的是，风所听到的，季节却听不到，要不它们怎么能遗忘了向日葵？田野里，小麦、玉米、大豆、向日葵依次按照节令种到地里，又按照节令从大地上冒出来，夏天还没结束，小麦就被收割了，玉米棒子也收进了院落，大豆归仓。纵横阡陌间，就只剩下向日葵，不合时宜地站立着。

这乖张的叛逆少年，跟着太阳跑了一天又一天，眼看着田野渐次凋敝，向日葵却只能苦苦撑着头颅，渴望颗粒归仓，可季节忘了它们。不对，是种下它们的人忘记了它们。向日葵整天呼喊，希望引起注意，可是它们喊哑了嗓子，喊瘦了自己，还是没有呼喊来种植它们的人。

有一天，懒散的种植者终于想起了它们，就磨了镰刀上山了。向日葵看着有人提着镰刀来了，又开始呼喊，终于有人想起我们了，终于有人想起我们了。面对死亡，它们竟然如此欢悦。很快，呼喊就变成惶恐，镰刀飞快，一棵向日葵来不及向另一棵向日葵告别，就剩下光秃秃的半截，镰刀切过的断面，像另一把刀，立在大地上。一地的向日葵，身首异处。它们齐刷刷地站立着，枯槁的秆似乎在朝天空呼喊：还我头来。

喊声很快被风吹走，在秋天的乡下，一棵向日葵能证明万物尚有气息，一旦被砍头，大地便一片死寂。霜在路上，更多的呼喊将被隐没。

我还见过整个村庄的男人呼喊的场景。那一年太阳暴晒，大地干涸，地皮出现皴裂，一夜之间几万张嘴同时裂开，跟村里的人抢吃的似的，也好像冲着上天呼喊。村里能找到的水，都被抢进了水桶，人都不够吃，牲畜们只能干熬着。村里的几眼井，都盖上了盖子或者加上了锁，有人还因为水而大打出手。整个村庄的秩序被水左右着。要出嫁的女孩子临出门，娘亲喊住她，然后噙一口水，喷到她脸上，说一句：把脸擦干，去过有水的好日子吧。那些年，乡下的好日子都很简单，能吃饱，有水喝，就已经很让人羡慕了。我们只能享受到半个好日子，吃是吃得饱，但是喝水成了大问题。后来，因为缺水，吃也受到了影响，锅里见不到水，面粉变不成面条，我们只能在大地的身体里想办法。

我一直纳闷，当年流落到此的先民，为何会选这么一块地方，半山腰住人，水在沟底，井打到很深才有硬得结垢的水。除了我，没有人关心这个问题，他们既来之则安之，没水喝就想办法，没有人因为缺水搬到河边或者沟底去住。

想得到水，最原始的办法是求雨。无水的一片焦黄山壑沟谷里，一群人出现在半山腰，为首的阴阳先生端着罗盘，跟在身后的人面带土色，表情凝重，他们的眼睛像干涸的泉。我跟在人群里，被队伍过后的尘土包围，空气干燥，夹杂着土味。

阴阳先生停在路边，罗盘摆正，开始念咒语：太元浩师雷火精，结阴聚阳守雷城……收阳降雨顷刻生，驱龙掣电出玄泓。我今奉咒急急行，此乃玉帝命君名，敢有拒者罪不轻。急急如律令。咒语念完，锣声起，把咒语送到天上去。随即，人群中发出一声呐喊：龙王救万民哟，清风细雨哟救万民……呼喊声尘土一样扑面而来：龙王哟……救万民哟……这声音刚开始还是干燥的，后来就带上了土味，再后来就嘶哑、混沌，带着血的味道。这排山倒海般的呼喊，还是没有喊来雨。人们面带土色，回到村庄。

求雨半个月以后，终于等到了雨，这雨还没落下来，空气中弥漫潮湿的气味时，所有人就赶回家，拿出桶、盆、罐、碗，接在屋檐下。欣喜的人，直接把头一仰，张大了嘴，等着雨落到嘴里。这雨没有让人失望，美美地下了一夜。此前，为了留住这比油都金贵的水，人们向井学习，在院子外挖一口水窖，四壁和底部抹上水泥，这大缸一样的水窖，装着一家子所有屋檐接住的雨水。一年里冬接霜雪夏承雨水，再拽上牛驴，背上背斗，满山坳寻来残冰块雪倒进去，等春天融了夏天满了就喝上整整一年。人们用那黑污黏腻的窖水砌墙、饮牛、洗衣服，有时候，遇到干旱，也吃这水，时间长了，乡下的人带上了水的性格和模样：硬、黑。

这么多年了，再没见过秋天的向日葵，也没有跟在人群后面求雨，但是内心的呼喊却一直没停。如果问我，最想听到的呼喊是什么？我会不假思索地回答，是母亲在傍晚里的那一声：我儿，回来吃饭了……

那时候，我们一遍又一遍玩着捉迷藏的游戏，生怕别人找到自己，就使劲往玉米地里钻，往麦草垛里躲，往树上爬，总之能藏的地方都藏了，恨不得藏到母亲身体里去。可不管我们藏在哪里，游戏结没结束，天一擦黑，烟囱里冒出烟来，我们就得从玉米地里出来，从麦草垛里出来，从树上爬下来，此刻一声“回家吃饭了”的呼喊，是游戏的终止符，只要从不同的母亲嘴里喊出来，所有的孩子都会顺着呼喊一一回到母亲身边。这就是大家常说的“各回各家各找各妈”。藏到十岁的时候，我的母亲去世，我也就不怎么参与这个游戏了，因为天一黑，所有人的母亲站在门口，朝着村庄喊一声，谁谁谁回来吃饭了，别的孩子就潮水一般退去，而我却像留在浅滩的水，寻不到回去的路。

现在更多的人回不去了，这么多年，从玉米地里出来从麦草垛里出来从树上爬下来的少年，一个个地溜出了村庄，藏在一个谁也找不到的地方。留守在乡下的母亲，集体失语，她们站在门口，朝村庄里呼喊，偌大的村庄里，只有回音，没有回应。我也一直藏在离村庄很远的地方，我想着这样就不怕在听到别的母亲的呼喊时觉得自己可怜了，可是我错了，走得越远，那句在十岁就戛然而止的呼喊声却越来越清晰。每当天一黑下来的时候，我老觉得有人在喊我回家吃饭，环顾四周，却看不见任何熟悉的面孔。

温暖

我一直怀疑，自己走过一段长长的黑暗的日子，可是细细回想的时候，又想不清楚那些黑暗的日子究竟什么样子，身处其中的我，又经历了什么。始终找不到清晰的答案，我就迷糊了，是记忆出错，还是那些黑暗的日子压根儿就不存在？

黑暗的日子肯定是存在的。我明确地记得，我的母亲在秋后的某一天被大地像收割庄稼一样收割了，我们家空出很大一片来，悲伤慢慢把母亲留下的空隙撑大，大到让我们窒息。我明确地记得，父亲被抽走精气神一般昏睡和叹息，他瘫在土炕上，天塌了压住一样。而我年迈的祖父祖母，硬撑着给我们做饭，喂养牲畜们，让这个家不至于很快就颓废。

我出门，大家看我的眼神怪怪的，老有婶婶看到我就抹起眼泪，也有伯伯把家里的水果塞进我的手里。我觉得，这种突如其来的感觉，让我小小的胸腔里充满了气愤。可是，我又气愤什么呢？人间的怜悯，还不是因为你自己遭遇的不幸。我明白这个道理，却无法让自己坦然接受，我觉得，这是比悲伤更让人害怕的事。

生活开始发生变化，我不再混在娃娃堆里，去村头等赶集回来的大人，也不再出现在晚饭后南墙根下的人群里，我觉得身体在向内生长，虽然个子已经蹿得很高。我觉得，这辈子就像个刺猬一样了，可是，总有果子掉在刺猬背上。和我一起放牛的小伙伴，总是会在下午阳光刚退去燥热的时候喊我把牛赶出来，过节的时候总有一起捉迷藏的小伙伴把家里刚做好的油饼和甜坯子端到我家。大人们把抹眼泪的事以别的形式委托给孩子，他们用自己的方式把我心里的刺一一拔掉，我顿时觉得轻松多了。

或许，就是小伙伴和他们的父母们，把我的黑暗日子驱散了。我真的想不起那些黑暗的日子长什么样子。可是，相似的日子总会突然冒出来。我在愈合了自己的伤口后，变成了帮别人治疗伤痛的人。

三哥在秋天的时候被肝硬化夺走了生命，他们刚有点起色的小家，一下子塌了。葬礼那天，三嫂子的哭声把整个村庄都哭疼了，三个娃娃跟在身后的低声啜泣，让每一个跟在送葬队伍里的人悲伤不已。生活经常用这种方式给人以疼痛，这疼我经受了好多年，没想到轮到三嫂子和她的三个孩子。

三哥走后，三嫂子的门口就冷清多了，女人娃娃躲在屋子里不出来，替他们难受的人，又不好贸然闯进去，于是，大家提心吊胆，担心他们娘儿四个挺不过去。年底的时候，机会来了，按照甘渭河一带的风俗，过年前一个家族的人要吃杀猪饭，就有人去请三嫂子，她没来，让儿子代替。吃饭的时候，人们没有多余的话，把瘦肉一个劲儿地往三哥儿子碗里夹，临走又给他盛了一大碗。到了大年三十晚上，请了先人，大家就聚拢起来，朝三嫂子家走，这是一次能给她家送去热闹的机会，大家一拥而上，挤进三嫂子家里。

看见我们，三嫂子脸上带着笑，我们不想让他们娘儿四个孤单，她不想在欢乐的日子让大家伤心，气氛变得温暖起来。窗外的爆竹声让这个小屋显得安静，电视里的春节联欢晚会自顾自播着。我们围坐在炉火旁边，一个看着一个，不说话，有时候目光瞥一眼电视，又收回来。再这么坐下去，就真的没有过年的味道了。还是三嫂子说，把肉撕开吃，把啤酒倒上喝，大家才开始吃瓜子剥花生。我们过于小心，以至于气氛变得怪异，大家才意识到，来三嫂子家，是为了嚷热闹，这么坐着，反倒让人家觉得难受。我们就真的撕开肉，打开啤酒，动嘴之前，朝地上洒一些啤酒，这是给三哥敬的。他活着的时候，喜欢喝酒，三嫂子管得严，他偷偷摸摸就坐在酒桌上，怕三嫂子发现，不该自己喝的酒，他也喝了不老少。他划拳的声音还大，这样三嫂子听着赶过来，他已经把自己灌醉了。

不知道我们这么敬酒，三哥能喝好吗？如果喝不好，供桌上那瓶包装精美的白酒，应该够他喝一阵子。敬过三哥，大家就放开了，划拳、劝酒，屋子里已经听不到电视的声音和窗外的炮声了。我偷偷看三嫂子，她看着我们喝酒，眼神里有一种说不清楚的东西。她是不是想着，如果三哥坐在我们中间就好了，或者为那些年把三哥从酒桌上拎回来而感到懊悔。

我不喝酒，就有足够多的时间观察大家，喝酒的人已经完全没有刚开始时的拘谨，但是他们还是很小心，说话间从来不会触碰到三哥，甚至连原本由三哥来做的事都不提，也不合计过年咋走亲戚过完年大家要去哪里干什么。三嫂子除了给火炉子加炭之外，还会给三哥上香，给我们添瓜子，脸上一直堆着笑。

随后的几年，去三嫂子家成了我们大年三十晚上的必备功课，他们娘儿几个，似乎也在等我们去，一进门桌子上就摆好了瓜子、啤酒和肉。我们已经没有第一年那么内心沉重，逐渐把伤悲这件事忘却了。死了的人眼睛一闭，就解脱了，把苦难的日子和悲痛留给活着的人，但是我们的生活还要继续，所以我们学会了相互取暖。

后来的大年三十晚上，我们还去过三爷爷家，去过大奶奶家，去过望泰家。甘渭河畔的乡下，有个习俗，家里死了人，春节就不能贴门神，对联也不能贴红色的，要用绿色、黄色或者紫色代替，以表哀思。有好几年，我们这一门人家的对联，一直就没有红过。但是我们并没有因此让悲伤蔓延，我们用幸福的人的快乐，去冲淡不幸的人的不幸，我们用朴素的串门，驱赶内心的寒冷。我们坐在火炉旁边，吃着肉喝着酒，我们红红火火，就像一团火，坐着坐着，就把黑暗苦涩的日子点亮了。

王选　涝坝

涝坝在下庄。

麦村呈扇形，铺排在坐北朝南的缓坡上。雨水流过瓦沟，流过院落，流过沟渠，流下去，最终汇聚在一起，流到下庄。村里人顺势而为，在沟底拦起一道坝，像伸出一只胳膊，把一坡水揽入怀里。这便形成了涝坝。我们也叫坝堰。意思差不多。几乎每个看天脸色的西北村庄，都有一个涝坝。饮牲口，洗衣裳，和泥，给牲口拌草，浇菜地，和农药，等等。反正除了人吃，一村人的用水，就全靠涝坝了。

麦村以前没有自来水。通自来水，还是这三两年的事。

麦村的涝坝啥时候形成的？不清楚，可能早了，也可能村里自从有人驻扎以后，就开始修筑了。第一个提出在下庄沟底修涝坝的人，是伟大的。第一批掏坑筑坝的祖先，也是伟大的。

祖祖辈辈，麦村人可以少一顿饭，少一件衣，可以弃一亩地，丢一片林，但涝坝，不能少。涝坝，从某种意义上说，是麦村水做的心脏，离不得。

夏秋，牲口都在山野，饮牲口，在河沟里，顺路一喝。冬春，牲口拴在槽头，啃干草。牲口也跟人一样，不能光吃干，不进水，否则，不是噎住，就是肚子胀，不瓷实，容易害病。冬春饮牲口，一般早晚两次。早上九十点，赶着牲口，到涝坝去喝水。拴了一晚上的牲口，缰绳解开，盘在脖子上，或许是圈慌了，或许是渴急了，一吆出门，就跟疯了一样，撒开蹄子，弹起尘土，冲向涝坝，一嘴扎进水里，咕嘟嘟，咕嘟嘟，敞开了喝。只见鼻息吹得水泛起一层又一层波纹。只见脖子上的食道起起伏伏，水管子一样。只见肚子慢慢胀起来，圆起来，成了一面鼓。喝足了水，牲口才从水里扯出嘴，深深出一口气，心满意足，慢慢悠悠地被主人吆上，回去了。两对蹄子湿漉漉的，蘸着泥水溅了一路。随心所欲的一泡粪，撒在了路上，驴粪成蛋，牛粪如饼，冒着青白的热气，很新鲜。回去后，拴在大门口的木桩上，晒暖暖，啃虱，打滚，想心事。

晚上五点左右，再饮一次。饮毕，就拉进圈了。

洗衣裳，麦村人是不敢用牲口驮来的水的，那是人吃的。有脏衣服，担一担涝坝的水，在家里慢慢洗。头遍衣裳，要洗好多件，直洗得盆底所剩无几的水跟泥糊糊一般，才倒掉。换上新水，摆一遍，就行了。可不敢浪费。小时候，家里用水，都是我跟妹妹去涝坝抬。一根锨把，一只塑料桶。到坝上，舀满。妹妹抬前，我抬后。有时候，桶子没摆在中间，我们就发生争执，相互怪怨，没几句，就骂上了，最后，总是我动了手脚，打了妹妹。她抹着眼泪，极不情愿地又抬上。一路上，哭哭啼啼，叨叨着要回去向父亲告我的状。我又胀气，又怕回去真被参一本，挨一顿打。

后来，长到十来岁，我就自己担水了。两个桶子，挂在水担钩子上。去坝上，空桶子左摇右摆，要跳舞一般。两只桶子，各舀到三分之二就可以了，多了担不起。担了几年水，学会了换肩。人照旧小碎步走，一只肩压麻了，头一低，水担在一侧的肩头一滑，很顺溜地转到了另一边。半路碰上村里人，他们说，选选，你还是个憨娃，担这么两桶水，就压着不长了。我笑着说，莫事，过年门缝里拉一下，就又长了。话虽这么说，后来好多年，我一直怀疑我个子不高，就是因为当时担水压的。

当然，最费水的，还是村子里盖房。有人接上抽水机，柴油机冒着灰烟啪嗒嗒吼叫着，用一根长长的长长的塑料管子，把水抽到盖房人家的门口。真像抽血一样。几天下来，涝坝里的水，就少一圈，边上的淤泥露出来了。

涝坝也不总是有水。在我十来岁时，有几年，天大旱，整个三四月，几乎滴水未存。加上冬天一冻，水位下降，存水量就少，一旱，涝坝里的水越来越少，像撤退一般，退啊退，退到坝中间，积成炕大的一坨。坝底乌黑的淤泥，一天天变灰、变白，最后龟裂。

当村里大量的牲口被吆到涝坝，准备喝一气解解渴时，它们看着远在坝中间像一只眼睛一样的一坨水，啃咬厮打，争抢不休，但那坨水，还没有濡湿嘴皮，就钻进土缝，了无踪迹了。牲口们眼噙泪花，默默离去。

我们赶着牲口，在尘土飞扬的西秦岭的大山里，寻觅着饮牲口的水源。我们穿着脏到能够立起的衣裳，出没在黄土里。而牲口们，做梦都在喊渴。喊声飘荡在村庄上空，久久不绝。

我已经记不起那段干旱至极的年月，我们面对着裸露着空荡荡的心事的涝坝，是如何艰涩地度过那段日子的。

后来，雨还是被我们等来了。大雨落着，瓢泼一般。大雨落在瓦檐上，大雨落在院子里，大雨落在巷道里，大雨落在大雨的肩膀上，大雨落在大雨的手心里。最后，它们沿着沟渠，簇拥着，跑向了涝坝，紧紧地，紧紧地抱在一起，抱成一坝水。雨停了，坝里的水，是浑黄的、黏稠的，漂浮着一层驴粪末和几只红红绿绿的破凉鞋。几天后，涝坝里的水就沉淀清澈了。几只水蚊子伸着瘦长的腿，在水面划过。几只红斑蜻蜓，用屁股在水面上画了一个个圈。

癞蛤蟆在坝边，一只背着一只，眨着眼皮子，安静地蹲着。好奇怪，我们搞不懂它们在玩什么把戏。我们只听说它们是在背沟子。我们用棍子把它们拨开。它们抱得好紧，拨弄半天才能分离。我们照着那满是疙瘩又臃肿的躯体，甩腿一脚，踢皮球一样踢飞了，远处的树林里嘭一声响。也有人找一根麦秆，塞进癞蛤蟆的屁股眼，往里面吹气，吹啊吹，癞蛤蟆的肚皮就像猪尿脬一样，鼓胀起来，最后又是嘭一声爆了，血肉横飞。我们为什么对癞蛤蟆有一种天生的厌恶感？为什么呢？

过不了十天半月，涝坝里突然漂满了粉条一样的癞蛤蟆卵。

那些细长的透明的卵，有一颗颗黑色的斑点，它们缠绕在水里的树杈上，游荡着，生长着。我们捞出来，带着恶作剧的心理，把那一根根卵挂在树上，像晒粉条一样。但那些卵怎么能被我们捞干净呢？它们在水里，没几天就变成了一粒粒“黑芝麻”，游啊游着。

它们已经成了小蝌蚪了。我们叫舀舀勺，因为它们像舀东西的勺子。舀舀勺长出了两条腿，又长出了两条腿。一簇又一簇，围着朽树枝，似乎在开班会。我们往瓶子里捞几只，装进去养着。养了几天，忘了添水，再次想起时，水干了，舀舀勺也死了，干皱着粘在瓶底，像一颗麻子皮。

夏秋时节，我们都在坡里，就很少去涝坝了。涝坝边绿树成荫，浓浓郁郁，高蝉在枝，鸣叫不休。

涝坝的水，长满了细碎的绿萍。它们都有细长的嫩白的根茎，扎在水里。不知名的灰昆虫，用手指拨动了它们的小脑袋。远远看，涝坝像一块绿翡翠，静谧、深邃，镶嵌在麦村的身上。

冬天，天寒地冻。涝坝结了厚厚一层冰，冰上覆着一层雪。我们戴着破帽子，吸溜着鼻涕，在冰面上奔跑着，打闹着，溜着滑滑。有人坐在铁锨上，另一个拉着铁锨把，跑啊跑，脚底下一打滑，一个仰面朝天，脑袋磕得咚一声。坐在后面铁锨里的，被甩出去，连翻带滚，差点被铁锨刃铲掉了裆里的小牛牛。

我们在冰面上，像一群顽劣的猴子，把棉裤弄湿，把棉袄扯破，把一只鞋掉进了砸开用来饮牲口的冰窟窿里，再也没捞上来。我们战战兢兢，回到家，等着父母的一顿好打。

几年下来，雨水带着泥土和杂物，流进坝里，形成淤泥，快要把坝面填平了。这时候，村里的喇叭一吆喝，就开始清淤了。那时，好像还有工分。村集体的事，也还是个事。大家放下手里的活，扛着铁锨，拉着架子车，来到了下庄。不像现在，除非你给钱，要不然，公共事务大家都躲得远远的。集体解散后，在农村，集体意识也逐渐土崩瓦解了。

清淤，先掏一个坑，把坝里剩余的水引进去。水流到坑里，黝黑的淤泥，一寸寸露出头皮，泥里，栽着谁家孩子的破鞋子、谁家的烂脸盆、谁家的红线衣、谁家的一只大老碗等，大雨把好多杂物携带着，带进了涝坝里，最后淹没在了淤泥中。人们挽起袖子，手心里吐口唾沫，搓两搓，热火朝天干起来了。男人们说着荤段子，女人们羞得抬不起头。或者有人站出来，吼一嗓子秦腔，浑厚的嗓音，在三百里秦岭的莽莽群山里回荡着。人们群情激昂，手底下干着，嘴上吼着，再来一个，再来一个。人们似乎又一次回到了农业社时期，一起出工，一起干活。那个热火朝天、人欢马叫的岁月啊。

一锨锨淤泥装进架子车，拉到坝边上，倒下去，拍打平整，加固坝体。

没几天，坝里的淤泥就清理完了，坝沿高了一层，坝底深了几米。原先邋遢的涝坝，一下变得清爽整洁了。它张着刷过牙的嘴巴，等雨来。等雨来，雨就来了。

涝坝下面，是一大片树林子，里面栽满了白杨。瘦长的白杨，有青绿而光滑的皮肤，我们提着刀子，在树皮上刻下名字，刻下“早”字，刻下“忍”啊“刀”啊“上”啊“大”啊一些毫无意义的字，也刻下所痛恨的人的名字。几年后，那些字，一颗颗结疤，皴裂，最终模糊成了刀刃上的不知所云。

树林子里，有一口泉，应该是涝坝里的水渗下来的。人不吃，但沉淀洋芋面粉、洗贴身衣裳、淘粮食完全可以。人吃的水还在林子里边，有铁锅一般大的两眼泉。想必也是涝坝里渗下来的水。

秋天，白杨的叶子红了，黄了，落了厚厚一层。大地上长满了彩色的手掌。我们晃悠在林子里，捡拾着树叶子，揪掉叶片，留一根柄。两个人套起来，往断扯。谁的断了，谁就输了。我们翻遍了每一片叶子，都在寻找着一根最结实的叶柄，赢得他人，换来一片佩服声。我们为了找到一根满意的宝贝，愁得啊，吃不香，睡不好。整个秋天的梦里，我们都在叶片里翻捡着、寻觅着，费尽了心思。我们的口袋里，火柴棍一样，塞满了成捆的叶柄，用橡皮筋紧紧绑着，直到被我们的皮肉烘干，成了真正的火柴棍。

我们的叶柄干了，断了，我们的秋天也就没有了。

多少年过去了。我们不再寻找叶柄，不再去树林子。但瘦长的白杨树，依然扑簌簌长着，那些超过手掌的叶子，依然扑簌簌落着。树林寂静，鸟雀孤独。

当我再一次来到涝坝的时候，已是三十岁的光景。现在，家里不养牛，加之下庄没事，也就不去涝坝边了。

我和这片涝坝，隔着二十年的河流。我再也无法回到对岸。在时间面前，人，终归是要失败的。

我在坝沿上走了一圈，一切似乎都还是当初的模样。圆圆的坝，被弯弯的坝体揽着。坝里的水，满满的，微绿透黄。在阳光下，闪耀着透亮的光斑。风吹来，光碎了，一片凌乱。坝里，水很多，许是因为现在用水量很小了。曾经饮牲口的坝口，被牲口蹄子踩踏得坑坑洼洼，还洒着满地的粪便，现在呢，倒是什么也没有了。干净，冷清。

我在坝上站了许久，都没有一个人。只是谁家的五六只鹅，站在坝沿上，伸着脖子叫着，满地鹅粪。它们一定不知道一座涝坝的历史和热闹，它们也一定不知道一座涝坝是一座村庄的肚脐眼。它们只有此刻，雪白的羽毛和烦躁的鸣叫。它们毕竟是一群今天的鹅，一群我们彼此陌生的鹅。

在我三十岁的慌张岁月里，我总是在给自己筑着一口坝，可我依然笨拙而懒惰，和大地上的乡亲们比起来，我一无是处，只是一个在纸上谈兵的闲汉。时至今日，我依然筑着那口坝，我怕，没有这坝，我对麦村汹涌而来的回忆，终将付之东流。

即便，它仅仅筑在单薄而脆弱的纸页上。

陈霁　**德格笔记**

土红的小城

去春，坐邮车从甘孜到德格采访，正赶上一场大雪。

冰雪覆盖了康巴高原。雀儿山下，旋风骤起，积雪被卷起，粉碎，和空中的鹅毛大雪搅和，昏天黑地，就像格萨尔王出征魔国，厮杀正酣。雪线险象环生，十个脚趾都抓紧了，紧张，兴奋。我入戏很深，感觉已是战神，随格萨尔杀进敌阵，摧枯拉朽，所向披靡。

下午终于抵达德格。川藏公路直接连接上狭窄的小街。雪已停，蓝天如洗。但街道，具体地说是道路两边的高楼，都躲在厚重的阴影里。耐心地往前，走近小城核心地带，空间一下子变得开阔，一个古老而真实的德格终于现身——就像翻过了一页乏味的扉页，终于读到了精彩的正文。

色曲河和欧曲河在谷底流淌，不时在街边探头探脑。街道散漫，沿着地势随意地攀爬，带着小城缓缓上升。著名的德格印经院和稍远的更庆寺居高临下，金顶在夕阳里发出耀眼的光芒。庞宏的寺庙，游走的僧侣，拥挤的民居，甚至许多公立机构的院墙，把大片沉着的土红刷在小城身上，成为基调。那一刻，让我想到高粱染红的秋天。

许多人在夕阳下行走。他们眼睛澄澈，眼神温和，气定神闲，边走边捻动念珠。目的地似乎都是印经院。印经院是城里最强大的存在，更是磁吸中心——围绕印经院转圈，是当地人生活的必修课。这是别样的转经，别样的散步，是灵与肉合一的锻炼。

那座两楼一底的建筑算不了什么。把它放在藏区的寺庙群中，充其量是中等规模。但是，它作为中国最大的藏文印经院和世界上唯一的雕版手工印刷中心，收藏有三十万块经版、画版，以及整个藏区百分之七十的藏文古籍和数量可观的珍本、孤本和绝本。它是博物馆、图书馆、研究中心，也是出版社和印刷厂，是一部藏文化的大百科全书，是紧追拉萨和日喀则的文化圣地。

在藏区，几乎所有的僧侣，都渴望摩挲“德格版”的经书。

有藏族朋友说，假如此生与布达拉宫和大昭寺无缘，那么就去德格印经院吧。虽然没有菩萨，但是有卷帙浩繁的佛经经典，哪怕是轻轻触摸一下，也可了却一生心愿。

我的朋友其美多吉曾经在印经院打工。他的工作是从抱经版开始的。

初进库房，刹那间，他就被架子上的雕版排山倒海般的气势震撼了。

这里是拒绝明火的，包括电灯，甚至整个印经院都没有电源。唯一能照明的，就是太阳和月亮。外面，现代化正在狂飙突进，但这里从来都是我行我素，时间几乎没有流动，一切与古代无异。多吉第一次进去是早晨，微光照耀，只现出库房朦胧的局部。一排一排的雕版，密密匝匝，挤靠在晦暗之中。整齐的木架一直延伸，远去，渐次消失，似乎没有尽头。他知道，库房里装的其实都是文字，它们都带着古人的气息，隐伏在黑暗中。淹没在文字的海洋里，几十万块雕版的巨量文字汇聚成海啸般的力量，似乎要将他席卷。只读过初一的多吉，那一刻，才真正体会到什么叫学识渊博、浩如烟海、知识就是力量。

多吉和扎西朗加、扎西彭措一个工作小组。朗加在倾斜的印版上涂墨，彭措左手先铺纸，待右手执滚筒一推而过，再揭起已印上文字的纸，一张书页便告完成。二人一俯一仰，配合默契，形成快速而有节奏的律动。整个过程一气呵成，像运转自如的机器，令人眼花缭乱。

四十年过去，朗加依然在印经院。和许多印经院造纸、雕刻和印刷的工人一样，他把日常工作当成修行，或者说修行已经成为他的日常工作。他内心明亮，生活被阳光穿透，从不认为自己的工作卑微。相反，他觉得以虔诚之心工作，即使单调、机械重复，也可以抵达无人能至的境界。

非同凡响的土红色小城，孕育了非同凡响的德格人。除了歌星亚东、降央卓玛以及其美多吉，我相信，山坡上那些密匝匝的土红色藏房里，也有名医、高僧、歌手和身怀绝技的高人出入其间。

神授艺人

城南,一个叫司根龙(藏语,意为背阴之地)的街区,一大片土红色藏房积木一样拥挤在陡坡上。沿着折叠的石级上去,我找到了说唱艺人阿尼的家。

接过哈达,坐定,端着酥油茶聊天,我和阿尼一见如故。兴致上来,阿尼将自己全副武装——头戴红色的说唱帽,手摇缀着绿松石的马鞭,身披国家级非物质文化遗产传承人的红色绶带,开始了说唱。他唱的是格萨尔出征时其爱妃珠姆给丈夫的颂词。他唱得如痴如醉,非常享受。我不懂藏语,但是我完全可以感觉到唱词锦绣似的华丽,曲调行云流水一般的优美。

阿尼说,他和其他说唱艺人一样,本事也来自神授。

阿尼十五岁那年,身体都还没有长开,一字不识,在科洛洞草原上放牧。那是春天,一个阳光灿烂的中午。他们三个牧童,牧放着四五百只牦牛,一千余只羊,几十匹马。洼地开阔,绿草如茵,密密地开着黄色的迎春花和蓝色的"美纳西"。小溪潺潺,带着零碎的浮冰,蛇一样游走。三个小伙伴就着溪水吃了糌粑,牛犊子一样疯了一阵,困了,在草地上倒头就睡。这时,有七个人骑马而来。为首的人银盔银甲,佩银剑,挂银弓,骑白马,气质高贵,形象俊美。阿尼不认识这个人,但没来由地相信,这个人就是格萨尔,不由自主就跪了下去。

"我是拉珠·麦钦维嘎(天神之子,普度众生的光明使者),从今以后,你务必要做好两件事:一是保护好你的身体和嗓子;二要将我的故事一直传唱下去。"

格萨尔悄然隐退,阿尼也从梦中醒来。还在恍惚之中,他已经明白,今生今世,自己必须扛着那个古老的故事游走四方了。

那段时间,格萨尔不断来到他梦中,把一个又一个故事像往牛皮口袋里装洋芋一样塞进他肚子。梦的情节前后连贯,引人入胜,让他有说唱的冲动。他不断地梦,不断地悟,尝试着说唱。梦一次,就长进一次,直至滔滔不绝,可以说唱任一版本的《格萨尔王传》。

据说,说唱艺人身上都有神秘的记号,秘不示人。阿尼当然也有。也许是看到我对藏文化有浓厚的兴趣和足够的尊重,他破例为我袒露左臂,让我看了那个点状的"阿"字——那是藏文的第三十个也是最后一个字母。

阿尼曾经在四川人民广播电台藏语频道说唱,还应邀去过国内的十几个省会,以及英国和日本。他已经将自己说唱的《格萨尔王传》的最权威版本用藏文记录下来，并且选取最精华的部分，亲自用红桦木雕刻了三百多页，存于德格印经院。

歌手与司机

亚东家住德格中学旁边。校门口有一水井，除了学校师生，周边的老百姓包括亚东家也在用。初一学生其美多吉偶尔也来打水，在井边碰见过亚东。

一天晚上，学生宿舍刚熄灯，孩子们在床上还没有把自己身子放平，突然窗户惊天动地一声巨响，一块石头破窗而入，落到了多吉的床头，再咚的一声掉在地上。

多吉受到惊吓，下意识起身，被子上一块玻璃哗啦一声掉落地上。转头，看窗外，一个年纪和体型都跟自己差不多的孩子，正在往印经院方向狂奔。

他心里咯噔了一下，觉得那个身影有几分熟悉。多日以后，多吉在井边又遇见了亚东。他突然觉得，那天晚上扔石头的肯定是他——因为他家就住在学校背后，印经院旁边。并且，他还成天东游西荡，拿着弹弓到处打鸟。

多吉正要质问，突然一个打水洗衣的女老师惊讶地问："你们是兄弟？"

多吉和亚东互相打量，一脸迷惑。

"我看你们啊，不但像两兄弟，而且像一对双胞胎！"

那天，他们互相知道了对方的名字。多吉也终于忍住了，没有质问他砸窗子的事——他不愿意坐实了坏事是这个和自己长得差不多的人干的。

这以后，他们相互打量的眼神柔和起来。很快，他们发现了彼此还有两个共同爱好——他们都是汽车迷和连环画迷。

不久，其美多吉也辍学了。在乡下干农活的多吉与在德格街头晃荡的亚东，他们的联系反而紧密起来，纽带就是连环画。

多吉总是在进城办事时去亚东家。他们交换连环画，也交换烟盒纸。如果时间允许，他们也互相讲故事。他们当时脑海中拥有的故事，主要是《格萨尔王传》的某个片段。他们的故事，几乎和当时所有的藏族孩子一样，都是来自父亲的讲述。只是，《格萨尔王传》版本甚多，又卷帙浩繁，每一个父亲给孩子讲的都很不一样。

他们都对城市怀有梦想。德格太小，梦想太大，但是北京又太远，成都是他们还不知道的存在，于是"大城市"康定，就是他们梦想的唯一栖息地。

他们还玩一种类似打擂的游戏。他们将《三国演义》《水浒传》等连环画上的英雄好汉剪下来，互相出牌 PK，武艺高强的吃掉弱的一方。不过，这里争议太多，梁山一百单八个好汉,他们之间的地位已有定论,但是,活在不同的时空的关羽和林冲、岳飞和张飞,谁的武功更高?他们无法达成共识。这是“学术”问题,也有个人偏爱的问题。各执己见,争论得面红耳赤,无奈,只有去找一个大家都信服的人来裁判。

他们在一起也唱歌。他们唱《怀念战友》《花儿为什么这样红》和《骏马奔驰保边疆》,也唱《乡恋》《边疆的泉水清又纯》和《我们的生活充满阳光》。他们刚刚过了变声期,两个人似乎都突然发现,自己的嗓子原来如此之好,难度越大的歌曲唱起来越是过瘾,一下子都有了歌唱的欲望。

从此,他们在一起时,唱歌有意无意就成为重要内容。后来,他们各自都买了二手卡车,跑起了货运,凑在一起时他们更要唱歌了。KTV、酒吧,都是他们聚会的场所。他们从来不放过“耍坝子”的机会。夏天的草原上,他们用大碗喝小香槟、甜酒,也喝本地的青稞酒,通宵达旦地歌唱。

又一次耍坝子,又一次喝酒唱歌,两个人都喝高了,他们终于说起了当年的砸玻璃事件。事情还真是亚东干的。原因让人哭笑不得:他在街上晃了一天,回家晚了,路上害怕,就朝学校扔了一个石头,既给自己壮胆,也借此逃跑——因为他生怕有人追来,就不得不一口气跑回家。

也许不完全如此。一个刚进青春期的失学少年,自己家门口就是学校,他却没有读书的资格。委屈、嫉妒加上叛逆,朝学校扔出一个愤怒的石头,好像也不怎么奇怪。

亚东人生的转折点,是那次拉木头去康定。

他胆子很大。那辆车本来是县物资局的,在单位院子里不知道停了多少年,差不多已经成为一堆废铁。他找去物资局,花两千元买下了这辆破车。换了些配件,自己一阵鼓捣,就准备开车出门了。车子打不着火,只好从坡上往下推。咣当咣当推了好长一段,车子居然发动起来。于是,亚东就用这车拉了一车木头,去了他一直向往的“大城市”康定。他准备以这车木头掘回自己的第一桶金。

亚东生来就不是一个安分的人。他十六岁当兵,两年后退伍。他先在县体委,后调文化馆。对单位一本正经地坐班、读报学习,他极不适应。于是,他弹吉他,学架子鼓,办培训班,不停地折腾。

业余木材贩子亚东,是带着吉他、打酥油茶的浆桶和装糌粑的口袋去大城市康定的——这三件套将是他后来车上的标配。

作为文化馆的干部，亚东在康定有朋友，也有饭局。那天的饭局就在州歌舞团的朋友家里。爱音乐的人，酒一喝，歌兴就上来了。喉咙痒痒地想唱歌的亚东，弹起吉他，随心所欲，即兴唱了两首酒精浓度很高的藏族民歌。

亚东的歌声飘进了隔壁一个人耳里。他就是甘孜州歌舞团团长罗布。在州里，罗布从来没有听到过这么特别的弹唱，也从来没有听到过这么好的嗓子。他忍不住推开门，要见识一下唱歌的人。亚东是一个很放得开的人，面对罗布，他放开嗓子，一气唱了好几首歌，包括刚刚上映的日本电影《人证》的插曲《草帽歌》。亚东的音乐天赋的确很高，模仿能力极强，不过是看了一场电影，他居然就可以唱插曲了。

罗布为这个发现兴奋不已，邀请亚东参与第二天全州"四级干部大会"的演出。

盛情难却，亚东只好暂且放下要卖的木头，仓促上台。除了罗布，谁也没有想到，亚东竟然成为那场演出的最大亮点。在如雷的掌声里，他一连唱了五首歌，《朝圣的路》《皮卡克》《流浪者之歌》等。全场最火爆的还是《草帽歌》，因为电影刚刚上映，人们的新鲜劲儿还在。最让各级干部惊叹的是，他唱的居然还是英文！

其实，小学三年级"毕业"的亚东，他唱的哪是什么英文啊。即使他模仿能力超强，但英语是轻易可以模仿的吗？给罗布唱的时候，他是乘着酒兴，胡乱咿哩哇啦一番。现在，站在聚光灯下，主持人已经报幕了，他没有退路，只好用对付罗布的办法来糊弄台下大大小小的官员和基层干部。亚东舞台上的"英语"反正谁也不懂，但他嗓音浑厚、明亮，音域非常宽广，既有高亢粗犷的激情演绎，也有纯净磁性的音色，如泣如诉。加上飙"英语"，他第一次走上正式的表演舞台，引起的轰动前所未有。

很快，亚东调去州文化馆了，去成都做生意去了，出专辑了，在省内外走红了。

亚东名气越来越大，其美多吉与他的联系虽然越来越少，但是二人友谊依旧。每当他回到德格，他们都尽可能见面。酒吧、餐馆、歌舞厅，朋友们依然聚在一起唱歌、喝酒，分享亚东的成功。

一天，又一次在德格重逢。

"兄弟，你的音乐天赋不比我差。"亚东真诚地说，"走吧，我们一起干。"

"我还没有朝这方面想过呢，"多吉犹犹豫豫地说，"让我好好想想。"

最终，其美多吉没有跟亚东走。

他是老大，有七个弟弟妹妹，他不能离开德格，不能拿弟弟妹妹的未来做赌本。并且，他这时已经有了车——一辆和亚东一样的二手卡车，他很享受开车。

去年5月21日，下午。成都岷山饭店二楼茶坊，我和亚东、其美多吉终于见面。

其美多吉和亚东一前一后到来。他们已经有好些时候没有见面了，都有些激动，上来就是一个结结实实的拥抱。

都说他们很相像。现在，他们同时出现在我们面前时，让我看清楚了，他们真的像得如同一对双胞胎——

都是一米八几的大个儿，都是络腮胡子，都是轮廓分明的五官。只有细看才会发现，亚东脸型只是略宽而已。

他们的差别主要在衣着。多吉黑衬衣，深色休闲裤，随意而淡定；而亚东，红色T恤，牛仔裤，背一个沉甸甸的双肩包，像是刚归来，也像是即将出发，一副行色匆匆的样子，完全看不出他是要坐下来喝茶。

当然，他们最大的不同还在职业身份。

亚东早就是著名歌手，他唱的《向往神鹰》《卓玛》家喻户晓，人称"高原歌王"。

多吉至今还是邮车司机，始终在雪线邮路、在雀儿山的冰天雪地往返。

坐下来，谈点什么呢？

亚东说，你不够哥们儿，后来看见铺天盖地的媒体宣传，我才知道你曾经受了那么重的伤害。你为什么不告诉我呀。

多吉说，为什么要告诉啊。满脸伤疤，瘸着腿，快成废人了，多狼狈多没面子啊。

亚东说，我们家电视机的灰都积了厚厚一层，为了看关于你的报道才第一次打开电视，看得我们两口子都热泪盈眶，我为你骄傲啊多吉。

多吉说，我永远是你的粉丝，告诉你吧，你所有的歌我都会唱。

亚东说，以你的天赋，如果当年听我的，我们一起在歌坛打拼，你早就是名气很大的明星啦。

多吉说，开车有开车的快乐。我们当年，梦想不就是开车吗？

亚东说，是啊，那时做梦都在开车。现在，只有你还在坚持。

多吉沉默了。是的，当年他的确还有另外的选项，另外的可能，另外一种人生，另外一种活法。

但是，假如能再做一次选择，你的选项是什么呢？多吉不止一次对自己发问。

十有八九，他大约还会选择邮车。

渊子　**卡萨布兰卡**

一

图片上方是湛蓝的天空。这个湛蓝不仅仅是色彩上的湛蓝,它更让你相信,这个天空真如水刚刚洗过而不是一种夸张。天空下面是橘红色的沙漠,一望无际的。没有一棵树,也没有一棵草,与天空一样的纯净。天空是净的,沙漠也是净的,整个画面都是一种净。哦,净美!

去年11月底,世清在微信里给我发来一组照片。啊!是卡萨布兰卡!竟和我见过的图片一样,不同的是,他和立群镶在了里边。

世清告诉我,这次休假他选择了卡萨布兰卡。我问他:是开车去的吗?地中海有轮渡?世清说他们乘飞机去的,在当地租车自驾游,每天租金才三十欧,便宜。

世清仍是年轻时豪情万丈的样子,一路观光一路唱。在哈桑二世清真寺广场上唱,在菲斯古城墙上唱,在1516年修建的葡萄牙城(世界文化遗产)的地下水牢里唱。用世清的话说:确实需要点胆量。

再看世清骑着摩洛哥的骆驼,吹着中国式的牧笛,身后是卡萨布兰卡的天空,那情景甚有诗意。“暮笳吹塞月,晓甲带胡霜”,我一时不知如何表达,就想起了这句唐诗。

世清两口子还被邀请参加了当地人的篝火联欢晚会,歌舞翩翩。早起看沙漠日出,晚上数天上的星斗。欢乐之极,浪漫之极。

世清和立群夜宿撒哈拉沙漠的帐篷里边,还能睡得着吗?就那么酣酣入睡岂不辜负了撒哈拉沙漠的夜晚?

二

世清是个目的性很强的人。二十世纪九十年代初,在出国大潮开始的时候就去了德国汉堡。对于出国打拼这件事,我是支持并且羡慕的,因为有人没有机会,有人有机会又不敢,要有点胆量、智慧和不回头的劲头才行。

也是那个时候,朋友 W 君跟我说,他要去美国了,问我去不去。

去美国?他充满向往的神情把我吓了一跳。

在我看他是疯了。不就是另有所爱了吗,偌大个中国不够你爱的?非得往美国跑?

但 W 君去了,一去不回头。头几年还有信来,后来听说在洛杉矶站住了脚。不是《北京人在纽约》那样的日子。W 君最后一次回来时和我说,不是电视剧演的那样,比那难多了。

究竟怎么难,W 君一字未说,但看他那已浸染成古铜色的脸,似乎就明白了,那是汗水和阳光的合作。

记得是 1992 年夏天,沈城的 L 君来大连,也和我说她要出国,去西班牙。为什么?因为领导说她能力不行,给她调换了一个没人愿去的岗位。

就为有一天把自己的"能力"摔在领导脸上,就去西班牙?这种要强有点过分吧,简直是拿自己的人生去赌。

L 君也说,我们一起去吧。

我们?去西班牙?能干啥?

当然是先刷盘子。我的几个朋友都是先刷盘子,刷着刷着就开上饭馆了。你不是做酒店的吗,正合你的专业。

我放着管刷盘子人的工作不干,去给人刷盘子?用大连话说,不是脑袋瓜子叫门挤了吗?不去。

L 君说,知道你不能去,因为你不相信我。但你要答应我一件事,等我混好后会找你,请你去玩几天。

我想都没想就答应了。我知道说这话的人很多,但很多人说过就忘了,也包括我。

当夜下了大雨,滂沱的大雨。

第二天早上送 L 君出发时,我还劝她:你这单薄的身子,能受得住?

L 君说，不是能不能受住，是必须受住。

L 君头也不回地去了。十年后，她果真在巴塞罗那开了家中式小餐馆。

这个要强的 L 君，终于实现了自己的梦想，不知道她有没有把自己的“能力”摔在领导脸上。但她没提请我去玩几天的事。

三

几天后世清告诉我，他结账的时候，马拉喀什艺术广场酒店的工作人员夸他唱歌好听，还问：你是艺术家吗？世请说：当然了，所以我住在艺术广场酒店，但我的主要工作不是唱歌而是卖兽药的。

从骨子里说，世清就不是个生意人，他应该做一个文工团的团长。他的言谈举止充满感染力，不去搞艺术真是屈才了。高考那年，他同时接到了延边大学和北京民族乐团的通知书，如果换作别人，一定选择民族乐团了，但世清却选择了读书，还是化学系，而化学系与搞艺术可是风马牛不相及。但世清是个有人生目标的人，他会朝着他的目标奋勇向前，百折不挠。我不羡慕他的别墅，也不羡慕他在同行业做到了五百强，但我羡慕他的勇气和百折不挠的劲头。

世清是奔自己的人生目标去的。L 君是为争口气走的。而 W 君呢，纯属跟情人私奔了。可怜 W 君的妻，还总是欢喜地告诉我：W 又来信了，说快了，就要接我去美国了……

我不能告诉她真相，我不忍心打碎她的梦。那之后不久，我去了南方，W 妻一定找不到我了，无法与我分享她澎湃的心情，我也不用再为欺瞒她而深感内疚了。

W 君去美国前，常常和他的情人在我的酒店里约会。而有时，他们刚走，W 妻就来了，给我送来她做的海鲜。她是个非常贤惠和善良的人，她最喜欢的事就是相夫教子，并有着高超的厨艺。因此，W 君没有任何理由和她分手，只能选择与情人私奔。

一直到今天，我也不知道 W 君接没接妻去洛杉矶。也许是年龄大了，这几年有时真想他们。有一天夜里严重失眠，后半夜了还睡不着，便打开电视胡乱看着。见一个电视台正播放一部老电影，电影的名字叫《卡萨布兰卡》。刚好之前我看见了那张卡萨布兰卡的图片，便让我对这部电影产生兴趣，就看了下去。

二战时，许多从欧洲逃难去美国的人都要途经卡萨布兰卡。美国人里克·布莱恩在卡萨布兰卡开了一家美式酒吧，并得到了两张宝贵的通行证。而此时又遇见了他当年在巴黎的恋人伊尔莎·伦德。但伊尔莎已有了丈夫维克多·拉塞罗，他们两人正遭到纳粹少校史特劳的追踪。心情痛苦的里克几经挣扎，最终决定帮助他们逃离卡萨布兰卡。在机场，里克将通行证交给维克多，并开枪射死了阻止飞机起飞的德军少校史特劳，然后目送心爱的女人与丈夫远飞美国。

毫无疑问，里克在情感上是个高尚的人。

看完这部获奥斯卡奖的电影，我彻底失眠了。怎么这个卡萨布兰卡总是缠绕着我呢？

我不如里克，我有些卑鄙。当年 W 君与情人私奔前夜就住在我的酒店，我还为他们饯行呢。之后我们又去了 KTV 包房，W 君唱得泪流满面，不知是舍不得他的孩子还是舍不得他的祖国。我其实也是给他们通行证了，这个通行证，就是最信赖的朋友给他们私奔的支持。

四

许多年后，当我知道 W 君定居在洛杉矶时，就对遥远的大洋彼岸——这个和我一点关系没有的城市有了一点向往。三年前，我的美国客户约我去美国，叫商务访问。我真动心了，还站在世界地图前看着洛杉矶遐想：W 君过得好吗？他到底接没接妻去呢？去了他的情人会同意吗？因为他的情人和我都不止一次去 W 君家里吃过饭，而 W 妻总是那么热情洋溢地款待我们。还有她烹制的那些美味，至今还珍藏在我的味蕾里。

想为此写篇文章，可没写完就赶上春节，又赶上疫情大战，一切都变了，热闹的都市变得静悄悄的。人被限制了出行，整天关在家里，虽有了大把时间，可一个字也写不下去。我知道这篇文章又夭折了。这情形以前也经常有，有些事撂下后就很难再拾起来。人生之中不得不撂下的事很多，但只有两件事你真的撂不下，那就是亲情和爱情，为撂下，都能让人痛苦一辈子。

五

就在昨天深夜，L 君给我发来微信，说她要去一个地方度假，这个地方还是我给她提供的。

我非常诧异。你去度假的地方怎么是我提供的呢？我又没去过西班牙，怎么知道哪里是度假胜地?

L君说,去年我看见你在朋友圈晒的一张图片,是卡萨布兰卡。我忽然也喜欢这个地方了。当时我就决定,这儿是我退休后开始周游世界的第一站。这两个月我把一切事都处理完了,准备开始我的旅行。

L君敢想敢做不回头,一辈子也不改变。

L君突然问:你答应我的事没忘吧?

我答应你什么事了?

你忘了那个大雨滂沱的夜晚?我说等我混好了会找你,我们一起去一个地方玩几天,这个卡萨布兰卡不是你喜欢的地方吗?

我脑子"轰"的一下,原来L君没忘,她一直记着呢。我不知道快三十年前答应的事现在还算不算数,一时语塞不知怎么回答。

L君说,不是现在去,等疫情过去了,一切都归于正常,我们再去。这个疫情都把你们憋坏了,出来散散心吧。

别老是写呀写的。说实话,你在朋友圈发的那些小说和散文我一篇都没看,我不喜欢文学,文学太磨叽了。我喜欢赚钱,赚钱是我最大的快乐。

其实我骗过你。我当年开的哪是饭馆呀,就是在街头支了个锅烙摊。这个锅烙摊我就干了六年。十年前我才有了真正属于自己的饭馆。活到现在我才明白,不能太较真了,那只会伤害自己。

前些日子我身体不舒服,去医院检查,说我得了不好的病。我也不知道能活多少日子。我特别想去卡萨布兰卡看看,你能来陪我几天吗?就像我走前的那个夜晚。

你不用回复我,我的行程定在下月,我会在卡萨布兰卡等你。不管你来不来,我都会等。

看着微信,我沉默了许久。我不相信疾病会击垮这么刚强的人,我更愿相信那是医生的一个错误判断。

"不堪盈手赠,还寝梦佳期……"

最终我回复了张九龄的两句诗,后面还加上了省略号。

这个卡萨布兰卡为什么总缠绕着我呢?对我来说,卡萨布兰卡太遥远了,那个约定也太遥远了,但这篇关于卡萨布兰卡的文章,我是一定可以写完的。

忽然想说:人,该放下时就得放下,该忏悔时就得忏悔。

谢沁立　**相依**

他耳背，嗓门大，生怕别人听不到。

她也耳背，近乎失聪，话音却极小，总怕惊扰了谁。

他九十二岁。年轻时不大爱说话。工作上的事情，他喜欢用眼睛看，用耳朵听，用脑子琢磨。家里的大事小情，他不太清楚，也很少过问。

她八十九岁。年轻时，是个漂亮活泼的女孩儿。因为在棉纺厂做纺织工，天天穿梭在织布机的轰鸣中，只能和姐妹们吼着说话。回到家看着哭闹的四个女儿，巨大的压力伴着委屈，让她再也无法容忍，大嚷了一通，之后擦掉眼泪，继续重复着以前的日子。

1955 年，他们成了夫妻。操持婚事的前前后后如今早已模糊，她只记得那时要使劲仰着头才能看清他的脸。

她知道他是警察，但除了这个身份，其余的，他每天都在干什么，在哪儿干，他不提，她也不问。家，就是他的旅店，住几天，走几天。在四个女儿心目中，他是个陌生得让她们害怕的爸爸。

他总是出差，一走就是十天半月，最长的一次八个多月杳无音信。要不是单位里派人定期把他的工资交给她，她甚至偶尔会恍惚，自己还有这么一个神出鬼没的“孩儿他爸”。

她拉扯着孩子清苦度日。抱怨，没人理；说话，没人听。她就把这些话都存起来，等他出差回家时，倾筐倒箧地全抖搂出来——也不知道你去哪里了，我一个人带着这几个孩子，还得上早班、上晚班，弄得孩子们吃不上饭……

他把每句话都收进耳朵里，不加一个字的辩解，只是拉着她坐在床沿，摸摸她粗糙的双手，说一句，你受苦了。然后起身去拿暖瓶，走到屋角，将热水倒进脸盆，从绳子上拽下一条毛巾，浸在热水里，拧干，走回到床边，把她的双手紧紧焐在热毛巾里，轻轻揉搓。

他本想说些什么，却又把话咽了下去。他其实特别想倾诉，特别想把这次惊心动魄的破案故事说给她听。

但他不能说，因为他是一名公安秘密战线的侦查员。严守工作秘密，是与生命同样重要的承诺。

她怎么知道这里面的纪律，她只觉得他根本不在乎这个家。

三女儿读小学四年级时，有段时间，他忽然关心起了孩子的功课，每天都要孩子把课本拿出来，一页页地翻，从头翻到尾，又从尾翻到头。可是没过多久，他就又回到了从前的样子，再也不管不问。

原来那阵子他正在侦查一起案件。

案件源于一封寄到某机关的信。

牛皮纸信封上只有单位名称，没有收信人。

信封里装着一颗子弹，包在一张商场的购物发票里，发票货品一栏写着"背心"，日期是半年前。还有一些散在信封里的微小纸片，明显是从印刷品上剪下来的碎片。每张小纸片上都有一两个字，拼凑起来能连成几句话，都是恐吓和威胁社会的意思。

在那个没有任何现代化侦查手段的年代，民警破案靠的是责任和智慧，是不辞辛苦、大海捞针的走访。

侦查员兵分两路，一路从空白发票入手，一路从小纸片上查找线索。

他负责查找小纸片的来源。

他仔细观察这些小纸片，发现个别纸片的边缘处有铅笔写的数字，虽然有的数字不完整，但能够分辨出来是"2、3、5、6、7、0"，字体稚嫩，像十来岁孩子的笔迹。他立即想到自己上小学的女儿——这也正是他突然"关心"起孩子学习的原因。

他发现，纸片的样式类似小学生的数学书，很快就在新华书店找到一本《小学生速算书》。比对之后，他确定纸片就是从同本书里剪下来的。

只是，成百上千的小学生都在用这本教材，怎么查？

他倒没那么悲观，因为他对笔迹特别敏感，也下功夫训练过自己的识别和辨别能力，只要看到相同的字体，就能辨认出来。在这方面，他有足够的自信。

信封上的邮戳显示，信函寄自北郊路边的一个信筒。他将查找范围圈定在那周边区域。

他让当地三所小学的老师把三、四、五年级孩子的数学作业都收了上来，一本一本地查看。

那段时间，他每天清晨从市里蹬上自行车，骑三十里地到北郊的派出所。一千多本作业，他像老师一样坐在桌前，耐心地翻，一页也不漏过。第二天傍晚，在翻开一个作业本时，他的心里涌上一阵惊喜，他看到了熟悉的笔迹，与小纸条上的数字高度相似。他判定，寄信人一定和这个作业本的主人有关。

最终结果印证了他的判断。作业本属于一个四年级男生。他妈妈因为和邻居吵架，怀恨在心又无从发泄，便将路上捡来的一颗子弹裹在随手找到的发票里，连同她从孩子用过的数学书上精心剪下的纸片，寄到邻居的工作单位。收信人处空白，是因为她根本不知道邻居的名字。

直到三女儿上了高中，她还清楚记得小学时爸爸检查过她的作业，因为，那是仅有的一次。

五六十年前，公共图书馆阅览室里的一本书中，不知道什么时候夹了一张条格纸，上面潦草的几行字，提到一个名字，还有“我是送你上船的人”“我现在的住址是过去的门牌号乘以 3”“你能说出门口对联的下联吗？”等字句。

一系列问号跳了出来。谁联系？联系谁？

这样的纸条，立即引起公安机关的警觉。专案组民警研究分析，这是境内特务希望与境外组织恢复联系的暗语。

他和同事们一起启动调查。他南下南京、上海，翻阅档案，查找材料，走访群众。一年多里，他们在故纸堆中寻找线索，在陌生的城市寻访知情人。那真是大海捞针一般的寻访。那些日子里，那根“针”不仅占据着他的心思，还被无限地放大，放大，再放大。而家，妻子，孩子，早已被挤到了不知什么角落。

丝丝缕缕的线索，从虚无缥缈，到精准清晰，一点点汇聚起来。若干年前的情景、相互关联的人员，在他们绘制的关系图上逐渐显影。终于，一对以夫妻相称的男女进入警方视线。他们是北方人，带着一个四五岁的小男孩，租住在上海的一条街道上，男子是条格纸上所提之人的部下，他是“送你上船的人”之一。

不断勾连、不断碰撞的证据链条，最终锁定，男子就是暗语的发出者。

他记得，抓捕那天是中秋之夜。当民警冲进一处隐秘的平房时，正在桌前喝酒的男子慌忙扔下手中的烧鸡腿，跑进里屋试图隐藏什么。民警在床下搜出了旗帜、书籍和标语。

垂下头的男子知道，他一直苦苦等待的联系人，从此再也无法联系到他了。

这样的两个故事，即使到了今天，他也需要在组织把关后才能讲出来。而更多的故事，终将永远留在岁月深处。

那时候，他出差在外，因为不能按时吃饭得了胃溃疡，但从没请过一天假；那时候，他外出办案骑一辆自行车，柏油路、石子路、土路，他的车轮一一碾过；那时候，他常常突然人间蒸发，杳无音信。

妻子埋怨，孩子们觉得他陌生；他听着抱怨呵呵笑，从不解释。

家人并不知道，他的办案之路上总是危险相随：他曾将警服和文件放进旅行包顶在头上，蹚过齐胸的河水，深入东北林场调查线索；他曾在出差途中迷路，走入一片平坦的草地，却蓦然发现脚边一群狼崽正尾随着他……

这些往事，无论多么惊心动魄，多么曲折多磨，都被时光尘封进岁月之匣；那些荣耀的经历，变成记忆中美好的片段，偶尔会跟着摇椅的晃动，一一闪现出来。

他这一辈子警察生涯，都是在阳光下寻找黑暗的东西。及至耄耋，他才让自己变身“阳光老人”，用手机上网浏览新闻，在 iPad 上欣赏视频，花费最多时间的是跟着视频学烹饪：他像家庭主妇一样去市场买菜，绞尽脑汁琢磨一日三餐；他用十几种调料腌出的咸菜，色香俱全，爽脆可口；他用了八个笔记本，密密麻麻记下菜谱和营养搭配知识……

经过了半个多世纪，她终于享受起饭来张口的待遇。她说好吃，他就开心得不得了，大声说，好吃就多吃点，记着八分饱。她拢着耳朵问，你说什么？

但他似乎还藏着秘密。

他的腰间系着一根挂绳，挂着三把钥匙。两把是家门钥匙，还有一把是家中大衣柜的钥匙。每次打开衣柜后，他很快就随手锁上。他说，这是一辈子养成的习惯。

女儿们说，大衣柜里哪还有什么秘密，就是他从警的老照片、老警服和一本本的荣誉证书。

女儿们并不知道，那里面其实真有一个大秘密，是他当年出差时写给她的十几封信，记录了他对她的思念。正是这刀光剑影间隙的思念，让他在冲锋时愈加坚定。

这样的思念，让他和她，再也无法分割。

只是这些信他一封也没有寄出。她从小当童工，没上过学，尽管进过扫盲班，但读起东西来还是磕磕绊绊。

他后悔这辈子没多挤出点时间教她学文化。

王陆　**近记三章**

和煦

上级通知，说户外可以不戴口罩。我现在出门还是在兜里揣着口罩。都戴你不戴，不好；都不戴就你戴，也不好。

我随大溜。

今天大连街上，还都戴着口罩。网上说大连又增加了一个，是一个在美国读书回来的十五岁少年。

到星海湾海边，感觉有所不同。冬泳的海友们，都摘下了口罩。也有些把口罩拉到下巴颏，远看着就像鹈鹕的嗉子。前些日子打招呼都是风中挥挥手，今天能走近一些，但也都在三米开外，说简单的话。

有一对年轻父母，领着双胞胎在玩沙。孩子五六岁的模样，都戴大口罩，父亲要摘，母亲不让，就你一句我一句杠起来了，而那边孩子早就自己摘下了口罩，玩完了沙子扔石子。

连孩子都知道，素面迎海，比戴口罩好。

今天大海也随这春天，海面镜颜，波光云影，往常飞鸣不止的海鸥都齐刷刷地落在浅水平滩，个个是懒塌塌的样子。

我脱衣下水，明显感到不那么刺骨。水温是五摄氏度。上岸后没有像往常冻得颤身抖腿穿衣服，而是躺在阳光下晒鱼一样，先仰脸晒，再背脸晒，然后再仰脸晒，不觉中日偏了西，潮也退了一大截。此时感觉自己真帅，还感觉，非要戴口罩不是挺扯的吗？

但是，若想到武汉，再想到意大利及美国，这感觉马上就颠覆。万里之外，几天之间，灾难到了只剩下活一天算一天的想法时，私人形态病亡难堪种种，公共形态狼狈翻侧种种,都可想而知。

法国作家加缪把《鼠疫》写得那么好,也写不出今天的实际。我从《鼠疫》中选了三个片断编成高考文学类阅读,分别起名为“老鼠死在大街上”“封城以后”和“见证人”,让高中学生来做,并让他们拿《鼠疫》和一些网文对照着读。前者是虚构小说,后者是非虚构类纪实。换一个时代,这两种东西读起来会艰涩,但在今天,全世界的读者都能够静穆地读下去,《鼠疫》有里厄医生,网文中也有我们的医生,和煦的灵魂经过。

《鼠疫》六十年间已有三十六种语言版本,今天仅西班牙语版的再版量就是七百万册,其他语种不能计数,证明它不是书房摆设。

人类灾难,乘肩不辞,才有文学;生死人情,泪珠筋骨,才有文学家。换上我,可能做不到。

文学都有些偏执,但没有偏执,这人性这精神这城市不就都迷失了吗?人性所在,则精神所在,文明才能不遭殃。我这么相信。

那天读 BBC 报道,讲一个意大利得新冠肺炎的神父在病床上把教徒送给他的呼吸机让给旁边年轻的病友,第二天自己病逝了。

下面有很多留言称赞宗教如何,我不以为然。我认为宗教最终依托的还是人性。一个悲天悯人者无论在哪里都会是一个好人。想想中国罗盛教,想想加拿大白求恩,当年不远千里万里去救死,我想,根子里也是这样的好人。

我见到太多的披着神圣与崇高的盛装,做鬼魅,行魍魉。我也算偏执,但是坚信人性。不管是哪个国家哪个民族哪个阶层,哪怕是远隔万里,他若真诚若悲慈,我必定亲近必定敬仰;他若欺诈若残暴,即便自诩神明,即便与其共执同一基因,我也定要唾弃之。

这意大利神父名叫朱塞佩·贝拉德利(Giuseppe Berardelli),七十二岁。他留下一句话:Greater love hath no man.怎么翻译呢?可译成“大爱无疆”,也可译成“大爱不限”,我觉得后一种翻译更能让我们警觉。

疫情风俗已仓促形成。

我今天去大连宜家店,先扫描“市民云”,再设置“大连健康码”,姓名、身份证、病史、体温和疫情期住处,等等具备。一对老夫妻,手机怎么也设置不好,老婆婆举着手机冲安保员就火了:谁想出这么个驴×东西,就是成心不让老人进呗。安保员很好，哄着她，帮她设，眼神一直和煦。

一直能和煦，在今天很不易。人类给病毒打成这样，我还是第一次在公共场合看到有这种眼神。

人类的和煦原本就少，现在一败涂地，似乎顾及不上。要不，你为什么不敢伸手？你为什么惧怕咳嗽？你为什么狐疑每一个来往者？你为什么愿意给恶行做通融的注释，而对善行做无情的裁决？

迷失超过想象。一个男人阔别一个月从某城或某国回到自己的家，和老婆是先拥抱，还是先刷码呢？看清妻子那眼神那嘴唇犹如看到泉水边上的红水萝卜，问题也随之而来：要不要先交流一下双方疫情动态？还有，要不要在卫生间添加几样消毒设施？

连熟透的爱情也落成嫌疑，其他就不必再苛求。

我傍晚从跨海大桥走，还一时堵车，看每位司机依然戴着口罩。

我看海上落日余晖，像看到炭火，手机响了几次，也无心去接。

我自己没有雄健的东西，但这余晖却给了我有力的拨动。

如果没有这拨动，我可能会完全降服于这病毒规则，从而迷失，如迷失在但丁《神曲》中那般黑森林里，越努力越狭隘。

好像很久很久，没有与亲人与朋友与同学与学生与远处见面了。要见面，好像还须再等待很久很久。

人类有病，息息相关。

真话

大连金石滩有十里黄金海岸线，但 4 月 13 日下午，海滨路一线有警车封路，车不让走，人可以行。

我问警察，是……谁……要来吗？

警察没搭理我。

是一个开小环卫车的老师傅，他脸一仰，向东对我说，那不希尔顿酒店和发现王国酒店嘛，住的都是咱大连穿白大褂的，今天十四天隔离期满，马上要回家。

大连援鄂总共去了一千多名医护人员，这一批是五百二十九名，在病毒与病者与死者三角之间劳碌六十多天，那辛苦，那忧虑，外人无法体会。护佑他们平安回家，是所有人的心愿。

大海此时气象最好，西北风四级，气温十五摄氏度，水温九摄氏度，潮是满的，波光是粼粼的，有垂钓人，有停泊船。我穿泳裤下海游五分钟，上岸在沙滩跑十分钟，几个戴口罩的散步青年停下来看我，还向我伸拇指，还要过来与我合影。我猜大概是外地人，就说我这身太难看了，像一坨冷藏肉馅，就拒绝了。

其实，我没觉得自己那么难看，只是这几天感冒咳嗽，怕吓跑青年。

我就在日记里写下："面貌好的可以面貌赠人，形体好的可以形体示人，才华好的可以才华傲人，这都是爹妈给的，别人做不了。但行为好是人人可做的。大连去武汉这些医护人员，都是寻常中青年，有老有小有负担，疫情最危险时却去武汉救世。其行为天职，文章写不出。"

人们喊"加油"，喊"骄傲"，喊"义无反顾"，喊"壮士家国"，自然是真切的心情。

但我喊不出，也是真话。

我若为至亲，心情最真切处必是感伤为多；若此时面对，我定是无言以对；她若脱旧装，我则把旧装拿走并烧掉；她若看春天，我则一定要买到草柯花枝一盆盆给她栽上；她若愿意说武汉，我就倾听武汉；她若不愿意说，我绝不会提问；若她有阴影挥之不去，有麻烦束之难行，我所能为之则必当为之，等她一起过平常。

可毕竟，我不是至亲，做不到这些。这一千多穿白大褂的拯救者，我没有记下一个名字，也没有细看一个长相，证明我所谓真切心情，也就是身在疫情，一时感动。感动之后，也就放下了，就像放下一本宣传手册。

把这样的拯救者与宣传手册等同，人心多么轻！

检讨我这大半生人心，变来变去，愈加市侩。多少年好像习惯了，把人性天职做成了宣传看板，好像不修饰不拔高不注水不垫胶就不能成为模范，就不值得纪念。

春天再讲《木兰诗》，和往年不一样，联系到疫情，竟然难以自已。中华儿女文章，数这一篇最好。

读"不闻爷娘唤女声，但闻黄河流水鸣溅溅"，想年轻儿女离家赴国，哪能不思前想后、难舍难去？不经生死劫，谁敢称英雄？经过生死劫，谁还说豪迈？"可汗问所欲，木兰不用尚书郎，愿驰千里足，送儿还故乡"，把国与家的关系就讲得很清。家是一生永远，别的都替不了。大连一位援鄂护士回家看两岁儿子，让儿子喊"妈妈"，儿子不肯喊；等儿子喊出"妈妈"要让妈妈抱，妈妈又不敢抱，那种泪水滋味！深一想，还有多少抗“疫”一线中青年再也不能回家，一家孩儿父母从此要怎么过才能数尽苦痛日子！

我愿听豫剧《花木兰》“用巧计哄元帅出帐去了”一段，军中木兰思家想家，万里情景都是家，“开我东阁门，坐我西阁床，脱我战时袍，著我旧时裳。当窗理云鬓，对镜帖花黄”，常香玉用“花流水”唱，原诗六句没动，只加了个别衬字，我感觉，比《谁说女子不如男》更动听。

可惜，木兰多少在人间，文章没能写出。

我往下想：要是木兰在战场是另一个样子，或战亡，或失明，或残肢，或毁容，或俘虏流放，或染疫终身，这时的木兰会是怎样？这，所有人都会想，但没有人会去写。写了，也难以流传。大概我们生来柔弱，格外需要力量和荣耀，却忘记人性灵魂。

对不起，我又想到我三姐。

1970 年中苏关系最紧张时，三姐王汝香所在沈阳军区 217 医院抽她去前线，她担任护士长，又是党支部书记，奔图们行军，哪想军车过江时落入冰河，三姐受伤受病。三姐在病床上，领导通知她须做手术，要摘除一个卵巢，对生育会有影响。三姐没有哭，还给上级写决心书，说学习于庆阳，“生命不息，冲锋不止”。部队领导非常好，说三姐刚结婚，须回原单位休养，要无条件服从。

倒是我父母哀叹流泪，他们不抱怨，只是自责“怎么对得住孩子啊”。后来，三姐好容易有了孩子，复员后也得到较好的安置，但她留下了后遗症，艰难愈下。三姐貌似坚强，只字不提艰难，但中年之后，喜欢读宗教，佛教信一些，基督教也信一些，政治信念也不曾丢弃，到病逝。那种复杂融合，后人难以理解。可在我心里，三姐就是木兰英雄。

生死不辞，劫后余生，再复杂，也是英雄吧？

所谓国家形象，都是千千万万个小家儿女用自己的一根根肋骨一块块血肉补缀而成，国家能真切纪念就好，不求其他。

国家有国家的纪念，城市有城市的纪念，一所学校一所医院一个兵营一个社区甚至一个家庭也应该有真切纪念，记生卒，记事迹，不论信仰，不分贵贱，能立碑的立碑，不能立碑的也可以在外墙上凿出一个浅窝，能摆放最小的玫瑰花环，不能一年新鲜两年剥落三年扒掉。

我在爱丁堡大学莫利斯教育学院小院子里看到过这种外墙浅碑，竟有三百年传统，都是校友赴国者人名事迹，最晚者是2005年，一位土耳其裔女学生，去莫桑比克做教育志愿者，死于疟疾，年仅十九岁。

罩吻

每天晚八点最后一节直播课上完，我把Zoom切掉，一动也不想动。

直播连上两个月，眼珠子天天贴着屏幕，而且还要继续。要继续到什么时候，没法知道。

早上看到一条新闻，美国纽约动物园大老虎检测呈阳性，它身边的小老虎小狮子也纷纷咳嗽了。人传人，可以理解。但人怎么传给老虎的？我望窗外天空，想病毒不仅有王冠，还一定有翅膀，能五洲四海。

我教过一个学生考在武汉大学，今年读大四，寒假没有回来，我几次联系也没有回应，武汉解禁，也还没有联系上。小伙子擅长体育，百米跑得快，还能倒立走。

唉！

如果他不在了，望他能安魂入墓；如果他在病危，望他能坚持到底；如果他安然无恙，望他能顺利回家，找不到工作也不怕。

死亡说死亡，病情说病情，没病还是要说生活。

没有办法也得有办法。

上直播课，也是没有办法的办法。

师生，不再能面目相对。老师想揪谁也揪不到，那些溜号的、飞眼的、打盹的、作弊的，一个也找不到；学生也一样，可以很愉悦地听老师喊：下面问题请回答……请打开话麦……听见了没？打——开——话——麦！……又卡机了？某某某，怎么我一提问你就卡机？你电脑带识别老师装置吗？

一切波澜不惊。老师也不用担心唾沫星子，裤子拉链没拉上也不要紧，主要是脸，只要脸不沾鼻涕，牙不沾韭菜，就行。

原来必须的要求现在都不是必须了。

线上我与学生见面仪式是这样：课前十分钟我给群发链接码，学生登录一个就发出“哔”的一声响。“哔”“哔”“哔”地上齐了，整个屏面是一堆长方块，就像一排军棋子，一个学生一个块。一说做题，军棋子一下子扣过来，一片黑，只见我一个脸。

开始冷不丁会血压走高，现在若无其事。和世界比起来，我毕竟还在线上，还能与学生彼此高级传递。

彼此传递，是生灵的本能，而线上传递只有人类才有。

看圣彼得堡米哈伊罗夫斯基剧院舞蹈家居家隔离，把厨房作舞台，拿盘子当羽扇，左吸腿取一个土豆，右吸腿取几片培根，一只脚尖举过头，轻轻摁开了油烟机，然后再拿起一个大炒勺向炉灶来一个翻身探海。配的音乐是圣桑《天鹅》。短短两分钟视频，比舞台更合时尚。

看英国皇家剧院海伦·米伦，那是《女王》奥斯卡女主，也居家自拍，用英语四十秒朗诵海明威《丧钟为谁而鸣》片断："没有哪个人是一个孤岛……无论谁死亡，我都折损，不要问丧钟为谁而响，丧钟为你而鸣。"我年轻时读这本书没注意这一段，感动于这朗诵情景，我转给了各个学生群。声音美味！

三月《时尚》（*Vogue*）杂志出了一期抗疫专版，封面一对男女青年，好貌相，戴着口罩，相触而吻，像两头挂着嚼子的骏马。我从没试过罩吻的滋味，但能想象。发乎情，止乎礼。说白点，就是不怀好意，也得干瞪眼。

这叫次生活。

过着次生活，那些以往就不能算数了。传说就这么来的。

讲我年轻时，也像讲传说。那时我与女友刚接触一段时间，好像是"五四"青年节，我们一起去大连甘井子井冈山饭店，记得点了一菜一饭，菜是韭菜虾皮炒鱿鱼丝，饭是锅贴儿，再要了两小碟芥末酱。吃完了打着嗝，去先锋影剧院看电影，电影是日本的《追捕》。看到中野良子骑着大马追着高仓健喊"我是你的同谋"，我乘机拉近女友："你听，这词儿多好，'同谋'！"她也是两眼光芒。

那算第一次的吻，有点不庄重，满嘴腥辣呛，好像那顿饭又回了一次锅。但青年的嘴唇能吻热大地，何论烟火杂食。所以新婚之夜，不让别人闹洞房，一个国光苹果吊在灯蒂上，像钟摆一样摇荡，我俩盘腿打坐，没有一丝"人传人"的小心。

原来这些是不好意思说的，但当这些要渐渐消失的时候，忽然对以往人间儿女起了敬重。

感谢以前，青春简单，可以随意搂住。

如果我与妻子晚生四十年，到现在相约，会怎么样？

井冈山饭店？还在，但因疫情关门。

先锋影剧院？早没了，都改成健身房，也因疫情关门。

那就漫步吧。去海边，海边可以。她戴白口罩，我戴黑口罩。如果想拉手，肯定有一番激烈的思想斗争。

我就送她一个体温枪吧。

她可能会送我一个健康包。

然后呢？都漫不经心看大海，我教她识别海鸥，哪一只是公，哪一只是母。

她会打断我，问，最近都去过哪里？

我说，北京，每个月都要出差。

她会问，还去过哪里？

我说，郑州，我二姐在那里。

她会说，郑州，离武汉很近了吧？

我一定起机警，武汉？为什么提武汉？

她说，武汉离郑州不是很近吗？

我更机警，什么意思？你怀疑？

她会继续，你这么激动？去武汉也没有什么，隔离几天也不算事。你这一激动，我倒觉得你好像有什么东西瞒我。

我把手机给她，你随便翻，市民云、健康码、行程记录，你再摸我头，不摸不行，不摸就是对我人格的羞辱。

她退离几步，最麻烦的你知道吗，是无症状，不做核酸检测看不出来，检测一遍也看不出来。

…………

想象这些，我不禁恍惚。人间多少炕前屋后事，一下子，就这一下子，变成不是了。

可是，今天怎么办呢？

花得浇水。

课得备出来。

作业得批出来。

淋浴器得给修出来。

还房贷的钱得给凑出来。

没有办法。

没有办法的时候，要求更高。这不是社会达尔文的要求，而是生命救赎。今天直播，就证明，我不荒芜。今天罩吻，就证明，你还有深情止不住。还有，人间智慧，也证明，不止有一丁点。

邹坚峰　来自SPCA的猫

女儿揽的事

新西兰有一家民间动物保护协会，称SPCA，主要收养被人遗弃的宠物。我家不养宠物，既不养猫也不养狗，却与这家协会结下了多年的缘。那些年里，我来来去去SPCA无数趟，说来都是女儿揽的事。

到了新西兰，女儿央我养只小猫，我不准。我不是不喜欢，是考虑到家里人少，不能保证给小猫提供一个完备的照料。女儿大了，经常独自出行，背一背包，说走就走，短则数天，长则一年，我也每年要回国看看的。一旦家里人都走了，小猫怎么办？有人说，宠物在你眼中只是你生活的一部分，你在宠物眼中却是它的全部。我把这话告诉了女儿。

但凡读到宠物和主人生离死别的故事，都让我揪心，宠物一旦养了，终究有离你而去的一天，它给你带来多少欢乐就会给你带来多少悲伤。我把这个理也给女儿讲了。

女儿长大了有了自己的主见，一边上学一边做社会义工，其中一项是去SPCA替小动物们打扫卫生，那时女儿正读大学。到了工作以后，没时间去了，就跟SPCA签约，成为foster（代养）志工家庭，将伤病的猫领回家养护。

猫领回了家，女儿自然是没有时间管的，于是我和她妈"被成为"帮SPCA养猫的人。直到两年前女儿远行非洲为止，我家养过多少猫？没数。

养猫好比养孩子

从SPCA领回家的猫，都是被人抛弃或走丢的宠物猫，个个经历悲惨，不是伤残就是重病缠身，要不就是犯了抑郁的，需要爱心家庭的特别照料。

跟猫一起领回家里的，有 SPCA 提供的全套用具：猫床、褥子、玩具、水盆、食盆、便盆、猫笼、猫砂、体重秤……花花绿绿一大堆。吃喝拉撒睡玩，凡幼儿园有的，都齐了。

还有猫食。猫食分软食硬食、高脂肪低脂肪、婴儿吃的成年吃的、罐头饼干真空软袋，琳琅满目。

还有药品。眼药水、止痛药、消炎膏、抗生素……分门别类，按时喂药，一日几次，说明上都写得明明白白。

每只猫还有一份档案给你看，上面记录这猫的编号、名字、性别、年龄、品种、脾气、爱好、病历、打过的针、做过的手术。

护养期间，你被要求每三天给猫称一次体重，记录猫的情绪脾气、发生的重要情况。一堆表格需要填写，如同填写一本护养日志。如能再写一点该猫在你家里发生的生活小故事，那就更好。

最后，SPCA 给你一个日夜急诊电话，宠物救护车二十四小时待命。

看着来我家疗养的这些猫宝宝们，我心想，这还是猫吗？

送猫

按照 SPCA 规定，每只猫的养护时间在三到六周，然而所有来我家的猫都拖到两个月后才迟迟送走。快两个月的时候，实在想不出还有什么理由再拖下去，猫的身体早已康复，早已没有刚来的时候病恹恹的样子，一只只养得体态丰满，油光水滑。

到了这时候才说要送回去的话，话题摆到了日程中，一家人不舍，情绪低落阴沉。

终于到了这一天，女儿上班走了，我和她妈给猫喂过最后一顿，一起把猫哄进猫笼里，笼子外面兜一块布，四周遮好。然后做贼似的快速将猫笼放到车副驾驶座上，把车倒出车库开走。

我们像合谋在做一件伤天害理的事，嘴上在安慰猫，心里在流泪。我必须让这个过程快速完成，快速地送达 SPCA，让这一决定成为不可挽回的事实，不给自己留下反悔的机会。

猫一开始没有反抗，两个月的相处，已经让它对人有了充分的信任。在猫眼中，我们是它的主人，是这个世界上唯一可以交托的人。它对我们的摆布，开始还以为是一场游戏，顺从地进了猫笼，在窄小的笼子里新鲜地四处张望。而我们恰在利用它对我们的信任，就势把它送走。

可是猫很快就感觉到了不祥，当车子驶出车库，驶出车道，沙沙地驶向外面的马路的时候，它刹那间明白了，自己正在被载离这个家，主人正在把它送走。猫立即就开始在笼子里愤怒地挣扎，凄厉长啸，隔着笼子伸出前爪，将布罩一把扯掉。自己明确地向你表示要回家，它哪里也不想去，它用绝望的眼神死死地盯着你，号啕大哭地求你：为什么要把我送走，我们回家好不好。

这样的送猫如同送孩子。从我家到 SPCA 五十分钟路程，这五十分钟的时间对我来说无比漫长，我经历了活生生将自己孩子送走的煎熬，听着猫在笼子里绝望地抓挠和呼救，哭声如婴，让人听得肝肠寸断，泪流满面。

每一只猫领回家的时候，都是身体虚弱，精神萎靡，甚至大小便失禁。孩子她妈拿纸巾一遍一遍地给它们擦去眼泪，喂汤喂药，清洗排便和呕吐物。每一只猫都养出了感情，每一只猫都带给我们一段记忆。

每次送走猫，她都要做几回梦。一天早晨，她告诉女儿她梦见昨儿送走的那只猫回家了，站在门口，告诉她它想回来。女儿听后二话没说，一踩油门带她直奔 SPCA，想把送走的猫再次领回来。但她们去晚了一步，SPCA 的人告诉她们，那只猫刚刚被人领走，已经有了新的主人。

回到家里，她妈接着做梦，那猫又来找她了，站在门口告诉她，它已经有了新家，现在生活得很幸福。

橘猫的身份不简单

来到我家的时候，橘猫瘦得剩一把骨头，肚子硬得像一面蒙紧了皮子的鼓。

女儿从笼子里小心地放出橘猫，讲述它的事。

橘猫是 SPCA 从它主人家里带走的，这里需要出示一份法庭文件。

女儿说它受到了主人的虐待，但没有具体细节，从橘猫瘦弱的身子上可以看出一种劫后余生的经历。然而更明显的是在它的精神状态上，橘猫非常怕人，比所有初来我家的猫都怕，几乎达到了神经质的地步。一见有人靠近就紧张地站起来，身子颤抖。

这样的心理创伤一直没有完全恢复，橘猫不能见生人。在它来我家两个月后的一天，家里来了两个安装通风换气系统的工人。工人一踏进我家，橘猫就消失不见了，后来在洗衣房的一堆衣服里发现了它，它把自己掩埋在衣服底下，眼睛里充满恐惧。

女儿说橘猫身上担着官司，SPCA的法律专家已经启动了诉讼程序，根据动物权益保护法起诉它的主人，并向法庭提出了申请，剥夺那位主人对橘猫的监护权。现橘猫处于法庭保护状态，所以对它得十二分的小心，千万不能出事，一不能养死，二不能逃走。必须等待法官的判决，然后完好无损地将橘猫送回去，接受判决结果。

橘猫身份如此特殊，女儿又说得如此紧张，让我和她妈也顿时紧张起来。这都已经上了法庭了，它的主人都摊上大事了，我们无意之中似乎也参与进了这场官司，就怕橘猫在我家庇护期间有什么三长两短的，无法向法庭交代。

我是这样想的，要是SPCA赢了起诉，还好说；要是败诉了，橘猫判还原主，到时橘猫在我家出点什么事还不回去了，那可咋整？

第二次逃亡事件

许多事情往往是这样的，越是不该来的越是来了。橘猫在我们的眼皮子底下逃走了。

事件的发生是这样的：傍晚女儿下班回来，推开洗衣房的门，侧身闪了进去，随后把门在背后掩上。女儿小心地把橘猫从小床上抱起来又放下，轻轻安抚，橘猫顺从地卧着，表现淡定，既没有害怕又没有焦躁。这时我推开门探进半个脑袋去看，看见橘猫的眼光转过来，眼神一闪，迸放出某种兆头，不好，我下意识感觉有事要发生，正要缩回脑袋关门，只见橘猫从地上嗖地蹿了过来……按说橘猫应该往没人的地方蹿才对，可橘猫却是朝我脚边冲刺过来的，一下出了门缝蹿去餐厅……我喊了一声不好，转身跑去关餐厅的门，可它先我一步已经蹿出餐厅，去了外面院子。

我和女儿跑去院子，橘猫已经奔去了后院。待我们跑到后院，它已不知去向。一旦到了外面，围栏、树木、草丛全成了它的掩体，想在外面逮住一只猫，几乎是不可能的，何况这是一只深受迫害、誓死也要逃脱人类魔掌的猫呢。

这一切发生在我们面前，前后不到一分钟工夫。

我和女儿都惊呆了，橘猫的出逃太完美了，仿佛是事前精心设计过的，没有任何多余的动作，路线和时间都计算得十分精准。所有的门在这一刻都为它打开了一条恰好能让它逃脱的通道。

这差不多是个说大不大说小不小的事故。我无法想象如何向SPCA通告，也不知道这事会怎样影响正在进行中的法庭诉讼。会不会给起诉方带来被动？一家人笼罩在深深的沮丧之中，我尤其感到自责。橘猫不是一只普通的猫啊。

那天夜里，我在院子里放了猫食，在餐厅地上也放了食物，把餐厅的门打开。我不知道橘猫在哪里，无法指望它会自动回来，但至少我希望它能认这些食物，希望它看在食物的分上不要与我们断了联系。

让我惊喜的是，隔天早晨院子和餐厅里的猫食没有了。直觉告诉我是橘猫干的，橘猫刚来我家时我就发现它有贪吃的毛病。看来橘猫没有走远。

第二天同样的事情继续发生。这回看清楚了，真是它！天刚擦黑，它迫不及待地出现了，悄悄来到院子里，径直走进屋内餐厅，再壮着胆子跑到洗衣房找东西吃。

白天橘猫就藏在后院的小柴屋里，我看到了，但不敢靠近，怕惊着它。

我大受鼓舞，接下来的夜晚，全家行动，预先把所有的门窗都关死，独留餐厅的门为它开着。橘猫如期而至，又一次回来，从院子走进餐厅，再走进洗衣房。

女儿潜出去将餐厅门关上，断了它的退路，然后发出信号，躲在客厅里的我们突然出现，展开逮猫大战……

一场混战结束，最后还是女儿爬到书架顶上，顶着一头的灰尘，将橘猫裹在了一条旧毛巾里。

全家为橘猫的失而复得欢呼雀跃。我……喜极……而泣。

橘猫和它的孩子

橘猫的归来让全家人欢欣，想起它的经历，大家也就理解了它的心气，因此对橘猫更加地呵护，这里面隐含了一种代人类对它表达的忏悔。而橘猫也好像突然懂事了，打算与人和好，不再有见人就要逃命的念头。

就在橘猫回来后的第三天，它在洗衣房里产下了一窝仔。

那天一早，洗衣房里传来女儿她妈的惊呼。一开始她看见地上斑斑的血污，感到诧异，以为橘猫得了什么病，接着隐隐听见小床里面有尖细的叫声，循声看去，见橘猫身子底下有东西在活动。

橘猫身下一共三只小猫，一黑两橘。小猫的身子已经被舔得干干净净，其中一只的肚子上还拖着一段干枯的脐带。橘猫是在夜里生产的，预先竟然没有人知道橘猫已经怀孕，连 SPCA 的人也没有看出来。

电话打过去，SPCA 的员工们感到十分新奇，这样的事在他们的救护中心还没有发生过。

其实橘猫的怀孕是有征兆的，事后回想起它刚来的时候，我就发现它的肚子绷得结实，胃口超好，吃起食来狼吞虎咽。这也是为什么橘猫逃走了，为了吃又冒险回来的原因。

三只小奶猫，眼睛还没有睁开，哆哆嗦嗦的样子。我把它们一只一只放到手掌中托起来，就像托起三只乒乓球一样轻盈。

家里变得喧闹起来，人丁兴旺，一家人的话题全在橘猫母子身上。

橘猫初为猫母，开始有些不知所措，猫仔一爬到小床外面，就大喊大叫，它不知道该怎样让宝宝回到小床上，但它知道向人求助。橘猫毫无顾忌地让我们介入它的家庭，触摸它的孩子，这种对人的信任，比起刚来的时候对人的躲避，判若两猫。它与人类——至少与我的家人重归于好，这样的改变让我们十分感动。

橘猫生孩子的时候正是夏天，洗衣房的门窗是关闭的，阳光从窗外照进来，里面闷热如桑拿房。在这样的环境下，橘猫几乎没有离开小床一步，昼夜守着它的三个孩子。为此，我在窗玻璃上为它加装了一道帘子，替它遮一遮外面的太阳，这是我为橘猫一家所能提供的唯一帮助。

橘猫孩子一周大的时候，其中一只死了，死的时候肚子上还拖着那段脐带。我曾问过 SPCA 的人，那里的医生说没有关系的，过些时候脐带自己会掉落。看来还是那段脐带引起的感染。

橘猫好像并没有感知到少了一个孩子，活下来的两只在橘猫的舔舐下健康成长，它们第一次睁开眼睛看世界，又第一次学会爬到食盘前争抢猫食。

两只猫宝宝在家里满地乱跑、争强好胜。每天早晨，橘猫一家起得都比我们早。

橘猫的孩子们每天早早醒来，吵吵着要出去，橘猫学会了直立弹跳，用爪子拨开洗衣房的门把手，把门打开。在孩子面前，橘猫是个能干的妈妈。

在后来的很长一段时间，橘猫的两个孩子仍然习惯性地钻到妈妈的身子底下，寻找已经干枯的乳吮吸，然后沉沉地睡去……

在这期间，我们婉拒了几个讨要猫仔的电话，到庇护期满的时候，母子仨被平安地送回了 SPCA。

关于那场官司的结果，以及橘猫后来的去向，我们没有任何消息。

那只死去的猫仔则永远留在了我家后院的栀子树底下。每年春天栀子花开的时候，我都会告诉女儿，橘猫的孩子活过来了。

后记

女儿去非洲做志工的那一年，我家和 SPCA 断了联系。

这一断，一切皆成回忆。余下大量的猫食和没有用完的药品。

家里突然冷清了下来。

过了一段时间，又过了一段时间，确认这种冷清是真实的，确认这回真的不再与 SPCA 会有联系了，确认日子又回到了从前。我将没有用完的药品扔了。余下的猫食快要过期，我一份一份地放在盆子里，就像每天给我家的猫放食一样，将盆子放在院子外面，施舍众生。

每天盆子里的猫食都被吃得一干二净，无论放多少都能吃光。

白天，街坊的猫、邻家的鸡，还有树上的鸟来吃。晚上刺猬和花面狸来吃。

傍晚的时候，刺猬们倾巢出动，它们开始见我还跑，后来不跑了，我看我的，它们吃它们的，猫食对它们的诱惑实在太大。我蹲下来，用手指轻轻推推它们的尖刺，推推这位，再推推那位，它们吃得大快朵颐，吃得咔咔作响。

几天后，猫食全部吃光，那窝刺猬个个得了肥胖症，走起路来摇摇晃晃，呼哧带喘。

范晓波　仙界

住新区的不便显而易见，周边没商业街，没菜市场，没餐馆，甚至连超市都没有，想买瓶矿泉水都要开车进城。好处也与此相关，不喧闹，不拥挤，散步无须与人擦肩，出门就能与水泥地边撒着欢儿活命的野花野草迎面相逢。

从小区出城，车子出地下车库，无论往左还是往右，只需十多分钟就可以上绕城高速。在高速上以一百迈的速度跑一个小时，就能到达许多老人租房养生的某生态县。下高速再开半小时，就进入了用云雾掩藏了千万种秘密的自然保护区，那里是动植物的日常，却是人类的仙境。我曾无数次地开车去那里，酷热时去游泳、小住，烦闷时去淋雨、散心。

往左开车去高架桥时，会路过一片池塘。这片池塘具体是一块还是两块，印象不是特别清晰，路过此处时车速一般是七八十迈，两块水面也可能被速度折叠成一块。我从未步行去过那里。

以前出小区散步，习惯性地去江边的湿地。湿地紧傍大江，植物种类繁多，水域有五六亩，有观光木栈道在水面上迂回。湿地边上还有各种花卉主题公园，长廊彼此相衔，亭台遥遥相望，适合跑步、散步、赏花、闲坐。每到周末，树林和江边草地上就会冒出各色帐篷，一些家庭带着烧烤和干粮来此过周末。这一带也是本市的婚纱摄影基地之一，常有穿成仙女的新娘在新郎的搀扶下磕磕绊绊地做各种奇怪的动作。

春节在家里闭关太久，偶尔开车去很远很荒僻的江边放风。车子进出小区时保安和防疫人员特别关注，不仅查通行证量额温，还要查看车里有没有藏人。后来尝试步行出小区，关注度果然小很多。步行去过湿地公园两次，第一次遇上戴着口罩和耳机跑步的人，呼哧呼哧的，裸露的胳膊和小腿蒸腾着热汗的臭味，但 N95 口罩把大半个脸捂得严严的，我赶紧躲到一边让路。第二次，在紫藤花长廊里遇见一对戴口罩的老年夫妻，他们戴着口罩，我也戴着口罩，长廊有两三米宽，但目光相触时，彼此都有些吃惊和犹疑，那时正流传气溶胶传播，防疫专家要求能不出门就不出门，每一个人都警惕着来历不明的陌生人。

蛰伏了一段后突然想到那片野池塘，再出门时就步行去那里。

路上的一片小树林边有株桃树，看树径有十多岁，在这一带开发成新区前，它应该就在这里生活了。那时它是住在野山，还是某家农户门前屋后呢？它身边还站着一些桂花树和紫李，如果不是枝头隐约炸出的小红点，我都没注意到它是一株孤独的桃树。每次走到这里，我都要停下来拍照。

池塘远看是一片，近看是两片，像一只巨型蝴蝶的两翅，每一片都有一亩大小。蝴蝶的躯干上种着垂柳、石楠和其他各种树。因右翅布满铜锈似的绿藻，我的目光自然地就被左翅吸引。左边的池塘里也有一些植物：花瓣鲜黄里染着猩红晕迹的睡莲，还有深褐色的残荷，远处靠山林的那边还有大片芦苇，但水质很清澈，没有绿藻，无数耸立的枯荷的茎秆让水塘有了油画的质感，用手机都能拍出很好的图片，饱和度和对比度都不用调。

这片池塘，除了野钓者，平常应该是极少有人光顾的，边上没有长椅等可供驻足的人工设施，只有蝴蝶躯干中间有条走得多了也便成了路的黄泥小径，隐隐约约地在草丛里静候着什么。水塘边的草坡都是蓊郁的植被，没有被践踏的痕迹。

我步行到这里，四顾无人，就把口罩摘掉挂到树枝上，像少年时憋气比赛刚结束那样猛烈呼吸。水面的腥湿、水生植物的青涩，野生池塘才有的种种味道扑鼻而来。

水中和岸上生长的许多植物似曾相识，那齐刷刷从水底射出水面的墨绿色箭镞，我以为是菖蒲，用形色识别，名叫东方香蒲，和菖蒲完全不是一家子。叶片肥硕簇拥成一堆的，像粽叶，其实是泽泻，用作中药可以利尿养五脏。比泽泻更高大更茂密的那一大团，是风车草，最高处差不多有成人那么高。还有不少逐水而居的植物，我没有问它们的姓名，只是知道，水边令我心醉的空气，由它们的体香共同组成。

一开始我在此停留的时间都不长，呼吸一阵甜美空气就回家。那时空气里还有寒气，也有不想大意失荆州的警觉——此刻没有遇见人，不见得刚才这边也没有人。

3月份气温升高后，出门的人渐多。虽然每个人都武装得像个外科大夫，但微信里的好消息越来越多，人们之间的相互嫌弃渐渐减弱，不会遇上陌生人就心跳加速。

路上那株桃树的姿色开始显山露水，两片池塘边的三株桃树也遥相呼应，一株打开水红的花瓣，另两株碧桃开嫣红的花，比口红还浓酽。它们开花之前，我都没注意到池塘边也有桃树。

地面上的草也一天比一天厚，白花车轴草的白色小花这边一簇，那边一堆，像在绿地毯绣花。芦苇边还有块袖珍菜园，里面一小片油菜花与桃花相映成画，值得带相机来拍。不过没过几天，一位戴着遮阳帽用旧毛巾遮脸的中老年女性骑着破电动车来了一次，油菜就被铲倒，日光一晒，枝叶萎缩枯败，做了红壤的肥料。她在红壤里播下菜种，用破渔网挡住菜园进口，临走时在水边采了点野菜。我凑过去看，白塑料袋里装的是鼠麴草和野芹菜。

与此同时，忽然在水塘边的草丛里发现了蝌蚪。之前没有见过蛙卵，它们的出现像是一场魔术的结果，我甚至没看清魔术师的出场和手势。蝌蚪每处一两百只，在水草茂密处彼此不离不弃地拥成一团，嘬着细小的圆嘴巴吃藻类和微生物，有些胆大的会浮至塘水与空气的交界处呼吸，然后欢快地摇动着尾巴下沉归队。

每次去池塘边，我都会去拍蝌蚪。天晴时它们会无限靠近岸边，照片和视频都特别清晰。雨天它们会沉到更深的水域，远看黑乎乎的一团，每次到水边，都要定睛仔细寻找。它们不会在一个地方待太久，和草地上的牛马一样，蝌蚪们可能也是游牧民族。

中途有几天，所有的蝌蚪集体退场，一只也不再有，像集体去读了幼儿园。我以为它们搬家了，目光向岸上的花草转移。一场雨之后，水面上涨淹没了过去的草地，蝌蚪们又回来了，颜色由漆黑转灰黑，椭圆的肚子下面缀着两只还很绵软无力的小腿。

有天早晨，我去拍蝌蚪，忽然发现，两片池塘中间，除了桃花，一些过去没关注过的树也忽然绽放花朵，花瓣像小铃铛，色泽嫩红，树形比桃树矮小，起初以为是樱花，仔细查看是垂丝海棠。

垂丝海棠树不开花时貌不惊人，枝干还有硬刺，以致我长期视而不见，以为是普通的绿化树。五六株海棠在春季早晨的薄雾里夹道绽放的效果有两个：一是那条黄泥小路上的空间显得拥挤，路过时面颊很容易蹭到花瓣染上花粉；二是整个池塘边变得富贵而玄幻，像古装戏里的人工布景。有天天还没有黑透，月亮早早地在池塘上空升起，清辉洒落在海棠花树上，真有种仙境的静美和神秘，我多次回头舍不得离开。

城市边缘的仙境不可能完全没有人迹，除了那个偶尔来菜园的中老年女性，还有不定期出现的垂钓者。垂钓者一般选择池塘最远边缘靠近芦苇的位置安放马扎，那边水深，也不会被我这样的闲人打扰。

起初，他也在东方香蒲很多的这边的岸上垂钓过，我戴着口罩路过，用眼睛瞟帆布水桶里的收获，一条鱼也没看见，倒见他慌忙把下巴上的口罩推到口鼻之上，眼神里充满戒备和拒绝。我见状快步走远，蹲下去找蝌蚪。第二次见他，他已搬到芦苇丛边，我远远地眺望，再也没有靠近那个区域，似乎在默契中和他做了一次领土瓜分，承认那里是他的私人领地。

远远的身影除了他，还有一个锄地人。他在另一片池塘最远的弧线那端，在一片芦苇背后的土坡上开垦出了一片菜地。我考察过通往菜地的线路，需要穿过一大片夹竹桃和芦苇，线路在临水的陡坡上，人走过时需要猴子的敏捷和山羊的平衡能力，一不小心就会失足落水。奇怪的是，他似乎永远在锄地，锄头叩击泥土的声响掠过水面传来，吭，吭吭，吭，沉闷而有力，像是某种深沉的恳求。每次发现他都是如此，每次我离开时他还在锄地。有一次到了晚上七点，吭吭吭的声响还没有停下来，只是间隔越来越长，声响越来越弱，让我想起吴刚砍桂花树的传说。

我只在两片池塘间那条小路的起点见过他的自行车，有时很端正地站着，有时歪倒在草地上，也不上锁。

最神秘的是一位总是很规范地戴着医用蓝色口罩的女子。因口罩遮住半张脸，看不出年龄，但身材和步态都很矜持，她爱穿宽松的掩藏身体曲线的户外服，举手投足间会不经意泄露端庄又柔媚的女性之美。

吸引她的可能是绿藻很多的那片池塘里的黑水鸡。

池塘里每天有二三十只红嘴黑水鸡活动。每次走向池塘时，都会遇见几只在岸上吃草根和昆虫，离着五六米远，它们就会迈开瘦腿快步奔窜回水面，然后半张翅膀踩着睡莲的圆盘狂奔数米，哗啦一声破水潜入，几秒后在更远处的水面探出头来。绿藻很多的那片池塘中间有片小草洲，春节天冷的那段时间，每天都会云集几十只黑水鸡。有时也会有一两只野鸭从不知何处飞来降落塘面。黑水鸡们不欢迎野鸭，虽然体型不如野鸭强健，群体的合力却不可小觑，一番言辞激烈的示威和争吵后，势单力孤的野鸭讪讪地滑翔起飞，笨重的身影掠过桃树顶端飞离这一带，翅膀震动空气的响声有力而失落。

她可能看见我在拍蝌蚪，才把注意力转移到左边的池塘。但她时刻和我保持着距离，我走远后她才踩着我的脚窝俯下身去看蝌蚪，有时还伸出手掌浸到水里去，对蝌蚪做出邀请的手势。很少看见成人如此温柔地对待那些小生命。

更多时间，她在观察水面渐次开放的睡莲，或在桃树和垂丝海棠下流连，默默地长久地观望。有时她也会取下口罩仰脸去闻海棠的花香，然后又迅速戴上。因为隔得远，一直没看清面容，但看得见挺直的鼻梁和五官的大致轮廓。

路上的桃树缀满碧绿的叶子后，池塘边的桃花和海棠逐渐凋谢，蝌蚪也彻底消失。这时水边七八株垂柳开花了，柳絮蒲公英一样地四处飘散，近岸的水面滚动着白色的小丝绒。

春色美到巅峰后，池塘边的色彩逐渐向单一的绿色过渡。我有些不舍，有时会在水边坐到天黑，池塘里老蛙的叫声越来越洪亮，听上去显得孤独而倔强。

4月之后，各地景区开放，我恢复了出差和旅行，到池塘的次数逐渐减少。

塘边钓鱼的人比正月时多了不少，每个角落都有。塘对面锄地的声响一直在延续，但那位独自看风景的女子再也没有出现。记忆里最后一个画面是，她身姿挺拔、步履富有弹性地穿过一片富贵的海棠和玉兰花，隐没在暮色里，手里没有带走一花一叶。

她就住在附近？还是开车来这边散步？甚至，是不是从池塘里冒出来的鲤鱼精？我小时候看过一部戏曲电影《追鱼》，一度对里面鲤鱼变仙女的情节信以为真。现在我也觉得，以上三种猜想都有可能是真的。

这位谜语一样的女子消失后，树下的草深厚了许多，几乎要淹没两片池塘间的黄泥路。

池塘边的鸟越来越多了。八哥成群地落到地面觅食，有时会与从水里上岸来的黑水鸡发生对峙。乌鸫像燕子一样身姿敏捷，它很少像八哥那样在一个地方停留很久，稍有动静就箭一样从低空飞走，落在远远的树上。但它的雏鸟似乎比八哥更笨拙，很容易从窝里掉出来。

暮春时我在草地上发现一只灰色的小乌鸫，身形接近成鸟，双翅羽毛渐丰，但尾巴短促，还没有远距离飞行能力，两只大乌鸫在远处焦急地飞来飞去。我把它放上一根支撑树木的木桩，踮着脚放到一般人够不着的高度。第二天一早去看，小乌鸫已经转移到一株杜仲树的顶端，腿脚半直立，明显比昨天更强劲了。它是怎么转移过去的？我没观察到，但很显然，成鸟在喂养和引导它。第三天再去看，它不见了，昨天停留的杜仲下遗留着白色的粪便。

最近一次去池塘边，一辆橘色的共享单车被打捞出水，轮胎扭曲成麻花，铁质部件锈迹斑斑，姿势难看地歪倒在我过去常落座的草坡上。

它到底在冰冷的塘水里度过了多少日子？又是谁把它扔进这么美好的池塘里的呢？扔它的人对这辆单车所代表的世界到底有着怎样的憎恨呢？他后来还来埋藏了心事的池塘凭吊过吗？

起初我觉得，自己对于仙境的种种幻觉，就是被这辆丑陋的共享单车破坏的，它把池塘从城市边缘拉进现实。后来开车路过池塘出城时，我特意放缓车速滑行，一伙家长正带着一群孩子在水边野炊钓鱼钓青蛙，还支了几顶小帐篷，大家围在一起唱歌吃东西，不再有人戴口罩。

这时我意识到，春天真的已经过去了，这个属于我和极少数人的仙境，就此关闭。

阿贝尔　石元，或马鞍塘记

石元依旧，马鞍塘已不在。

2019 年 4 月 18 日，心血来潮跑了一趟青川。别人开车。又走了江油关—石坎—马公—枫顺路线。去年 6 月只走到江油境内的枫顺便折回青溪了。这次我们一直向前，过六合、雁门到了石元。

第一次走这段路，江油的山区，还是有一点新奇感。青龙峡的麻柳树在正午时光有一种开阔的寂寞。雁门很熟悉，包括场镇和场镇上方的宝成铁路大桥。相隔三十年（如果不多的几次乘火车经过不算的话），看见的一瞬还是有种怀旧的兴奋。我津津乐道的是“诗歌年代”最后一次去石元，1989 年或 1990 年的一个冬天——我在绵阳教育学院读书期间，从绵阳坐班车到中坝，再换车到雁门。到雁门已是擦黑边上，为了过老铁路隧道和走夜路，我在一家小卖部买了手电筒。半路上遇见一位骑自行车的，报上刘强的大名蹭了别个的自行车坐。

车过老铁路隧道，我的感觉不是恍若隔世，而是回到了从前。我连忙拍照，心想不管拍得有多糟都会是珍品。穿过两个隧道，便看见了清江——三十四年来一直像不可或缺的药引多次被刘强写入诗歌。清江的水还真是清，河岸线也大致保持着原状，两岸的植被比记忆中葱茏许多。

沿途有几个记忆点。老铁路隧道是一个，刘强刚分来石元时处的女朋友的家是一个——一路上我都在留意。1987 年春节后吧，刘强来平武，回去时我同行，在南坝逗留一夜，同行的还有他的同学正华。次日下江油，在月黑风高之夜赶到云集，已经睡了的伍卫和雷皮子（桑格尔）从被窝爬起来，在云集唯一的一家馆子招待我们吃卤肉喝酒。第二天过小溪坝，正华肠胃不适回平武，我跟刘强坐绿皮火车上石元。还记得刘强的女朋友姓何，一个初中小女生，模样记不得了，带一点山里人的蛮性。我们在她家转来转去，无聊地登上只修了一层楼的屋顶，守了顿饭吃。就是那一次，返回时为她送转学证到小溪坝初中，随后到二垭子赶过路车，在班车上偶遇了轧钢厂的黄狗皮（洪云），当晚在武都见到了萧艾（思云）。

另一记忆点是宝成铁路上的三等小站马鞍塘——石元给我印象最深的记忆点。它是同铁路一起从岩崖劈出的，隐秘而又宁静，却又是可以在并不太长的时间里到达外面世界的。这一点特别有意思，在马鞍塘遇见的赶火车的人也特别有意思，他们并不土气，有的还很漂亮、有气质。马鞍塘有一段笔直的铁轨，落在绿皮车厢上的目光可以随火车延伸很远。那是一种触摸，极具诗意的触摸，我们的目光在绿皮车厢完成的都是在女孩身上完成不了的。午后从马鞍塘赶 503 或 504（记不得哪一趟上行哪一趟下行了）回中坝，半个小时或者更漫长的等待，炎热而烦躁，树荫（记得是泡桐树）落在栅栏和站台上。有时候，我们的视线会一直落在远方铁路的拐角处，耳膜也打得特开，更多的时候我们都显得很疲惫，坐在树下的水泥地上，饥肠辘辘——不想回家，也没有兴趣去远方。实在无聊了寂寞了，也会抬头瞭望一下站台上赶车的人，看有没有漂亮姑娘——至少是穿得洋气一点的。

有一次赶夜车到石元，在午夜抵达，差不多就我们两三人，在灯光暗淡的马鞍塘打着哈欠。路基下有夏虫鸣叫，连接清江两岸的铁索桥上有点点星光。突然，谁唱起歌来（是思云吗？）——长长的站台，漫长的等待，长长的列车，载着我短暂的爱……

因为事先通过电话，我们到石元的时候刘强已等在桥头。三十年没到过石元了，刘强却年年见，所以到了石元，我或许要对石元偏心一些。都老男人了，什么都不说，彼此看一眼，没有拥抱，连手也不用伸。桥还是那座桥，街还是那截街，变了的只是房子、人和我们须发的颜色。

石元是我们二十世纪八十年代末九十年代初的一个诗歌避难所——不知道这样说是否准确。它是一个诗人（未成名）的隐聚之地。诗人到此，自然也带了诗歌去。或许说“我们”不是很确切，说“江油”更准确。一种看起来很轻的诗歌，落到诗人身上就很重、很疼。不过石元或马鞍塘的氛围却是轻飘的，说浪漫也可以。诗歌是地核，友情是丰厚的甚至是恋爱般的地幔，是瓤。那些年石元说抽象也抽象，说感性也感性，差不多是醉眼所见，对它的感觉也都是喝醉酒之后的。几个诗人樱桃下酒，在清江边，从太阳还很高一直喝到月亮过河。清江里有鱼，诗人们却吃樱桃。我不在场，后来听他们讲起，我也醉了。我在场的一次不是喝酒，是破门——刘强在学校的寝室门。我们到了石元却找不到刘强，我们必须住下来，我们找来一个见过一面的老师做证，打掉了门额上的护窗，一位小个子诗人（好像是思云）爬进屋去开门。后来这个情节被我写进了小说《火溪·某年夏》。那次有后来旅居北京的西娃。

我还将石元写进了另一部小说。那是我成为作家之前最疯狂、最大胆的练笔，石元做了一伙诗人、艺术家的艺术试验地，准确地讲是先锋之地。我在这部现已从我的人生中彻底删除的小说里说过这么句话：所谓先锋，就是在受孕过程中跑在最前的那个精子。那时候，石元在我被认为古怪的想象中异化了。

或许来过石元的诗人都写过石元，写过马鞍塘，我后来读到的只有蒋雪峰。刘强不算，他 1985 年师范毕业分来石元教书，至今仍在石元，这恐怕算得上江油罕见了，他写过多少首有关石元或马鞍塘的诗只有他晓得。一个人为一个地方写诗，这个地方是不是就会对这个人好？我看未必。一个人给另一个人写诗也是这样。石元也许是个例外，它对诗人的好就是让诗人想它、陪它，永不离开。当然，它也会为诗人提供除了食物、水和空气之外的东西，一种风景风情的东西，一种超出风景风情的冥想与触摸的东西，包括永远不被外面世界打扰的内心的安宁。

石元也曾给予诗人爱情，一个承载着满满的爱情的年轻女老师——不过已成往事。这爱情有一个好玩的媒人，就是老鼠。“刘老师，快过来帮我打老鼠！”夜晚临睡前，单身的女老师突然在板壁背后喊。刘老师去了，是真有老鼠了，也帮忙打了，后续——后续你很容易就想得到了。

午饭后，我们在石元转了一圈。刘强、正华和我，三个人在石元街上吃午饭。转了一圈，看了石元的山，看了石元的山里人家。这些山，我曾经看过，后来在朋友圈又看过。我已经不能赋予它那种由心而生的美或者灵魂，所以看山还是山，或许只有刘强可以赋予它诗的灵气。

来时从马鞍塘对面过，我就停车拍了照，包括清江上的那座铁索桥。马鞍塘站的房子还在，是记忆中的样子，只是不知道为什么并没有变得陈旧。铁索桥变陈旧了，一种涂了沥青的黛色的陈旧，且下坠得厉害，有一个已逝时间的弧度，所以我见到便特别地爱。或许吧，我爱的是三十年前走在铁索桥上的青年和诗人，爱的是走在桥上的自己。时间与石元或马鞍塘的关系没变，因为小站取消了，往日午后的清静已成荒寂，落在铁索桥上的四月的树荫与光斑再无当年的气息。铁索桥已是危桥，尚可通行，站在桥中央拍马鞍塘，拍清江，拍从秦岭下来的绿皮火车，很容易就陷入了记忆。未必有多美好，但追忆起来却是美好的。其实，看似安静的树荫与光团，往往是烦躁与焦虑的隐身处。贫穷、名利欲和性压抑是那个时代的青年最典型的负担，但他们都自个儿揣着，不得与人讲述，甚至会拿美丽的虚无去掩盖。

正华、刘强和我，三个人上到铁路，顺着钢轨朝马鞍塘走，货车和绿皮车开过来，便对着它们拍照、录像。刘强显得很平静，我一贯地显得深沉、压抑。我们理性地避让着，没有奔跑、呼喊和疯狂，但很享受。我们穿过改作他用的站房，一直前行，想看看站牌，但没了——记忆中有，字的笔画和下方的汉语拼音都清晰可见。

石元对于我们而言是什么？一个小站——人生若干车站中的一站，但因为承载了我们的青春、诗歌和友情，它显得格外重要、格外的美。

庞永力　买衣记【外二篇】

从早晨开始,我就提醒自己:该去买一条裤子了。天开始变冷,不能老穿那条浅色裤子。倒是有一条纯棉的裤子,穿着蛮舒服,但不知为何在屁股上破了一个洞;以往都是裤腿弄烂、裆部开线,这次裤腿、裤裆均好,却在腰下、屁股上的部位磨破,真不知它几个意思。

到下午,不买不行了。骑上破自行车转,不想小区门口便有,是临时来摆摊儿的,摆着不少,还有我中意的屁股上破洞的那种。一问,五十元一条,更加高兴,以往在商场、服装店都一百多呢。临时摆摊儿的没有房租、摊位费,这才便宜吧。而且看着跟一百、几百的也没什么差别。再说依我的懒散,恨不得抓住一件衣服就穿到烂的习惯,一条的钱买两条,且能穿一阵儿呢。

就挑,摊主用尺子箍我的粗腰,腰围三尺一,我拿了一条,却没有试衣间——他不怕我拿着跑了,我也不能够——就到旁边的门卫室,没人看见露大白腿。一试,不成:腰刚够,裆紧,蹲不下,搞不好就"刺啦"一声。换三尺二的,还紧。而再大的码,没有了。这才想到自己买衣服的困窘,挑什么样式啊,能穿进去就不错了,我代表着所有胖子的沮丧。

但不买不行。又往前骑,看见一间服装店,进去。有,三尺三,还有大点儿的;索性三尺五,一时宽敞。但价格不行,一百一条,差几寸就贵一倍。但也没办法,这是品牌,标四百多呢。店里一个老外也在买,拿手比画着还价,老板娘不懂英语,但会说:No,No,Four 不行,得 Five。他们一个给一百四,一个要一百五。跟我一个水平。不还价显得太败家,我要了两条,给了一百九。

出了店,心里一阵轻松,有裤子穿了,而且买得不贵。这些年,我越来越放任自己了:自行车是花三十从邻居家买来的,挺好骑,还不怎么用打气——我就想:不比那成千上万元的赛车差多少，它们不蹬也不走，这不就省下了吗？少花钱就是挣钱，就是占便宜。我还有一辆开了十来年的老捷达，不怎么开，跑了还不到十三万公里；关键它不坏——是不如三五十万的新车舒适、拉风，但那是三五十万啊，四倍于它，加上平常保养与配件，一个轮胎就上千，还是算了吧。它就像老妻，还算听话，没大毛病，你就不好说人家什么。

生活中，可以这样比较的大小物件不少。我还因此有了一个自我辩解的理论：一个人，如果拿好的日用品也即奢侈品（衣服、车、手表、手机等）标榜自己，就说明你不值这东西的价格；你认为一千的东西提升了你自己，那你就不值一千。以此类推，就算百万名车、千万豪宅，也是把自己物化了，限定了。你有能力拥有一个东西，你的价值就应该比这东西高出很多，而非刚好到这个东西的线，甚至还要靠它拔高。说到底，它只是东西，你应该不是个东西。

不过东西还是能体现一个人的价值高低的。就像我，刚来城里时身无立锥之地，买棵大葱都记账，每月盼着单位发薪；混挣这么多年后，虽然还是计件工资，但已然不太在乎五十一百了。那些发达了的人，则不在乎五千或一万了。水平线提上去了，心就相应宽敞很多；鼻孔撑开了，出气儿就粗得多。此外我还有一个理论：人的收入与消费得看本钱与付出，其间是讲一个比例的。你投一千挣一百，他投一千万挣一百万，利润率是一样的。你拿出利润的百分之一来享受，能买一根冰棒；他同样享受，能买个金镏子。这样一比，冰棒与金镏子有什么差别吗？在被人家的炙手可热逼得倒退三步之际，你还要想比例：你赔百分之五十是五百，他则是五百万，可能一下子就打落尘埃了，这就是很多拥有豪宅、名车的老板会一下子败落到自杀地步的原因，成败的概率是一样的，高入者必高出。

——如此理论诚为穷人自寻开心也，但也一时顾盼自雄，出气儿顺畅了许多。

悲哀

不久前，在一次新闻协调会上，听到一位同行猝然离世的消息。悲哀立刻弥漫整个心胸。他与我同龄，是一个拼力而义气的人，与大家相处得不错；一年前查出肝癌做了手术，总说恢复得很好，不料迅疾地被死神带走。以上都是令人悲哀的因素，如果错置了一二，譬如人品刻薄，人们的悲哀就不会那么浓重了。

会议还是要进行的，依然纸墨劳烦，前几日还在岗的他，又给我恍惚、索然之感。会后安排吊唁，在车上，我想应该为他在微信圈里写几句，告知还不知道的熟人，也缓解自己内心的波动；再有，都是记者，以彼此熟悉的方式送他，也合适。

发出去后，果然很有反响，大家表达着惊诧与惋惜。到了单位、家属那里，他们表示了感谢。我是第一个传播哀讯同时对他予以评价的人。几年兄弟，我的悲哀自是真切的，我想，只是写作与传播的职业所致，我是一个会悲哀的人而已。

这就是职业特征的范畴了，消息是传播，祭文是表达。在噩耗传来之际，大家都沉浸在悲哀之中，我也悲哀，但在头脑里便开始预备与编排了——这可能冲淡了悲哀，并且似乎有点功利。没办法，这就是职业习惯，就好像杀猪的屠夫，见人总控制不住瞄哪儿几眼，好像找哪儿合适下刀一样，真不是故意的。

我所说的会悲哀，并不是说其他方式的悲哀就不行。有些悲哀是突然弥漫开来，突然攫紧你的脏器。有的悲哀是痛定思痛，丝丝缕缕团糅在一起，过去很多时日了，仍一丝一线地拉扯不断。还有一种悲哀，是由他想到自己，同样的境遇，看见了自己不远处的映像。元稹《遣悲怀》诗云“闲坐悲君亦自悲”，因为与自己有关联，就几经辗转难以排遣，不会很快“他人亦已歌”的。

各色悲哀之余，诗书之人还是很会捕捉的，把悲哀对象的可悲可怜可感可泣提炼出来，加入自己的感受，以艺术的手法表现出来，令他人在另外的时空感同身受，让悲哀得以流传，事件与情绪得以保全，这便是会悲哀的价值。会悲哀者中，也有很过分直至心理变态的。中国古代做官做得最风光的文人应属曾国藩，他患上了写挽联的嗜好，死去的亲友写遍后，竟偷偷给活着的写，被老友汤鹏发现，气得跟他断了交。

正因为这些会悲哀者，历代很多悲情诗文传播于世。元稹给亡妻的《遣悲怀》自是名篇，苏轼的“十年生死两茫茫”亦博取后世几许清泪，还有唐宣宗纪念白居易的“文章已满行人耳，一度思卿一怆然”，真是极具哀荣的最高层论定啊。

由此看来，会悲哀也是一种价值，而遇上会悲哀者来哀己也是大幸了。中唐诗人顾况曾作诗句：“花落深宫莺亦悲，上阳宫女断肠时。帝城不禁东流水，叶上题诗欲寄谁。”此诗写唐朝上阳宫众宫女，青春年华寂寞枯守，只能红叶题诗顺水漂流。如果不是顾况在宫外碰巧捞起，记录下这一毫无希望的表达，那便真是“纵有千种风情，更与何人说”了。

会悲哀者，不但善于悲人，也善于悲己；大半悲人之作，重心与潜台词还是悲己。不但是写作者,阅读者也是通过苦主想到自己类似的悲戚,才不分地域、穿越时空地扼腕太息、耿耿难眠。唯有如此,才有那么多人间悱恻如此广泛地传播开来。

同样,会悲哀者也渴望遇见另一个同类,来亲近、理解自己的悲哀。诗仙李白可谓此中圣手,在其绝笔中也自哀:"仲尼亡兮谁为出涕?"

——这就好像组团去旅游,善于拍照者总能把别人拍出最佳效果,轮到自己了,却被拍得马马虎虎。

你为何飞翔?

在街上看见一个烟囱。高是一方面,关键是如何上去。它的中下部是环主体的钢梯,蹬与蹬之间是空的,外侧拦着,盘旋上升。中部以上是几乎垂直的 U 形铁蹬梯,为防止仰着跌下来,外面用钢筋围成桶的形状,人从下面钻进去。钻桶十几米就是一个绕柱体的平台,当然,有栏杆可以扶着。

这样的设置,是为了方便作业人员上上下下吧,也肯定有人经常上下。那是怎样的人啊,先盘旋,再垂直,半路有个平台可以喘气、歇脚。他上去了,还要下来。对于此我是不能想象的。这样的工作,以我这非常晕高之人,第一万难上去,上去了也下不来,一想到自己悬吊在半空的样子,心里就发紧到要呕吐。这时反倒庆幸半生以来弄了文字,剁个馅儿就腰疼,还有那动辄蹲卧的浑身油渍麻花的汽修工,还有这样的凌空作业,有哪个自己能干得了?

我爬过上海最高的东方卫视塔,坐电梯挤挤擦擦上去。人们在保护设施下两脚空踩,看地面上人车如蚁。我当然不敢,惧怕之余还有被抛弃了的委屈感,直想扑身而下,给轻视、漠视自己的人一个最好报复。年轻时离乡闯荡,以诗歌为翅膀,为了所爱扑棱棱飞;二十年过去了,这也算另一个"飞翔的原因"吧。

近些年来的睡梦里,也常有焦灼,不是被人追杀,就是踏足绵软、失足万丈。人到中年,身心的裂口与瘿结越来越多,纵是喧嚣红尘、纸醉金迷也遮盖不住;自己知道自己的病灶,偶尔也能笔墨自剖,却始终摆脱不了肉身的沉重、欲望的裹挟。但是,畏避再久也要面对,需要抛弃的,也许恰恰是自己千辛万苦才拥有的一切。

有哪一天,面带微笑,如猴子一般灵巧攀爬,把烟囱当作炮筒,把自己发射到那悲喜全无的境地去。

卷肆

散文
2020
精选集

艺写四季

MY ART MY HEART

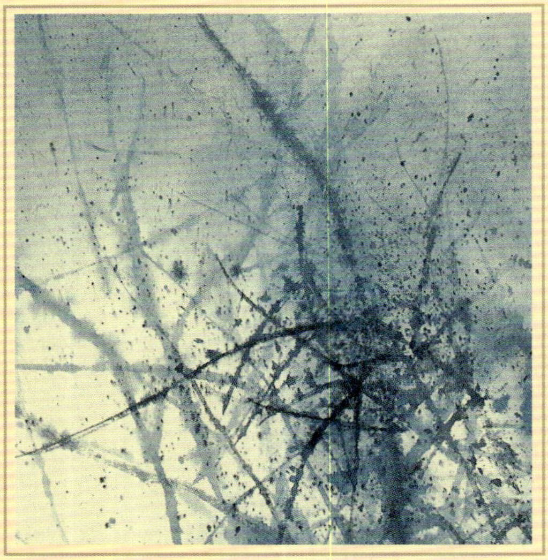

散文

2020

精选集

王晓莉　不语似无愁

清水明月的优美

中年以后，似乎隔些日子不听到一则熟人或是耳熟的名人死讯已不太可能。前阵子日本导演是枝裕和的御用女演员树木希林老太太走了，我顾自难过了一回。老太太演技好不用说，做人保持个性、酷冷到底却是难得可爱。老太太患乳癌近二十年，最后全身扩散，拍个长时间的镜头都要歇息很久。不仅视其如母的是枝裕和，即连观众如我，也是有些心疼她。这两天又传来阿涅斯·瓦尔达的死讯。阿涅斯去世我倒不是太难过，九十高龄不说，关键一直没病没灾，生机勃勃的，八十九岁时还拍了那么好玩好看的《脸庞·村庄》。奥斯卡评委也很凑趣，新近刚给这位新浪潮电影“老祖母”颁了终身成就奖。一生也算活得春风骀荡，尽兴尽情。

纪念这些挚爱艺术家离开尘世踏入仙界最好的方式，当然是观赏他们的作品。阿摩司·奥兹去世时我拿出了那本厚如砖头的《爱与黑暗的故事》，此前这本书一直是当收藏品一样摆放在书架。太厚了，厚得可以当打人工具。这回还未读毕已是惊艳。惊艳得简直要感谢老先生去世——他要不去世，我真没有勇气去读那么厚的书。电影人去世就“好”多了，一部代表作耗时也不过两三小时。当然，自杀的胡波是个例外，他的《大象席地而坐》整整四小时——我怀疑他如果把电影拍短一点也许就不会这么年轻即决定去死。四小时的电影里，他可能把想跟世界说的话都说完了，想想此后无话，只好跟世界说再见。我在视频里看“金马奖”颁奖会，李安把最佳影片奖座交给胡波的母亲，并搂住那可怜母亲的双肩，不禁也随之落泪：一个可以表达的抑郁症患者，相比那些至死沉默的病人，毕竟还是留下可堪回首的记忆，毕竟还是没白来世上一趟。

这都是题外话。这回我纪念瓦尔达老太太，是重温了一遍她七十岁时拍的纪录片《拾穗者》。老太太真是有趣之人，扛了摄像机跑遍法国，从米勒油画《拾穗者》带给她的灵感开始，将“捡拾”这一主题扩大，追寻、探访那些丰收过后捡麦穗的人，随潮汐涨落赶海的人，树下捡苹果、地里掘土豆的人，以及城市垃圾箱旁捡旧冰箱、电视机的人。所有这些拾荒者，都非是出于贫穷，而是出于凡物不能浪费的理念。他们不使用也不购买新东西，因为路上捡到的已经足够用了。消费社会若是一个大胖子，这些拾荒者则是在竭力为社会减肥减负。面对瓦尔达的镜头，他们不卑不亢，令人肃然起敬。镜头最后追踪的一个“拾荒者”，应该是瓦尔达老太太意味深长的安排。这个专门去市场捡拾商家丢弃的蔬菜、面包用以果腹的中年人，如果电影不交代，你会以为他是身无长物的流浪汉，然而其实他是个法国大学助教，白天他去捡拾，夜晚则来到难民营，免费教那些黑人难民法语。

这个衣着朴素，有足够学历、足够文明的人，穿行在清晨五点钟的市场，俯身捡起一块即将过期的面包，和寻常一样往嘴里送，即使镜头对准，他也完全没有想要有所遮掩——他也许还希望被更多的人看到，以此带动更多的人来践行这样的生活。我看着，想，这场景多优美啊，不是鲜衣怒马的美，不是万众瞩目的美，而是清水明月的美。

这就是清贫之美。

不语似无愁

波兰电影《艾迪》，有一个最主要的情节颇能让我想起白隐禅师那个著名的私生子故事。艾迪是个在城市里收废品的普通人，因为爱读书，被卖酒的两兄弟叫去给他们十七岁的妹妹做家庭教师。两兄弟向来霸道凶残，近似黑社会。他们的心理活动是，艾迪长得丑，又穷，不会给漂亮的妹妹带来危险。谁知妹妹早已经与他们的生意伙伴、一个每周送酒来的吉卜赛男人有私情。不久，妹妹有孕，被两兄弟发现。他们暴跳如雷，逼问是谁干的好事。妹妹想要保护情人，随即想起家庭教师，便说：“是艾迪。”两兄弟立即去找艾迪算账，艾迪为了不出卖妹妹，没有作声。他们残忍地阉割了艾迪。不久妹妹生下孩子，两兄弟拎了婴儿筐来找艾迪，限他一周内带着孩子离开此地。艾迪什么也没说，带着孩子，还有自己收废品的搭档、好朋友尤里克，回到阔别多年的家乡。在这里，艾迪他们度过了一段非常平静美好的时光。直到有一天，两兄弟和妹妹开车找了来。原来妹妹思念孩子，又受良心谴责，说出了实情。

这一回他们想来要回孩子。艾迪回屋里长久地亲吻摇篮里的孩子后，交还给孩子妈妈。即使是这样不舍得与不公平，艾迪依旧还是什么也没说，倒是尤里克，愤怒地把两兄弟赔偿的钱掷到了地上。

白隐禅师几乎是遭遇了和艾迪一样的事，两人做出的反应也是几乎一样的。只不过白隐禅师在两次事件转折时比艾迪多说了一句话，这句话就成为禅宗非常有名的一句话。白隐禅师两次都是轻轻说道："就是这样吗？"然后就全部地接受了现实。

艾迪可以说是一个波兰的当代"白隐"。当然，他与白隐也有不同。白隐的日常主要是在乡下修行。艾迪则是个城市收破烂的。艾迪读很多书，在等待废品过磅的间隙他也拿着一本书看。尤里克问他："你看书有什么用啊？"艾迪回答说："可以得到安宁。"

尤里克不太懂，但是这不妨碍他们成为生活中最靠谱的朋友和搭档。尤里克捡了一台全新的电视机，他太高兴了，虽然两人住的地方连电都没有，他还是宣布这是"非卖品"。他对艾迪描绘他最想要的生活，就是"有三台电视，一台放卧室，一台放卫生间，一台放厨房。三台电视都有四十二个频道，想看哪个看哪个"。这样的理想，每个人在自己物质匮乏的时期都会有。但是艾迪对这样"美好的理想"完全不动心。在尤里克眼里，艾迪是个搞不懂但又叫他崇拜的怪怪的哥们儿。

比如，艾迪看见一个孩子非常垂涎一种汽车玩具，却又买不起，天天来店里看一眼。艾迪回家打开旧冰箱，冰箱里并没有吃的，他看到书橱上放满了自己收来的旧书，拿个袋子把书装进去，拎到二手书店。尤里克不解地跟着，问他，你不是喜欢这些书吗？艾迪说，有时候为了某些事还是要卖掉的。他把卖书的钱拿去买了汽车玩具，放在孩子家门口。两人偷偷躲在楼道拐角，欣赏孩子回家发现玩具时的狂喜。尤里克说，六十五块买个玩具！你是过圣诞节吗？艾迪回答说："圣诞节什么时候想过就可以过。"

艾迪和尤里克之间有点像堂吉诃德与桑丘·潘沙的关系。他们都是朝夕相处，但其实彼此相差还是挺远的。这"挺远"的一点就在于"内心"。艾迪接受一切现实，穷，被欺凌，被剥夺，但是他不愤怒，他也几乎不设想将来。他长期不回家乡，也是因为多年前他的女人被另一个男人抢走了。两人结合之后却没有孩子，成为憾事与哀伤。现在这个男人看见艾迪带着个孩子如此平静地回来，内心有点惭愧。他们两人在屋子旁边有段交流，男人最后感叹地说："没有想到我有一个女人，却没有孩子；你有一个孩子，却没有女人。"艾迪回答说："这就是生活。"艾迪全部的人生观都在这句话里。不须选择，生活给你什么就是什么；不须愤怒，承担"现在"就是真正的生活。不选择，就是选择，甚至比选择更有力量。

白隐禅师说："就是这样吗？"而艾迪则说："这就是生活。"两人的话实出一辙，都是深具禅意。过去不忆，未来不想，当下不执着——这是禅宗的态度。白隐是日本十八世纪著名僧人，他有一句好诗，"不语似无愁"，用于形容平静如水的艾迪，也是非常贴切。

白菊花还是不肯低头

夜里没睡着，把沟口健二的《西鹤一代女》又拿出来看几段。这部1953年获得威尼斯电影节大奖的电影，很多年前第一次遇到时，只几分钟就知道这是此后必定会时常重温的那类。电影里的黑白影像，三味线特有的那种随时要断的弦音，田中绢代的形体语言，以及沟口无与伦比的镜头，这一切通过某种化学反应，聚合成一种能把人紧紧拽住，叫人浮不得、躁不得的力量。那力量是往下拽扯的，直拉着人往人心里去，往海心里去，往地心里去。叫人想要一探生存更深处的究竟。

故事我已经很熟悉了：阿春年轻时是宫内侍女，冒犯规矩与武士相爱，武士被杀，阿春也贬回家中。恰逢领主遣人来她家乡一带选妾，阿春因美貌懂规矩而获选。她给领主生下一个男孩，这成了她再度被遣送回家的原因，因其已帮助领主完成传宗接代的任务。阿春回家，世故而贪财的父亲厌憎她，迫她去了妓馆。阿春性傲，开罪客人，老板根本不能容留这样的女人。幸好遇到卖扇子的忠厚男人有意于她，阿春遂与他结为夫妇。谁知男人出门做生意竟被强盗劫掠杀死，成为寡妇的阿春走投无路，去一个富人家帮这家太太梳头，却遭太太嫉妒而再次被扫地出门。阿春想要皈依佛门，却被女尼误会。寺院待不下去，阿春不得已靠弹三味线乞讨。有一天，在远远看见自己的儿子一眼之后，又激动又冷又饿，她昏倒在地。几个年老色弛的卖春女救了她，阿春也因此入了这一行，在不断的遮羞之中出卖肉体维持生活。此时儿子已经长大成人，即将成为领主的他不允许有个卖淫母亲，阿春被允远远看一眼儿子以做个母子间的了结，再次肝肠寸断。

影片最后，老迈的阿春看破世事，成了托钵尼沿路化缘。敲开门的人家，给食物也好,不给也好,高看她也好,低看也好,阿春都是无悲无喜,波澜不惊。寺庙塔尖在不远处高耸,阿春合十作礼,继续往前。

这真是个彻头彻尾、令人不寒而栗的悲剧。从一开始,田中绢代饰演的女人阿春的生活就可以说是没有最衰,只有更衰。每一步背后似乎都有一个魔鬼在跟随作弄,想要整死她。然而这个电影的伟大之处也在于,阿春总不肯死,或者说,连头也不肯低。为了活着,她拼尽了全力。就像晚秋的白色菊花,尽管天寒的消息早已渗透每一角落,还有秋风一刻不停地吹刮,白菊花还是不肯低头,还是要开。

今晚重温的一个情节是,阿春做了卖春妇,年老色衰,无人问津。她倚在砖墙暗影处,以头巾遮面。一个老者过来要领她去。她带了一线希望,几乎是喜悦地跟着。进了屋,老者招呼四五个年轻男子来围观阿春,并"教导"他们说,你们想知道人生苦短,看看这个老妖婆就知道了。原来他是用阿春来警示这些男子的。阿春本还是头巾一直遮着脸,此时她接过钱,几乎是坦然地面对了那几个男子。她去玄关处穿鞋。想想,又带着轻微的讽笑回到几个男子前,出乎意料地,她冲着他们,竟然做了一个鬼脸。一个看似与她的年龄、她悲酸的经历都不够相称的鬼脸。然而,我觉得这个鬼脸又是最恰当,甚至最精彩的。乞求他人哀怜是不可能的,即连同样生活辛酸的人也当她是一个笑话;乞求命运的转机或垂怜也是不可能的,她哪样苦痛没有经历过? 那么,就对命运做一个鬼脸吧。即使天要亡我,我偏要叫自己不亡。

复习完这个情节犹觉不满,又去搜索电影的相关资料。竟真有有心人上传了年老的田中绢代接受采访的珍贵视频。这位年轻时脸容犹如花开一般饱满的演员,此时脸颊已松弛,眼睛还是熠熠有神。她面对镜头侃侃而谈:"作为一个演员,我当然是向往荣誉的。但是我更愿意做的事,是帮助沟口导演成为世界上最伟大的导演。"彼时沟口已因白血病去世——有些至关重要的话,原来是这样,是要在人已离去之后才说得出口。但是,说与不说其实也是一样的。沟口早已助力田中成为最伟大的女演员。她则帮他成为最伟大的导演。英雄相惜,莫过于此。完美合作、彼此成就,此亦是典范。绝不是谁提点谁,谁仰赖谁那种,而是交相辉映,不可或缺。与此类似的还有小津安二郎和原节子,成濑巳喜男和高峰秀子。他们都是二十世纪五六十年代的日本电影搭档,影史的一代传奇。那是多么辉煌的年代、多么明亮的星空啊。

苏北　汪曾祺二题

张家口与汪曾祺

1958年,汪曾祺被错划为“右派”下放到张家口的一个农业科学研究所劳动。说“劳动”好听点,其实就是思想改造。1960年“摘帽”,1962年初回到北京,前后将近四年。

这四年对汪曾祺有什么意义呢？对他的创作又有什么影响呢？

撇开人所遭受的精神和肉体的双重痛苦外,在张家口的生活对汪曾祺的人生和创作,还是起到了十分重要的作用。

汪曾祺虽然童年生活在苏北一座封闭的小城高邮,但他从小直到十九岁离家出去求学,并没有在农村生活过(为避难,在后来成为《受戒》创作背景的那座小庙里躲了半年不算),更没有参加过农业劳动,家境比较殷实,过的是“少爷”生活——汪先生在《我的母亲》一文中曾说:“我已经很大了,任氏娘(他的继母)对我很客气,称呼我是‘大少爷’。”后来上学、教书、当编辑,虽然也到过农村、见过农民,但在骨子里与农村、农民是不贴近的。张家口的四年,是他与农村、农民最接近的四年,可是说是深入骨髓的。套用沈从文的说法,是“滚到了农民中去了”(沈先生爱说“滚到生活里去”)。中国是个农业大国,了解中国就要了解中国的农村,了解了中国的农村,可以说就基本了解了中国。

汪曾祺是一个从小立志当作家的人。(这个说法是有根据的,而且他确实也实现了他的人生目标。)作家必须要深入到生活中去,有些是主动的,有些是被动的。汪曾祺下放张家口,是被动的,但也是“意外”收获。

用汪先生自己的话说:

这四年对我来说是很重要的。我和农业工人(即农民)一同劳动,吃一样的饭,晚上睡在一间宿舍里,一铺大炕(枕头挨着枕头,虱子可以自由地从最东边一个人的被窝里爬到最西边的被窝里)。我比较切实地看到中国的农村和中国的农民是怎么回事。

汪曾祺青年时在创作上是个现代派,在大学里还写过"别人不懂自己也不懂的诗"(汪曾祺语)。他是想努力创作的,可多是自我的"痛苦"或者"观察"来的生活。(在他晚年,别人曾劝他翻翻旧报纸,找找青年时的作品出一本书,他说:"我不想干这种事,实在太幼稚,而且和人民的疾苦距离太远。")此前他并没有机会去真正感受中国农民的"痛"(生活),这一回算是实实在在地感受到了。他后来的创作趋于平实,更关注现实,多去书写普通人的疾苦,这不能不说与张家口这一段生活经历有关。在二十世纪八十年代一次关于他作品的讨论会上,他说"回到现实主义,回到民族传统",这是他的真心话,也是他经历丰富人生后的切身感受。

张家口可以说给汪先生补了一课。补了一堂"中国农民课"。

关于张家口,汪曾祺写了十一篇小说,《羊舍一夕》《王全》《看水》写于1961年至1962年,是写孩子的,但不是儿童文学。《骑兵列传》写于1979年,那时思想还没有完全放开,写得有点禁锢的样子。《黄油烙饼》和《七里茶坊》,许多人都说写得好,很感人。《寂寞与温暖》是写的自己,小说主人公沈沅可以说就是汪先生本人。沈沅的思想感情,就是汪曾祺那时的思想感情。《护秋》和《尴尬》写于1992年,这时的汪先生已经完全放开,这两篇写得就很有意味了。

在张家口,汪曾祺还给所里的赵所长等人写过思想汇报。这个汇报挺有意思。细看里面文字,有一段话颇有意味:

我对现在的工作是有兴趣的,但觉得究竟不是我的专长。有一晚无灯黑坐,曾信笔写了一首旧体诗:"三十年前了了时,曾拟许身作画师,何期出塞修芋谱,搔发临畦和胭脂。"(三十年前,被人称赞颇为聪明的时候,曾打算做个画家,没有想到到塞外来画山药品种志的图,搔着满头白发在山药地旁边来和胭脂。)我总是希望能够再从事文学工作,不论是搞创作,搞古典或民间文学,或者搞戏曲,那样才能"扬眉吐气"。问题即在于"扬眉吐气",这显然是从个人的名位利害出发，不是从工作需要出发，对于“立功赎罪”距离更远。

这里面的信息告诉我们：汪曾祺实在是热爱文学的，而且是要为之奉献终生的。

这个“思想汇报”还透露了一个信息：他受农科所领导指派，到所里一个叫沽源的马铃薯基地去画马铃薯的薯块、花和叶。他在汇报中说：

我七月底离开沙岭子到沽源，稍事整理，即开始绘画马铃薯的花和叶子。迄至现在为止，已画成六十余幅。其中部分是兼画了花和叶子的，部分的只画了花，小部分是只画了叶子的。我每天早起到田间剪取花、叶，回来即伏案作画。因为山药花到了下午即会闭合或凋落，为了争取多画一二丛，我中午大抵是不休息。除吃午饭外，一直工作到下午七时左右。每天的工作大概有十一二小时。晚上因为没有灯，且即便有灯，灯下颜色不正，不能工作，只好休息。已经画成的各幅，据这里李敏同志和陈先雨同志鉴定，认为尚属真实。我自己知道，我幼年虽对绘画很有兴趣，但从未受过严格训练，用笔用色，都不熟练，要想画得十分准确而有生气，是颇困难的。

从这个汇报中，可明确看出“已画成六十余幅”。这个图谱后来不知怎么给弄丢了。实在太可惜了。如果还在，编成一本《汪曾祺绘中国马铃薯图谱》，也将是一本妙书。

改书名

1989年秋，我们几个在县里写小说的，想出一本合集，以为纪念。起这个念头的是龙冬。本来我们定的书名是《四人故事集》，收王明义、龙冬、钱玉亮和我四个人的短篇小说。一人出几篇，一本书，大约十六万字。我们在创作上主要受到沈从文和汪曾祺影响，龙冬建议最好能由汪曾祺先生写个序。这个任务他们交给了我，要我给汪先生写信。我大着胆子给汪先生写了一封信，所说大致就是上面的意思。没想到汪先生非常痛快，很快回了信，同意给我们写序。

信很简单。汪先生写道：

立新：

信收到。我可以写序，但最好你们每人寄一篇作品给我看看，这样写起序来可以较为切实，不致完全架空立论。

书名不好，但一时也替你们想不出更好的。如想出，当函告。

即候安好！

汪曾祺

11 月 28 日

立新是我本名。苏北是后来的笔名。

过了一个多月，序寄来了。写在三张大大的“24×25=600”的人民文学出版社的稿纸上，落款是“1990 年元旦”。同时给我们寄来几张用毛笔写在宣纸上的书名。他为我们想的书名是《江南江北》，汪先生的这几个题字清秀俊隽，字略偏，行中带隶，极有韵味。我们高兴极了，开始忙这本书的出版。可是那个时候，出一本书非常不容易，七拖八弄，还是钱玉亮想尽办法，直到 1994 年 9 月，才在安徽文艺出版社印出来。

那篇序近两千字，题目就是《读一本新笔记体小说》。这篇序文后来由《光明日报》的编辑拿去登了出来。

值得一提的是，汪先生在序里对我的中篇小说《蚁民》进行了评价：

> 对蚁民的平淡的悲欢几乎是不动声色的，亚宝和小林打架，一个打破了头，一个头颅被切了下来，这本来是很可怕的，但是作者写得若无其事。好的，坏的，都不要叫出来。这种近似漠然的态度是很可佩服的。

最可惜的是，那个题写书名的原件，后来拿到印刷厂排版，转来转去，不知转到哪儿去了。不久前我还问龙冬，他也不知道。好在龙冬有很好的复印件，还是蛮清晰的。我叫他复印了一份给我，收藏好了，有兴趣，就取出看看。睹物思人，有时也很想念这个写字的人呢！

汉家　**读古拿云**

我家过冬

因为徐渭的才大，所以人们提起他总要提到他的落魄。这是人性。

早晨下了大雪，张元忭给徐渭送来了酒与裘。他在《答张太史》中写道："酒与裘，对症药也。"酒当然就痛饮了，对于裘皮衣物，徐渭道，"非褐夫所常服"，自指为凡夫，无此福分，意退还。徐渭自嘲道："风在戴老爷家过夏，我家过冬。"难得他引这句西兴脚子的玩笑话。徐渭将自己放得很低，却低到他的水墨可大写意，可独步丹青。

徐渭自知其不朽，洒然地说了些俗子的话，却有了文字的一份美意。徐渭的自谦，实在是老实人的一种骄傲。

大雪之时，要多添些柴火，脚子要穿一双厚棉鞋。戴老爷家过夏，而风雪正来得急，徐渭则一笑。

今夜深了，我准备给远方的朋友写封长信。故乡已过了冬季，明年下雪请早。

张元忭是张岱的曾祖父。徐渭有许多别号，我独喜"田丹水"。

风流不见秦淮海

我有怎样的寂寞？看着女儿摆弄芭比娃娃，我有怎样的寂寞？看着电视娱乐节目，我有怎样的寂寞？看着城市新建的立交桥，我有怎样的寂寞？看着你哭丧的脸庞，我有怎样的寂寞？

寂寞着你的寂寞，我又有怎样的寂寞？

王士祯赴扬州，夜泊于高邮，生出了寂寞。"寒雨秦邮夜泊船，南湖新涨水连天。"我无法想象清代的寒雨。我也经历现世的雨，冷得彻骨，却少了凭依的扁舟。船泊在高邮，水涨，孤寒更甚。“风流不见秦淮海，寂寞人间五百年。”入乡思人，秦观是高邮人，这船泊在了人家的故乡。不必论当今，在王士祯的时代已叹风流不再了。寂寞由此而生，五百年的斗转人间，白云苍狗。秦观死后，苏轼说：“少游已矣，虽万人何赎。”每个时代皆有人头攒动，万人万貌，却不见了秦少游。寂寞可以是街头里巷的无聊赖，可以是怨妇的手中针线，也可以是五百年来的风流尽失。

秦观在雷州的海康宫留下梦中题诗，佛我两空，也因寂寞吧。秦观是苏轼的学生，为苏门四学士之一。师徒曾在雷州相会，皆被贬之人，可谓沦落天涯，互取文心热暖。王士祯感受的寂寞与苏轼的寂寞与秦观的寂寞，是不是一个寂寞？不得而知，但他们的风流却是一样的风流。王士祯此诗写于1660年，秦观死于1100年，相距五百六十年。五百年寂寞，此言非虚言，这寂寞来得真是实打实。

我看着女儿摆弄芭比娃娃，已不见温软的香包。我看着电视娱乐节目，心却丢失在落雪的古戏台。我看着城市新建的立交桥，送君再也送不到竹林里的驿站。

我看着一张张哭丧的脸庞，你在烟花漫天的上元节，而我身在何方？

我的此生是何生？我寂寞着我的寂寞，你又有怎样的安定？

另，汪曾祺也是高邮人，他厌烦旁人提起高邮必提其特产咸鸭蛋，仿佛高邮只有个咸鸭蛋。王士祯想念的是秦观，与咸鸭蛋无干。有趣的是，汪老一旦论及咸鸭蛋，依旧眉飞色舞，不改贪吃本色。

咸鸭蛋是乡愁一种，它不风流，有时候它是寂寞的思乡的咸鸭蛋。

把酒

读到《西游记》第九回的渔樵闲话，一下子就呆住了。渔翁张稍和樵子李定在此回共和诗十四首，从《蝶恋花》起头，两人一路攀比山清与水秀。按说第九回是以渔樵引出唐僧身世，一笔带过即可，哪承想如此的豪华文字竟发于渔樵二人。我几乎认为，这整本《西游记》的底色即是渔樵闲话，吴承恩落笔的重音就在这个节骨眼儿，由此开出了一番契阔。

中国的江山不在高山大川的皮相，而在渔樵二人，闲话中方有了人世的信义，方晓得中国式美学倒是在这半酣的斗气中放下了。

《西游记》中降伏了妖怪后，前方总有一处人家在。我每读到师徒四人借宿到沿途人家里，宾主落座，互敬，吃一顿热茶饭——读这些文字，我就是暖的，感到了气血满盈。这是中国人写的书，这是中国式的仁义人家。

《西游记》的好处是在斗敌间的人世风景里，这些风景因来自于渔樵闲话的青天白日，所以我才听得这样分明。早年，孙悟空参访仙道，师从菩提祖师前，曾在南赡部洲待了八九年，此间他学人话，亦学人礼——我爱孙悟空就是从这里钟情于他的。他是一个石猴子，却学人话；他天然野性，却学人礼。中国的人世，是有这样的天地贞静，任你是妖魔鬼怪，也有炊烟散落时的涌上心头。

精魂所在。我写渔樵闲话，却想起了《红楼梦》里的刘姥姥，她真是冰雪聪明。对于不知者，我不怨他们，概因不知也能成全真正的知己。渔樵二人的对饮，已有了汉语的尽得风流。

西风烈，西游啊，且与老兄把酒相叙。

甄宝玉和假悟空

何为真？甚为假？真真假假，假假真真。我做真人，也做过假人。我假托，亦真的与共。谁的真心换假意。谁的假意换真心。真作假时假亦真。

贾宝玉在人世遇到一个甄宝玉，两人的皮相相同，少年时皆喜女儿之美。只是成年后，甄宝玉一副过来人的样子，不再执迷女儿心，以求取功名为重，一派文章经济。贾宝玉则不然，还是个痴心人，凡事要论个清与浊，直至出家而去。一真又一假。甄宝玉出场，我甚感无趣——而读到孙悟空大战六耳猕猴处，我则大惊失色。他分明就是大闹天宫时的齐天大圣，却被孙行者一棍子打死了！

一样的本事、一样的相貌、一样的心比天高。六耳猕猴未做恶事，却大施法术，自行组建了一支取经队伍，要去西天朝圣，传世扬名。他是四大灵猴之一，是另一个孙悟空，是人的自然本相。如来说："我观'假悟空'乃六耳猕猴也。此猴若立一处，能知千里外之事；凡人说话，亦能知之；故此善聆音，能察理，知前后，万物皆明。与真悟空同象同音者，六耳猕猴也。"这分明就是灵性之全能。孙悟空踏上取经路后，心性被收伏，与大闹天宫时的美猴王相比，判若两人。对于六耳猕猴的本相，我不认为他是孙悟空的心魔再现——似乎除掉此灵猴，孙悟空就剪除掉心魔，从此俯首就擒般别无他想了——其实没有这么简单，或者没有这么复杂。

单说六耳猕猴，我视他为一个独立的造反者，称他是负气的朝圣者。因为他看不惯，又有通天的本事施展不出，所以就自己干了起来。六耳猕猴终归与斗战胜佛无缘，但他死后也应该有一个庄严的墓碑。

甄宝玉顺利地走上了仕途经济之路，六耳猕猴还没有上路即被消灭了。假如世上不曾诞生灵明石猴，那么护送唐僧西去的孙行者就是六耳猕猴了——每想到此，我每有愤愤不平，真是假作真时真亦假。

几家黄叶豆棚秋

一手写“二十条枪十口刀，杀人白昼共称豪”，另一手写“江南大好秋蔬菜，紫笋红姜煮鲫鱼”——

他左右开弓，直性痛快，一道疏狂生辣，取与不取全出于内里肝胆——

他是郑板桥。

“独有老僧无一事，水禽沙鸟听关关。”

忙忙忙、茫茫茫，只有博也上人了无一事。老僧无愁，他安安静静的，他是“无”字里的“有”，也是“有”字中的“无”。

野鸟飞过，他似乎倾听着稍纵即逝的鸟鸣声，“关关、关关”，声声总关关，人的倏忽一生，亦为关关之声。

“夜深更饮秋潭水，带月连星舀一瓢。”偏选在夜深时饮水，天上定然有月儿和星光陪伴。

潭水清凉，就提起了精神。

月亮和星星皆倒映水中，那就连月带星一并舀来，张开我的嘴巴，统统饮下了它们。

一口饮下朗朗乾坤，万物同为造化。

“英雄何必读书史，直摅血性为文章。”

英雄不以读书论英雄，英雄为英雄，凭的是一腔气血。

书史可放下，自有血性文章，字字是笔墨心肠，句句当山水家乡。

“写取一枝清瘦竹，秋风江上作钓竿。”因为是瘦竹，所以才能见着了骨节，可谓铮铮。

画了一枝清瘦的竹子，入秋风江面，做了一等一的渔竿，与老渔翁共度朝朝暮暮。画境亦化境，以墨写的竹子担当起风烟中的人生，人心格物，已分不清何为画纸一张，何为老夫的此时心境。

“看月不妨人去尽，对花只恨酒来迟。”

配看月的人，只我一人。孤独吗？

一点儿也不孤独。独对圆月，才配得上人生的豪华。看花开花落如梦：酒来、酒来、酒来！

快来一壶老酒伺候啊！

与花朵交付心事的节骨眼儿上，我怎能不一醉方休呢……

“千磨万击还坚劲，任尔东西南北风。”

这回的东西南北风可不是什么好风，非“好风凭借力，送我上青云”的风，而是合着伙儿来千磨万击我的风。也好，你们来吧，我任你们折磨和击打，我任你们能——

任我还是我。

“分明一见怕销魂，却愁不到销魂处。”

相见，销魂。人的无言不是说不出言语而是不知从何说起。

这“怕”，是怕人的难堪，怕又一回春尽人不知。虽然“怕”，心里也想着相见一场。愁的是，从来相见难。那销魂处，人心幻境，明明知道竹篮打水一场空却依然落了个空空如也。

“寂寂柴门秋水阔，乱鸦揉碎夕阳天。”

似乎所有的柴门前都应该有秋水长阔，都应该人心自由放诞。

秋水之阔，衬出了柴门的寂寂。这“寂寂”是人世的好词，寂寂就是管他娘，我只看我的秋水！

“揉碎”，有乱鸦的胡来之心，影影绰绰间光芒交错，正是夕阳西下的深厚滋味。

“花亦无知，月亦无聊，酒亦无灵。把夭桃斫断，煞他风景；鹦哥煮熟，佐我杯羹。焚砚烧书，椎琴裂画，毁尽文章抹尽名。”

恨之深切，就将花、月、酒这些老朋友都视为陌路人，且大加嘲讽。你的人面桃花开——砍掉，煞煞你的风景；你的鹦哥高声叫——杀掉，把你煮熟了，当我的下酒菜。

仍然不解恨，就把砚、书、琴、画都毁掉！

还是不解恨——

连文章亦是多余之物，都毁尽毁尽；名声亦是害人之源，都抹尽抹尽。

这酷烈无情的恨极背后，是郑板桥心里矛盾丛生的空虚与热爱。

郑板桥言：“一竹一兰一石，有节有香有骨。”——这等人物，怎能画不好一竹一兰一石呢！

他是个慈眉善目的稀世狂怪，他是他的存在物，竹、兰、石皆从他的存在里出来——

皆有它们的本分来处。

他寄弟的家书里写道：“古人云：‘诸葛君真名士。’‘名士’二字是诸葛才当受得起。近日写字作画，满街都是名士，岂不令诸葛怀羞，高人齿冷。”他也说自己藉笔墨为糊口觅食之资，其实可羞可贱。

郑板桥之所以有羞有惭有贱有冷，因他长着一颗丹心，长丹心的人只会是一个痴心人。痴心人老了，也是一个簇新的人。

江湖不朽，白莲花长在。

相信人等于相信人的本性。

《别梅鉴上人》道：“一径晚烟篱菊瘦，几家黄叶豆棚秋。”仿佛我做了一个梦，梦中的小径上升起了黄昏时分的炊烟。篱笆篱笆，你扎得牢；菊花小细，正值秋令——

不知有多少豆棚里的叶子变黄了。

仿佛我是海陵弥陀庵里的小沙弥，身着破烂僧衣的梅鉴上人正穿过我扫地的前厅——

又仿佛我生在一户种豆的人家，秋天送来了秋天，叶儿黄了叶儿，风中飒飒飕飕，我一本正经地呼吸着新鲜空气，从头到脚贯注气爽神清——

仿佛我生而为人就活在了我永不忘怀的前梦中。

李城　大野香草

一

我上小学的时候，有次大哥出门搞副业，年底带回一包干枯的草根。父亲很不高兴，说你该操心全家人的吃喝了，带那些有啥用？大哥没有辩解，捏几根放进父亲面前的火盆里。火焰刺啦燎过，神奇的香味就弥散开来。

大哥叫它松香，说那是很难找到的一种香草。此后的每天清晨，父亲生火时总会添加那么几根，也不敢多放，不想糟蹋了稀罕之物。那时吃饭仍是头等大事，袅袅青烟虽然不能充饥，但让人头脑清醒身心愉悦，觉得生活也是美好的。

哪里还有那样的香草？家乡小村在半农半牧区，山腰以下是农田，上边全是草坡。可山上满是牛羊，牧草都来不及长高，哪能生出香草来。不过那里有火绒草，我们叫艾花，叶子像白兔的耳朵，细碎的白花很不起眼，而且沙沙作响没有水分，牛羊是不吃的。放在火里闻着也香，就是比不上松香气味的纯。人们通常将花和叶子一起捋下来，一下午能捋一口袋，晒干后装枕头，也可以醒脑明目。

我工作过的几个地方都有艾花，一直用它来代替松香。收集艾花最好是中伏三，人们说中伏第三天，最普通的花草也含了天地间的灵气。艾花晒干后用手掌反复揉搓，将花瓣和毛茸茸的叶子揉作一团，搓成一指长的艾条，存放在干净的纸盒中。每天清早点上那么一根，袅袅白烟升起，醇香里带着一丝隐隐的苦涩，人也就警醒起来。于是，起床洗漱后点燃艾条成为我的习惯，甚至带了庄重的仪式感。

后来我到州府所在地羚城当了记者，一段时间老是去四面山坡上搜寻，看看有没有松香。那是荒原上建起来的新城市，羚羊奔跑过的地方，竟也不见松香的踪影。或许曾经有过，而今隐去了它的芳踪——许多有形的无形的事物，凡是让人觉着珍贵的，似乎都难逃如此的命运。经人指点，在西山之巅找到一种叫地椒的紫花植物，匍匐于地面的花枝有些干硬，似乎属于木本。带几枝回去放在炉盘上，香倒是香，还是没有松香的清爽和飘逸。又试着将它揉进艾花里，结果香味含混不清，像两个半道相遇的村妇在互诉衷肠。

哪儿还有松香？也许不会再跟那神奇的香草有缘了。

其实我忽略了黄河第一湾的玛曲草原——大哥带来松香的那次，可能就是去那里干活的。后来一个偶然的机会，我在玛曲草原也见到了真正的松香。

那次是玛曲县畜牧局的卓格女局长带我去看黄河湿地。青藏高原长冬无夏春秋相连，恰逢春秋之交，草原上牧草萋萋山花烂漫，仿佛苍茫大地展露出了灿烂的微笑。蹚着齐膝深的花草，我们走上阿万仓乡政府西边的山包。站在那平地隆起的山包上，我看到了恍若悬浮空中的滔滔大河，以及大河之畔一望无际的湖泊和沼泽。到处是波光粼粼的水面，仿佛银河泄漏漫成汪洋，各样的候鸟赶热闹一般翱翔其间。卓格局长说，黄河在玛曲草原回环四百多公里，黄河第一湾的湿地为其注入了将近一半的水量。

走下浑圆山包时，漂亮干练的女局长手里举着一朵紫色小花笑道，今天我要考考你——你是大记者，听说还是作家，能说出这花的名字吗？

看着她手中的无名小花，我茫然地摇了摇头。再看看脚下草地，大片大片在风中点头的，都是那种花。

这是松香啊，她说。

松香？真的是松香吗？凑近闻闻，也没什么特别的香味。见我疑惑，卓格局长连根拔出一枝来，抖掉黝黑泥土，露出褐色的根茎，果然飘散出那种超凡绝尘的清香来。我怀了极为虔敬的心，俯下身去仔细端详。娇嫩的条形叶片隐藏在密匝匝的牧草间，只有颀长的花茎伸展出来，绽放出一些紫色绒球般的小花，在高原的阳光和清风里骄傲地摇曳。

我便躺倒在草丛里，闭了眼，任自己在那水波般荡漾的清淡香味中载沉载浮。是的，松香，它只能生长在如此纯净无染的大野中，幸存于钢铁履带未曾碾压过的草原深处。

那位科班出身的畜牧专家介绍说，它的学名是甘松，藏语叫绑白，人们习惯叫它松香。它是中国独有的，以前遍布青藏高原的山坡、河畔阴湿处，如今已不多见了，能见到它、闻到它香味的人，都是幸运的。

二

甘南有一种紫斑牡丹，原生于深山老林，经寺庙僧侣们移植栽培，跃升为牡丹种群里的新品种。它香味浓郁，植株高达两米，而且耐干旱，也扛得住零摄氏度以下的气温。二十世纪三十年代，美国植物学家约瑟夫·洛克得到哈佛大学阿诺德植物园的资助，前往我国云南和甘南一带探险考察。洛克也是个摄影师，所到之处拍摄了大量自然和人文类图片，提供给美国的《国家地理》杂志。如今那些图片陆续倒流回来，成为当地旅游宣传中展现地方原生态的依据。洛克在甘南的卓尼禅定寺意外看到了紫斑牡丹，觉得是个极为罕见的品种，将种子寄回哈佛的阿诺德植物园。紫斑牡丹随即在美国培育成功，后来又盛开在英国伦敦的植物园里。可是，当它陆续被移植到世界各地的时候，在它屡经战乱的原产地却难觅其踪了。一直到二十世纪九十年代，紫斑牡丹才被重新"引进"故里，盛开在卓尼禅定寺的花坛里。

我基本是个花盲，却喜欢为它们拍照留影，打上名字保存在电脑里。此事一度做得有些偏执，似乎潜意识里在担心，将来某一天也许就见不着它们了。

如今出门没必要带着笨重的相机，手机也能拍出足可观瞻的照片，而且一些不认识的花再也难不倒我——打开手机里的一个小程序，只须将花朵置于镜框之内，即刻就能搜索到它的芳名，还配有足够详尽的文字介绍。

多年前的一次遭遇，想起来还觉得有趣。那次是挎着相机去报恩寺拍菊花，为打听到那些花的名字，我几乎惊动了全寺僧人。那是个山头小寺，只见到三个尼姑，不知还有没有其他人，也许统共就那三个尼姑吧，可以称作"全寺"的。

那是个秋末的上午，天气晴好，陡峭的黄土路烤得脸上热烘烘的。山下的庄稼都收割了，路边的野草也因结籽而枯黄，一些尚带绿意的小草也被晒得卷起来，在脚下沙沙作响。快到报恩寺的时候，路面突然平直起来，门前一段路甚至有点潮湿，好像清扫之后又洒了水。夹道盛开各色菊花，一些碗口大的花朵垂了下来，触在地面。

外院里有几间僧舍，只一扇半掩的门中传出喁喁人声。也许初一十五香客会蜂拥而至，那天倒是极为清静的。进了大殿所在的内院仍不见人影，只有各种菊花在碎砖围成的花坛里、泥皮剥落的墙根和石头台阶下自在绽放。大大小小的花朵混杂着，堆拥着，似乎经过发酵的浓烈香味令人沉醉，引得无数蜜蜂在庭院里嘤嘤嗡嗡。

我不知道那些黄的白的紫的以及复色的菊花分别叫什么名字。就在我俯身为它们拍照的时候，眼角余光里闪过一位腰身婀娜的女子。她脚步轻盈衣带飘拂，一晃就进了大殿对面阴影下的一间小屋。

我不由想到了蒲松龄故事里的人物。如此深山古寺，难说真有狐精或花仙子出没？

原来那是一间伙房。当我来到门口的时候，看到一个头皮刮得发青的小尼姑站在锅台边。她也许不到二十岁，手里正举起一只黑乎乎的大炒锅，弓着右手食指刮取锅底的饭糊，并响亮地吮咂着她的手指头。

请问师父，那种花叫什么名字？我指着院子当中一大堆纯白的花朵说。那种重瓣菊花的花丝通常是修长而末端带钩的，眼前铺陈在地的那些花丝却是直的，一律呈放射状散开着，就像山里小女孩儿不曾梳理的头发。

我的唐突令小尼姑大吃一惊。她哐当一声放回手中的大铁锅，一声"阿弥陀佛"脱口而出。她显然没听清我的话，俯身合掌道，施主有事吗？

我重复了一遍我的问题。

那不是九月菊吗？她反问道。

我说好像不只是一个品种，我想知道它们分别叫什么名字，是什么品种。

那要问我的师父，她说着就跑到前院里去了。

她很快带来了一位中年尼姑。那中年尼姑且不理我，疑惑地朝伙房里瞅了瞅，似乎怀疑小尼姑背着她们偷吃东西。

小尼姑红着脸说，人家要问那些花的名字呢。

中年尼姑这才笑着看了看我。灰布僧帽掩住了一头青丝，但她的目光清澈，唇红齿白，即便梳妆台上摆了一大堆瓶瓶罐罐的城里女人，也不见得有她那样的气色。

我重复了一遍我的问题，中年尼姑双手合十道，阿弥陀佛，那是九月菊。

我又指指石阶下一树球状短絮的黄花，它们叫什么？

也是九月菊。

门外道路两旁的那些呢？

阿弥陀佛，还是九月菊。

我不满足那样的回答，坚持要弄清楚它们具体是什么名字，什么品种。

那要问我的师父，中年尼姑说。

中年尼姑又请来了一位拄着拐杖的老尼。

九月菊，老尼不假思索地说。她又补充道，它们都是菊花，要么就一个字，菊。

老尼没戴僧帽，短发像蒙了一头薄雪，双耳以及拄着拐杖的手指几乎是透明的。她转向她的两位弟子，不满地训诫道，一本一本的经都背得下来，就记不住九月菊的名字！

我突然感到了窘迫，放弃了追问。拍完角角落落的菊花后，在功德箱里塞进两张纸币，向依然注视着我的师徒三人合掌道声“阿弥陀佛”，就匆匆离开了报恩寺。

下山途中，我猜想她们是不是真不知道那些菊花的名字。也许真不知道。即便知道了又有何用？它们都是菊花，要么就一个字，菊。这就够了。

花朵是无我的，它们并不在乎自己叫什么名儿。

三

我的电脑里甚至保存着苔藓的照片。它们是既原始又低等的植物，可它们的美和优雅不亚于花朵。

也是青藏高原的好时节，我跟随出席笔会的内地作家诗人们，进入云雾缭绕的迭山老龙沟。在一座即将垮塌的木桥上，我看到苔藓组成黄绿色的华贵壁毯，从一侧雾气蒸腾的涧溪里垂挂下来。

鲜嫩的苔藓覆盖着石头和树根，使它们变得蓬松、圆润、隆起，欢快的溪流在其间奏响淙淙的琴音。

那斑斓的色彩，温柔的质感，它与溪水的呢喃絮语，似乎存储在我前世的记忆里，与之再次重逢，备感亲切。那是大地的鳃和肺叶，却那样坦然裸露着。在那一刻，我也想掏出我的心和肺，跟它们摆放在一起，表达我的喜悦和感恩。

我拉住那些刚刚认识的和依然不认识的同伴，以苔藓编织的壁毯为背景，站在木桥上拍照留影。我希望他们带走照片的同时，也带走迭山林区的深情祝福。

旅游车得以进山的便道，其实是当年专为拉运木材的载重卡车开通的。我从长焦距的相机镜头中也看到，远处一些磨盘大小的树桩，正在被蓬勃蔓延的苔藓所遮盖。

陪同的一位迭部县工作人员说，当年林业局开足马力采伐木材的时候，一截云杉树桩可以装满整个车厢，一棵树需要七八辆东风车才能运出去。那时，油锯在歇斯底里尖叫，一棵棵参天大树轰然倒下，树枝树叶凌空飞溅，飞禽走兽落荒而逃，十天半月，一片山林就被剃了光头。

好在那样的景象已经过去，林业工人放下手中利器，捡起了培育树苗的铲子和锄头。树木不会说话，树木也无须感恩，而我在心底里替它们代言：谢天谢地，谢天谢地！

深入林间，脚下的苔藓松软如绵，左脚拔出来右脚又陷进去，随即又恢复原状不留痕迹。将手探进苔藓抓出一把泥土，那腐殖土竟是热的，像发酵过的酒糟一样，带着大地的温暖和芬芳。林木稀疏处则是整片整片嫩生生的蕨菜，专门种植的一样；有处草地又被草莓覆盖，那水灵灵的浆果染红了鸟雀的喙，也滋润了它们的歌喉。还有绿的酸瓜，紫的羊奶头，红的樱桃，就那样悬挂枝头渐渐成熟，然后在秋风中自然蒂落，也可能由鸟雀传播到别处。那种和谐有序的循环，延续着大地永不枯竭的生命力。

那里也是雾的世界。大雾汹涌而至，几步开外就看不清同伴的面目，只觉得他们一个个都飘然如仙。雾气擦拭着我们的衣襟，抚摸着脸颊，母亲一样温情脉脉。水汽的颗粒在眼前来回飞舞，又像大自然的无数精灵在欢快雀跃。

忽然闻到一种奇怪的气味，隐隐约约，令人恍惚。我问身边一位诗人：闻到雾的气味了吗？他说闻到了，像硫黄。他皱了皱鼻子调侃道，天堂原来是这种味道。

那位工作人员哈哈大笑说，什么天堂的气味，是林场工人在喷洒农药呢。他说，工人们看到哪儿起雾就赶到哪儿，手忙脚乱地喷洒农药，雾团升起后就带走药物，在树枝树叶间回旋飘荡，杀灭危害树木的虫子和细菌。

我们便看到了平地起雾的奇妙景象。回首下面的山坳，一团团雾气在那里野火生烟般显现，滚动，扩张，突然间就拔地升腾起来，越过灌木丛，掠过桦木和青杨的树梢，最后变成洁白蓬松的云朵，缭绕在高耸的针叶林树冠之间。

也隐隐约约看到几个人，马不停蹄奔向一处处起雾点，忙碌地摇动喷雾器的手柄。下山途中，我们近前看到那些穿着雨衣雨靴的林业工人，他们浑身湿漉漉的，正俯身在草丛里整理喷药器具。我们曾经诅咒过他们，憎恨他们的粗鲁和无情，而看着他们辛劳的背影，心中油然升起了敬意。从野蛮掠夺到理性管护，旧日的伤痕似乎也有愈合的可能。

上车的时候，那个闻见“天堂味道”的诗人举着一段潮湿的树枝，一副欲罢不能的表情。我故意问道，打算带回去做根雕吗？他摇摇头，指着树枝上附着的一朵苔藓说，看看多么鲜嫩，可是，带回去怕是枯掉了。

苔藓只是一种低等植物，但它是高贵的，对环境不会降格以求，更不会像人一样选择妥协或者变通。它对湿度、光线和空气尤为敏感，不要说将它带到内地城市，怕是一出迭山林区就已干枯了——它只是大自然的婴儿，既纯粹又柔弱，重重大山和源头活水是护佑它的襁褓。

诗人犹豫再三，最终还是返回林子，将它原样放到树下。虽然未能带走一丁点儿绿色，但他一定会记住迭山，记住老龙沟，那里的一朵苔藓曾经让他怦然心动。

陈元武　**者若山的蜂蜜**

太阳照常升起

者若山的太阳比起山下谷地的来讲，要起得早些。当山谷还被乳白色的云雾裹覆着的时候，天际依旧灰蒙一片，山顶上已经有了一些亮光，那亮光像钢炉里熔化的铁水般缓慢倾覆洇开，天际便呈现出一种天堂般的辉煌了。阳光仅停留在山顶的上方，在饱浸水雾气的云层间折射出一种淡淡的橘红色光晕。者若山像公鸡的冠似的红艳起来，山谷底的风吹上来，凉沁沁的，像山谷间的流岚般曼妙神秘。高山木莲花和猴头杜鹃已经开放，那种淡淡的香气，仿佛从脚底下往身体里浮涌，衣袂间全是这自然的香气。

者若，是山上人家的名字，苗族，高山苗与山下的侗族相毗邻，高脚屋却各自分开，侗寨的鼓楼和苗寨的大场相互映衬，形成完美的整体。高山苗衣着厚实，头上盘着长长的发髻，却很少佩戴银饰，而每个苗族小伙腰间总挎着一把银亮的苗刀，小伙在平常外出时还披着一领斗篷，像雨披似的，防露兼防山风。山苗人不穿鞋子，光着脚板在山间走路，在泥泞的山间道上行走，穿鞋是极不方便的。者若老者叫醒了我等一众，公鸡一阵一阵地鸣叫，声音洪亮悠长，带着苗刀般的锋利，将层层雾岚切开、驱散。他的脸像镀过一层老铜，并且被山风长时间打磨过那样苍老而锃亮。皱纹像岁月的图腾般深深镌刻在他的脸上，他的一只眼睛已经看不见了，另一只眼睛也陷入白内障的痛苦旋涡中，他却照旧能够如常生活。对他来说，者若山的每一条纹理、每一个沟坎、每一棵树，他都熟稔如自己的掌纹。门口一棵断头的大香樟树，像一柄伞似的拴住了他和岁月。屋外的土院子没有围墙，也没有青砖铺地，连卵石也省略了，被脚夯实的泥土如同浓缩的岁月般古旧浑朴，罩着一层深绿的苔藓。屋场中间是一个间歇的火塘，此刻已经升起了橘红的火焰，一只被烟熏成乌黑的水壶吊在火焰上，水汽砰然冲开壶盖。一张陈旧得有些夸张的木桌上放着几只碗，同样被烟熏成异样的颜色，像用久的茶壶般，闪着一层暗色的锈垢。每只茶碗里放上一撮茶叶和一勺蜂蜜。这是岩蜂的蜜汁，岩蜂将巢筑在峭崖的上方，采集岩蜂的蜂巢显然是一件困难的事情。那干成板状的蜂蜜经过熬炼，就成了流动的蜂蜜，琥珀色，闪着树脂般的光泽。或许，还有岩蜂的断翅和残肢在蜜里头。蜂蜜和茶的香气被水冲开，弥漫在空气中，像赞美诗般让这个早晨变得无比美好。

4月底，阳雀仍然在山谷间叫着，直到阳光将山谷间的云雾驱散，大概就是将近晌午时分。我们在屋里听者若用苗语唱古老的夯歌和《亚鲁王》。屋内氤氲着一种神秘的气息，那种喑哑的声音仿佛从大山深处发出，冲破层层岩石和树林，向外迸发而出。夯歌里不免有男欢女爱的情调，而《亚鲁王》是哀灵的挽歌，声音怪异而沉重，中间间插着一些仿佛私语或者咒语般的说辞。者若的表情时而欢快，时而痛苦，眉头拧成一个疙瘩。他的表情随着皱纹的变化而扩散开，那种神秘的古老巫语，从亚空间进入内心，或者从内心里沉沦入亚空间。他不时夸张地手舞足蹈，那双宽而沧桑的脚板不时跺向地面，发出沉闷的响声，左手持着歌谱，右手的食指和拇指不时结成环扣，然后用力向外弹出。者若是寨子里的颂巫，有一个苗语法号叫者若弄，就是可以跟死者亡灵沟通的通神者。他的右眼据说是小时候被山上的雷劈中而瞎的，当时，他看到一只神鹰从山谷间冲出，背上驮着一只红毛狐狸，者若向鹰射出一支响箭，因为，在苗寨里，鹰是不能被其他动物所驾驭的，何况是一只狐狸。鹰背上的狐狸瞬间不见了，天空突然响起一声炸雷，随之一道耀眼的闪光扑向者若，他顿时感觉眼前一黑，昏迷过去，许久后苏醒来，发现脸上满是鲜血，右眼已经看不见任何东西了。

亚鲁王带领着子民们冲向敌阵
天空布满了响箭的飞影
刀光闪烁，敌人的血肉纷飞
大地上升起了彩云，托着亚鲁王的马蹄
…………
被踩成肉泥的敌人胆寒吧
岜山的岩石会让你们全部死亡

雄鹰从此也不敢跨过苗寨的上空

飞镝将他们的马射成刺猬

铠甲又能阻挡什么?

生命如歌般回旋不息

者若的说唱像隔着时空的远古声音,像铜鼓面上的文字般充满着血性和激情。

铜鼓、篝火和芦笙

每一个苗寨都有一面大铜鼓,都有一个能够让全寨子的男女老少聚会歌舞的大场,每个大场的中心不时会燃起熊熊的篝火,响起芦笙的乐音。者若的寨子也不例外。不过,现在的年轻人都往山外去了,寨子里只剩下老人、稚儿,狗和牛等家畜。者若注定要永远属于这个苗寨,他只熟稔这里的森林和溪流。铜鼓是祖先留下的大器,铸造铜鼓的先王们,将千辛万苦背回来的青铜铸成了大鼓,将先民们的故事以诗歌的方式镌刻在铜鼓背上。鼓面上一颗硕大的太阳,光芒四射,抵达幽暗的边界,在幽冥和阳界之间搭起一座桥,让巫者能够与先祖的亡灵们在桥上相会,交谈并传承这样的古老的史诗。铜鼓作为苗寨最重要的大器,只有在大歌节才会启用。三月三,是苗侗两族共有的大歌节,启用铜鼓前,寨里的老者会请巫问卜,宰杀一只公鸡,用鸡血来认定吉凶宜忌,那只公鸡必须是寨子里最大的、最雄壮的公鸡,有着大而鲜红的鸡冠,啼声穿云破雾,能够传遍全山寨。巫者将公鸡的眼睛蒙住,然后用一柄银刀刺破公鸡的喉咙,让公鸡的鲜血飞溅,在地上印出一串串血花朵,然后巫者从方位认定其吉凶(有的还要加烧鸡骨来占卜)。所有的程序完成后,由巫者确定铜鼓启用的时辰。苗族汉子将铜鼓抬至大场中央的鼓台上,铜鼓敲起的那一瞬间,苗寨便沸腾了,苗家人像欢乐的海水般涌向大场中,点燃篝火堆,数百人手挽手围着篝火舞之蹈之,摊手舞加带扭身带胯,男男女女唱着歌,嗨成一片。芦笙响成一片,那些穿着织贡呢(一种土蚕丝织的黑黛色水绸绉纱面料)“呕欠”的男后生,抱着芦笙,鼓着腮帮子,半蹲着,像一只摇摆的铜鼓似的走着芦笙步。场子里已经像沸腾的铜锅般,人声鼎沸,芦笙带着节奏,铜鼓掌握着步点。黑夜降临前,星光已经消失,四周的大山隐约被火光照亮,那层层雾霭从山谷间涌起,像轻纱曼妙流淌。

吧哈哈唧，长咧啊哈哈咧德别咧，哒哈哈咧修

娘妈哈哈哈咧别嗡，咧哈哈哈咧长呵

呕家哈哈依来，呕家哈来依侬

（长长的习水河，高高的者若山，母亲盼望的目光，像月亮一样温柔，姑娘嫁得再远，也忘不了母亲的絮语）

…………

舞蹈进入高潮，是勇敢者的攀刀山走火巷表演。一把把苗刀扎在架上，成了一架刀梯，绣球就系在刀梯的顶端，只有勇敢者才能够攀到那里摘取幸福的绣球。走火巷则是一种原始的粗犷的火舞蹈：两个老者持着一只烧成暗红色的犁铧，表演者的脚板蹭过犁铧，那一瞬间，犁铧上发出轻微的嗞嗞声，看得人心惊肉跳。他一边走过已经暗成灰烬的炭火堆成的火道，一边还要忍受犁铧惊人的高温。走到头，表演者高抬起脚板让围观者看，除了轻微的炭迹，脚板完好无损。苗人的脚板比犁铧更能够承受火焰的炙烧。这何止是勇敢的表演，更是苗人世代练就的功夫。在满是荆刺的岜山上，在者若山嶙峋的尖岩道上，苗人的脚早已经水火不侵、刀枪不入了。他们像者若山上的岩羊一样健步如飞，像山谷里的风一样轻盈。

岩蜂和它的蜜巢

者若山距离播州不远，播州，春秋时为鳖国地，秦时置鳖县，唐改建安县。唐朝武德、贞观之时，四夷宾服。贞观九年，以牂柯郡的北部地置郎州，领恭水、高山、贡山、柯盈、邪施、释燕六县。公元 639 年，废郎州六县地置播州，明代解释“播”字，为番之有才者，即招抚蛮夷所置的州。所处地山高路险，从来蛮荒遐远之地，都是令人生畏的地方。而这儿却是苗人侗人的家园。习水河畔，多是这样的山，岩石崚嶒高峭，突入云端。而多山多水，就有了许多奇异的出产，比如岩蜂蜜。岩蜂在高峭的崖壁上筑巢，一是为了避开天敌的滋扰，二是为了更好地出入山间林地，况且水河上常年刮着强劲的风，能够吹散浓重的雾气和潮湿，岩蜂喜欢在这样的地方筑巢。潺湲的飞瀑不时打破山谷间的宁静，因为有雨，有雾泽，山谷间终年潮湿，岩蜂只能沿河岸狭长的范围活动。天上不时有蜂虎鸟和蜂巢鹰出没，还有人类的侵袭破坏。猿猴也喜欢掏蜂巢吃，这些危险让岩蜂时刻面临着不测。

当地的者若苗人，攀岩如履平地，一根缒绳系着腰身，从悬垂的山崖顶缒下来，口衔驱蜂的烟火把，徒手攀缘狞厉的岩石，灰白的岩石面上，一个人影远如一粒沙子。习水河翻涌着青色的波浪，冲击着岩石，在峭崖下激起一团团漩涡。苍鹰在高高的头顶盘旋，铁色的翅膀像刀一样切割着虚空的苍穹。岩蜂败退，如一团暗色的雾，盘旋纠结，嗡嗡嗡，声音在崖壁间回荡。被采蜜人击退的岩蜂的蜂巢，如一个复杂的甜蜜堡垒般，被切割成若干块，装入身后背篓中的塑料桶里。他心满意足地翻上山去，背着沉沉的甜蜜回家。《唐书》记载：牂柯苗人多善攀缘，高山峡谷，如履平地，且其性勇悍不畏官府，多难驯从。其民善采蜜，其蜂多筑巢崖间，高危万仞、鸟兽绝迹、猿猱畏愁之绝地，其人多缒而得之，以为蜜渍之用。

苗人和侗人多有赶墟之习，每逢墟集之日，负桶盛岩蜜赴市，换取其他的日常油盐用品。一桶上好岩蜜能够换取几斤雪白的自贡井盐和若干织贡呢。那些云南的马帮和四川的骡帮一样，是这块高原上行走的历史和文字。云南商人将怒江边产的红色盐坨带来，换取者若山的岩蜜和茶叶，四川商人放下雪花井盐，驮走茶叶和上好的花椒米，以及苗人的蜡染土布和织贡呢。苗人的银器也是他们喜欢的物什，银酒壶和银杯碗，云南的土司们喜欢这样豪奢的用具。贵州的好酒也随着这些商帮行走在高原上，且行且饮，酒香一直飘到边远的滇、贵、川、藏。红色的盐坨是制作上好豆腐和腌制腊肉的必备之物，也是苗人喜欢的酸菜鱼、花椒狗肉的助味佳品。雪花盐则是日常用盐，各有取用之道。

那天在者若老人家里，他取下悬在屋檐底下的一块腊肉，在火上炙了片刻，然后在水里磨洗干净，用刀片去老腊皮，内里的紫红肉立马散发出浓郁的腊香味，这需要用红盐坨腌制才行，他说。怒江的红盐坨像一块南红玉石般美丽，粉红色的盐块在阳光底下透着神秘的荧光。盐晶粒交错在盐坨里，像神秘的玉纹。蜡染时，染浆里也要加一点盐粒。红色的鬼羽箭木的根部，和鸡血藤混合，在大青靛的混合下，成为织贡呢必备的染料。曙红和赭红混合，需要在蜂蜜的调制下才能更好地渗透进各种布料中。亚麻布和棉胎苎麻混纺布、水绸布、绉缬纱，各有不同的蜡染方法。者若老人举着一根竹根烟杆，叭叭地嘬着烟，厚厚的乳白色烟缕从他的喉咙里缓缓地泻出来，像山洞里神秘的雾岚。云南的高黎贡叶烟比起播州的土烟更香更辣，者若老人已经抽了一辈子云南高黎贡叶烟。喝着岩蜂蜜调制的茶汁，嘬一口香辣浓厚的云南烟，或者嚼一口腊肉，那日子，比神仙差不了多少。

日子

者若的日子通常漫长而悠远，像山谷不绝的雾霭。墟日前一天，者若老人在准备着他的货物：一大桶岩蜂板蜜，十几斤陈年的腊肉，几十蔸秋竹笋，笋箨上还沾着殷红的泥土，一捆羊血藤和一把干花椒。他想换回过年穿的衣服面料，他喜欢织贡呢猎装，苗人常年在山上，这种布料干得快，湿透了，只吹一会儿风，便半干了。他还想再弄把苗刀，旧刀已经砍不动羊血藤了，四川的攀枝花和西昌钢刀不错，硬实耐用。岩蜂蜜可以卖个好价钱，其他的不值几个钱，只有腊肉算是稀罕物，云南的红盐坨腊肉有个名称叫红盐腊肉，过去是土司才吃得到的东西。者若老人家里太多了，吃不下，用来换别的物件，不算是亏了。

年轻时候，他曾经跟着马帮去过云南和四川，在云南临沧还有个相好的女子，长得水灵，只是肤色稍黑，在怒江边搭起的盐坝上晒盐收盐。那女子应该也老了，他想起这段往事，便要唏嘘良久，他说，当年，要是不走就好了，不走，在那里晒盐收盐，跟着马帮一起驮盐走四方。说不定生下一堆孩子了。这些孩子应该也能够跟他一样出息，不用瞎一只眼睛当巫师。他记得那女子，脸上有一颗青色的痦子，长在右腮底下，那眼睛水汪水汪的，有着长长的睫毛，毛眼睛的女子秀气，还特别机灵剔透。当时，他才十八九岁，心里毛糙得很，像未长成的花椒一样。他还记得那女子的父母亲，一样的栗色皮肤，种马似的头皮上油汪汪的，晒盐人常年与盐卤水打交道，风吹日晒的，像出油的咸鸭蛋似的，一天到晚浑头浑脸都冒油。

他决意离开的头天晚上，那女子哭得伤心，约了他上盐坝边的红山崖。怒江的风呼啸着，吹得沙尘骨辘辘的，打得脸蛋生疼。她说，你真心想走？他说，我不能留下，家里还有爹妈等我呢。那我跟你去咋样？他不吭声了，苗汉子有时候愣得很，脑筋一轴，就转不过来了。那不行，都没托过大媒，咋能够带一个外乡女子回家？女子伤心地走了，头也不回。他说，我给你吹一把芦笙？女子头也不顾，嘤嘤着跑下红山崖。那一夜，怒江的风真大，像有人在生气地吹着——呼呼呼，刮得山上少了一层浮土。到天亮一看，盐坝上到处一片红艳，那种红色，像鲜血般。盐把式叹道：多少年也不曾遇到这样的好盐，出好盐了！也许，这就是命，这就是日子，总是阴差阳错的。那盐制得上好的腊肉，也称胭脂肉。

者若老人在火塘边给我讲这个凄凉的故事，他用唱大歌的韵调唱了一首古老的苗族情歌：

哟哟的好妹子呀，长在那天上
天高云太远，只好拿眼看
想攀个绳吧，够不着那天上的树
好妹子嘛，只在云里亮闪亮闪
哟哟的好妹子呀，长在那水上
习水河湍急浪高呀，你要站稳当
船儿摇摇去了远方呀，我撵也撵不上
再快的马儿也赶不上艄公的一篙竿
哟哟的船儿，你慢慢走
搭上哥哥还有一船的话要讲
搭上哥哥哟，我几天几晚也讲不完

耿传明　**在牛津**

果然，在英国生活的直接感受和印象是以往在书本上所不可能了解的：英国生活首先让我领教到的便是英国人办事的刚性、严谨和一丝不苟，这从负面讲便是古板拘泥、不懂变通、不通人情，我和朋友们将其戏称为不同于东方的四方四棱的“方脑袋”思维方式。举例来说，我初抵英国到银行办信用卡，手里须有接收单位开的介绍信，但我的介绍信上的姓名拼音出了点小问题，办公小姐在我的名字之间画蛇添足地加了个“—”，与我护照上的写法有异，因此当我在银行好不容易排到之后，又被打了回票，完全没商量，只好又跑回去重开证明、重新排队，耽误了我整整一上午时间。接下来与当地警察接触也很有意思，英国警察的作风还是颇有点“皇家警察”的派头，他们高视阔步地提着警棍在街头巡逻，并无多少为民“公仆”的谦恭，倒是颇有种代表“王法”的矜傲。我们初到牛津，都须到警察局进行一个登记，登记时需要交付一定的费用，而他们发的通知上就预先声明，登记者必须自备零钱，警局不给找零，即使有零钱，它既不会也没有义务为你提供这种服务，也就是告诉你这些事情都需要你自已好自为之、自担后果，勿谓言之不预。

据资料介绍，牛津大学创办于 1167 年，其时在中国是南宋乾道三年，南宋第二个皇帝孝宗继位第三年，距今已八百五十二年。牛津城的建成当然还要更早，徜徉于遍布中世纪风格古建筑的牛津街头，我有一种很有趣的感受，那就是假如真的有“鬼”的话，在牛津亡故七八百年的鬼灵照样可以毫不困难地找到回家的路，因为有千年历史的小教堂仍在原地未动，牛津城的地标古塔依然矗立，几百年前的墓地依然完好无损，占据着牛津城的市中心——商业黄金地带。相对于其他后进现代化国家，我觉得英国是比较成功地减弱了现代化所带来的巨大颠簸、震荡的国家，也就是说英国在其现代化的进程中仍旧保持了其历史文化的连续性，也就是英国之为英国的国家特性，这是非常难得的。进入近代之后，中国之于西方陷入一种“不对等的爱情”，正如歌中所唱：“我变得不再是我，可是你依然是你！”可见保持不变，也属于领先者的特权。而对于古今之变淡然处之，不走极端正是英国文化的一大长处，它的创新不以踢开传统开路，它的保守不以压制创新为能，因此它从传统和现代中都能得到有益的滋养。试举一例，我在牛津的时候有一次受邀参加牛津大学一个很古老、很著名的莫顿学院的晚餐会，获得过诺贝尔文学奖的诗人 T.S.艾略特就曾在该院任教。这样的晚餐会在牛津大学是一种非常隆重的场合，学院的教师和学生都要穿着专门的长袍出席，受邀的客人也要求穿燕尾服、系领结的，而我因为在出国前曾专门向一位经常跑欧洲的朋友请教，需不需要带套西装，他告诉我，现在的欧洲人除了推销员，已没什么人穿西装打领带了，穿得太正规是会让人笑话的，也为了轻装，我连一套西装也没带，只带了几件夹克而已。此时燕尾服是无处可借，只好临时向朋友借了套西装，扎了领结出席。到了晚餐会场，师生都依序站立，氛围肃穆、庄重，主持者首先以自古相传的仪轨用拉丁语祷告，行礼，然后入座。菜肴并不丰盛，我记得好像就是土豆、奶酪、鱼排之类，主要的在于精神会餐，也就是坐下来之后的老师学生开始边吃边聊，探讨彼此感兴趣的问题，这样的探讨、争论直到夜阑才会结束，因此这种晚餐会实则是牛津人的第二课堂，它与课堂教学同样重要，甚至更重要。钱锺书戏言，在牛津须吃够多少顿饭，才能毕业，指的就是这个。它重视的是对学生的问题意识的培养，因为没有疑问、没有个人见解，你根本就无法参与讨论，所以他们最常用的一句话是：“What’s your argument？”（你的观点是什么？）这与我所自小经历的填鸭式的灌输的确迥然异趣。我有时会发一痴想，如果我们中国的大学是从周代的“乡校”、汉代的“太学”、隋唐的“国子监”一路延续下来的，也许会更有底气和活力，因为根深才能叶茂，至少在校史上和牛津有一拼。

在牛津大学访学的时候，我有段时间租住在一个郊外的小镇，叫马斯顿（Marston），这个小镇建于二十世纪三十年代，多是一种别墅式的建筑。这些房子虽已有八十多年的房龄，但在牛津绝对算不上老建筑，因为在这儿，上百年甚至数百年的老建筑随处可见。从这个小镇到我所在的研究所有一条捷径，那就是穿过牛津著名的“大学公园”，直达市内，全程大约有个七八里路的样子。英国的公园不像中国有那么多的游乐设施，基本上是纯任天然，以原生态的森林、小河、沼泽、野生草地为主，小河中经常可以看到有一队从容不迫、结队游弋的野鸭子，好像是在对外界宣示：它们才是此地真正的主人。这个公园称不上是风景胜地，但也有吸引中国游客之处，那就是二十世纪三十年代钱锺书、杨绛夫妇在牛津留学时就住在这个公园附近，还在那个不时有野鸭子出没的公园河边摄影留念。出公园不远，有一条街道叫克拉伦登（Clarendon），这个名字曾被钱锺书信手拈来作了《围城》中方鸿渐买博士文凭的美国学校的名字。

出了公园，就到了市内，附近坐落着几个有数百年历史的学院，每个学院都有一个突出标志，便是它的高耸入云的教堂——一种被歌德称为“上帝之树”的古老的中世纪哥特式建筑。沿着学院的外墙走不多远，就到了一个十字路口，路边有一座建于中世纪的大石屋，上面长满了青苔，石头上留存着一种苍黑色的印记，好像是经过漫长岁月濡染过留下的“包浆”。路的对面有一个小旅馆，下面是露天的咖啡馆，它的招牌就是著名的牛津校友王尔德，那位在美国海关声称“除了我的天才，我没有什么别的东西需要申报”的唯美主义艺术家。一百多年前王尔德在牛津读书时曾在这个旅馆居住，现在小旅馆基本上还保持了当年的原样。附近还有一个始建于中世纪的小教堂以及附属于它的一小片墓地，教堂仍然“香火不断”，我经过时瞥了一眼门上贴的广告，它正在招收十几岁的少年去做教堂周末的合唱队员。走过街口不远就是牛津大学的行政中心，牛津大学由三十几个高度自治的学院组成，教学的总体安排由大学负责，但招生等工作都由各学院自主，学生所得到的学位由学院和学校总部共同颁发。这是一种先有学院，后有大学，可称为独立联邦制大学的办学方式，英国目前仅存三所大学还使用这种模式：牛津大学、剑桥大学和杜伦大学。这三所学校也依次是英国最古老的大学。

我所在的研究所的老师也来自于专业相关的各个学院，我的导师是一位年过六旬的老教授，曾带我去她们学院参观。她所在的学院建于十七世纪初期，大致与莎士比亚同时期，四百多年校史，在牛津还不算太老。该校是当时的一对贵族夫妇捐建的，丈夫去世后，由其遗孀接力建成。学院对师生可谓体贴入微，建校之初就建了一个供教授们专用的小花园，沿用至今，门锁还是中世纪样式的老锁，导师开了半天，才把它捅开。门上有个牌子，声明此花园属于“strictly privacy”（严格的私人场所），严禁外人进入的。小花园里花团锦簇，绿草如茵，幽静、典雅，平常也很少有人光顾。学院还有免费的午餐和晚餐，教授可以带自己的学生和朋友去吃饭，顺便讨论问题。关于这个学院,还流传有这么一个故事:四百多年前学校初建时,礼堂用的梁柱等全取材于数百年才能长成的厚重、坚硬、光洁的橡木,非常气派。过了三百多年,这些橡木梁柱已经老朽,需要更换了,但要修旧如旧,到哪里去找这些百年才能成材的橡木?即使找到了也负担不起那么高昂的价格啊。正在校方一筹莫展时,负责校史档案的职员提供了一个线索。当年的学校捐助者给后人留下了一封信,其中提到了解决这个难题的方法。捐助者当年已在自己的庄园种下了几十棵橡树苗,现在三百年已经过去,正好成材,可满足需要。学校将信将疑,派人到贵族当年的庄园查问,果然发现了那座树木已经成材的三百多年的橡树园,于是,看似无法解决的难题迎刃而解。我曾问过导师这个传说的虚实,导师说她是“二战”后才来到牛津读书的,不知道此事的究竟,但是这类事情在牛津、剑桥乃至英国发生是完全可能的,因为现在学院的财产还有很大一部分来自数百年来校父、校友们捐赠的土地和财产,这些构成了学校存在的一个坚实的财务基础,没有这个做家底,要把非盈利的大学数百年地延续下去是不太可能的。的确,办一所大学不但需要恒产,更需要有恒心,需要一种超出一时一地,乃至超出自己这一代人需要的长远眼光、超拔情怀。办大学实质上也就是在传承、守护文明,而对文明的守护与发展才是人类的根本利益所在,相比之下,任何时代的需求比起这种永恒的需要都要逊色得多,因为它所营造、守护的是人类永久性的精神家园。张爱玲生于乱世,对此感触颇深,她曾经说过:“乱世的人,得过且过,没有真的家。”她讲她所租住的公寓里的房东曾打算把房间里的暖气片都拆掉卖了,这显然是鞋底抹油,随时准备溜之大吉,“群儿只效今朝醉”的混世态度。陶渊明的诗“种桑长江边,三年望当采。枝条始欲茂,忽值山河改。柯叶自摧折,根株浮沧海。春蚕既无食,寒衣欲谁待。本不植高原,今日复何悔”,其中哀叹的也不是一时一地的悲剧,更是对文明成毁、存亡的忧思。

在英国生活期间,有时会遇到一些觉得匪夷所思的麻烦和不便,但回过头来想想,这种麻烦和不便也不是全无道理,问题在于你自己看待事物的角度和立场。很简单的一个例子,就是我在牛津每天要走的那条公园小路,有一阵子就出现了问题。我当初选择在那个小镇租房,就因为它有这条穿过公园直达市内的捷径,这样到我的工作地点只需步行半个小时;而且沿途绿树黄花、小桥流水,野趣盎然,既是赶路,也是散步、锻炼。没想到刚搬过去半个月,牛津下了场大雨,把公园里面的那条小土路给淹了。水虽然不深,刚没脚脖,但步行显然是过不去了。而此路不通,就只好绕行公园外的大路，那距离就增加了两倍，要一个半小时才能走到研究所了。如不绕道，解决问题的办法还有一个，就是骑自行车冲过去：临近水洼，猛蹬几下，两脚高高扬起，十几米的水洼就一闪而过了。可是在英国骑自行车规矩太多，且已入法，比如必须戴头盔、穿反光衣、配前后车灯，甚至脚镫子上都要有反光装置，交警随时检查，不合格会被罚款，如此麻烦，所以骑自行车也令人望而却步了。最后我只好绕远道跑了半个月，等水洼子干了，才返回原路，也算锻炼身体了。论说在小镇住的人也不少，每天像我这样走这条便捷小路到市内的人少说也有二三十个；这样的问题显然也不是偶尔出现，为何公园当局就不能把小路提升一点、硬化一下，以方便行人呢？这话看似有理，但你要是固执己见就错了，因为你是完全从自己和与自己利益相关的行人角度考虑的，而公园当局考虑的则是一旦把小路垫高、水流隔断，小路那边的沼泽就会缺水干涸，路边的芦苇就会枯死，水中的小鱼、青蛙等生灵就会陷入绝境，河里的野鸭子的快乐生活也就走到尽头了……在人的能力已可以轻易地改造、控制自然的现代，是否还能为处于弱势的、沉默的自然的存在留出位置，保持一种谦让态度，就成为一个值得思考的问题了。

江子　一座桥

一

从前有座桥，位于浙江省绍兴县一个叫夏履的镇内，叫作寨口桥。

这座桥建于何时，没有人能说得清楚。清嘉庆年《山阴县志》始载此桥，另有记载，它重修于清光绪十二年（1886）八月。它的初建时间呢？《山阴县志》没有说。

这个史书上的盲点，尽可以让我们发挥想象：有没有可能，它始建于唐宋？或者，先秦，春秋，乃至更早？

它的得名，有的说，是南宋时有将军率领抗金大军在此安营扎寨。

——这个说法是靠谱的。因为与金的战事，南宋的军队频繁调动。历史记载，南宋曾经组织过多次北伐，由宗泽、岳飞、韩世忠、吴玠等将领指挥的军队，就曾经在黄河两岸击溃伪齐和金国的联军。战事频仍，南宋的首都临安府（杭州）当然应该重兵拱卫。而这里离临安府只有几十公里远，算得上是京郊，非常适合军队的驻扎。

也有的说，此桥附近的长旗岗上，有强盗占山扎寨。他们经常在桥头打劫行人。取名寨口桥，乃是为了提醒行人小心行事。

而它的得名还可能来源于一个发生在这里的十分重要的史实：《吴越春秋》载，公元前二十一世纪，大禹曾在这里治水，“冠挂不顾，履遗不蹑”。

大禹是夏朝的第一个君主。他为了治水，有音乐而不听，三过家门而不入，帽子被东西勾去也不顾，鞋子丢了也不寻，就光着一只脚去治水。为了纪念他的功德，人们就把这里叫作夏履，把他治水扎寨的地方建起的桥叫作寨口桥。

三个说法，各不相同，到底哪个才是真？

桥是单孔石拱桥，据资料记载，它由九十块长条石横向并列砌筑而成，全长三十米，宽两米六，高十米，桥孔高七米，直径十五点四米。

老实说，这座桥是很有范儿的，拱形的桥面，半圆形的桥洞，麻石的经年色泽，离地面相对夸张的高度，让它的外形充满动感，好像它随时准备在这天地荒野间撒开脚丫奔跑。

它的四周都是青山，它就仿佛是这里的山脉手上戴着的一枚戒指。

然而，如果说河流是山脉的手指，那这个戒指未免太大了，而手指又显得过于小。桥下面的河床根本不宽，也不深。或者说，它根本算不上是一条河，顶多算是一条小水沟。我们去看它的时候是在秋天，它的水瘦得像根细弦，我们完全可以从这根细弦上迈过去。我们之所以踏桥而过，乃是为了对这座桥表达尊重。

有记载信誓旦旦地说，寨口桥下，曾经是一条大河，能供大船通航，河内船只往来频繁，河面上桨声响亮。至今桥洞石上，还有纤绳勒出的深深痕迹，是这条河曾经繁华的证据。

——沧海桑田，临安府成了杭州城，山阴改名为绍兴。大河变成了小山溪，这座原本架在大河之上的桥，就显得有些大而无当。

它的桥身被植被簇拥，被枝条缠绕，好像有一股力量，要让它成为荒野的一部分。而它在挣扎着，一副心愿未了、不甘心受缚的样子。

它仿佛是在等待着什么。它会等待什么呢?

二

毫无疑问，在江南，所有的单孔石拱桥都可能是它的亲戚。

在江南，单孔石拱桥家族，是一个巨大的家族。几乎每一个江南小镇，都有它的血脉。只要顺着流水，就可以找到它们的踪迹。

在这个江南最为闻名的家族中，西湖的断桥也许称得上是奶奶级别的长辈。那该是多么风流、老派的一座桥呀。它的坡面舒缓，引桥悠长，仿佛古代的戏曲长调咿咿呀呀，非常适合兜兜转转的爱情在这里上演。浩大的西湖湖面，成了它的镜子。就是在这里，一个流传甚广的故事古老得就仿佛是我们的前世：一个雨天里，撑着红色油纸伞的白娘子遇见了她心中的爱人许仙。

也许扬州瘦西湖上的二十四孔桥是它的表亲。同样单孔的二十四桥，太适合入诗了！“二十四桥明月夜，玉人何处教吹箫”（杜牧），“二十四桥仍在，波心荡、冷月无声。念桥边红药，年年知为谁生”（姜夔）。除了杜牧和姜夔，还有多少诗人为它献过诗？很多年前，我曾去扬州拜访过它。它的造型完全就是一个艺术品：半圆的桥洞，倒映在湖面，汉白玉砌成的栏杆，在阳光下光洁而美好。二十四桥就仿佛是瘦西湖脖子上挂着的一个祖传的环形佩玉。因为它，整个瘦西湖，就显得格外深情，充满了中国古诗里的修辞之美。

在周庄，在南浔，在乌镇，哪里不是单孔石拱桥的天下？它们形态各异，就像同样家族里的女子性格各有不同：有的嚣张跋扈，有的温柔安详；有的腰肢细长，有的身材娇小；有的性感妖娆，有的朴实无华。它们可都是城里的姑娘，是见过大世面的。它们最喜欢的是临水照镜，对月梳妆，把自己的倩影投射在水面上，让那些来自异乡的诗人追着它们写诗，旅行的人们一个劲儿地对着它们拍照。江南诸多大学画院里的学子一本正经地在它们面前支起画板，把它们美丽的样子描画在纸上。

以它们为主题的诗发表在报刊上，收录在书籍中，有它们倩影的照片呈现在网站上，画作在展览馆展览，在拍卖行拍卖，它们就更有名了。有一幅画名叫《双桥》，画的就是周庄的单孔桥，结果在 1984 年被美国石油大王哈默买下来送给了中国的领导人，并且印上了 1985 年世界联合国协会的首日封。如此，整个世界都知道了周庄的桥，真为江南单孔石拱桥家族长了一把脸。

而与它们相比，位于夏履镇乡野间的寨口桥，就显得土气得多，当然也冷清寂寞得多。没有人为它写诗。在网上搜索“寨口桥”，可以看出为它拍照的人并不多。没有画家愿意走这么远来画它。如果说它的世界里也有爱情发生，那肯定不是《白蛇传》这样惊世骇俗的爱情，顶多也就是山里野花野草与它的家长里短。

我去看它的时候，正是 10 月，它的旁边生长着桂花树，散发出与城里的桂花树并不一样的香气——那是山野间才有的镇定的香气。还有一棵银杏树叶子的颜色正在变黄。有农人在桥的那一边浇菜地，菜地里种着红薯和芥菜。因为是黄昏，又隔着几丈远的距离，他们的脸，就显得模糊不清——这是多么凡俗的生活场景！

可是这座桥似乎甘于这样的人生。因为它看起来一点也没有生气。因为它的周身并没有因为生气造成的桥体的塌陷与脱落。它桥面上的石块有些坑坑洼洼，那是很多年人们踩在上面的痕迹，也可以说是岁月的痕迹，并不是因为它的不甘和怨恨。

它是那么完整、坚固。它似乎一直在努力维护着自己的形象，维护着单孔石拱桥家族该有的风流气质。

似乎有一种信念一直在支撑着它。那该是一种怎样的信念？

三

有种种迹象表明，这座桥的身世跟一只鞋子有关。

关于这座桥的建造，流传着一个十分美好的传说，说的是此桥建造时，有一块最要紧的龙筋石，怎么也放不平。造桥的石匠们束手无策。有一个状如乞丐的老人路过，见石匠们正为放不好这块龙筋石发愁，就说：“桥边有一只破草鞋，你们把它垫在这条龙筋石下面，就一定能放平。”

石匠们半信半疑，但因别无良策，还是照他说的做了。说也奇怪，这只破草鞋一垫进去，这条龙筋石立即安放得平平实实。

师傅们正要谢谢这位老人，老人转眼之间就不见了。

——是一只破草鞋成全了它，赋予了它生命。

那是一只怎样的鞋子？传说它是破的，说明它走了很长的路，阅尽了人间疾苦，了解了大地的山川走势、季节的冷暖枯荣。

它是一只草鞋，说明它来自民间。它能瞬间让放不平的龙筋石立马放平，说明它富有神力。

它是怎么来到桥边的？它在桥边待了多久？这个故事并没有说。

那状如乞丐的老人是谁？他在桥建造最关键的时刻出现，说明他是肩负着使命而来。他能转眼之间就不见，除了神仙，没有谁有这个本事。

这个故事留下了巨大的空白。它没有交代具体的时间，只说是“此桥建造时”。而前面说了，此桥真正建造于何时，并没有相关的史料来证明。它也没有交代任务的来龙去脉，及那只破草鞋的古往今来。它似乎是一个没有完成的故事，等待着每一个人来添加补充。

站在寨口桥边，听着这个似是而非的传说，我的疑惑是，为何这个传说里，让龙筋石放平到妥帖状态的是一只破草鞋，而不是其他的什么？

在夏履镇，鞋子并不是一个偶然的物象。夏履镇的得名，就来源于一只失落的鞋子。当年大禹在这里治水，“冠挂不顾，履遗不蹑”。

有理由追问大禹遗失的那只鞋子。它哪里去了？

有没有可能，这个传说里的破草鞋，就是大禹遗失的那一只？因为跟随大禹治水多年，它当然可能拥有了逢山开路、遇水搭桥的神力。

那个状如乞丐的老人，有没有可能是因治水成功成为夏朝开国君主的大禹？他功勋昭著，当然有理由列入仙班。他曾在这里治水，当然对这里怀着深情。他有责任护佑着这块土地的一草一木，遇上建桥的事儿，他当然愿意搭一把手。他状如乞丐，有可能是神仙的变化之术，也可能是他的本貌。治水是一件无比艰辛的工作，他连鞋子掉了也不找，帽子被高处的树枝什么的勾了也不管，估计胡子很长了也顾不得剪，身上的衣服脏得起味儿了也顾不得换，样子跟乞丐也差不了多少。

因为灵魂里植入了一只具有非凡经历和神力的精灵，因为守护着如此重要的一段史实，这座桥也就有了与寻常的单孔石拱桥完全不一样的使命，卧于如此山野之间草木之中也就能够安之若素——我如此解释这座桥，是否有一些道理？

四

有没有可能，这座桥就是这只鞋子本身？

跟着大禹治水的那只草鞋，因为走过了千山和万水，肯定不会跟绣花鞋一样好看。就像这座单孔石拱桥，比起城里那些被诗歌或戏文吟诵的桥，完全就是一副乡下人的木讷模样。

但这是一只有信念的鞋子。长期跟着大禹治水，跟水打了很多年交道，它当然了解这块地方的禀赋，了解这块地方水的本性。

史书记载说，大禹在这里治水，“冠挂不顾，履遗不蹑”，表面是大禹因为忙碌走丢了鞋子，但其实，是大禹以遗失为幌子让这只草鞋潜伏下来，成为消一方灾祸、保一方太平的神灵。

这只鞋子有一天看到这里水患不断，就让自己化作了一座桥。它依然是治水的英雄。它的鞋底成了供人踩过的桥面，而鞋面就成了桥身。

看看它的样子，还真像是一只鞋面向上的旧草鞋。

五

与其说我写下了一座叫寨口桥的桥，不如说，我写下的是一座桥的影子。

其实我想写下的是整个江南，但很可能，我写下的不过是一个外省人对江南的胡思乱想。

且吟《山居秋暝》作为本文的结束，虽然王维写的是陕西的辋川别墅，可我认为同样适合秋天夏履的江南风光：

空山新雨后，天气晚来秋。明月松间照，清泉石上流。竹喧归浣女，莲动下渔舟。随意春芳歇，王孙自可留。

王彬　**青铜峡的猫**

时雨纷纷落不停，泥猫睡死于佛经。

——夏目漱石

黄昏时赶到青铜峡，乘船游览。黄河在这里并不宽阔，水波的颜色亦不甚混浊，而反射出一种幽微的灰色，在空明柔软的灰色中水流亦不甚湍急，像是一个温顺的男孩子。

这就是黄河吗？我一时有些懵懂。

船舷的右侧是贺兰山，左侧是牛首山。贺兰山为页岩层积，岩石堆叠而肌理清晰。有些地方的岩石采取一种倾斜姿态，有些则横平竖直，横长于竖，仿佛硕大的城砖。暮色逐渐低沉，开始在贺兰山的襞褶里聚集，太阳的光迹却依旧闪烁，勾勒出山脊的边缘。随着游船的推进，贺兰山变换着不同颜色，朦胧地在黄与灰之间闪动，更多是灰色的斑块，空虚而不凝重。不像我昨天在西夏王陵看到的贺兰山，灰色夹杂浅银，在淡蓝的闪光里跳跃，那样一种美丽的颜色。贺兰山纯是石山，不生一株树木，古诗中所谓“濯濯童山”就是这个意思吧。当地人说，南方人看到贺兰山时非常高兴，这样的山他们那里没有，他们那里的山，混杂浓淡的各种绿色遮蔽了山体的形状与肌理。要看山，或者说欣赏，还是得到这里看贺兰山，看山峦曲线与山体襞褶，山谷的暗影慢慢滑入阳光的银迹，如果是夏日，阳光则雄浑壮丽光芒万丈地照彻天地，不像江南的阳光，湿漉漉、温暾暾、羞答答的。

船舷的左侧是牛首山，相对贺兰山低矮许多，层理混沌，不那么鲜明，在夕阳的照耀下泛滥出一种金属的暗光，是那种紫铜之色。有一句话叫落日熔金，大意是说夕照的光线像黄金一样熔化，制造那种夺目耀眼的感觉，而这里的山却使我产生了别样的感觉，仿佛山体注进了太阳的热力，将原本冰冷的岩石变得温暖起来。

船首推着波浪徐缓前进，慢慢地在船的左侧出现了大禹像，也是那种紫铜色，只是相对牛首山焕发明亮的光泽。雕像背后是一组仿汉代的建筑，四坡的屋顶蓝得有些发乌，这里是纪念大禹的文化园，相传大禹曾经在此治水，故而在此树立了他的雕像，修建了他的纪念馆。纪念馆的左侧是塔林，每一座塔的主体都是覆钵式样，底部是带有折角的方形基座，顶部是细长的塔颈、带有华盖的塔刹。塔不甚高大，但是数量众多，有一百零八座，依山修建，总计十二行，依据1、3、3、5、5、7、9、11、13、15、17、19的奇数，排出一个三角形状的佛塔巨阵。佛教认为，人生有一百零八种烦恼，而为了消除烦恼，特意规定贯珠要一百零八颗、诵经要一百零八遍，击钟呢？也要一百零八响，紧十八，慢十八，不紧不慢又十八。从定更到五更，要击打两遍，总共一百零八响，北京钟楼的钟声尾音发出“邪！邪！邪！”的余音，金受申在《北京的传说》中说：老妈妈们听见了钟声，就伤心地说：“铸钟娘娘又要她那只绣花鞋啦。”在这里修建一百零八座佛塔也应是这个意思吧！

然而，使我不解的是行走江湖的水浒人物，也一定要集合为一百零八位，三十六位天罡星，七十二位地煞星，这样的数字与佛也有什么关系吗？这样的问题一时说不清，那就不说。这么想着，突然看见一只小猫，是一只黑色带有虎皮花纹的幼猫，从一座塔的后面轻轻地转过来。陪同我们上岸的导游蹲下抚摸它，这是一个美丽的小姑娘，小猫很享受地眯上圆圆的黄眼睛，享受她柔腻的指尖滑过脑袋与脊背的绒毛，张开嘴向她喵喵叫。导游摸摸口袋，什么东西也没有掏出来，小猫失望地凝视她，依旧喵喵叫，我估计这个小猫饿了，导游说，她每次上岸都要带些食物，今天不知什么原因忘记了，很有些歉然的表情。小猫依旧不离开，偎依在她的腿部不肯走，继续仰着脸向她喵喵叫。我突然想起挎包里有为预防饥饿而携带的猪肉脯，便摸出一小袋送给导游，导游把包装袋撕开露出一截，送到小猫嘴边，小猫狼吞虎咽地吃起来。

在我的印象里，猫成为中国人的宠物是唐时作为贡品从中亚引进的，而日本的猫，据说是奈良时期的遣唐使，为了防止携带的佛经被混进船舱的老鼠啃啮，而随船带进了日本。元稹有一首《江边四十韵》，其中有这样两句：“停潦鱼招獭，空仓鼠敌猫。”鱼和水獭，老鼠和猫，都是天生的冤家，而他居住的地方是“土虚烦穴蚁，柱朽畏藏蛟”，叫人烦恼，并没有对猫的描摹，不若宋人黄庭坚与陆游在吟哦里，袒露出对猫的喜爱与珍惜。黄庭坚家中的老猫故去了，没有了喵星人，吱星人便沸反盈天而跳闹成精，搅得诗人睡不好觉。听说隋主簿家的猫生了几只小猫，便携带礼物前去迎请："秋来鼠辈欺猫死，窥瓮翻盘搅夜眠。闻道狸奴将数子，买鱼穿柳聘衔蝉。""狸奴"与"衔蝉"均是猫的别称，那时猫金贵，到人家要一只小猫，还要准备一些礼物，把小鱼穿在柳条上，所谓"买鱼穿柳"，鱼是买来的，要猫咪不能说是要，而要说是"聘"——那时的前贤对喵星人该有多尊重！——聘请这只小猫到自己家里任职负责消灭老鼠。

陆游对猫也十分喜爱，也留下了不少咏猫之诗：

裹盐迎得小狸奴，尽护山房万卷书。
惭愧家贫策勋薄，寒无毡坐食无鱼。

如同他的前辈黄庭坚，陆游向旁人讨一只猫咪，也要送些礼物，黄庭坚是鱼，陆游是食用盐。请猫的目的，是为了保护自己的图书免遭鼠害。请来了小猫，陆游又觉得惭愧，惭愧薪酬低而又不能为它提供美味与温暖的窝。所谓"策勋薄""寒无毡坐食无鱼"，这就让今天的猫咪羡煞，猫在古人心目中曾经拥有那么高贵的地位，不像今天，经常可以看到被人丢弃的流浪猫。这只小猫为什么会到这里，我问导游，她摇摇头说不知道。吃了一块猪肉脯，那只小猫似乎依然饥饿，我于是又拿出一块递给导游，导游撕开猪肉脯，又送到小猫的嘴边，而这时又来了几个游人蹲下来抚摸那只小猫，小猫向后躲避她们，喉咙里发出威慑性的吼声，它以为这几个女人是来争抢食物的吧。

这是诗人与猫，而佛门弟子与猫又是一种什么关系呢？记得禅宗中有一宗"南泉斩猫"的公案。南泉驻锡的寺庙有两个弟子，一个住在西厢，一个住在东厢，所谓东厢与西厢。有一只小猫经常在东西厢房之间活动，两个和尚都喜欢这只小猫，东厢和尚说猫是他的，西厢和尚也说猫是自己的，为此而争执起来，请他们的师父南泉和尚决断，这只小猫应该归谁所有。南泉对这两个弟子说，你们都说猫是自己的，但是你们得说出理由，谁说出理由便判给谁，不然我就把猫斩了。两个和尚都说不出理由，南泉于是挥刀把猫斩了。赵州和尚其时在南泉那里学习，晚上回到寺里，南泉告诉了他这件事，赵州听后默默无语，把鞋脱下来，置于自己头顶。看到赵州这个的动作，南泉说如果当时你在场，小猫就不会被斩了。赵州的举动是批评南泉本末倒置。南泉认为和尚争猫，是因为猫而起了执念，猫是执念的起因，斩掉猫就破掉执念。赵州则认为，猫与和尚无关，和尚的执念在自己内心，斩猫不过是就事论事，并不能解决和尚的占有欲望。这当然只是我的浅显理解，其实是各有所执，只是南泉的做法未免血腥，而赵州的做法则是对这种做法的委婉抗议，和尚修行本是自己的事情，与猫有什么关系？这就如同黑猫——当然也可以是其他颜色——在寺庙里行走，在飞翘的琉璃檐角上跳跃，是猫自己的事情，在黄脆的古佛经卷上睡觉也是它自己的事情，佛经有什么办法？自然是没有办法的，所谓"斑鸠嫌树斑鸠起，树嫌斑鸠也是斑鸠起"，在佛经与猫之间，猫主动。当然，如果是夏目漱石的泥猫，那就另当别论。但是，和尚一旦介入，猫就被动了，这就是猫的不幸。然而，幸与不幸，自是禅宗千年公案，一笔糊涂账，但不杀生总是应该的。而那只被南泉斩首的猫也实在是不幸，不像眼前这只小猫，至少可以享受小姑娘的温柔呵护，然而如果到了冻雨纷堕、玉龙千山寂暗之时，这只猫咪又该怎么办？小姑娘没有回答，而此时的暮色已经遁入暗夜，静默的山峦隐约消隐，黄河依旧安顺，波动的星光开始曲折闪烁，游轮的舷窗装扮起淡黄的灯火了。

辛茜　牧归【外一篇】

青海湖畔宽广的草原上，每一天，都会有炊烟伴随太阳从帐房里升起又飘散。每一天，晨光下的牧人们都重复着永远也做不完的事情，感受着不一样的欢乐和遗憾。

晨光微露中，拉羊家的女主人和长大了的女儿们先起床，给取暖的炉子和烧饭的炉子生上火。房子很快暖和起来，开水和奶茶飘散着热气和浓香，男人们闻着味起来了。

当然，如果愿意，男人们还可以多睡会儿，但早出晚归的放牧生活，让他们马上打起了精神。

用过永远以糌粑、奶茶为主的早餐后，女主人和女儿们开始给十几头母牛挤奶。这时候，太阳已经离开地平线，草原从沉睡中清醒过来，空气中满是甜滋滋的味道。

挤牛奶之前，先要让小牛吸一阵母牛的奶。小牛贪婪有力的吮吸会使沉积了一夜的乳汁活跃起来，再狠心地把小牛拉开。小牛极不情愿，这件为难的事通常由拉羊最小的女儿来做。

被激活的乳房生动饱满，乳汁也会更加顺畅，尽管如此，不得技巧的人仍然会一无所获，甚至会弄疼母牛招来抗议。挤牛奶是一门艺术，随着女人富有弹性的双手上下舞动，两股洁白的乳汁会交替着流进桶里。

挤牛奶的工作完成后，拉羊家的女主人停留片刻，目送着丈夫和儿子远去的身影。羊群和男主人离开家后，拉羊家的女主人带着两个女儿，着一件单衣，把袖子挽得高高的，用双手把散落在四处的湿牛粪捡到一起，然后用手抹开，像做煤饼似的一块块摊在草地上。

清晨的青海湖畔气温很低，不超过摄氏五六度，抹湿牛粪的双手冰凉，但是她们习以为常，没有丝毫抱怨。相反，她们乐此不疲，一边干活一边说笑嬉闹，使静谧的草原很快有了生气。

如果天气好，这些牛粪会在一天之内转化成可燃性能源，假如需要较长时间的储存，她们就得把湿牛粪做成厚厚的圆饼贴到墙上，晒干后堆放。

捡牛粪、晒牛粪、储存牛粪，是牧民日常生活中很重要的事，晒干的牛粪是四季唯一的燃料。在牛羊被赶到深山四处游牧的季节，燃料得不到及时补充，漫长的冬天更需要大量的牛粪取暖，没有足够的储备是不行的。特别是，对一些牦牛较少的人家来说，靠牧归后自家栏中积存的牛粪更是捉襟见肘，需到草场上捡牛粪以补充家用。

女人们要做的事很多，打酥油也是一件极重要的事。没有牛奶的日子几乎不像牧民的生活，有相当一个时期内，他们是吃不到牛奶的，那是牛羊群远征深山牧场的两个月，以及严寒的冬春季节。为保证刚下的牛犊能够安全度过冬春的寒冷与饥荒，牛乳首先要满足这些脆弱的小生命。因此，必须靠夏秋季节挤出的牛奶提炼酥油，并尽可能多地储备。

虽然追求快节奏的生活也波及了草原，摩托代替了骑马，牛奶分离器比传统打酥油的方法方便、省力，但牧民的生活依旧古朴，像古老的歌谣，平静透明。他们享受新鲜空气和食品，享受自然美景。取自自然，回归自然。交流感情的过程，自由，轻松，愉快。

湖光闪耀，白云浮动，鸟雀鸣叫。除了每天必做的工作，牧人们还有一些需要做，但又并非马上去做的事情。比如，磨炒面、杀羊宰牛、编织、亲友聚会、为女儿备嫁妆、做娶儿媳的准备等等。总之，他们会做出适当的安排，以便使日常生活不至于紧张忙碌，也不至于太过清闲无聊。

冬天的下午无忧无虑，小村庄和茫茫原野增添了独具高原风格的恬静和温馨。定居点的房顶上冒着炊烟，女人们在晾晒羊毛、翻晒牛粪，有的则闲坐在门前的草地上，眯着眼看孩子们玩耍，任太阳沐浴全身。打破村落宁静的是男人们驾着摩托车或手扶拖拉机出入村庄的声音，还有游荡在草原上的牦牛拖着长调的浑厚中音，绵羊啃食嫩草时的阵阵颤音，永远此起彼伏，永远心满意足。

羊毛已经剪过一段时间，新长出来的毛使每一只羊看上去洁白、年轻、漂亮。此时，它们吃饱了肚子，高声歌唱，翻过山岭，拥向山下。草原变得更加美丽、更加壮观，成千上万的牛羊布满翠绿的山坡，大团大团的白云从后山蜂拥而来，像是在为牧归的牛羊送行。

斜阳照射，白色的羊、黑色的牛让草原再度辉煌。

暮色中，牛羊成群结队返回各自的家。这时候，女人们又忙碌起来，她们把母牛和牛犊拴在绳栏上，把羊赶进羊圈，把晒干的牛粪收拢起来，然后开始挤最后一次牛奶。作为一家之主，男主人则要做一些佛事活动，给佛龛前的净水碗里添上水，让电动的经筒转动起来，让小女儿背着放在佛龛下用黄布包裹的经卷，绕着庭院按顺时针方向转圈。最后，在晚霞将要退尽的时候，点燃煨桑台前的桑烟，祈求佛祖保佑生活平安、人畜兴旺。

晚饭的炊烟，随着袅袅桑烟再度升起，这是一天中，全家人围坐一起的一道正餐。除了必不可少的奶茶，还有一些面食，包括面条、面片、饺子，甚至偶尔会做一锅米饭。当然，这些都是从城里学来的。但不管什么饭，都必须要同时煮一盘羊肉或牛肉，才算真正填饱了肚子。牧人们用来做饭和吃饭的时间，比城里人少，也不费神琢磨该增加什么营养，配什么蔬菜。他们每天饮用的奶茶、糌粑和酥油，并没有让他们缺乏维生素和营养。

晚饭结束后，一家人会坐在一起谈谈家常，有电视的人家可以看看电视，但那里面的事情离他们太遥远，不值得他们过于认真。

草原的夜晚沉静甜美。

生活似曾相识，日子循环往复。对牧人来说它是平淡的，并不乏味。

它是辛苦的，但并不痛苦。每天晚上，他们都能做个好梦，心儿像草原上的花、湖中的鱼，自由呼吸，轻松自在。

湖岸

城里的树发了青芽，青海湖怕是要开了。

太阳还没出来，小路深处是大湖，大湖前是融化了的淡水湖连成的湿地。湖畔的湿地大多很美很美，即便是冬季，即便是早春，不见一点绿。

脚冻得麻木，说什么也走不到。真想和鱼儿一起走，可一转身，又迷路了，又辨不清哪儿是天空，哪儿是湖面。

湿地是生物的温床，连最冷的季节都会有大天鹅出没。

大天鹅是什么，是人类无法模仿的舞蹈家，动物界的贵族。

几只棕头鸥、两只白头鹘在小湖里荡漾，清澈的湖面漂着嫩黄的浮萍，一圈一圈像绸缎般展开，似融化在水中的白云。

白云是什么，当然是牵挂，是思念。

终于走近了，以为能看见冰湖壮阔的容颜。不料，它却早已开了，几只红色的赤麻鸭在湖面浮动，一行鱼鸥，窃窃私语，转动着黑色眼珠。

鱼鸥呼啦啦扑打着双翅，赤麻鸭急忙移动身子游动。朦胧中，一对傲慢的黑颈鹤不慌不忙消失在岸边。

“嗨，不管多么小心翼翼，还是惊动了它们。”

格桑说，前几天和司机小李来这儿，还看到一对求爱心切的黑颈鹤，在这里跳舞。

太阳的光晕越来越浓，越来越亮，照遍湖面，闪烁着金光。湖心的一座座冰堆，被大浪推向岸边，汹涌澎湃。

我惊讶地张大了嘴巴。

一只大天鹅向岸边游来，颈项粉白，颜面杏黄，嘴巴黑亮，不停地梳洗、打扮，全然不顾身后滚动的浪花冰堆，也根本不把我们放在眼里。正午过后，狂风骤起，气温下降，水鸟纷纷离去，我们只好钻进越野车，向一户牧人家驰去。

湖岸辽阔杳无人迹，芨芨草在风中飘摇。迎面而来的风冲撞着车子，挡风玻璃被弹起的石头击中，裂开了一条缝隙。车子颠簸，土路昏黄一片，和天空一样被大风扬起的沙土掩盖。越过山冈，出现了平坦的草原、流动的小溪、错落有致的平房，甚至还有小卖部，风也没有刚才猛烈。小李跑过去为牧人家买礼物，门帘一撩，出来一位盛装的藏族女子。门口的马桩子上系着一匹披红挂彩的骏马。是不是有赛马啊？我心里一阵惊喜，草原深处的赛马仪式朴素、原始，难得一见。格桑急忙问那个漂亮的女子，女子摇摇头，没听懂。又问一位牵着马驹走过的年轻小伙子，才知，这里刚刚举行过一场赛马。我顿感遗憾万分，嘴里嘟嘟囔囔，没来由地向格桑抱怨，好在要去的牧人家已经不远，翻过一道山梁就到了。

见到汽车，一只黑色的藏獒追了过来，疯狂地跟在车轮后面吼叫。这是只纯种藏獒，目光犀利，身材魁伟，尾巴像风毛菊一样卷起又张开。听到狗叫，一位清瘦的老人从房间里躬身走出，牵过藏獒。见到下车的格桑，他热情地伸出了双手。

这是牧人索南的家，索南的家在山坡上。

正房中间是牧户人家使用的大火炉，里间屋子里除了一张大炕，还有陈放碗杯器皿的柜子、佛龛，和一盏金灯。吃饭的时候，全家人围着炉子，坐在单薄的毯子上；睡觉的时候，又挤在炕上，相互取暖。更多的时间，他们在草原上牧羊、挤奶、贴牛粪饼，在小河里取水、饮马、唱歌。他们的家就是草原，屋顶就是天空。

可眼下要紧的是，索南的大儿子生了重病，躺在炕上不能动弹，得病的原因很蹊跷……

有那么一天，这里来了一群城里人。他们盛气凌人，态度傲慢。为引诱飞禽拍照，不顾索南一家人反对，光天化日下，把一只死去的羊，扔在纤尘不染的草原上，就像把亡去的人，随随便便带进了他们的家。

这是一片点缀着野花的草原。来历不明的城里人，无视他们的存在，把残忍、邪恶、诱惑、死亡全部带到这里，弄脏了圣洁的草原。那群人走后，大儿子就突然病了，腰部断了似的疼，只能躺在炕上忍受，去城里的大医院花了八万元也没有治好，而这些钱是一家人所有的积蓄。

索南一家过着逐水草而居、迁徙往来的生活，每一处自然景观，都跟他们的生活、喜乐有关，都有着他们丰富动人的乐趣。他们一家对大自然的热爱、关切，使他们对自然产生了十分特殊的感情，不仅欣赏美，还常常把自己沉浸在美的自然之中。他们总是选择有山有水的地方居住，这与生俱来的情感，来自艰难的生存环境，来自他们对自然的崇拜敬仰。他们山一样的情怀，水一样的柔肠，太阳一样明快的个性，让他们难以辨清周围的自然景物，是因为传说而美，还是因为自然的美被赋予了神性。

索南一家六口人，大儿子是家里的顶梁柱。小女儿长得小巧精致、眉目如画。年轻的小女婿更是英俊挺拔，肤色红润健康。屋子里来来回回跑着一只玩具似的白色卷毛小羊，一条腿瘸着，头上不知为什么还长着犄角，模样可爱又可怜。调皮的小孙子见我在注意这只小羊，揪住了它的耳朵，小羊发出了婴儿般的叫声。

格桑随索南进了里屋，我跟在他们身后。生病的人躺在炕上，疲惫消瘦，唯有一双哀愁的眼睛里发出的光是亮的。

我呆呆地站了许久,脑子空荡荡地走出屋子,上了一面坡地。

草原没有尽头,连着天的山梁后是另一片草原。这片草原是索南一家冬天的定居点。夏天,索南和大儿子须留下老人、孩子到更远的地方牧羊。一年又一年,无穷无尽,有时一连几天连个人影子都见不着。

夏季的高寒草场,草势茂盛,一大早赶着羊群出去,为的是让牲畜充分享受沼泽草地、灌丛草中的营养。中午天热,又移至高山山顶、湖畔河边,或有泉水的地方。每当这时,野生岩羊、黄羊与羊群遥遥相伴甚至混群,情景极为壮观。到了 8 月底 9 月初,草场渐冷,日趋枯黄,索南一家赶着牛羊进入山地草场,10 月下旬转入冬季草场。

常言道:"清晨放马,露里放羊。"冬季草场一般在海拔较低的平地或山沟,避风向阳。每当太阳升起,索南一家人的心如朝霞般明媚,可如今,儿子躺在炕上,父亲束手无策,一家人陷入困境。

这时,身后传来索南低沉的声音:

"你知道我儿子的病是触犯了神灵?"

"触犯了神灵?不知道。"

"可是我觉得奇怪。就像脱了魂的躯壳。我儿子,只剩下一副肉体。"

格桑停了停:"这些钱你先留着,到县上去看病。我回去后,去寺里为你儿子祈福消灾。"

索南万分感谢地推辞着,又无可奈何地收下了。

一条干枯的河道,带着我们离开了索南家。索南的女儿和儿媳裹着红色的围巾,露着两只美丽的大眼睛目送我们。

她们信任我们,可我们又能怎么样?

几年前,格桑在湖畔拍摄野生动物时认识了索南一家。

为了拍到胡兀鹫,格桑读书学习,掌握了胡兀鹫的生活习性,不知来了多少趟。他们一家很喜欢格桑,格桑为他们的女儿、儿子、儿媳拍了许多照片,给他们家带来了电视,带来了城里人享用的日常用品。

车子爬上山坡,峡谷深不可测,两壁的山色是金黄的,长着密密丛丛的干草。谷底有河流穿过,河上有一层开始融化的冰。

看不见一个牧羊人,空旷的原野寒风刺骨,不见尘土。吹起的头发,飘着清新的气息。天空泛出灰蓝，黄昏渐进，斜阳横扫，山顶光色娇艳。

忽而，一处避风的山崖下，响起悦耳的哨音。随即，一只褐色的胡兀鹫，腾起身子，张开宽大的翅膀，旋风般划过天宇，在我们头顶急促盘旋。

两位摄影师迅速端起相机，在一连串快门声中，留下了这只庞大的飞禽在高原苍穹之上的雄姿。

黄复彩　皖河听梅

戏乡石牌

到石牌来，原是要看戏的，却没有戏。但我走在石牌的大街小巷里，听到的每一个声音都是软糯的黄梅戏道白，看到的每一个老人都是我熟悉的一个人。

我的初中语文老师江孝明先生就是这一带的人，直到前年我去看他，离开家乡六十余年的老人，依然用纯正的方言同我回忆着五十多年前的一桩桩事情。在他说那些事时，他的夫人就一直站在他的身后，微笑地看着我们，仿佛在说，你看，他的记忆力有多么好。她曾经是一位黄梅戏演员，我在幼时曾看过她的演出。江老师客厅的墙壁上挂着一把琴杆呈暗红色的老式二胡。我想起他傍晚时分坐在教师宿舍门口拉着二胡，沉醉在《二泉映月》琴曲中的情形，想象着他与退休后的夫人琴瑟相和的幸福场景。

怀宁县城撤走后，石牌镇一下子冷清下来。然而曾经的风景还在，旧日的繁华还在，现在，它像一个暂时落魄的汉子，只安静地守着祖宗留下的一切，等待着一个时机的到来。

我们走进街边的一间书屋，墙上的书法作品每一幅都是欹欹斜斜，醉意欣然，却也各有情趣。坐在门口晒太阳的老者气定神闲，他仿佛在告诉人们，他经历过，喧嚣过，现在就像一条溪流，一路高山大河，终于归于清寂。现在，他守着他的书屋，案上墨迹未干的书法随性而为，喜欢与否，任由他人。对于走进他书屋的我们，他似乎有一种生逢知己的欣慰。他乐意为我们书写一幅幅郑板桥式书法，并热情地与我们合影留念。我很想请他唱一段黄梅戏，他中性的嗓音，还有一脸的沧桑，应该很适合《江水滔滔》那样的老生唱段：

江水滔滔向东流，儿的日子才开头，(你)好似那水面上的浮萍草，风吹浪打随水流，儿啊……

书屋的隔壁是一家制作戏服和皇帝冠冕的铺子。搁在案台上的冠冕每一顶都珠光宝翠，两旁的大红流苏垂落下来，丝绦上吊着的玉佩就像真的一样。我试着戴了戴，门口晒太阳的妇女一起说，他戴着真好看。我把冠冕取下来放回案台上，问店主这些戏服和冠冕是否卖得出去，他爽快地说，好卖着呢。他告诉我，在这样的年头岁尾，盖房建屋、修志树碑、红白喜事，附近的乡镇几乎每天都要唱戏，戏台就现成在祠堂屋里，或直接就搭在田间地头。

清代学者包世臣《都剧赋》说："梨园佳子弟，无石(牌)不成班。"那一天，包世臣来怀宁参加大书法家邓石如逝世十周年纪念活动，顺便来石牌看当时被称为"采茶调"的地方小戏。正值黄梅时节，石牌家家有戏，处处搭台，包世臣大发感慨，遂改宋人赵师秀《约客》诗中"黄梅时节家家雨"为"黄梅时节家家戏"，一个流传至今的剧种"黄梅戏"就这样诞生了。明末的戏剧家阮大铖就生活在这附近，《明史》明确记载他是怀宁人，但由于他在当时东林党人事件中的作为，不屑与他为伍的怀宁人便说他是桐城人，桐城人当然不买这账，仍说他是怀宁人。撇开他的人品不说，他的《燕子笺》《春灯谜》放到今天，仍然是很好的戏剧作品。

石牌是"徽班进京"的首发地，一百多年前，唱武行的杨月楼踩着急急风的鼓点从皖河一路进京，接替了他的同乡程长庚的三庆班，让"徽班进京"成为中国戏剧史上的一座里程碑。

在程长庚故居，我们在他的铜像前合影留念。高高的花岗石基座上，程长庚手握折扇，眺望远方。顺着他的眼光看去，远处的长河与潜水的汇合处波光粼粼。再远处，是一道又一道青山在虚淡的青烟中若有若无。他的"故居"里传出伍子胥的一段西皮流水："过了一关又一关，心中好似乱箭穿，腰中枉挂三尺剑，不能报却父母冤……"苍凉沉郁的唱段让我想起少年时代老家里的那个敲着鱼皮鼓，用同样苍凉沉郁的嗓音说大鼓书的瞎子长明。

对于安庆人来说，程长庚只是一段遥远的神话，而严凤英才是安庆人熟悉的戏曲女神。《牛郎织女》是严凤英迎接新时代文艺春天的开山之作，电影《女驸马》的放映率刷新了当时所有电影的放映纪录。有一段时间，我疯了般只想去报考黄梅剧团，如果不是父亲以死相威胁，说不定我真的去做了一名蹩脚的演员。没有人知道我内心的秘密，那时候，被银幕上美如仙人般的冯素贞撩拨得春心萌动的少年又何止我一人？直到二十世纪六十年代初，我终于在县城唯一的一家剧院里见到真实的严凤英。《江姐》是严凤英戏剧人生中一段最辉煌的日月，舞台上的严凤英身穿大红毛衣，折得整齐的白围巾优雅地搭在脖子上。她站在一片青松之下的凛然之美曾激发了无数年轻人献身理想与信念的激情："红岩上红梅开，千里冰霜脚下踩，三九严寒何所惧，一片丹心向阳开……"然而好景不长，严凤英终于以自己的一死为那个时代作祭。

我们走在石牌纵横交错的大街上。"石牌几多街，数累老奶奶"。石牌有十五条巷子：水巷、莲花巷、双井巷、铁弓巷、六拐巷、桶匠巷、闯子巷、清水巷、帮子巷、浮桥巷、盛园巷、前街三巷、盔帽巷、戏子巷、油鞋巷。

电锯轰鸣，竹屑纷飞，一条百十米长的小巷里，十几家作坊的流水作业在制作着同一样物件：蒸笼。我走近一个正埋头在篾片上打磨的妇女，我问她：这种蒸笼一天能生产多少？女人头都不抬地回答我说：很多。我又问：都是卖给本地人吗？女人说：哪里的都有。说这话时，她手中的电磨吱吱地响着，一只篾片已被她打磨得光洁如玉，就像一件真正的艺术品。

我所知道的是，这些年来，江镇的包子被无处不在的怀宁人带到江浙，带到上海，带到深圳、广州，带到中国的每一处角落，甚至漂洋过海，带到异国他乡。在深圳，我女儿对门就有一家怀宁人开的早点铺，只是他们不卖包子，却经营着南方人喜爱的粤式早茶。我对他店里的肠粉和虾饺情有独钟。有一次，我问那个臂膊上文着一条青龙的中年汉子，你们为什么不卖怀宁包子？汉子似乎对我的疑问很不屑，但终于还是回答了我："我们要融入当地文化。"我被他的回答几乎惊掉下巴，于是以为，这就是怀宁人。有一天午后，我听到楼下有隐隐的二胡声，所拉的曲子是我熟悉的黄梅采茶调。我伸出头去，演奏者正是那位赤着的臂膊上文着一条青龙的怀宁人。

我们要离开石牌了，从附近一家店铺里忽然传来不知名的女演员演唱黄梅戏《小辞店》的一段：

往日里回店来笑容面带，

今日里为什么愁眉不开？
解不开其中意打坐哥哥一块，
蔡郎冤家心腹上的哥，
哥哥啊，奴家的哥，
有什么心腹上的话对妹妹说来……

十二月花神

正月梅花开
渡春江，点缀好时光
冰肌玉骨映红妆
孤山留素影
独占百花王，百花王

二月杏花开
满园栽，独自出墙来
千红万紫巧安排
酒家何处在
春雨杏花飞，杏花飞
…………

在黄泥镇文化馆，我意外地见到三十多年前我编副刊时的老作者郑蔚老先生。他说很多年前我们曾在报社见过一面。他说着当时我们见面时的情形，说我们站在报社走廊上谈着他的一篇稿子的改动，但我却怎么都想不起来。而当他说起他的那篇获得副刊年度大奖的《十二月花神》时，记忆之门便一下子全都打开了。

安庆第一届黄梅戏艺术节，我作为剧组工作人员，有幸坐在剧场的第一排正中位置。那一届艺术节展演的并不都是黄梅戏，譬如望江的《挑花舞》、太湖的《花梆舞》，以及潜山黄泥镇的《十二月花神》。印象最深的当然就是这《十二月花神》了，我记住了零零星星的唱词，也记住了那十二位打扮得异常俏丽的女孩子在舞台上的婀娜多姿。有着三百多年历史的《十二月花神》无论在什么时候，都是皖河人奉献给这世界的艺术，它的魅力是隽永的。我就是在那以后给郑蔚老师写信，请他帮我弄到一本《十二月花神》的曲本。

十月芙蓉开
绿满阶
滴露点尘埃
芙蓉帐里凤鸾谐
花枝轻弄摆
迎接曼卿来，曼卿来
…………

我读着这些美艳而节律分明的歌词，郑蔚当年的形象也逐渐在我的脑子里清晰起来，清晰成彼此曾经的岁月，以及黄泥镇一段段泛黄的历史。

一千多年前，皖河得天独厚的水上交通造就了一个个皖河小镇，而位于潜山、太湖、怀宁三县交界处的黄泥镇则有“鸡鸣狗吠听三县”的优势。那时候，在黄泥镇做生意的不仅有本地人，更有外地客，郑蔚的文章中就曾写过“河北六家店”，也写过“河南一条街”，当然，还有《十二月花神》。

花，是人类在艰难时世中对一切美好期待的共同象征。佛说，人是苦的，这种苦几乎伴随人生命的始终。但是，有了花，人类便不再苦于生命中不可承受的种种之苦。佛用“拈花微笑”开启人类的智慧，“花谢花飞飞满天”，曹雪芹用花书写悲剧的人生，屈原用芳草香花来传递对君王政治的理想信念。产生于西方的哲学思想泛灵论认为，万物皆有神祇。随着十二个月份的转换，月月皆有花神主宰。与其他地方的《十二月花神》所不同的是，黄泥镇的《十二月花神》不仅有女花神，更有男花神。在湘水旁“滋兰九畹，树蕙百亩”的屈原领一年中花神之先，“采菊东篱下”的陶公则入主金秋时节十一月成为菊花之神。郑蔚说，欢迎你们正月来，那时候或许能看到有伴舞的《十二月花神》的花街游行。

郑蔚把我们带到皖河边。正是枯水期，昔日繁华的黄泥镇码头只有不绝于耳的棒槌声，只有成群的老鸹在深潭处翩翩翻飞。它们在寻觅着露出水面的小鱼，或者是以它们特有的歌舞迎接着我们这些不速之客。失去水上交通的黄泥镇衰落了，打工潮把黄泥镇的年轻人都吸引到外面去了，住在黄泥镇的似乎就只有老人、孩子以及留守的妇女们。

在一条老街上，我们见到陈满秀老人。她拄着拐杖站在自家门口，富态、端庄，从她的衣着可以看出来，从她手腕上的镯子、手指上的金戒指以及她站在那里一副君临天下的神情中可以看出来。从她饱满的额头、手背上看上去富有弹性的皮肤，怎么都看不出她是一个年过九旬的老人。我想到我的母亲，母亲九十一岁时，就是这样健康，这样自信，带着一个过来人对一切过往的驾轻就熟，还有，同样君临天下的大嗓门。

我应邀走进老人的屋子，客厅的条案上供着一张发旧的照片，照片上的年轻人五官清秀，面貌俊逸，不管在哪个年代都能称得上美男子。我问陈老，这照片上是您老什么人？陈满秀说，是我老头。她说，这是他当年从朝鲜战场上回来时拍的照片。而在另一只相框中，我看到年轻时的陈满秀抱着孩子，紧挨着她的是她年轻帅气的丈夫。她指着一张张发黄陈旧的照片说，这是当时去朝鲜探亲时拍的，这是在丹东，当时我过不去，他只得请假过来陪我，当天就回去了。夫妻俩这样聚少离多的生活一直维持到板门店谈判结束，但丈夫还是没有立即回到国内，而是留在朝鲜，留在他的岗位上。直到1956年，丈夫回来了，回到镇上的供销社担任会计，而她则在一家杂货店当售货员。这是一个让镇上人人向往的家庭，一对让人羡慕嫉妒恨的夫妻。三十多年前，她的丈夫死于癌症。陈满秀老人眼里噙着泪花，一边动情地说着她的丈夫，说他的好性格，说他的多才多艺，她不时地撩起袖口，揩擦着丈夫镜框上并不存在的灰尘。我想，她一定是又回忆起丈夫年轻时拉着二胡，夫妇俩在皖河岸边一起唱《十二月花神》时的情形了吧。

她把我们带到她的后院，狭小霉湿的小院里杂乱地种着几盆菊花、一两盆月季，还有几盆凋谢了的二月兰以及月见草等。一只废弃的水缸里，四季桂正散发着淡淡的幽香。我称赞她的花种得好，她兴奋起来，说，先生我给你唱一段《十二月花神》吧。

九月菊花黄，闹重阳
晚节倍留香

天生傲骨斗残霜
东篱新菊酿
莫负好时光，好时光……

她的嗓音老了，旋律是粗糙的，没有高音，也没有低音，只有简单的几节音符，但她口齿清晰，让我听清了每一个字符。我相信，她年轻时一定在黄泥镇的大街上演过《十二月花神》，或许，在 1954 年上海华东区戏曲观摩演出大会舞台上，也有陈满秀花枝招展的舞影。

我们走出很远了，回过头来，看到陈满秀拄着金属拐杖站在那里，仍然以她君临天下的姿态看着我们，看着这条她生活了九十一年的大街。我突然有一种冲动，想停下来，摘几朵路边人家花盆里的花，扎一只花冠送给她，送给陈满秀，送给这位像我母亲当年一样的不老花神。

但及　琅勃拉邦的清晨【外一篇】

布施在琅勃拉邦全城都有，我们来到了湄公河畔的一条大街上。

现在是凌晨五点多，街灯灰暗，街道也透出几分落寞。风从墙角里曲折地钻出来，直往皮肤里贴。我穿了T恤，外加件衬衫，但还是凉意阵阵。有人居然穿了羽绒服出来。这真是个混搭的时节，有人穿短袖，有人披冬装，要知道这是在热带。一个热带的清晨竟如此寒意十足。

琅勃拉邦在老挝北部，这条街上有许多法国殖民时期留下的痕迹。此刻法式建筑和各式咖啡馆都在沉默中，幽暗且含糊，分不清面目。昏暗的街灯下，只见街中心有一排排小摊，放满了一只只蒸笼。蒸笼里全是米饭，蒸笼边还有一只只小粽粑。这是给游客布施用的。

街边，在缠绕的电线下，一长排一长排小凳子已摆好。灯凄清地亮着。

妻买了份蒸笼米饭，被分配在一张小凳子上坐下。塑料凳放在一小块地垫上。边上已坐了数人，每个人捧着米饭，在静候僧侣们的出现。妻是游客，边上也都是游客，各种肤色的都有。在不远处，还看到了当地人，有几个穿民族服装的老挝人跪在一旁。他们准备了更多的米饭，旁边的塑料袋里都是。

僧侣们终于出现，身披黄色袈裟，肩头背了一个大钵。他们像变戏法一样，是突然从黑暗处拥出的，脚步轻盈，甚至无声。黄色袍子在灯下刺眼，一眼就能逮到那缓缓走动的人影。他们在暗色里蜿蜒而行。

布施开始了。布施的人们手抓米饭，静守着。等黄袍子一近身，放进对方背着的大钵里。妻也如此，拿起米饭，一撮又一撮，放到经过的大钵里。

一切都是在静默中进行，没有对话，没有道谢，最多只是眼神在交流。

老挝人似乎更考究，先把塑料袋里的米饭取出，放到一个篾制容器里，再手抓，从这篾制容器里取出，一点点分发出去。

僧侣不是同时出现的，而是一拨一拨显现的。他们光脚，踩在清晨潮湿的地上，神态安详，没有表情，然后又悄无声息地消失在黑暗里。淡淡地来，又淡淡地去，像在演无声电影。

几年前在缅甸，我也看过布施，那是在马哈伽纳扬僧院。上午十时，僧侣从房间出来，手捧大钵，接受人家的布施。每天来布施的人家是不一样的，带着亲戚朋友，带着米饭、糕点和水果。几百个僧侣排着队，规模浩大，默默穿行，同样面无表情。拿到食物后，他们来到室内，静默地用餐。

我还在曼德勒的街头，遇到三个年轻的僧侣。一时兴起，竟尾随他们。年轻僧人脸上满是朝气，他们挨家挨户化缘，进门作揖，接受布施。

缅甸与老挝是近邻，但僧侣们接受布施的方法略有不同。琅勃拉邦的布施在街头完成，人们备好食物，守在街头，与日出一起完成发放。每天，街头都会重复上演这一幕，年复一年，日复一日。一样的内容，相似的情形，竟延续了几百年之久。这也成了琅勃拉邦的一道风景，来此地的人，自觉或不自觉地都会参与进来。

一位老挝华人这样跟我说，这里很穷，全世界倒数，但这里的人们信佛，善良，宽容，你不会看到打架和偷窃。这里的摩托很贵，一辆折合人民币一万多，但这里的车都不上锁。我好奇，竟去验证他的说法。的确，没有一辆车上锁。现在，当面对布施这一幕时，我就想到了他的话。

更多的僧侣在拥来，黄袍子像股清流，在微明的天色里若隐若现。

在街的尽头，还有一群人跪在地上，有大人，也有小孩。一问，居然是流浪汉。当僧侣经过他们时，僧侣又向他们布施。饭团在手中传递着，像是接力一样，流浪儿童用塑料袋装着散发着微热的一个个饭团。

菜场在前方。进口处还跪着布施的人，着装鲜艳，貌似一家。他们跪在小垫上，朝经过的僧侣布施。

这是个露天菜场，在一条狭狭的巷子上。与我熟悉的市场相仿，各种蔬菜摆在路的两旁，有的我叫得上名，有的则完全陌生。热带的蔬菜，长着奇特的形状，拿在手里把玩，也有一份新奇。

越往里走，摊位越多。但惊奇也来了，我惊奇于每个摊位的整齐。

我在一个蔬菜摊前站住。黄瓜叠成一个正方形的模具状，一旁的青椒也是一个形状，红椒又是另一个形状。各类蔬菜都捆扎、叠放，有条有理。如果一个摊位如此的话，我是不会惊讶的。可每个摊位都齐整，像经过训练似的，呈现出同样的面貌。

每个摊就像一个小世界，每个小世界都是经过装扮的。

摊主们都坐在地上。他们都有一小块垫子，垫子在台阶上一放，就成了天然的座椅。他们盘腿而坐。一个年轻人，约莫二十多岁，盘坐在地上，一条大围巾散在脖子周围，遮去了他半个身子。他手拿一张饼，悠然自得，不时啃上一口。身旁摆着机械秤，地上放了一瓶水。他卖的是我叫不出名的东西，有像茄子一般的果品，也有一包包如藏红花般的干花。

天驱开晨云，终于亮堂了起来。一位老者出现了，有点驼背，摆了个物品小摊。里面有布匹、小包、挂件和各种刀具。布匹花哨，充满民族风情，一长排地贴墙排放。妻第一眼就发现了那些小布包，是手工包，色彩夸张，构图大胆。拿起一个包，看到上面有大象、房屋，也有人。第二个包，上面有大树，树上停满了鸟，树下则有大象和老虎，还有不认识的兽。妻乐了，不停地翻动着这些手工艺品。

我也好奇，站在这条陋街，抬眼朝每个摊位张望。无形中，感到这里面蕴含了一种秩序，这种秩序或许用肉眼是看不到的，它在暗处。更确切地说，它藏在每一个人的心中。当我们见惯了菜场的脏乱差、污水横流、气味难言以后，再目睹眼前这片小整齐，就成了一道小清新。唯有内心平静，才会创造整洁，这整洁后面有某种情愫，在发酵，在起作用。

目光拣拾一个个摊位，我用眼神抚摸这里的每一个陌生人。在老挝只有短短几天，看惯了村庄的破旧，先前有几个困惑一直伴随着我。为何每一户人家进门后就变得井井有条、卫生干净呢？再有，每一条河道也清爽、整洁，即使穿过村庄，流出时依然清流潺湲，不见污水横流，不见垃圾袋乱舞……我看到了一种无形之力就在周围，在空气里，在习惯里，更在思想里。这整洁可能与街上的布施有关，甚或可以说，它们原本就是一个整体。

佛无处不在，佛法渗透在生活每一个细微的角落里。

妻很欢悦，她买了一沓的手工小布包。摩托车声响起，串起了街头的热闹。布施已经结束，新的一天在徐徐展开。

清迈的气质

宾馆在巷子深处，走进去，就开阔了。有大块的空地，停着车，还有神龛，供着彩带和鲜花。宾馆门口有泰文，也写中文，这是一家华人开的宾馆。

在清迈，你会不时遇到尴尬，那就是周边环境的嘈杂。现在就是如此，旁边是破旧的房子、阴沟以及大片丛生的茅草地。然而，一旦踏入宾馆，呈现的却是一种安静。

门前放了许多大木桌和木椅。用整块实木做的桌子放在露天，边上还搭了数个木凉亭。亭边吊着多种绿植，羞答答地倚偎在旁。植物后面是两只石神兽，像列队的士兵，守卫着。一旁有水池，里面养着锦鲤，不时冒出头来，探上几眼。

大厅内更见神采。红酸枝的实木大桌放在显眼处，小摆件、大摆件充斥四周。各种花卉、照片、钟表、木器、瓷器，以各自的形态静卧着。这小小的空间成了个艺术场，产生着能量，我置身其中，眼睛仿佛也不够用。这空间的布置隐含了太多的个性，仔细品味，就会了解主人的品性、爱好和期许。即使在电梯口这样一个狭窄处，也放了案几，巨幅的泰式油画，花卉，还有一张张相框，处处尽现繁复，却又不失精致。诗琳通公主视察这里的照片也挂在墙上。

每天，我都会到这个空间里流连，有时静坐，有时发呆。这是个有磁场的空间，我想从这些细小处带走些许营养。

宾馆没有围墙，一条小路通往前方。我无事，就会四处闲逛。

沿着小路，就会看到高低错落的房子。路上，一幢小院子闯入眼帘。院门紧闭，门口有两口小缸，边上植着虎皮兰，还有盆栽的滴水莲。我站在大门口，通过缝隙张望。里面应该是一户人家，盆花一圈圈地排列着，叶子湿漉漉的，显示着刚浇过水。但里面没有人，一个人也没有，白色的汽车白得透亮。

阳光若有若无，覆盖在植物上，形成一圈光斑。玫瑰在静默地绽放，它们和月季花一起点缀在丛中。草绿得发亮，如涂了一层水漆。屋子掩映在树木后面，屋角甚至被绿色包围，只露出整齐的屋顶。里面有把红色的大伞撑着，醒目得很。那是一把巨大的油纸伞。伞下有两个小人，原来是雕塑，一男一女，着民族服装。

我的眼凝固了。在一条僻静的小路上，竟然出现这么一个景观。这是一个家，但更像是一个艺术花园。现在里面悄无声息，没有人影，像睡着了一般。我想象着他们生活的模样。

如果我不贴着门缝，是不会发现这块领地的。它隐藏在一条起灰的泥路上，在一个叫不出名的小村庄里。

次日中午外出，进入一个路边的餐厅。外面是大马路，灼热，车子在飞驰，一踏入却见清凉。里面有神龛、鲜花、流水，还有供着的各式瓜果。进去后绿意弥漫，目之所及全是植物，还有潺潺流水声萦绕四周。

餐厅的四周砌了池子，像护城河一样，屋子被水包围着。池里种了一圈水生植物。餐厅是镂空的，没有墙，绿植成了墙。屋顶与绿植间有间隙，阳光与空气就从这里穿越进来。绿植从水中升起，曲折蜿蜒，与餐厅融为一体。阳光透在叶片上，泛起绿色的油光，餐厅沉浸在斑驳里。

置身其中，我用餐，喝茶，听流水，仿佛来到了一处被溪流包围的山中人家。

清迈人散淡，但常常会有这般优雅制造出来，于是一杯咖啡就添了香气，更有了浓度。

在尘土飞扬的乡村道上盘旋一个多小时后，蓝庙出现了。

在远处就能看到蓝色的屋顶，很显眼，但不张扬。蓝是那种深蓝，收敛，沉着，有静气。

时值中午，阳光正艳。靠近蓝庙，阳光与琉璃瓦片交织着，连土地也仿佛在闪光。进门便是两条巨龙，镇守庙宇两侧。龙是蓝色的。两条龙略有差别，一条镶蓝边，另一条则镶粉红边。龙抬头，张嘴，气势逼人。龙上镶嵌宝石，鳞片里藏着太阳的光。龙在中国是常见的，到了泰国却有变化，形状不变，气势不变，却多了装饰。龙头上有珠宝，龙身上有锦缎、挂坠，还有五彩的颜色。

如果说龙给人威压的话，那里面的震撼就更强了。这里竟是一个神兽的世界。

都是些什么神兽呢？或许我根本无法叫出它们的名字。龙的身上安上了大象的头颅，而身子又有孔雀的模样。大象的头颅变得柔软，鼻子间又有了鸟的轮廓。变异的动物，都是从来没见过的动物……两只古怪的大鸟正在塑造当中，巨硕的身体背部又长出了鱼鳍……古怪里充满了夸张，我被这想象吸引。

我仿佛进入了一个《山海经》的世界。

最大胆的还是颜色。这些神兽被各种颜色包裹，衍生出不同的品相来。同样一条龙，这边是这般模样，到了那侧又成了另一番模样。颜色在自由搭配，看似杂乱，却又仿佛遵循着某种规则。

庙宇是神圣的。我看过众多佛教庙宇，尼泊尔、缅甸、柬埔寨、斯里兰卡、老挝各有特色。同样是泰国，曼谷的大王宫气势非凡，但就一次性的震撼而言，蓝庙带给我的却是一种异境。甚至可以说是颠覆性的，它颠覆了我对庙宇的认识，拓展了我的知识面。它是难以归类的、独特的，也是超凡的。

庙宇可以做成这样，做成一座精致的公园，一个艺术的象牙塔。

我曾经感叹过缅甸的庙宇，几乎每个村庄都拥有大金塔。蒲甘，这座万塔之城，也留给我视觉的冲击。但蓝庙带给我的印象是艺术的绽放与撞击，更是一次想象力的解放。

站在这块陌生的土地上，常有一种恍惚之感。有时觉得凌乱与拥挤，但有时又会觉得精致与细腻。它们和谐共生，奇妙融合。人们低调平和，却在不经意间携手艺术。这些艺术在清迈的街景里，在每一件摆设里，在每一道菜肴里，甚至每一个布包的针脚里。它们就这样隐居着，安静地仰着头，既高傲，又谦卑。

抚摸巨龙，龙在阳光的曝晒下是温热的，仿佛是一条真正的卧龙。

周华诚　**树梢上的雨滴落下来**

一

我曾把雨夜屋檐滴答落水的声音录下来，也曾把海浪拍打岸边的声音录下来，还有风吹过竹林的声音，以及磨石尖高山上风摇动松针的声音。那些声音美妙极了，世上最精妙的语言也无法模拟出那些声音，它如此丰富而有层次，层层叠叠，一波又一波。

如果你能想象松针——那些柔软的树叶轻轻扫过皮肤的感觉，或者当微风吹过一整片稻田，稻叶顺着一个方向轻轻摇摆——那声音与视觉都同样令人着迷。我经常就这样坐在田埂上，望着眼前的水稻田出神，耳边回响着大自然的声音。

唐·德里罗有一部长篇小说《白噪音》，我买来后却一直搁在书架上，还没读。

二

一条通往源头的道路是漫长的。许多次我逆流而上，从钱塘江尾一直抵达钱塘江源头。途中，公路与河流，时常相互交错，这是一种"对望"的关系——直到大山深处依然如此：路边有溪，溪边有路。这种对望的关系似乎从来如此。

三

梭罗说："如果我们能够永远生活在当下，有效地利用所有发生在我们身上的一切偶然，就像青草坦然承受落在它们身上的最轻微的露水的滋润，而不是把时间荒废在为了失去机会而悔恨的话，那我们就有福了。"这是极正确的话，生活在当下，即是说，要享受这个过程，不去管结果怎么样。一味纠缠于结果，那并没有太大意义。人生正就是由"过程"构成的，而非"结果"。

四

有一年在上海，我去采访艺术家何训田，他讲起一场大雨。2007 年他在印度恒河，那天清晨瓦拉纳西的天空特别奇异，成千上万的信徒还睡在恒河边，突然间下起一场大暴雨，众人手提锅碗、身披衣物四处逃窜，整个河边兵荒马乱，恍若战场。何训田一行人坐车回到饭店，此时大雨正好停止。酒店内的旅客们还在缓慢地吃早餐，还有许多人正在起床、刷牙、漱口、上厕所，好像什么事都没有发生。他突然感受到一种"空隙"的存在。对一部分人来说，如同战争一般的经历，另一部分人却根本感知不到，哪怕事实上两者近在咫尺。那一场历时一个多小时的大暴雨，对于一部分人来说根本不存在。

五

我在钱江源头经历了一场暴雨。我没有带伞，大雨来临的时候，我刚准备进入森林。但我一点都不惊慌，我觉得这或许是一场"对话"——树林高处的雨滴滑落下来，敲打在我的头上，我与一棵高处的树木由此建立了某种微妙的关系。这是一种难得的经历。

六

何训田后来试图用音乐去呈现人类听觉无法"听到"的那些事物。人的听觉，正常只能接收到二十赫兹到两万赫兹之间的声音。二十赫兹以下是次声波，两万赫兹以上的是超声波。它们可以被仪器测出来，还可以被皮肤感觉到，但无法被"听"到。地球上每时每刻都充满噪音，两万赫兹以上的，二十赫兹以下的——只是人类的耳朵刚好把它们屏蔽了，便觉得周围很安静。但是，人们一定要知道，一定有些东西，是我们无法"接收"到的（这很可能是一种自我保护机制），接收不到，不代表它并不存在。

人类能感受的那一部分世界，只是"世界"很小的一部分。

七

上一次深刻领受大树的教诲，是 2013 年在山东莒县。在一场大雨里，我与一棵四千年的银杏树猝不及防地相遇。我从很远的地方来。我走了很多的路，遇到很多的人。对方是一棵巨大的银杏树。它的腰身，要七八个人才搂得过来；它的冠盖，可以荫庇数亩。雨太大了。大雨使整座浮来山云蒸雾蔚，我抬头，已然望不见这棵大树的冠顶。密集的雨滴，从青翠的鸭掌样的树叶上滑落，经历层层叠叠的树叶上的旅行，最终噼里啪啦打在雨伞上。这样的雨，就像从四千年前，从光阴深处，不由分说地落下来。雨点打在距离我的耳朵大约二十五厘米的地方，一声又一声，如父亲的爆栗一般。

八

大树有灵。不仅在浙西，在中国的很多地区，人们都有这样的看法。在日本，这样的观念更加显著，他们认为“万物有灵”。日本那样的海岛国家，地理环境特别，自然景象也优美，更使日本人相信万物皆有灵气。与此同时，大自然的不可预知、不可抗拒，也令人敬畏。柳田圣山在《禅与日本文化》一书中说：“日本的大自然，与其说是人改造的对象，不如说首先是须敬畏信仰的神灵。”

九

对于世界的感受，因人而异。艺术不像科学。科学是站在前人的肩膀上，不断迭代、更新；艺术并非如此，艺术面前人人平等，人人从零开始。艺术是人对于世界的感受。不管西方人还是东方人，自身感受宇宙之后，在心中产生的东西，才是他自己的东西。这是一手的、直接的体验。要真正地感受世界，必须抛弃很多东西——比如先入为主的“教育”，必须清空，重新回到一个婴儿的状态——重新成为一个很干净的人，成为一张白纸。干净的人面对一个宇宙，才能获得直观的感受。我们现在，常常已经不是自己，头脑里装满了“别人”对于世界的“感知”，唯独没有自己的感知。

十

我在田埂上坐下来的时候，与我在森林中散步的时候，所感知到的世界是不是同一个世界？

十一

很想知道，在广袤的钱江源国家公园，最古老的一棵树在哪里。如果这棵树隐于森林，一定在默默守护着整个森林家族的平安。不仅仅是大树，还有它们脚下的灌木与小花，以及昆虫与蘑菇。更多的人会因为那棵树而前往瞻仰，进而心生敬意——在森林之中，到底还有哪些秘密是我们所不知道的？

十二

"在乡下散步时，我觉得自己就是神。"写出《少年维特的烦恼》的歌德说，"因为无边无际的富足、无限世界的庄严形态，在我的灵魂里生根和活动……森林与山岳在回响，所有难以进入的力量在创造，我凝视大地深处看到这股力量在震荡，我看到大地之上、天空之下万物麇集。"

我以为，任何人进入森林，都可以从中获得启示，不管那些启示来自于高处的枝叶，还是来自于大地深处的根系。你会惊讶于一棵树的力量，它如此平和，又如此巨大。

十三

1874年的一场暴风雨中，约翰·缪尔登上内华达山脉的一座山脊，然后爬上一棵针叶树，只为了更近距离地聆听高处的针叶在风中产生的乐音。他听到了什么？——树叶彼此摩擦的机械的声音、树枝和光秃树干深沉的声音、松针发出的尖锐哨音，以及"丝绸的低语"，而来自大海的风"携带着最振奋的香气"。

十四

离开钱江源国家公园，回到城市的日常生活里，我依然时常会想念大雨落在森林之中，晚风掠过丛林的声音。七月底的一天，我在手机上安装了一个APP，名叫Rainy Mood，里面搜集了很多雨声和水流声。譬如——华盛顿森林里的雨、科隆的雷暴雨、俄勒冈沿海的热带雨林、日本寺庙上的雨、苏格兰的小河、太平洋的雷暴雨、远处的芝加哥雷雨声、在森林深处洗澡、圣海伦斯山附近的河流、平稳的雨、落到帐篷上的雨、北卡罗来纳州的暴风雨、英格兰在下雨、亚利桑那凤凰城的雷暴雨、俄勒冈清晨的雷暴雨、巨石阵的雨、意大利米兰的雨、悉尼瀑布、瑞士的冰河、巴黎的雨、苏格兰乡下的雨、伊利诺斯的雨和鹪鹩、急流的山间水声、阿姆斯特丹的雨、巴厘岛水稻梯田上空的雨、赫尔辛基火车站的雨、威尔士阿伯里斯特威斯的雨、离多伦多很远的雷暴雨、野营车上的雨、密苏里屋顶上的雨、英国斯诺登尼亚的雷鸣、雷暴雨中的鸟鸣……

十五

我觉得,应该有一个人去做这件事,录下各种各样的声音:鸟鸣、溪流声、风声、雨声、猫头鹰在夜间的叫声、大雨落在栎树上的声音、溪水流淌进农家铺设的竹笕又从另一端流出来的声音、瀑布的声音、一百种虫子在夏夜的鸣唱、蝉声、有人从林间走过的声音、夕阳西下时一只羚羊的叫声。

十六

还有很多美好,我们并不知道。

它们就在我们身边,而我们并不知道。

刘从进　住观记

推开门。院子里空荡荡，站着一个年轻人，碎一片树影在身上。他是这里的道士，穿一件很轻的道士服，山南水北没表情。一说，挺和蔼，从厨房搬出一张桌、两条凳、一壶茶，于院子里请喝茶。

吃饭与不吃饭

聊着不错，就想着来此住一晚，他当下欢迎。国庆长假期间，我来了。他帮我铺好床，又拿来一水壶，让我自己烧水喝。

我说一声：晚上在你这吃饭啊，你吃什么我吃什么，你几时吃我几时吃，当作没人在一样。他笑笑，各自回房。我躺下看书。

那天，台风影响，晚五点，大风呼呼，天开始暗了。是否该做饭了，按正常五点半下班，现在做，半个小时后可以吃，那也刚好，毕竟有客人在嘛。抬头看对面厨房灯没亮，没做呢。

不急，等吧，继续看书。六点时，庭院里扔下一块墨，四处搜寻每一处尚有亮光的角落，风声有点凄怨了，再抬头还不见对面灯亮，趴在窗户上仔细看，是没有，打开门看，真没有。再忍忍吧，他总归要做的。自己下午来的时候跟他讲过，让他当我不存在嘛。

快七点了，再看厨房，灯还是没亮。起了疑心，打开门，整个院子全黑了，成了一口黑色的井。风吹树叶沙沙沙，有些吓人。这是夜了，依然没动静，忘了还是咋的，难道他晚饭都要八九点吃？耐不住，来到他门口。他见我的影子晃过来，问，饿不饿，想吃吗？想吃就做一点。哈，原来他是不想做的啊，我还在傻傻地等。我说想吃啊，简单点，啥都行。他想了想说，煮个番薯吧。就一个番薯？！只好狐疑地点点头，退回房里。

一会儿，对面的灯亮了。是啊，黑夜中，灯亮的感觉是不一样的，厨房里的东西清晰可见，外加一个穿着道袍的很轻的身影，这是真的在做饭了。过去看一下，或者帮个忙什么的。想想也做不了什么，还是等吧。等了半个小时，他过来，说可以吃了。我开门，他拿着一只碗一双筷子递过来，放在桌子上。我一愣，番薯，确定是番薯！四五块。我的天，他真敢让我吃这个?!

原以为他说的吃得简单，最起码也得煮一碗米饭，做两个蔬菜吧。不是说村民经常会送一些大米和蔬菜吗？这会儿杂交稻刚收割，有新上市的大米，那也是香喷喷的一碗新米饭。还有总得做个炒青菜炒冬瓜什么的吧。原来还美美地想着，那样的饭菜，我能吃。

可是眼前这碗番薯让我掉了底线，我的桶底破了。他没多说，自己回到厨房去了，他也在吃嘛。我觉得一个人在房间里吃不太妥，就捧着碗来到厨房跟他同吃。两个人在一条凳上并排坐着，一人一只碗，一双筷，就几块烂番薯，还没煮熟，真的，一斑一斑的黑，一丢一丢的白。可能是村民送来，放在那儿久了。

咬牙切齿地啃下去，就像踩在刹车片上一样，咿呀咿呀地响。吃了一块，还好。吃了两块以后食道和胃都已经很艰难了。

我就和他说话，你平时怎么吃的？

有时候一天一餐，有时候两餐，有时候不吃，这两天都没吃。

受得了吗？

受得了受不了你试试就知道了。反正饿了想吃的时候就做一点，不想吃的时候就不做。很多时候不是你的身体想吃，而是你的脑子想吃，是你觉得应该要吃了，身体不一定需要。其实少吃一点身体负担轻。

我蒙圈了，原来他吃饭是按天算的，我却在按一日三餐计算，巴巴地算着晚饭的时间。他又说，有些人就吃得很少，有的道士一年都不吃饭的，就在山上吃点松针、柏树叶。他没说喝露水。

他说，这样吧，明天煮个南瓜，前几天村里人送来的，不知道烂了没，后天就不吃了。我沉默着，形势前所未有的严峻。

第三块吃了一半，剩下部分有一大块黑斑，我在边上咬了一点，说烂了，直接扔到面前的垃圾桶里。他愣了一下，没说什么。吃第四块的时候，我说吃不下了，意思是剩下的想扔掉。这时他开口了，说留下，明天热一热再吃。这一说，我猛然觉悟，寺庙道观里的菜饭都要吃完,不能剩的。如此,我刚才扔了一小块,那已经犯罪了,我的身体生了一小块癌,变得无比沉重。心里一边忏悔着,一边想,明天再吃,这不得受二遍苦啊,还是咬牙切齿一次吃掉吧!

剩下的两块里,我含着泪花先把相对小的那块吃了,留下最后一块大的,咬了一口,像咬在皮带上一样,伸长脖子,喉咙里戳着擀面杖一样吞不下去。他看到了,说,这个给我吃!我一愣,说没事,我已咬了一口了。他却拿个勺子来,从中间切开,把没咬着的一半提走了。他自己的碗里也还有呢。

我算是提前吃光了,洗了碗筷,也没有等他,跌跌撞撞回房了,单纯的心灵遭受了严重的摧残。

我又拿起书来看,却什么也看不进去。忽然他在我心中冒起了神光。想起下午来的时候,跟他说,我带了两本书。当时他撇嘴笑了笑,那个笑一直在我的脑子里转着,原来是讥讽我啊。什么书啊,这不是人类写的吗?人类的书你也看啊?你修什么道啊!我恍然大悟,扔了书不看了。看的正是一本某国历史上知识分子遭受苦难的书,觉得那种要死要活的哀叹真不行,直接听风睡觉了。原来这些年,我一直在无用的知识中寻求意义,我虚度了多少光阴啊。

夜又高又长,这一夜的风,不停。打在大树上,沙沙的,跟下暴雨一样,门口的落叶噗噗地扫门。深夜上个厕所,在院子里转一圈竟然怕怕的。黑夜披头散发,在走廊的尽头,木木地站着,道像和廊柱扭曲变形,黑魆魆的,藏着巨大而不可测的力量。

有风景与无风景

第二天早晨七点起来,他已经在扫地了,于是我也一起扫。他说过扫地是一天当中很重要的一件事。昨晚风大,落叶多,这得扫很久了。扫地也是学问呢,一整个大院子,这边的落叶扫到那边,那边又飞走了,总也扫不到一块儿去,得先把落叶往一个角落里扫,然后扫到畚斗里拿到外面去倒了。他只说慢慢扫。一直扫到九点,我是扫累了,汗从额头往下滴。

回到房里,脑子空空,也不看书,干坐了一会儿,就到隔壁他的房里聊天。他说坐下,喝茶。

我们坐着,看着空荡荡的院子,地上落一些树叶树枝的影子,阳光切割着,碎了重拼、拼了又碎,像人生的许多念头和想法,今天这样明天那样。

他说——

村里有一老头，长得歪瓜裂枣的，经常来。别的人也来，就他多。常来亦无事，就喝喝茶。我都给他专门备一个杯子呢。说话嘛，也听不懂，他说的是方言，不会说普通话，两个人就自说自话。空气好，是是，过一会儿又一句，空气好，噢，是，空气好。有时候没话就打盹，找话是个累人的事。你打盹，我也打盹，一直打盹，到中午，说一句吃饭，起身走了。这句话我听懂了。就这样常常来坐。

相对无言好一会儿，我白了他一眼，他看着院子，没有再说话的意思。得找个话啊，我想了好一会儿，说这影子不错啊，就这样看看影子也不错。他说是啊！我常常早晨起来，泡一杯茶，什么也不干，就这么看院子里的影子。那里有阳光，有影子，不停地晃，风会光临，不时掉下来一些枝叶。小鸟站在树上鸣唱，树叶为小鸟鼓掌。鸟儿不叫的时候，那个静，转个身子都能听到。有时候小鸟也落到院子里啄食，人至不去，其实没什么可吃，磨磨嘴嘛。就这样看似空空的院子里，有着丰富的内容，有很多风景呢。你要是心静，就能把平坦的水泥地看得凹凸不平，波浪一样起伏，还能看到地下一层一层里包藏的丰富的事物……多少个无人的早晨，他独自在未被小鸟鸣唱的院子里，数遍了所有的叶子。一个人对着一片影子，见证宏大的无限。

他又说，以前在大的道观里，几个师兄弟一起，天天坐着收门票，人进人出，都是人。这也行，就看人嘛，人也是风景。风景这东西看你怎么看了，你觉得有就是风景，觉得没有那就不是风景。心若不闲，山就不空，枫树果樟树叶都白落，那一地天天来的影子也就不存在了。

古树上一些树叶落下，巨大的沉寂之声，让整个院子不敢说话。穿过树枝的斜阳，红红地落在叶子的正面和反面，落在他的前胸后背，打在厨房的墙上，打在金色的造像上……有风在院子里舞，落叶不肯下，扶着院墙慢慢地滑。樟树的叶丛中又传出小鸟的叫声，远山鲜红透亮。这院子真是太美了，深邃、肃静；这岁月，虚极静笃。这里有无人追问的终极清凉，他的身体有一种天籁在发芽。

近午，他问我，饿不饿，要不要吃？我斩钉截铁，不饿！哪敢说啊，我也确实不觉得饿，虽然昨晚只吃了点番薯，早晨扫地又流汗，但真不觉得饿，还有点舒服的感觉呢。

有为与无为

午睡起来,斜向里看。他正背对着我蹲在一棵大树下玩一枚落叶,枫树的落叶,玩得很细致,看上去像在玩一只蚂蚁。

我叫一声,他转身,说,喝茶吗?我说好。这次从房间里搬出两条凳子一张茶几,放在门口落叶飞舞的大树下,又嗞嗞嗞地烧了水。我们坐在空旷的院子里有一搭没一搭地聊。

道观刚建时,先是他的师兄来,住了三个月,耐不了孤寂,走了。师父就让他来。

他二十多岁,一个人,在这里什么也不做,不读经不练功,不看电视,不玩电脑,也不种菜。院旁有菜地,青菜、南瓜都是村里人在种。

他出家我接受,但这么年轻,啥事不干,我就有点恨他。你至少要熟读《道德经》,学会道士打醮那一套,再苦练太极拳,起码一掌能把人推到七八丈开外再跌倒。你现在这么年轻,将来年纪大了,要成为一代高道才是。

对此,他笑而不言。一阵尴尬之后,他说村里有一个老人,一次做完法事后跟他说:

你在这里,上面会给你很多钱吗?发工资吗?

没有的。

没有?那你在这里干什么,年轻人要去赚钱啊!

我在这里的生活用不到钱啊,干吗要赚钱呢?

我当下惊恐,他的生活确实不用钱,用不到一分钱。不时有村民送一点米和菜给他,这就够了。

他一袭道袍身轻如影,也许是一个仙风道骨、天生无为的人。我们说的那一套都是常人的想法,内心里在苦苦追求,执念很深。人只要有执念,干哪一行都会痛苦,一个目标实现后会想下一个目标,如此,成千上万个目标等着你,永远没有尽头。他不是去实现一千个欲望,而是消除那个最初的欲望,真正的绝圣弃智,无欲无为。这么年轻出家,我们觉得可惜,可对他来说,这样的出家或许才是真正的回家。

他还说他有一个师父武功很高,一指禅很厉害,一般的桌子一下就戳穿了。但他告诫弟子不要练,练这种东西伤身体,关键是你练了也没用,古时候还可以应对各种危险、野兽等,现在太平社会没用了。人还是和顺一点好,道法自然嘛。他也不教别人练。

他直言一个人用于生存的东西很少，其他都是空的。很多时候都不吃饭，更不干别的事，就在院子里晒晒太阳，看看影子，不但没有烦腻之感，还有一种小鸟跳跃般的愉悦。

人悄无声息地落在世上，藏匿于万物间，生命本就是一种极端的个人主义体验。他或许是当下这个地球上唯一不花一分钱过日子的人。

温柔地坐在院子里感受无目的的人生清凉，忽然心头一软，有点想哭——此人、此地、此时，真好。虽然此身不长有，此时不真实，此地也可能是虚幻的，但当下的感觉却是真实的。

人生空茫。我是早该有一颗隐士心了，找一个山蹲进去，草房一间，影子一半，我一半。